S. FISCHER

Arianna Farinelli

Aufbrüche

Roman

Aus dem Italienischen
von Luis Ruby

S. FISCHER

Aus Verantwortung für die Umwelt hat sich der S. Fischer Verlag zu einer nachhaltigen Buchproduktion verpflichtet. Der bewusste Umgang mit unseren Ressourcen, der Schutz unseres Klimas und der Natur gehören zu unseren obersten Unternehmenszielen.

Gemeinsam mit unseren Partnern und Lieferanten setzen wir uns für eine klimaneutrale Buchproduktion ein, die den Erwerb von Klimazertifikaten zur Kompensation des CO_2-Ausstoßes einschließt.
Weitere Informationen finden Sie unter: *www.klimaneutralerverlag.de*

MIX
Papier aus verantwortungsvollen Quellen
FSC® C083411

Deutsche Erstausgabe
Erschienen bei S. FISCHER

Der Originaltitel erschien 2020 unter dem Titel
›Gotico americano‹ bei Bompiani, Mailand

Questo libro è stato tradotto grazie a un contributo
per la traduzione assegnato dal Ministero degli Affari Esteri
e della Cooperazione Internazionale italiano.
Dieses Buch wurde dank eines Übersetzungszuschusses des
Italienischen Ministeriums für Auswärtige Angelegenheiten und
Internationale Kooperation übersetzt.

Satz: Pinkuin Satz und Datentechnik, Berlin
Druck und Bindung: CPI books GmbH, Leck
Printed in Germany
ISBN 978-3-10-397047-0

»Die schreckliche Wahrheit ist, mein Junge:
Du musst *sie* akzeptieren. Das ist mein voller Ernst.
Du musst sie akzeptieren und zwar mit Liebe.«

James Baldwin, *Nach der Flut das Feuer*

Für meine Kinder

Für A. J., der noch im Bauch des Wals ist

1.

Unter drei Schichten von Dunkelheit

Die Bewohner der Stadt Ninive waren Götzendiener und führten ein zügelloses Leben. Da beschloss Allah, ihnen den Propheten Yunus zu schicken, um sie zu bekehren. Doch die Bewohner von Ninive wollten nicht auf ihn hören. Sosehr Yunus versuchte, sie von der Nutzlosigkeit ihrer Götzendienerei und der Güte von Allahs Geboten zu überzeugen, sie gingen beharrlich über seine Ratschläge hinweg. Yunus warnte sie: Wenn sie weiterhin falsche Götter anbeteten, würde Allah sie bestrafen. Doch anstatt die Strafe Allahs zu fürchten, erwiderten sie, sie hätten vor seinen Drohungen keine Angst. Also beschloss der Prophet erzürnt, sie ihrem Schicksal zu überlassen. Und da er fürchtete, dass die Strafe Allahs kurz bevorstehe, verließ er Ninive. Im Koran heißt es: Denk an Yunus, als der erzürnt von dannen ging und glaubte, Allah werde ihn dafür nicht strafen. Wie viel Unglück musste er dann erdulden!

Yunus war gerade erst aus der Stadt aufgebrochen, als der Himmel die Farbe wechselte, es war, als stünde er in Flammen. Bei diesem Anblick gerieten die Bewohner von Ninive in Angst. Sie wussten nur zu gut, welches Schicksal die ʿĀd und Thamūd und das Volk Noahs ereilt hatte. Nach und nach kam der Glaube über sie und berührte ihre Herzen. Da stiegen sie auf den Berg und begannen, Allah um Erbarmen und Vergebung zu bitten. Der Berg hallte von ihren Klagen wider. Allah, der erkannte, dass ihre Reue aufrichtig war, sah von seiner Bestrafung ab und segnete sie. Der

Sturm, der sie bedroht hatte, zog über die Stadt hinweg, und die Bewohner von Ninive beteten um Yunus' Rückkehr.

Inzwischen hatte Yunus ein Boot bestiegen und war den ganzen Tag lang mit einigen anderen Reisenden durch ruhige Wasser gesegelt. Als die Nacht hereinbrach, veränderte sich das Meer mit einem Mal. Ein schrecklicher Sturm peitschte auf das Boot ein und drohte, es in Stücke zu schlagen. Hinter dem Boot durchpflügte ein großer Walfisch mit offenem Maul das Wasser. Allah hatte ihm befohlen, vom Meeresgrund aufzusteigen und dem Boot zu folgen. Der Sturm tobte weiter, und der Kapitän befahl seiner Besatzung, Ballast abzuwerfen. Die Seeleute warfen die gesamte Ladung über Bord, aber das genügte nicht. Da beschlossen sie, einen der Mitreisenden ins Meer zu werfen, um die Last noch weiter zu verringern. So, dachten sie, würden sie den Zorn der Götter besänftigen. »Lasst uns Lose ziehen und sehen, wer ins Meer geworfen werden soll«, sagte der Kapitän.

Auch Yunus, der keinem derartigen Aberglauben anhing, sah sich gezwungen, ein Los in die Schale zu legen, und beim ersten Mal wurde sein Name gezogen. Aber der Kapitän und seine Besatzung wollten ihn nicht ins Meer werfen. Sie wussten, dass er der Gerechteste unter ihnen war. Da beschlossen sie ein zweites und ein drittes Mal, das Los entscheiden zu lassen, doch immer wurde Yunus' Name gezogen. Also stand der Entschluss fest. Yunus musste ins Meer geworfen werden. Der Prophet trat auf die Brücke des Bootes und sah, wie um ihn herum der Sturm wütete. Es war stockfinster. Ein schwarzer Nebel verdunkelte die Sterne. In diesem Augenblick wurde ihm klar, dass hinter allem, was da geschah, die Hand Allahs war. Yunus hatte ohne dessen Erlaubnis den ihm zugewiesenen Ort verlassen. So fügte er sich in Allahs Entschluss. Er rief dessen Namen an, warf sich ins sturmgepeitschte Meer und verschwand in den Wellen. In diesem Moment kam der Wal und verschlang ihn. Sein Gebiss schloss sich hinter ihm wie die Riegel eines Gefängnisses, und dann tauchte der Wal in die Tiefe. Nun umfingen Yunus drei Schichten von Dunkelheit, eine nach der anderen. Die Dunkelheit im Magen des Wals, die Dunkelheit des Meeres und das Dunkel der Nacht. Anfangs glaubte Yunus, er sei tot, doch dann bemerkte er, dass er sich bewegen konnte. Da dachte er an Allah und rief dessen Namen an. »*La ilah illah anta subhanaka inni kuntu mina'z-zalimin.* Es gibt keinen anderen Gott als Dich, Lobpreis sei Dir. Ich war ein Ungerechter.« Yunus fuhr fort, Allah mit diesen Worten anzurufen. Als der Wal seine Gebete hörte, begriff er, dass er den Propheten verschluckt hatte. Auch Allah vernahm Yunus' Anrufungen und sah seine aufrichtige Reue. Da hieß er den Wal, zurück an dic Oberfläche zu kommen.

Der Prophet wurde aus dem Bauch des Wals gespien und landete auf einer abgelegenen Insel. Er war in Sicherheit, aber er litt Schmerzen. Sein Körper war von der Magensäure des Wals überzogen, und als die Sonne am Himmel emporstieg, begann seine Haut zu brennen. Yunus wiederholte unablässig seine Anrufungen. Da ließ Allah eine Kürbispflanze wachsen, um ihn vor der Sonne zu schützen und seinen Schmerz zu lindern. Allah sagte zu Yunus, dass er ohne seine Gebete bis zum Jüngsten Tag im Bauch des Wals hätte warten müssen. Yunus kehrte nach Ninive zurück und wurde von den Menschen dort freudig aufgenommen, und gemeinsam dankten sie Gott für sein Erbarmen. Der Prophet Muhammad hat gesagt: »Keiner soll sich je besser nennen als Yunus.«

***

»Die Geschichte ist aus. Zeit zu schlafen.«

Bruna beugt sich über ihren Sohn. Sie küsst ihn wie jeden Abend auf die Augenlider. Fährt ihm über die Stirn. Streichelt seinen Lockenkopf und pustet ihm sanft in die zerzausten Haare. Mario hat sich entschlossen, sie nicht mehr schneiden zu lassen, und so sind sie ihm in den letzten Monaten fast schulterlang gewachsen. Bruna knöpft ihm den Pyjama mit den rosa Einhörnern zu und wickelt ihn sorgfältig in die Decke ein. Dann will sie aufstehen, doch ihr Sohn hält ihre Hand fest.

»Bleib doch noch ein bisschen.«

Bruna ist müde und wäre jetzt gerne allein, aber sie wendet sich um und setzt sich an den Bettrand. Minerva schläft schon, zur Seite gedreht, die schwarzen Haarsträhnen auf dem Kissen wie Schlangen im Korb eines Beschwörers. Das Buch, in dem sie gelesen hat, ist ihr wohl aus den Händen geglitten, es liegt wahllos in der Mitte aufgeklappt.

»Ich warte auf dich«, hat sie gesagt, »dann kannst du mir erzählen, wie es im Fernsehen war.«

Aber Bruna ist zu spät nach Hause gekommen. In der Midtown lag der Verkehr lahm, so ein Andrang herrschte zu den Wahlpartys der zwei Kandidaten, die beide ihre Siegerreden in der Hand hielten. Und so ist Minerva eingeschlafen. Tom, Brunas Mann, sitzt noch mit einigen Kollegen aus dem Krankenhaus im Restaurant. Die Kinder haben allein zu Abend gegessen. Minerva hat Hühnersuppe aufgewärmt und anschließend die Küche aufgeräumt und ihren Bruder zum Zähneputzen genötigt. Dann hat sie sich vor den Fernseher gesetzt, um auf CNN die Wahlergebnisse zu verfolgen. Mario hat in einem Irving-Penn-Bildband geblättert und ist auf dem Teppich eingeschlafen, das Gesicht platt auf dem Porträt von Pablo Picasso, der ihn unter seinem Hut hindurch zu mustern scheint.

Jetzt ist es spät. Auf CNN hat die Farbe für Pennsylvania von weiß auf rosa gewechselt. Ohio ist schon seit einer Stunde rot, wie auch North Carolina. Florida lässt noch auf sich warten. Aber auch dieser dicke Penis, der ruhig daliegt, umschmeichelt von den warmen Wassern des Golfs von Mexiko, dieses riesige Wartezimmer aufs Jenseits für Millionen pensionierter Amerikaner, wird in Kürze so rot werden wie der Großteil des Landes. Auf CNN hat sich Van Jones' joviales Gesicht immer weiter verdüstert. Vor Ende der Sendung wird der afroamerikanische Kommentator vor laufenden Kameras in Tränen ausbrechen und sich schluchzend fragen, wie er das alles seinen Kindern erklären soll.

So wie sie es ihrer Mutter versprochen hatte, hat Minerva um Punkt elf den Fernseher ausgeschaltet und ihren Bruder ins Bett gebracht. Morgen schreibt sie ihre Geschichtsprüfung über den Amerikanischen Bürgerkrieg. Aber Minerva hat keine Zweifel, dass es in der Schule nur ein Thema geben wird, den Ausgang der Wahlen.

»Komische Geschichte … Ist die wahr?«, fragt Mario seine Mutter.

»Sie steht im Koran und auch in der Bibel, dort ist Yunus der Prophet Jona.«

»Dann hat es Yunus echt gegeben?«

»Kann sein. Oder vielleicht soll das Ganze nur anschaulich machen, wie sich im Leben plötzlich alles ändern kann.«

Bruna senkt den Blick und beginnt, an einem Zipfel ihres schwarzen Seidenrocks zu nesteln.

»Ich hatte mal einen Studenten, der Yunus hieß«, sagt sie und versucht, das Zittern in ihrer Stimme zu unterdrücken. »Wie der Prophet aus dem Koran reiste auch er nach Ninive, heute heißt die Stadt Mossul.«

»Mossul … Ist das in Amerika?«

»Nein, im Irak.«

»Und ist er auch im Bauch des Wals gelandet, unter drei Schichten von Dunkelheit?«

»Ja.«

»Und wurde er auch von Gott gerettet? Hat Gott dem Wal befohlen, ihn freizulassen, weil er ein Gerechter war?«

Bruna setzt zu einer Antwort an, aber die Worte bleiben ihr im Hals stecken. Ihre Beine haben angefangen zu zittern. Ihre Faust hält noch immer den Zipfel aus schwarzer Seide umschlossen, wie um die Dunkelheit zu vertreiben. Mario umfasst ihr Gesicht mit den Händen und streicht ihr zärtlich über die Wangen, an denen langsam die Tränen hinunterrinnen. Sie hinterlassen helle Furchen in der dick aufgetragenen Fernsehschminke.

Bruna beißt sich auf die Lippen und hasst sich dafür, dass sie vor ihrem Sohn diese Schwäche gezeigt hat. *Ich habe alle belogen*, sagt sie sich seit Tagen immer wieder. Was werden die Kinder von ihr denken? Und Tom? Und Yunus, wie hat er sie so betrügen können? Sie hat ihm doch vertraut. Dann wischt sich Bruna die Tränen ab und wendet sich Minervas Bett zu, um sicherzugehen, dass ihre Tochter nicht aufgewacht ist. Sie weiß, dass Minerva keine Ruhe geben würde. Aber ihre regelmäßigen Atemzüge sind unverändert. Minerva schläft.

Bruna küsst Mario ein weiteres Mal auf die Augenlider. Er schlingt ihr die Arme um den Hals, zieht sie noch enger an sich. Dann küsst er sie auf die Lippen, wo sie sich gebissen hat, um die Tränen im Zaum zu halten, und wo nun ein Blutstropfen die Wunde schließt.

»Schlaf jetzt«, sagt sie endlich und streicht ihm noch einmal die Decke glatt. »Bald ist schon Morgen.« Sie steht auf und knipst das rote Licht aus, das ihr Sohn neben dem Bett stehen hat. Die Lampe sieht aus wie ein einäugiger kleiner Außerirdischer, der ihr Nacht für Nacht verspricht, über den Schlaf ihrer Lieben zu wachen.

Die Wohnung liegt dunkel und still da. Auch Bruna kommt

sich vor wie unter drei Schichten von Dunkelheit. Die Schutzschicht um ihre Wohnung, wo allein die dunklen Holztöne der schlaflosen Helligkeit draußen etwas entgegensetzen. Die Schicht von Gleichgültigkeit in dem Haus, das sie bewohnt. Zweihundert Wohnungen und über fünfhundert Bewohner, von denen Bruna nach all den Jahren fast keinen kennt. Und am Ende die Dunkelheit dort draußen. Jene, die sich dem blendenden Licht der Stadt entzogen hat, in der es auch dann Tag scheint, wenn es Nacht ist. Der Sternenglanz der Wolkenkratzer. Das verführerische Leuchten der Lokale. Die hypnotischen Lichter der Großbildschirme. Unter dem Kaffeebecher von Dunkin' Donuts laufen triumphierend die Börsenkurse von der Nasdaq. Stark, sehr stark, megastark. Der Dow wird alle Rekorde schlagen. 18000 Punkte vor den Wahlen, 24000 ein Jahr später. *Less taxation, less regulation.* Was gut für die Wall Street ist, das ist auch gut für die *Main Street.*

Aber die Dunkelheit will nicht aufgeben, sie widersteht. Verschanzt sich in den engen Gassen zwischen den Wohnsilos. In den leerstehenden Geschäften mit ihren rostigen Rolltüren. Unter den Brücken der Schnellstraßen, zwischen den Kartons der Obdachlosen. In der Schlucht am Belmont Park, zwischen den weggeworfenen Einwegspritzen.

»Die Leute sagen, es ist nicht so, niemand will es zugeben. Aber es gibt tatsächlich eine Stadt im Untergrund.«

***

In der leeren Einzimmerwohnung, die Yunus zusammen mit seinem Freund Mohammad bewohnt hat, ist es dunkel. Das gelbe Absperrband versperrt den Zugang. *Caution, police line.*

»Die Jungs machten so einen netten Eindruck«, sagt eine Nachbarin dem Reporter von Channel 7. »Der Große, Yunus, war wirklich sehr freundlich.«

»Und Sie hatten nie einen Verdacht?« Der Reporter hält ihr das Mikrophon näher an den Mund.

»Also, wenn ich so drüber nachdenke, war der junge Mann irgendwie zu freundlich. Wahrscheinlich habe ich ihm deshalb nie so richtig vertraut.«

Der Prophet Muhammad hat gesagt: »Keiner soll sich je besser nennen als Yunus.«

»Sein Vater war wegen irgendeiner üblen Sache in Rikers Island gelandet«, erzählt Yunus' Vermieter. »Er ist dann im Gefängnis gestorben. Die Angelegenheit wurde nie ganz geklärt. Ich weiß nicht, ob es ein Paradies gibt, aber Rikers ist definitiv die Hölle.«

»Der arme Junge«, fährt seine Frau fort. »Als er zwölf Jahre alt war, kam er in die Obhut des Jugendamts. Ich dachte, er hätte seine schwere Kindheit hinter sich gelassen und ein neues Leben angefangen. Aber da habe ich mich wohl getäuscht. Am Ende bezahlen die Kinder immer für die Fehler ihrer Eltern.«

»Deshalb brauchen wir ein Dekret gegen die Einwanderung aus muslimischen Ländern«, wird der Sprecher des gewählten Präsidenten am nächsten Tag kommentieren. »Wir müssen verhindern, dass radikalisierte Spinner ins Land kommen, um auf amerikanischem Boden Terroranschläge zu verüben oder naive Jugendliche mit psychischen Problemen für den Dschihad zu rekrutieren.«

In Yunus' Wohnung ist es dunkel. Die antiquarisch erworbenen Lehrbücher für die Uni liegen überall verstreut, zusammen mit Fotos, Briefen, Kleidungsstücken. Seinen Computer hat die Polizei mitgenommen. Der von Mohammad wurde nicht gefunden. Ein einzelner Turnschuh steht ohne Begleiter da. Über dem Bett baumelt das abgerissene Poster von Charlie Parker und Dizzy

Gillespie von der Wand. Yunus' Trompete liegt noch immer auf dem Küchentisch. Auf dem Instrument hat sich Staub abgesetzt. Er bedeckt das Blech des Schalltrichters, verstopft die Zylinderventile. Die rauchige Melodie von *My Melancholy Baby* ist nun für immer in ihrem Inneren gefangen. Fortan wird Yunus' Trompete nur noch *Il silenzio* spielen.

Day is done, gone the sun,

All is well, safely rest, God is nigh.

Unter Yunus' Kissen liegt weiter das Exemplar von James Baldwins *Giovannis Zimmer.* Eine der ersten Ausgaben von 1956, die Bruna in einer alten Buchhandlung im Village ausgegraben hat. Einem kleinen Laden in einem Souterrain, wo es nach Moder und Katzenpisse stank. Die großen Ketten haben fast alle unabhängigen Buchhandlungen der Stadt geschluckt, und jetzt schluckt Amazon eine nach der anderen die großen Ketten. Wer weiß, denkt Bruna, vielleicht kommt eines Tages ein noch größerer Fisch als Amazon und schluckt uns alle. In Baldwins Roman steckt ein Lesezeichen, ein Foto der Tänzerin Josephine Baker 1927 bei den Folies Bergère mit nichts als einem Bananenröckchen um die Hüften.

Ihr rebellischer Tanz, eingehüllt in die mächtige Umarmung seiner Worte.

»Dass dies nur ein winziger Aspekt der schrecklichen menschlichen Verstrickungen war, die es überall gab, ohne Ende, für allezeit.«

Yunus' Zimmer ist eigentlich zu klein für zwei. Yunus hat in den vergangenen Monaten versucht, es behaglicher zu gestalten. Er hat die vergilbten Wände neu gestrichen. Den Linoleumboden mit Teppich ausgelegt. Er und Mohammad haben das Kabuff in einen Betraum umgewandelt. Yunus hat dort einen kleinen afghanischen Teppich ausgebreitet, den er bei einem Trödler in Harlem gefunden hatte. Auf ein winziges Tischchen hat er ein Exemplar des Korans gestellt. An der Wand hängt ein schwarzes Tuch mit dem arabischen Schriftzug: »Es gibt keinen anderen Gott als Dich, Lobpreis sei Dir. Ich war ein Ungerechter.«

Yunus' Zimmer befindet sich im ersten Stock eines alten Backsteinhauses an der Ecke 138. Straße und Malcolm X. Die Fenster gehen auf einen kleinen Innenhof. Am Nachmittag spielen dort Kinder. *»Let's play suicide!«*, rufen sie fröhlich und lassen einen Gummiball gegen die Mauer prallen. Einer der Jungen fängt den Ball auf und trifft damit seinen Nebenmann, während der versucht, die Mauer zu erreichen. Da kommt er zu Fall.

»Treffer, du bist draußen!«

»Nein, ich hatte schon die Mauer berührt. Ich bin frei!« Aber es ist klar, dass das gelogen ist.

Ein Spieler nach dem anderen wird eliminiert, bis nur noch der Sieger übrig bleibt.

Der junge Ahornbaum im Hof scheint ihnen von oben zuzusehen. Noch ein paar Jahre, und die Kinder werden auch außerhalb des Spiels zu Fall kommen. Yunus' Ahorn hat schon fast alle Blätter verloren. Wenn man ihn so nackt sieht, wirkt er noch jünger und hagerer. Die schwarzen Äste vom Wind geschüttelt.

»Weißt du, warum sich das Laub der Bäume im Herbst rot färbt?«, hatte Yunus sie vor seiner Abreise gefragt. »Bevor sie sich fallen lassen, geben sie sämtliche Nährstoffe an den Baum ab.«

***

Bruna geht in ihr Zimmer und streckt sich auf dem Bett aus, in voller Montur. Noch nicht einmal den Mantel hat sie abgelegt, als sie nach Hause kam. Sie ist direkt ins Kinderzimmer gegangen, weil Mario, der sie hereinkommen hörte, nach ihr rief. Nun dreht sie sich auf die Seite und schließt in der Hoffnung einzuschlafen die Augen, aber sie ist zu aufgewühlt. In ihrem Kopf herrscht ein andauerndes Geräusch. Dasselbe Schrillen von Sirenen, das zu jeder Tages- und Nachtzeit in der Stadt zu hören ist. Dasselbe Dröhnen von Bohrern, die Fundamente ausheben, und Betonmischern, aus denen Zement quillt. Bruna dreht sich auf den Rücken und macht die Augen wieder auf. Sie betrachtet die Risse, die sich unweigerlich an der Decke zeigen, wenn der Winter näherrückt und das Haus sich von der einsetzenden Kälte zusammenzieht. Bruna wartet auf Tom. Sie hat beschlossen, ihm die Wahrheit zu sagen.

Der Herbst ist weit fortgeschritten. Die warme, feuchte Luft des Indian Summer, der in diesem Jahr besonders prächtig war, ist einer Front kühlerer Luft gewichen, die aus Kanada herüberzieht. Die Kälte hat den großen Eriesee überquert und schließlich über die relativ niedrigen Gipfel der Adirondack Mountains und das schöne Hudson Valley, das inzwischen fast völlig kahl ist, die Stadt erreicht. Jetzt weht es kühl auf die sanften, gebändigten Wasser des Hudson und die turbulenten und salzigen des East River. Und dringt durch die Fensterritzen, so dass Staub von den Büchern gewirbelt wird, von denen es in Brunas Zimmer viele gibt.

Bruna lauscht dem nervösen Stampfen des Flusses, der unter ihrem Haus dahinfließt. Über seinen gesamten Verlauf ist der East River ein Spielball der Gezeiten. Wassermassen, die sich auftürmen und wieder zurückziehen und den Fluss dabei in entgegengesetzte Richtungen bewegen. Deshalb fließt er mal von Norden nach Süden, vom Long Island Sound in Richtung New York Bay und offenes Meer. Und mal in die umgekehrte Richtung. Der East River ist kein Fluss im engeren Sinne, sondern eine Meerenge zwischen zwei Meeresarmen, die in ewigem Widerstreit stehen. Zwischen einem Gezeitenwechsel und dem nächsten tritt ein Waffenstillstand ein. Wenige Minuten lang *slack waters*, die

Kräfte der Natur gönnen dem Wasser endlich eine Atempause. Dann liegt der Fluss ruhig in seinem Bett. Bruna sieht ihn gerne so, langsam und müde. Das scheint ihr der einzige innere Friede, der noch möglich ist.

Als einziger Bewohner dieser Stadt erlaubt sich der Fluss gelegentlich zu verschnaufen. Während alle rennen, schwitzen, sich abstrampeln, wetteifern, einander hinterherrennen, die Ellbogen einsetzen, sich in Schlägereien verwickeln, zu Fall kommen und sich wieder aufrappeln, hält er inne, atmet durch, denkt nach. Aber die Ruhe hält nie lange an. Bald schon kommen die mächtigen Strömungen aus dem Long Island Sound zurück und wühlen ein weiteres Mal die Wasser auf. Ein Fluss im Fluss. Ein paar Meilen von ihrer Wohnung entfernt, an dem Punkt, der Hell Gate genannt wird, stoßen sie mit dem Harlem River zusammen. Dort ist es, als kämen sich die Wellen selbst in die Quere, unfähig, die Richtung zu halten, in die sie von der Strömung geschoben werden. Tom hat ihr einmal erzählt, im 17. Jahrhundert habe ein holländischer Forschungsreisender die Stelle entdeckt, an der Schiffe die ruhigeren Wasser der Bay durchsegeln können, bis hinüber nach Boston. Eine Route, die für Jahrhunderte, bevor der Transport auf dem Schienenweg aufkam, eine der wichtigsten Handelsstraßen Nordamerikas war. Der Entdeckungsreisende hatte diesen Teil des Flusses Hellegat getauft, das lichte Tor. Und tatsächlich verwandelt sich dieser Abschnitt zu einer gewissen Tageszeit in einen riesigen, gleißend hellen Spiegel.

City of hurried and sparkling waters.

Doch in der englischen Übersetzung war Hellegat zu Hell Gate geworden, dem Höllentor. Das war nicht einfach nur ein Übersetzungsfehler. Die Durchfahrt barg tatsächlich Gefahren. Gerade um das Hell Gate wurde die Navigation außerordentlich erschwert, durch das Aufeinanderprallen der Strömungen, die unverhoffte Strudel verursachten, und durch spitze Felsen, die aus dem Wasser ragten und den trächtigen Bauch der Schiffe zu durchbohren drohten.

City of spires and masts.

Über die Jahrhunderte hatten die Seefahrer jenen Felsen phantasievolle Namen verliehen. Zum Teil unerklärlich heitere wie *Hen and Chickens* oder *Bread and Cheese.* Andere klangen bedrohlicher, etwa *The Negro Heads.* In diesem Flussabschnitt waren über all die Zeit Hunderte von Schiffen untergegangen. Während des Unabhängigkeitskriegs hatte die *Hussar,* eine englische Fregatte, die angeblich Gold und Silber führte, um die in Manhattan stationierten Truppen zu entlohnen, just am Hell Gate Schiffbruch erlitten. Nun tauchen die Schatzsucher seit Jahrhunderten nach dem Wrack.

»Dort unten liegt ein Schatz von unermesslichem Wert«, hatte ihr einmal ein alter Fischer gesagt, der jeden Tag am Fluss saß, die Angel auf das Eisengeländer gestützt. Bruna hatte sich gefragt, ob der Mann damit das Gold der gesunkenen Schiffe meinte oder die Seebarsche, die es in diesem Flussabschnitt einst reichlich gegeben hatte.

Besonders erschütternd fand sie die Geschichte der *General Slocum,* eines mit deutschen Einwanderern voll besetzten Schiffs, die zur lutheranischen Kirchengemeinde Saint Mark's gehörten. Sie waren aus *Little Germany* an der Lower East Side zu einem Sonntagspicknick auf Long Island aufgebrochen. An Bord befanden sich Hunderte von Frauen und Kindern. Genau auf Höhe des Hell Gate brach an Bord ein Feuer aus, so dass das Schiff wenige Meilen weiter nördlich sank und dabei mehr als tausend Menschen in den Abgrund riss. Verkohlte Leichen wie Überlebende wurden meilenweit von den wilden Strömungen des Flusses mitgezogen. Nur die wenigsten kamen mit dem Leben davon.

Im späten 19. Jahrhundert beschloss die Stadt New York, einige der spitzkantigen Felsen, die die Durchfahrt durch das Hell Gate noch gefährlicher machten, mit Dynamit zu sprengen, ein Vorhaben, das sich über siebzig Jahre lang hinzog. Mit als Erste traf es die *Negro Heads*, was die kleine Menge, die sich am Flussufer versammelt hatte, um dem Schauspiel beizuwohnen, mit einer gewissen Genugtuung registrierte.

***

Bruna fröstelt und steckt die Hände in die Manteltaschen. Eine der Taschen hat seit einigen Tagen ein Loch, inzwischen passt ihre ganze Hand hindurch. Einmal mehr nimmt Bruna sich vor, sie am nächsten Tag zu reparieren, aber sie hat nie nähen gelernt.

Wo steckt Tom? Warum kommt er nicht nach Hause?

Bruna stellt sich ihre Ehe oft wie ein Paar Beine vor, die jahrelang nebeneinanderher einen gemeinsamen Weg gegangen sind. Aber nur eines der zwei Beine hat sich durchgehend bemüht und verhindert, dass die beiden stehen bleiben oder gar zurückfallen. Das andere hat sich einfach nur mitziehen lassen, teils aus Trägheit, teils aus einem Zweifel, ob Gehen überhaupt sein muss. Bruna fragt sich inzwischen, ob neuerdings vielleicht sie dieses zweite Bein ist. Ob sie und Tom nicht letztlich die Rollen getauscht haben und er sie mitzieht, während sie sich ziehen lässt.

Anfangs war sie mit Tom glücklich. Um mit ihm zusammen zu sein, war sie in die USA übergesiedelt. Seinetwegen hatte sie ihre Doktorarbeit in Boston begonnen und in New York abgeschlossen, wo Tom seine Facharztausbildung zum Endokrinologen machen wollte. Seinetwegen hatte sie gelernt, die verschneiten Winter und den Smalltalk der Amerikaner zu überstehen. Seinetwegen hatte sie sich angewöhnt, Unbekannte mit einem so höflichen wie sterilen *How are you?* zu begrüßen.

Bald jedoch waren die ersten Schwierigkeiten aufgetreten. Immer öfter bekam Bruna Streit mit Toms Familie. Die Schwiegereltern planten gemeinsame Wochenenden und Urlaube, ohne sie auch nur zu fragen. Standen plötzlich vor der Tür, unter tausenderlei Vorwänden. Bestanden darauf, dass Bruna und Tom ihrer Tochter Laura, die immer allein war, einen Freund suchten. Trafen Entscheidungen, stellten Regeln auf und erwarteten, dass Bruna sich daran hielt.

Für Tom war das alles normal. Es war ja seine Familie. Er kannte es nicht anders. Und er hatte sich nie gegen seine Eltern aufgelehnt, nicht einmal in der Jugend, die ohne Konfrontation keine ist. Er war nie laut geworden. Hatte nie damit gedroht, von zu Hause wegzugehen. Hatte nie ein gesundes und befreiendes *Fuck you, mom and dad!* an seine Eltern gerichtet.

Doch Bruna war da anders. Sie sprach aus, was sie dachte. Sie sparte nicht mit Kritik, wog ihre Worte nicht ab. Sie hatte in ihrem Leben immer getan, was sie wollte. Hatte auf niemanden gehört, auch nicht auf ihre Eltern. Sie war von klein auf unabhängig gewesen und hatte eine gewisse polemische Neigung, über Prinzipien zu streiten.

***

Als Tom Bruna seinen Eltern vorgestellt hatte, war sie von Sal und Amanda herzlich aufgenommen worden. Sie hatten schon seit einiger Zeit darauf gedrängt, sie kennenzulernen, aber Tom hatte den Termin immer wieder hinausgeschoben. Jahre später sollte Bruna in einer Schublade einen alten Brief finden, in dem Amanda dem Sohn vorhielt, ihr die junge Italienerin noch nicht vorgeführt zu haben, mit der er seit über zwei Monaten zusammenlebte. Bruna war die einzige junge Frau, die Tom seinen Eltern am liebsten gar nie vorgestellt hätte. An allen anderen hatte ihm nicht viel gelegen, deshalb brachte er sie auch gerne mit nach Hause. Aber bei Bruna lag die Sache anders. In Bruna hatte er sich wirklich verliebt, und er wusste, dass sie mit ihrer widerborstigen Art schwerlich den starren Vorstellungen entsprechen würde, die sich die Benes von seiner künftigen Verlobten machten. Doch an dem Tag, an dem Tom Bruna mit zu seinen Eltern nahm, lief alles scheinbar problemlos, als wäre sie die junge Frau, auf die sie immer gewartet hatten.

Amanda hatte ein köstliches Abendessen zubereitet: Es gab Wellhornschnecken und Jakobsmuscheln. Bruna trug ein schwarzes Kleid, das sich eng an ihren Körper schmiegte und den Rücken frei ließ. Während sie auf der Terrasse beim Essen saßen, hörten sie die Geräusche des Waldes und sahen auf der anderen Seite des Flusses die fernen Lichter der Stadt blinken. Die Zwillingstürme schimmerten in der Nacht wie silberne Kerzenhalter auf einer Tafel, der reichsten Tafel der Welt. Bruna erzählte Toms Eltern von ihren Besuchen bei der EU-Kommission, den Artikeln, die sie über Frauen und die Arbeitswelt geschrieben hatte, ihre Doktorarbeit in Boston. Amanda sprach über ihre akademische Karriere und den Erfolg, den sie bereits mit ihrem ersten Buch eingeheimst hatte, das Ende der siebziger Jahre erschienen war. Toms Vater schwieg die meiste Zeit. Während Amanda Konversation machte, behielt Sal die Freundin seines Sohnes im Blick. Er war fest entschlossen, ihre Schwächen zu entdecken, alles, was es an ihr auszusetzen gab, denn nur danach würde ihn seine Frau am Ende des Abends fragen, wenn sie wieder allein und im Schlafzimmer wären. Bruna spürte Sals Blick. Sie verstand nicht, warum er sie so beharrlich anstarrte. Anscheinend passte ihm etwas nicht. Vielleicht war es das Kleid, dachte sie, sie hätte ein weniger eng anliegendes nehmen sollen.

Nach dem Abendessen zog sich Bruna ins Gästezimmer zurück, und Amanda beglückwünschte Tom zu dessen großem Erstaunen, endlich eine junge Frau nach Hause gebracht zu haben, die, wie sie sagte, anders sei als die anderen. Bruna hatte Toms Mutter sofort sympathisch gefunden. Sie war eine gebildete, kultivierte und selbstsichere Frau. Nur die Komplimente, die ihr Signora Bene im Laufe des Abendessens ausgesprochen hatte – für ihr Englisch, das Bruna selbst eher wackelig fand, für ihre fast männliche Kurzhaarfrisur und die aufrechte, stolze Haltung, die ihrer Tochter Laura leider immer gefehlt habe –, waren ihr vielleicht etwas übertrieben vorgekommen. Auch Amandas Gutenachtkuss und ihre lange, innige Umarmung hatte sie übertrieben gefunden. Aber das, dachte Bruna, war wohl kulturell bedingt. Wahrscheinlich verabschiedeten sich Italoamerikaner immer so, womöglich ganz ähnlich wie die Menschen in Süditalien.

Bruna war nach diesem Wochenende erleichtert gewesen. Auf ihrer Rückreise nach Boston hatte sich Tom vielmals bei ihr bedankt. Seinen Eltern zu gefallen schien ein Verdienst zu sein, das sich vor ihr nur wenige erworben hatten. Die Nervosität, die ihn tagelang nachts wach gehalten und dazu geführt hatte, dass er grundlose Streitigkeiten mit Bruna vom Zaun brach, war verschwunden, und in ihr gemeinsames Leben kehrte wieder Ruhe ein.

In den darauffolgenden Tagen erhielt Bruna per Post zahlreiche Geschenke von Amanda. Einen Scheck in Höhe von zweihundert Dollar zum Kauf von Büchern für ihre Studien. Ein neues Kleid für die Geburtstagsfeier, die die Benes zu Ehren ihres Sohnes organisieren wollten. Eintrittskarten für das Konzert von Maurizio Pollini in der Boston Symphony Hall und das Spiel der Yankees gegen die Red Sox im Fenway Park. Zudem schenkte ihr Amanda eine Jahreskarte für das Isabella Stewart Gardner Museum. Bruna hatte ihr nämlich erzählt, sie liebe es, dort hinzugehen, und sei es nur, um sich im Winter in den Garten zu setzen und die Schönheit der japanischen Chrysanthemen zu bewundern. Im Frühling würde die Kapuzinerkresse sprießen. Bruna würde betrachten, wie sie sich durch die von Säulen unterteilten venezianischen Fenster schlängelte – ockerfarbene und tiefrote Punkte auf einem Wasserfall aus Grün –, und begierig ihren vagen Honigduft einsaugen. Amanda hatte sich daran erinnert, und das war für Bruna das schönste Geschenk von allen. Sie hatte sofort zum Telefon gegriffen, um sich bei ihr zu bedanken, und die beiden hatten sich lange über Bücher und über Tom unterhalten. Die Benes schienen sie tatsächlich wie eine Tochter aufgenommen zu haben, was sie sich schlicht mit ihrer gemeinsamen Liebe zu Tom erklärte.

Als sie im Monat darauf erneut nach New York fuhren, dachte Bruna zu ihrer eigenen Überraschung, dass das auch für sie so etwas wie ein Nachhausekommen sei. Bei dieser Gelegenheit lernte sie Laura, Toms Schwester, kennen. Auf Amandas Wunsch hatten sich Tom und Bruna in den *family room* gesetzt, um sich die kleinen Super-8-Filme anzuschauen, die Sal 1982 gedreht hatte, als die Kinder noch in der Grundschule waren. Er hatte die Bilder mit einer alten US-Kamera eingefangen: Von den Japanern, die damals überaus konkurrenzfähige Modelle herstellten, wollte er nichts wissen. »Wenn wir nicht aufpassen«, sagte er, »überschwemmen japanische Produkte bei uns den Markt, und dann müssen unsere Fabriken schließen, und die Leute stehen ohne Arbeit da. Deshalb ist alles, was ich kaufe, *made in USA*. Ich bin überzeugt: Der einzige Weg, uns zu verteidigen, besteht darin, auf japanische Waren einhundert Prozent Zoll zu erheben. Wer braucht schon Freihandel, wenn es ein ungerechter Handel ist, zu unseren Ungunsten?«, wiederholte er so manches Mal. Zu der Zeit hörte man ihn ständig von Japanern und Sowjets reden, und oft mit der gleichen Geringschätzung. Aber seine Kamera stellte nicht richtig scharf, oder sie machte matte oder zu dunkle Bilder oder hinterließ darauf große, tentakelartige rote Flecken.

Die erste Aufnahme zeigte Tom, der aus der Ferne seinem Vater zuwinkte, um dann vom Sprungturm ins Schwimmbecken des Clubs zu springen, in dem die Benes seit vielen Jahren Mitglied waren. Wenn er sich nach all den Jahren dabei zusah, fühlte sich Tom fast ebenso stolz wie damals. Er hatte Jahre dazu gebraucht, diesen Sprung zu perfektionieren. Gleichzeitig jedoch fand er die Bilder, die ständig ihre Farbe wechselten, beunruhigend. Dann erschien Laura in dem Filmchen, sonnengebräunt und in einem knallengen gelben Lycra-Badeanzug, aus dem das Fett ihrer Hüften und Schenkel hervorquoll. »Schalt das sofort ab!«, schrie sie ihren Bruder an, als sie nun unvermittelt ins Zimmer stürmte. Sie hatte gerade zwei Stunden Jogging hinter sich. »Ich kann diesen Anblick nicht aushalten. Da sehe ich ja aus wie ein Riesen-Hot-Dog mit Senf.« Bruna musste lachen. Gewiss machte Laura Witze. Sie stand vom Sofa auf und ging ihr entgegen, um ihr die Hand zu geben. Doch bevor sie sich vorstellen konnte, fuhr Tom seine Schwester an – in einem Ton, den Bruna noch nie von ihm gehört hatte –, wenn sie sich nicht so sehen wolle, könne sie sich gerne für den Rest des Wochenendes in ihrem Zimmer einschließen. Laura warf den Plastikbecher mit Zitronengranita nach ihm, den sie in der Hand hielt. Aber sie verfehlte ihr Ziel, der Becher fiel auf den Boden, und das Eis verteilte sich über den maigrünen Teppich. Bruna erinnerte das Bild an den Raureif, der im Winter den Rasen der Vorortgärten in Rom bedeckte, wo sie aufgewachsen war. Sie hatte damals dasselbe Gefühl von trostloser Verlassenheit verspürt, von gefrorener Wut. Erst als Amanda eingriff, kam der Streit zwischen Laura und Tom zum Erliegen. Ein paar Minuten später tauchte Sal mit einem Glas Wasser und einer

Tablette Lorazepam für Laura auf. Bruna verbrachte den Rest des Nachmittags auf ihrem Zimmer und las Sheridan Allens *The Nazi Seizure of Power*. Tom hatte ihr gesagt, seine Mutter und sein Vater wollten mit ihm unter sechs Augen reden. Sie sagte sich, dass es wohl um Familienangelegenheiten gehen müsse, doch aus irgendeinem unerklärlichen Grund beruhigte sie dieser Gedanke kein bisschen. Am Abend jedoch waren alle unbeschwert und gut gelaunt, bis auf Laura, die wegen starker Kopfschmerzen schlafen ging, ohne etwas zu sich zu nehmen. Bruna bedauerte das, sie hatte neugierig darauf gewartet, Toms Schwester kennenzulernen, und bekam nun das Gefühl, Laura gehe ihr aus dem Weg.

Am nächsten Tag wurde Sal von seiner Frau vorgeschickt, um mit Bruna zu sprechen. Ein paar Minuten lang redete er um den heißen Brei herum. Dann nahm er seinen Mut zusammen und sagte zu Bruna, sie und Tom müssten fortan versuchen, mehr Zeit mit Laura zu verbringen, sie mitnehmen, wenn sie eine Reise planten oder übers Wochenende nach New York kämen. »Ich will, dass ihr, du und Laura, beste Freundinnen werdet«, schloss er. »Wenn ihr nach New York zieht, wird sie wie deine Schwester sein.« Bruna antwortete, sie freue sich darauf, Laura näher kennenzulernen, aber die sei ja eine erwachsene Frau und habe es gewiss nicht nötig, dass sie und Tom den Babysitter für sie spielten. Sal klappte der Mund auf, und den restlichen Sonntag sagte er kein Wort mehr und harkte stattdessen im Garten das Laub zusammen. Sooft sie Laura in den folgenden Monaten wiedertrafen, in New York oder in Boston, wohin Amanda die Tochter häufig für ein Wochenende schickte, überschüttete Tom sie mit pflichtbewussten Komplimenten für ihre Figur und die verlorenen Kilos. Nach den ersten Malen fand Bruna diese Schmeicheleien allmählich nervtötend. Sie fragte Tom, warum er gegenüber seiner Schwester nicht aufrichtiger sein könne und warum es in deren

Anwesenheit kein anderes Thema gebe als Diäten und wie man sein Gewicht in den Griff bekomme.

An einem jener Wochenenden nahm Bruna Laura mit ins Isabella Stewart Gardner Museum. Das war ihre eigene Idee gewesen. Tom hatte den ganzen Tag im Krankenhaus zu tun, und Bruna wollte ein wenig Zeit allein mit Laura verbringen, um sie besser kennenzulernen. Nachdem die beiden den Wintergarten besucht hatten, gingen sie ins Obergeschoss. Bruna wollte Laura Tizians *Raub der Europa* zeigen, das Prunkstück in Isabella Stewarts Kunstsammlung. »Zeus hatte eine sehr eifersüchtige Frau, die Göttin Hera. Deshalb musste er sich jedes Mal, wenn er mit einer Sterblichen schlafen wollte, in ein Tier verwandeln. Im Mythos von Europa war es erst ein weißer Stier und dann ein Adler, in dem von Leda ein Schwan. Kannst du dir vorstellen, was das heißt, der Mächtigste zu sein und nicht die lieben zu können, die du willst? Das ist wie ein Fluch!«, scherzte Bruna. Laura blieb still und sah sich nur lange das Bild an. Sie achtete nicht darauf, wie sich Europa auf dem Boden rekelte, sondern auf die unerklärlich zahmen und schreckgeweiteten Augen des Stiers: ein zerbrechlicher Gott, tierisch und menschlich, auf seiner Flucht mit Europa von Meeresungeheuern verfolgt. Ein Gott, der die eigene Allmacht vergessen hatte. Dann sagte Laura, als kehrte sie aus einem fernen Winkel ihres Geistes wieder: »Mein Fluch ist, dass ich die Tochter meiner Mutter bin. Ich wollte, ich könnte mich ebenfalls in ein anderes Tier verwandeln, um immer wieder vor ihr davonzulaufen.« Bruna rührte diese Aussage. Sie trat zu ihr, um sie in den Arm zu nehmen, aber Laura wich sofort einen Schritt zurück. Und als Bruna auf dem Heimweg versuchte, das Thema noch einmal aufzugreifen, bog Laura das Gespräch ab. »Ich merke oft gar nicht, was ich rede. Meine Mutter weist mich häufig darauf hin.«

An dem Nachmittag, an dem Tom und Bruna sich die Videos der Familie Bene angesehen hatten, hatte Amanda ihren Sohn beiseitegenommen und ihm gesagt, Laura leide außerordentlich unter seiner Beziehung mit Bruna, auch wenn sie das niemals zugeben würde. »Das ist für deine Schwester ein schwieriger Moment. Sie hat Angst, dich zu verlieren, Angst davor, dass Bruna dich uns entfremden könnte. Ich kann ihr das nicht verdenken. Und dann ist es, als ob eure Beziehung sie jedes Mal daran erinnern würde, dass alle gemeinsame Zukunftspläne schmieden, während sie allein ist. Deine Cousine Jessica heiratet nächsten Monat, vielleicht hast du das vergessen? Sie ist genauso alt wie Laura.«

Bereits in den ersten Wochen nach dem Gespräch mit Sal merkte Bruna, dass ihr Verhältnis zu den Benes belastet war. Während des darauffolgenden Wochenendbesuchs zeigte sich Amanda ihr gegenüber ausgesprochen kühl. Sie verbrachte lange Stunden in ihrem Arbeitszimmer und redete dort auf ihren Sohn ein. Beim Abendessen flüsterte sie weiter mit ihm, während Sal versuchte, Bruna die Militärstrategie der US-Army im Koreakrieg zu erklären. Und beim Kaffee, der auf der Terrasse eingenommen wurde, strich Amanda ihrem Sohn unablässig über den Kopf, über den Rücken. Irgendwann erreichte ihre Hand seine Hüfte, fuhr an der Außenseite des Schenkels entlang und kam auf dem Knie zu liegen. Dort blieb sie für den Rest des Abends, selbstherrlich und sinnlich, und Bruna konnte den Blick nicht davon wenden.

***

Als Bruna und Tom nach New York zogen, verschlimmerte sich die Lage nur noch weiter.

Eines Abends erkundigte sich Toms Vater beim Essen, ob Bruna sich mit der Vorstellung anfreunden könne, für immer in den USA zu leben. Offenbar keine Smalltalk-Frage, sondern ein wichtiges Thema, das ihn seit geraumer Zeit beschäftigte, seine Frau Amanda hatte ihn gebeten, in diesem Punkt möglichst bald Klarheit zu schaffen. Bruna antwortete aufrichtig, sobald sie ihr Studium abgeschlossen hätte, wolle sie mit Tom nach Europa ziehen. Untereinander hatten sie über diese Möglichkeit häufig gesprochen, wobei Tom sie nie so richtig ernst genommen hatte.

Bruna war sich, als sie so offen antwortete, durchaus bewusst, dass sie die Benes damit verärgern würde. Dennoch hätte sie sich nicht ausmalen können, welche Wut ihre Worte auslösen sollten. Es war, als ob ein winziger Riss in einem baufälligen Damm genügt hätte, um einen Fluss über die Ufer treten zu lassen, der schon seit längerem Hochwasser führte.

Sal lief puterrot an. Seine Nasenlöcher weiteten sich, weil er kaum noch Luft bekam, und er umklammerte mit den Händen beide Seiten des Tischs und zog ihn mit Gewalt zu sich her.

»Himmelherrgott!«, donnerte er. »Die Familie muss zusammenbleiben! Und außerdem habe ich … haben wir«, korrigierte er sich, als er einen Blick von Amanda auffing – »nicht eine knappe Million Dollar in Privatschulen investiert, ins College, in den Master …« – er holte erst mal tief Luft – »… und in vier Jahre Medizin an einer der angesehensten Universitäten des Landes, um hinterher zuzusehen, wie unser Sohn die USA verlässt. Wo sollte er überhaupt leben? Etwa in Italien? Einem Land, das am Ende ist, in Auflösung, und dem Jahr für Jahr Tausende von jungen Leuten den Rücken kehren?«

Worte, herausgebrüllt mit all der Wut, zu der Sal im Kreis seiner Familie nur fähig war. Und dennoch alles andere als zufällige Worte: Wie immer hatte Amanda den gesamten Gedankengang ausgearbeitet, bevor sie ihren Mann vorschickte, um die schmutzige Arbeit für beide zu erledigen. Eine Dynamik, die Bruna erst einige Zeit später erkennen lernen sollte.

»Nur wenn Tom in Amerika bleibt, wird er eine glänzende Zukunft haben«, fuhr Amanda fort, in einem ruhigen Ton, der eine gewisse Genugtuung kaum verbarg. Sie hatte sich wie üblich im richtigen Moment ins Gespräch eingeschaltet, um Sal Zeit zum Atemholen zu geben, aber auch um dem eingeschüchterten Gesprächspartner – sei es eines der Kinder, ein Verwandter, der Nachbar oder der Direktor des Krankenhauses, der Sal vor seiner Pensionierung die Beförderung verweigert und stattdessen einen Kollegen zum Nachfolger erkoren hatte, der ebenfalls Jude war –, um jedem dieser Gesprächspartner zu signalisieren, dass sie die Argumente ihres Mannes teile, wenn auch nicht seine Umgangsformen, und man mit ihr und ihr allein zivilisiert diskutieren könne. »Er wird gut verdienen und dir die Möglichkeit zu einem komfortablen Leben eröffnen. Wenn du an der Universität bleibst, wirst du nie angemessen entlohnt werden. Glaub mir, ich habe das selbst erfahren müssen.«

Bei diesen Worten hatte Tom, dem die Unvermeidlichkeit dieser Auseinandersetzung zwischen seinen Eltern und seiner künftigen Frau durchaus bewusst war, traurig genickt. Schon zu oft war die Diskussion aufgeschoben worden, aus reinen Zufallsgründen.

Bruna hingegen packte die Gelegenheit beim Schopf, die monatelange Frustration gegenüber ihren künftigen Schwiegereltern loszuwerden. Sie sagte Sätze, von denen Tom sich nie vorzustellen vermocht hätte, dass sie an seine Eltern gerichtet werden könnten – geschweige denn seitens der Frau, die er beschlossen hatte zu heiraten. Nach Jahren aufopferungsvoller Mühen waren Dr. und Frau Prof. Bene in der Familie zwei Autoritäten. Sie hatten ein Maß an Bildung und Wohlstand erreicht, das unter Verwandten und Freunden seinesgleichen suchte. Keiner in der Familie hatte mehr den Mut, ihnen zu widersprechen. Sie waren der fleischgewordene amerikanische Traum.

»Wo wir leben wollen, ist allein unsere Entscheidung, ihr haltet euch da besser raus. Außerdem ist Italien nicht mehr das Land, aus dem eure Großeltern aufgebrochen sind, um dem Elend zu entfliehen. Und ich bin nicht in Ellis Island von Bord gegangen, in der Hand einen Koffer aus Karton, zusammengebunden mit einer Schnur!« Den letzten Satz jedoch hatte sie fast sofort bereut.

Bei jedem Wort Brunas, bei jedem Ansteigen ihrer Stimme, war Tom immer kleiner geworden. Er war in sich zusammengefallen. Hatte das Kinn auf die Brust sinken lassen. Die Arme kraftlos in den Schoß gelegt. Dicse Haltung nahm er jedes Mal ein, wenn er fürchtete, sich vor dem Zorn der anderen schützen zu müssen, wie eine Schildkröte, die sich unter ihren Panzer zurückzieht. Und der Ausbruch ließ auch diesmal nicht auf sich warten. Von einem blinden Zorn gepackt, den Tom nur allzu gut kannte, ging der Vater gar nicht erst auf Bruna ein, sondern wandte sich direkt an ihn.

»Der Tag deiner Hochzeit wird der Tag deiner Beerdigung«, fauchte er. Dann ließ er die Fäuste so heftig auf den Tisch niedersausen, dass die Wasserkaraffe umkippte. »Wenn du diese Frau heiratest, dann bist du nicht mehr unser Sohn!«

Amanda war inzwischen vom Tisch aufgestanden, war zum Sofa gegangen und hatte sich hingelegt. Ihre Hände zitterten unübersehbar. Sie könne sich kaum auf den Beinen halten, sagte sie. Ihr sei ganz schwummrig. Tom hatte diese Szene schon oft mit angesehen. Und doch ließ ihn der jammervolle Anblick seiner Mutter, so wiederholt und offenkundig übertrieben er auch sein mochte, niemals kalt, wie Amanda nur zu gut wusste. Auch er stand auf und trat zu ihr ans Sofa. Sie nahm seine Hände und erinnerte ihn schluchzend daran, dass er ihr einziger Sohn sei und sie nicht verlassen dürfe. Und dann gewann ihre Stimme für einen

Augenblick wieder an Festigkeit, als sie sich an Bruna wandte: Im Gegensatz zu ihr habe sie, Amanda, sich gegenüber den eigenen Schwiegereltern, den Eltern von Sal, stets respektvoll und hilfsbereit verhalten. Sie sei für sie da gewesen, als die beiden alt und gebrechlich wurden. »Und das, obwohl sie selbst zwei Töchter hatten!« Tom wusste, dass der Ablauf ein etwas anderer gewesen war. Seine Mutter hatte die Eltern ihres Mannes nicht ausstehen können, die sie für ungehobelt und aufdringlich gehalten hatte. Doch in diesem Punkt, wie in allem anderen, hatte Tom nie gewagt, ihr zu widersprechen.

Dann hörte seine Mutter auf einmal auf zu sprechen. Sie ließ den Kopf in den Nacken sinken und schloss die Augen, giftig, manipulativ. Sie sah aus wie eine Tote.

»Sieh nur, was du mit deiner Mutter gemacht hast«, herrschte Sal seinen Sohn an.

Noch am selben Abend teilte Tom Bruna mit, ohne den Segen seiner Eltern könne er sie nicht heiraten.

***

Bruna konnte es nicht fassen, dass Tom von ihrer Hochzeit Abstand nehmen wollte, nur um seine Eltern zufriedenzustellen. Und doch gab sie die Schuld an diesem Entschluss weniger ihm als den beiden. Sie war überzeugt davon, dass er nicht wirklich hinter seiner Entscheidung stehe. Er sah sich dazu gezwungen, würde es aber irgendwann bereuen. Und zu ihr zurückkehren. Was sie miteinander verband, war echte Liebe. Es schmerzte sie natürlich zutiefst, dass er nicht für sie gekämpft hatte, aber es war leichter, Rechtfertigungen für ihn zu finden, als sich seine Schwäche einzugestehen. Nicht zuletzt verlieh der Widerstand der Benes ihrer Geschichte etwas Romantisches, das Bruna stark anzog. Vielleicht hielt sie es für ihre Aufgabe, Tom aus seiner Ursprungsfamilie zu retten. Oder vielleicht erinnerte sie das Verhalten der Schwiegereltern an den Widerstand ihrer eigenen Großeltern gegen die Heirat ihrer Eltern. Brunas Mutter hatte sich für ihren Vater entschieden, obwohl die Eltern dagegen gewesen waren. Würde Tom in der Lage sein, dasselbe zu tun? Womöglich und ganz banalerweise hielt sie auch der Wettbewerb mit Amanda an ihn gefesselt, der Zwang, ihrer künftigen Schwiegermutter nicht den Sieg zu überlassen. All das wurde Bruna zu diesem Zeitpunkt nicht bewusst, anfangs gab sie Toms Eltern die Schuld an allem, was in ihrer Beziehung zu Tom schiefging. Erst viele Jahre später kam ihr der Gedanke, dass ihre Geschichte mit Tom ohne deren Widerstand vielleicht viel früher geendet hätte, wie alle Geschichten, die aus Mangel an Treibstoff stehenbleiben. Sie beide dagegen hielt die Feindseligkeit der Schwiegereltern zusammen.

Um dieselbe Zeit begann Bruna, sich Fragen über die amerikanische Gesellschaft zu stellen. Amerika war nicht das Land der Freiheit und Emanzipation, das sie sich vorgestellt hatte. Und doch waren von dort starke Impulse für die Jugendkultur und die Frauenbewegung gekommen. Hatte nicht die Generation von Toms Eltern jene Zeit der Errungenschaften und Veränderungen geprägt? Und zählten nicht Toms Eltern, beide beruflich gut etabliert, zu den kultiviertesten Vertretern dieser Generation? In Wirklichkeit und entgegen dem Klischee, demzufolge in den sechziger Jahren alle jungen Leute sich engagierten und Grenzen überschritten, hatte nur ein Teil dieser Generation sich an den Protestmärschen für die Bürgerrechte und gegen den Vietnamkrieg beteiligt. Die anderen, wie in jeder Generation, hatten sich von ihren Eltern nicht unterschieden und zum Wandel keinerlei Beitrag geleistet.

Dabei waren Toms Eltern gebildete Menschen. Da Bruna selbst

aus einer Familie stammte, in der niemand studiert hatte, war sie immer der Ansicht gewesen, Bildung bringe eine große geistige Öffnung mit sich. Doch offenbar hatte sie die heilsame Kraft der Bücher überschätzt. Oder vielleicht hatte den Benes, die darin gewiss keine Ausnahme darstellten, ihre Kultur ein Gefühl von Überlegenheit und Distanz zu anderen verschafft, wie es nicht einmal die blindeste Unwissenheit hätte erzeugen können.

In Amerika überlebten Gewohnheiten und Bräuche, die in Italien, zumindest nach Brunas Erfahrung, überwunden waren. Auch ihr Vater war bei den Großeltern mütterlicherseits nicht wohlgelitten gewesen, doch ihre Mutter hatte ihn trotzdem geheiratet. Und ihre Eltern hatten ihr zwar das Studium bezahlt, wenn auch die Kosten im Vergleich zu denen in Toms Familie lächerlich niedrig gewesen waren, aber sie hatten sie nie unter Druck gesetzt, in Italien zu bleiben und ihnen die Opfer, die sie gebracht hatten, zu vergelten. Aber vielleicht kam sie ja, wie Tom ihr häufig zu verstehen gab, aus einer recht speziellen Familie. Ihr Vater war noch als Jugendlicher von seinem gewalttätigen Vater aus dem Haus geworfen worden, und nach der Heirat hatte er sich mit den Eltern seiner Frau häufig gestritten, die in vielerlei Hinsicht denen Toms ähnelten. Bruna war mit der Vorstellung aufgewachsen, die bigotte Mentalität ihrer Großeltern sei das absolute Böse, und fand es absurd, durch eine Ironie des Schicksals nun ausgerechnet in Amerika wieder darauf zu stoßen. Allerdings waren Toms Eltern viel jünger und gebildeter als ihre Großeltern, die gegen Ende des Ersten Weltkriegs als Bauern geboren waren und nicht einmal die Grundschule abgeschlossen hatten.

Aber war nicht Amerika das Land, in dem die jungen Leute mit achtzehn von zu Hause auszogen und die Eltern sich weigerten, ihre volljährigen Kinder durchzufüttern? Für Bruna sah es so aus, als wollten die Amerikaner, dass sich ihre Kinder in Sachen Arbeit und Finanzen wie Erwachsene verhielten und bei allem anderen in der Kindheit verharrten. Vielleicht blieben die jungen Leute, gerade weil sie so früh von zu Hause weggingen, in den Augen ihrer Eltern auf ewig Kinder?

Tom war zum Studium nach Washington gegangen, damals noch nicht einmal volljährig. Dort hatte er zehn Jahre verbracht, vom College über den Master bis zu seinem Abschluss in Medizin. Anschließend war er für die Famulatur nach Boston umgezogen, wo er Bruna kennengelernt hatte. In jener Zeit war er nur zu Thanksgiving und zu Weihnachten nach Hause gefahren. Seine Eltern hatten nichts von ihm erfahren und sich auch nicht dafür interessiert, den Mann kennenzulernen, der er geworden war. Er ließ sie freilich in dem Glauben, dass sich nichts verändert habe: Sooft er sie besuchen fuhr, flüchtete er sich in das fügsame Verhalten, auf das sie so viel Wert legten. Er sprach nie von sich, mit Ausnahme der einen oder anderen lustigen Anekdote aus seiner Arbeit im Krankenhaus: von den Nachtschichten, der Beziehung zu den Kollegen, den Patienten. Die Mutter überhäufte ihn stets mit Lob. Allein dafür lohnte es sich schon, nach Hause zu fahren: um von ihr zu hören, wie sehr ihn Verwandte und Freunde für seine beruflichen Erfolge bewunderten, und um zu sehen, wie stolz seine Eltern auf ihn waren. Amandas Schmeicheleien waren die Muttermilch, der Tom sich nie entwöhnt hatte.

Während dieser Besuche erzählten Sal und Amanda dem Sohn häufig von ihren eigenen Errungenschaften: der letzten akademischen Publikation Amandas, der Dankbarkeit der Patienten, die Sal in seiner Obhut hatte, dem Cabrio, das sie sich vor kurzem gegönnt hatten, der Kreuzfahrt, die sie im kommenden Monat unternehmen würden. Hin und wieder jedoch hatte Sal das Bedürfnis, sich etwas von der Seele zu reden, und dann teilte er Tom mit, was ihn beschäftigte.

»Die Latino-Studentinnen deiner Mutter haben einen Brief an den Dekan geschrieben, in dem sie sie des Rassismus beschuldigen. Dreißig Jahre Lehre, und das ist der Dank!«

Amanda wollte eigentlich nicht, dass ihr Sohn von ihren Problemen an der Universität hörte. Als jedoch Sal das Thema auf den Tisch brachte, zögerte sie nicht, sich zu verteidigen.

»Ich und rassistisch? Nur weil ich sie gebeten habe, nicht mehr im Minirock zum Unterricht zu kommen? In dem Brief an den Dekan steht, die Kleidung sei Teil ihrer kulturellen Identität, für die ich angeblich keinen Respekt hätte. Aber mit Kultur hat das doch gar nichts zu tun! Ich sage dir eines, wenn die Zulu einen Tolstoi haben, dann werden wir ihn schon lesen! Eigentlich geht es doch darum: Die Jungen im Kurs glotzen nur die Mädchen an, statt mir zuzuhören. Deshalb habe ich alle Latinas gebeten, zukünftig in Hosen zu kommen. Aus meiner Sicht war das ein vernünftiges Ansinnen. Aber der Dekan hat gesagt, ich soll mich entschuldigen.«

Tom gab nie Kommentare ab. Er nickte, seufzte und zeigte sich einverstanden. Nur wenn er mit seinem Vater allein war, wagte er es, sich nach Laura zu erkundigen. Nach dem College war sie wieder zu Hause eingezogen. Die Wochenenden verbrachte sie vor dem Fernseher. Nach dem Abendessen sperrte sie sich immer im Badezimmer ein, um sich zu übergeben. Sal hatte schon geglaubt, eine gute Therapeutin für sie gefunden zu haben, doch nach ein paar Sitzungen hatte sie zu Laura gesagt, sie wolle auch mal mit ihren Eltern sprechen. Die Therapeutin war der Meinung, Lauras Essstörung hänge mit einem Mangel an Selbstwertgefühl zusammen und daher mit gewissen familiären Abläufen, die näher ergründet werden müssten, unter Beteiligung der gesamten Familie an der Therapie. Doch damit gelangten Lauras Sitzungen an ein plötzliches Ende. Sal hatte ihr verboten weiterzumachen.

»Was weiß diese Ärztin schon von unserer Familie? Wie kann sie sich erlauben, ein Urteil zu fällen? Wenn Laura kein Selbstvertrauen hat, dann, weil sie immer so biestige Freundinnen hatte, die haben ihr das Gefühl gegeben, unterlegen zu sein.«

Dasselbe war vor einigen Jahren passiert, als eine Logopädin eine Verbindung zwischen Toms immer schlimmerem Stottern und den Spannungen angedeutet hatte, die er zu Hause erlebe. »Was steckt die ihre Nase in unsere Angelegenheiten, die hat doch keine Ahnung. Tom muss einfach nur mehr üben.«

***

In Amerika, begann Bruna zu verstehen, gab es Regeln und Traditionen, von denen sie nichts wusste. Eine Art zu denken, die sie einer anderen Zeit zugeordnet hätte, anderen Generationen und Ländern auf der Welt. Am Anfang hatte sie geglaubt, die Abläufe in Toms Familie seien typisch für Italoamerikaner. Vielleicht war das die Art, wie diese Community ihre kulturelle Identität bewahrte, in einem riesigen Land, das ihnen Angst machte und alles aufzulösen drohte. Letztlich hatte keiner von Toms Onkeln außerhalb seiner ethnischen Gruppe geheiratet. Und auch diejenigen unter Toms Cousins, die sich keine italienischstämmigen Frauen gesucht hatten, waren mit Katholikinnen verheiratet: Irinnen, Polinnen, Südamerikanerinnen. Nur sein Cousin Steve, der seit jeher ein Dickschädel gewesen war, hatte eine junge Jüdin geheiratet, sich jedoch nach wenigen Jahren scheiden lassen, da er die ständigen Querschüsse der beiden Familien nicht ertrug.

»Ich hatte es satt, jedes Jahr mit meiner Frau und ihrer Familie zu streiten, nur weil ich zu Weihnachten das Haus schmücken wollte«, hatte Steve Tom erzählt. »Und ich bin sicher, meine Frau schauderte bei dem Gedanken, wenn wir einmal ein Kind hätten, würde meine Mutter es, ohne mit der Wimper zu zucken, im Spülbecken taufen, egal, wie wir die Sache sahen.«

Toms Eltern hatten sich über diese Scheidung gefreut.

Als Tom mit siebzehn ausgezogen war, um aufs College zu gehen, hatte ihm sein Vater geraten, sich von Asiatinnen und Afroamerikanerinnen fernzuhalten. An Asiatinnen war Tom nicht sonderlich interessiert, aber Afroamerikanerinnen mit ihren prallen Hintern brachten ihn um den Verstand. Sein gesamtes erstes Jahr im Medizinstudium ging er also mit einer schwarzen Krankenschwester aus Detroit ins Bett, hütete sich aber, seinen Eltern davon zu erzählen. Einmal rief seine Mutter an, während Tom unter der Dusche stand. Janice, die Krankenschwester, ging ans Telefon. Amanda, die den afroamerikanischen Akzent heraushörte, fragte, ob sie die Putzfrau sei, worauf Janice sofort auflegte.

Mit der Zeit wurde Bruna klar, dass die familiendynamischen Prozesse in der italoamerikanischen Gemeinde auch bei anderen ethnischen Gruppen gang und gäbe waren. Juden, Inder, Hispanics, Asiaten: In jeder dieser Communitys glaubten Eltern, das Recht zu haben, Entscheidungen für ihre erwachsenen Kinder zu treffen.

Ein paar Jahre später las Bruna zufällig einen Essay über das Leben der italoamerikanischen Gemeinde der vierziger Jahre in East Harlem, bevor das Viertel überwiegend puertoricanisch wurde und die »Cara Harlem« zum *El Barrio* von heute. Just dort waren Sals Eltern geboren.

Der Titel des Essays lautete *The Madonna of 115th Street*, und der Autor schilderte darin die Regeln, die in der Community die persönlichen und familiären Beziehungen bestimmten. Besonders vier davon hatten Bruna nachhaltig beeindruckt:

1. Jedes Mitglied der Community muss sich auf die Seite seiner Verwandten stellen, ob diese im Recht oder im Unrecht sind.
2. Eine Ehe stellt nicht nur die Vereinigung zwischen zwei Menschen dar, sondern die zwischen zwei Gruppen von Blutsverwandten.
3. Kinder müssen die Freunde und Verwandten der Eltern stets respektieren und sich nach deren Meinungen richten.
4. Verheiratete Paare dürfen unter keinen Umständen die Beziehung zu ihren Ursprungsfamilien abbrechen.

Im Verlauf ihrer Ehe mit Tom hatte Bruna sämtliche vier Regeln zunächst verlacht, dann von sich gewiesen und zuletzt dagegen verstoßen.

»Was ist eine Familie?«, hatte Yunus sie einmal gefragt. »Ist sie wirklich nur eine Verbindung aus Blut? Und wozu muss man im Namen dieser Verbindung bereit sein? Ich habe meine Familie verloren, als ich noch ein Junge war. Ich habe eine andere gefunden. Menschen, die mich geliebt haben, obwohl ich keiner von ihnen war. Menschen, die mich aufgenommen haben, als niemand anderer mich wollte.«

***

Als Tom gesagt hatte, er könne sie nicht heiraten, hatte Bruna die Wohnung verlassen, die sie seit über einem Jahr teilten. Sie war bei einer Mitdoktorandin eingezogen, einer jungen Frau aus der Tschechischen Republik, die ihr, ohne Fragen zu stellen, so viel Raum und Zeit gelassen hatte, wie sie brauchte, um zu sich zu kommen. Es war eine schwierige Zeit. Ihr fehlte die Familie. Amerika erschien ihr wie ein zutiefst feindseliger Ort. Es war Ende März, und draußen fiel noch Schnee. Die Knospen blieben hartnäckig geschlossen. Große Eisschollen trieben im Fluss wie die Schuppen einer Schlange. Der Wind peitschte die Wolkenkratzer und stürzte dann wieder auf die Straße, um den Passanten zuzusetzen.

Bruna war in jenen Tagen häufig ein Ausspruch aus dem Buch Jesus Sirach in den Sinn gekommen: »Wer den Herrn fürchtet, der ehrt auch den Vater und dient seinen Eltern, wie man Herrschern dient.«

Nicht zufällig, hatte sie gedacht, kam das vierte Gebot nach denen, die den Umgang mit Gott betrafen: Die Eltern stehen für Gott als den Vater auf Erden. Aber Tom fürchtete seinen Vater und seine Mutter weit mehr, als er Gott fürchtete. Würde er je in der Lage sein, sich gegen sie aufzulehnen?

Es war ganz anders gewesen, als Bruna ihren Eltern anvertraut hatte, sie wolle in die USA ziehen, um mit Tom zusammen zu sein und mit ihrer Doktorarbeit anzufangen. Ihre Mutter, Maria, war in Tränen ausgebrochen. »Warum willst du so weit weg von zu Hause leben? Und für wie lange? Wenn du einmal Kinder hast, wann werde ich sie sehen können? Vielleicht reden sie nur Amerikanisch, und ich verstehe kein Wort.« Ihr Vater, Gino, dagegen hatte sich in den abgewetzten alten Ledersessel im Wohnzimmer gesetzt und einen tiefen Seufzer ausgestoßen. Sein ganzes Leben lang war er als Straßenbahnfahrer dieselbe Strecke gefahren, die Linie 19 von der Piazza dei Gerani im Viertel Centocelle zum Petersdom. Wie er in all den Jahren nicht verrückt geworden war, konnte sich Bruna nicht erklären. Auch nicht, warum er seine Arbeit noch immer gerne tat. Gino hatte ihr nie davon erzählt, aber er ertappte sich häufig dabei, wie er mit offenen Augen träumte, die Straßenbahn hebe von den Schienen ab, vergesse die obligatorischen Weichen und die Hochspannungsleitungen und bringe ihn an einen anderen Ort, in Straßen und Länder, die er nie gesehen hatte. Aber in der Wirklichkeit verharrte die Straßenbahn sauber auf ihren Gleisen, knarrend und ächzend von der Last ihrer täglichen Strecke. Gino hatte Bruna also angesehen und gesagt: »Du bist meine Tochter, und auch jetzt, da du eine erwachsene Frau bist, habe ich dir gegenüber nur Verpflichtungen. Du dagegen bist frei, du hast keine Verpflichtungen mir gegenüber. Tu, was du für richtig hältst, und mach dir um uns keine Sorgen.« Bruna hätte ihn am liebsten umarmt, aber solche Gesten waren bei ihr zu Hause nicht üblich. Sie dankte ihm innig, wenn auch nur mit den Augen, und bezeigte ihrem Vater eine Verbundenheit, die sie mit Worten niemals hätte ausdrücken können.

***

Es war nicht das erste Mal, dass Sal und Amanda Bene eines ihrer Kinder aufforderten, eine Beziehung zu beenden. In seiner Collegezeit hatte Tom einmal zu Thanksgiving eine Studienfreundin mitgebracht, eine junge Taubstumme, mit der er seit einigen Monaten ausging. Im Verlauf des Abends nahm ihn sein Vater beiseite, während die Frauen mit dem Truthahn beschäftigt waren, und sagte: »Wenn du einmal Kinder hast, wirst immer du derjenige sein, der nachts aufstehen und sich um sie kümmern muss. Sie kann sie ja nicht weinen hören. Glaub mir, Junge, ich habe nichts dagegen, dass sie behindert ist, ich sehe nur nicht, was sie mit dir gemeinsam haben sollte.«

Das zweite Mal ereignete sich bei Toms Abschlussfeier. Er war damals mit einer jungen Frau aus Boston zusammen, die er in einem Pub im Universitätsviertel kennengelernt hatte. Ein sympathisches Mädchen, das gerne in Bars ging, Baseball schaute und frittierte Zwiebelringe aß. Auf dem Fest, zu dem Amanda sämtliche Verwandte und ein paar Freunde ihres Sohnes eingeladen hatte, zog die junge Frau, als sie etwas zu viel getrunken hatte, die Schuhe aus, öffnete ein paar Knöpfe an ihrer Bluse, stellte sich aufs Sofa und fing an zu tanzen. In diesem Moment konnte Amanda nicht länger an sich halten. Sie schaltete die Musik aus und schleuderte der jungen Frau vor allen Gästen entgegen, sie habe keinen Respekt vor Toms Familie. Toms Freundin kam es gar nicht in den Sinn, sich zu entschuldigen. Im Gegenteil, sie gab zurück, dies sei das langweiligste Fest, das sie je erlebt habe, in einem Haus, das direkt aus einem Ethan-Allen-Katalog zu kommen scheine. Und ihr sei jetzt klar, warum Tom Angst gehabt habe, sie seinen Eltern vorzustellen. Da hob Sal ihre Handtasche und ihre Schuhe vom Boden auf und brachte die junge Frau zur Tür. Und auch diesmal unternahm Tom nichts dagegen. Er ging auf sein Zimmer und warf sich aufs Bett. Ihm war ganz schwindelig.

Über die Jahre hatte Tom Dutzende von Mädchen nach Hause gebracht, auch solche, mit denen er nur ein paarmal ausgegangen war. Er suchte um jeden Preis die Billigung seiner Eltern, vor allem seiner Mutter, und eine negative Bemerkung von ihnen genügte – »Die ist Jüdin, du willst doch wohl nicht, dass es dir so geht wie deinem Cousin Steve« oder: »Die benutzt dich doch nur, um ihre Aufenthaltserlaubnis zu bekommen« oder auch: »Ist dir eigentlich klar, dass ihr Vater ein Gewerkschaftler ist?« – ja, eine solche Bemerkung genügte, um ihn davon zu überzeugen, dass er die Beziehung besser abbrechen sollte. Also tschüs Judy, die mit ihm den Histologiekurs besucht hatte; tschüs Sophie aus Ipanema, die Sängerin werden wollte; und tschüs Francesca, deren Urgroßeltern aus demselben Dorf in Kampanien stammten wie die Eltern von Amanda.

Für Laura war das alles sogar noch schwieriger gewesen. Sie hatte über die Jahre nur zwei Jungen nach Hause mitgebracht. Zu

Anthony, ihrer ersten Liebe zu Gymnasialzeiten, hatte der Vater von Anfang an gesagt, er gehöre nicht zu ihrem sozialen Umfeld. Zwar waren auch Anthonys Eltern italienischer Herkunft, aber im Unterschied zu den Benes wohnten sie noch »in einem Viertel für Einwanderer«.

Mit Sean, den Lauras Vater seit ihrer ersten Begegnung nur »der verdammte Ire« nannte, war es noch schlechter gelaufen. Sean O'Grady war ein untersetzter junger Bursche aus White Plains. Für seine Statur machte er das Viertel griechisches Blut verantwortlich, das durch seine Adern floss. Elegante Sakkos saßen bei ihm nicht gut, sosehr er sich schlank zu machen versuchte, die Schultern straffte und sein Körpergewicht von den Fersen auf die Ballen verlagerte, um größer zu wirken. Aber Laura gefiel er. Er hatte ein breites, gutmütiges Lächeln, auch wegen der Lücke zwischen den Schneidezähnen, die sie jedes Mal bei ihm willkommen zu heißen schien.

Laura war inzwischen fast dreißig und hoffte inständig, dass Sean der Richtige wäre. In einem Versuch wiedergutzumachen, was bei der ersten Begegnung schiefgegangen war – der junge Mann war in Jeans bei ihren Eltern aufgekreuzt und hatte sie Sal und Amanda genannt statt Mr. und Mrs. Bene –, hatte sie ihn zur offiziellen Verlobung eines Cousins eingeladen, die in einem Séparée des Hotel W am Union Square stattfand. Die Benes waren ganz und gar nicht glücklich darüber, dass ihre Tochter Sean dem Rest der Familie vorstellen wollte. Zu allem Überfluss war »der verdammte Ire« Lauras Instruktionen zum Trotz nicht in Sakko und Krawatte zum Fest gekommen. Laura wurde deswegen ganz nervös und fing in ihrem roten Satinkleid zu schwitzen an. Um die Achseln erschienen zwei große dunkle Kreise auf dem Stoff.

»Was hast du dir dabei gedacht?«, sagte sie zu ihm. »Du weißt doch, dass mein Vater auf diese Sachen Wert legt.«

Aber Sean ließ ihr keine Zeit, den Satz zu beenden, sondern gab ihr vor aller Augen einen sanften Kuss.

Trotzdem hoffte Laura noch auf einen positiven Verlauf des Abends. Es war doch möglich, dass ihre Eltern, wenn sie sie so verliebt sahen, den Freund am Ende akzeptierten. Doch Sean verstand nicht, was er zu tun hatte, um bei den Benes Gefallen zu finden. Anstatt sich harmlos und fügsam zu zeigen und wenig zu sprechen, allenfalls, um Amanda das eine oder andere Kompliment zu machen, riskierte er eine lange Rede über spekulative Immobiliengeschäfte in New Jersey, bei denen er Sal zu einem satten Gewinn verhelfen könne. Er sprach so laut, dass alle ihn hören konnten, garnierte seine Ausführungen mit diversen *»fuck«* und *»shit«* und klopfte Lauras Vater mehrmals schallend auf die Schulter. Dann stopfte er sich ein paar Törtchen in den Mund und teilte den Benes mit, am Wochenende werde er mit Laura nach Las Vegas fahren. Ihm sei dort eine interessante Stelle als Vice Manager eines Casinos angeboten worden, und bevor er sie annehme, wolle er sichergehen, dass es auch Laura in Nevada gefalle.

An diesem Punkt fasste Sal seine Tochter am Arm und flüsterte ihr leise ins Ohr, Sean blamiere sie alle vor dem Rest der Verwandtschaft.

»Was soll ich denn machen, Papa, willst du, dass ich mich von ihm trenne?«, gab Laura weinerlich zurück.

»Ganz genau. Der ist nicht auf deinem Niveau«, antwortete der Vater.

Laura verließ fluchtartig den Raum, um sich auf der Toilette einzuschließen und sich zu übergeben.

An jenem Abend rief Amanda Tom an, der Schichtdienst im Krankenhaus hatte, und redete sich ihren Ärger vom Leib. »Der verdammte Ire«, sagte sie, spreche von Laura, als wäre sie sein

Besitz, und habe offensichtlich die Persönlichkeit eines Glücksspielers.

»Mich interessiert nicht, ob sie findet, dass er gut aussieht, und mich interessiert auch nicht, ob sie ihn gut im Bett findet. Diese Geschichte muss beendet werden.«

Auch diesmal gab Tom ihr recht.

Laura sträubte sich anfangs ein wenig. Sie weinte, schloss sich auf ihrem Zimmer ein, ging nicht zur Arbeit, suchte erfolglos Unterstützung bei anderen Verwandten, doch letztlich lenkte sie ein. Nach dem Ende ihrer Geschichte mit Sean begann sie zu glauben, sie werde für den Rest ihres Lebens allein bleiben, so wie die Protagonistin von *Die Glasmenagerie.* Dass Laura, Tom und Amanda die Figuren aus dem Theaterstück von Tennessee Williams waren, hatte Laura vom Direktor ihres Gymnasiums erfahren. Obwohl sie seit etlichen Jahren dort zur Schule ging, kannte Rektor Higgings noch nicht einmal ihren Namen.

»Ich wusste gar nicht, dass Tom Bene eine Schwester hat!«, sagte er, als er ihr in der Turnhalle der Schule begegnete.

Tom war auf dem Gymnasium überaus beliebt. Er war Vorsitzender des Schülerrats und Kapitän der Tennismannschaft. Laura hingegen, die keine gute Sportlerin war, versteckte sich in jenen Jahren unter unförmigen Wollpullovern und hoffte, nicht bemerkt zu werden. An dem Tag, an dem sie in der Turnhalle dem Rektor begegnete, hatte Laura ihren Lehrer gebeten, auf die Krankenstation gehen zu dürfen. Sie fühle sich nicht gut. Eine banale Ausrede, um dem Sportunterricht zu entkommen. Sie schämte sich immer, wenn sie sich in die Gymnastikshorts zwängen musste.

»Laura Bene, das ist jetzt das vierte Mal in diesem Monat«, tadelte sie der Lehrer in Anwesenheit des Rektors, der in die Halle gekommen war, um den Unterricht zu begutachten.

Sie hatte über Weihnachten stark zugenommen, und obwohl sie seit ein paar Wochen Diät machte, war es ihr noch nicht gelungen, wieder abzunehmen. Just an diesem Morgen hatte ihre Mutter sie mit der Nase darauf gestoßen.

»Laura, ich wüsste wirklich gerne, wann du endlich aufhörst, dich so vollzufressen! Siehst du denn nicht, dass nichts mehr reinpasst?« Damit hatte sie ihr den Schokoladenkuchen weggezogen und ihr stattdessen einen bleichen Haferfladen hingestellt.

»Hör auf deine Mutter«, hatte Sal verkündet, der sein Leben lang übergewichtig gewesen war, »als Frau kann man sich einfach nicht leisten, dick zu sein!« Damit hatte er sich ein weiteres Stück Kuchen abgeschnitten und war zur Arbeit aufgebrochen.

»Dein Bruder«, sagte Rektor Higgings an jenem Tag, »hat letzten Monat ein großartiges Turnier gespielt. Schade, dass er im Finale verloren hat.« Dann schwieg er einen Moment lang. Er runzelte die Stirn, griff sich ans Kinn und platzte auf einmal, von plötzlicher Heiterkeit gepackt, heraus: »Laura, Tom und Amanda … Wie die Protagonisten der *Glasmenagerie*! Das ist ja wohl hoffentlich Zufall.«

Laura hatte keine Ahnung, wovon der Rektor da sprach.

»Ist das denn möglich, dass dir keiner was davon erzählt hat? Hast du das Stück nie im Theater gesehen? Zu seiner Figur Laura war Tennessee Williams besonders grausam. Ich wünsche dir, dass du nicht so endest wie sie!«, schloss er lachend.

Laura ging mit Tränen in den Augen in die Schulbibliothek und lieh sich ein Exemplar des Buchs aus. Dann las sie es in einem Rutsch. Wie sie feststellte, ging es in Williams' Geschichte um Tom, der sich entscheidet, von zu Hause wegzugehen und seine Familie für immer zu verlassen, seine schöne und ehrgeizige Mutter Amanda und seine Schwester Laura, die aufgrund einer Kinderkrankheit hinkt und daher schüchtern und unsicher ist.

Laura hat sich der Illusion hingegeben, in einem Freund des Bruders ihre Liebe aus der Schulzeit wiedergefunden zu haben, doch am Ende bleibt sie allein zurück und betrachtet ihre Glastiersammlung.

***

Ein paar Wochen nachdem er sich von ihr getrennt hatte, war Tom in der Universität aufgetaucht und hatte Bruna gebeten, zu ihm zurückzukommen. Anfangs hatte sie ihn abgewiesen, allerdings ohne allzu große Überzeugung. »Ich weiß doch, wir werden nie frei sein, unsere eigenen Entscheidungen zu treffen«, hatte sie zu ihm gesagt. Aber Tom kam mehrmals wieder, um sie anzuflehen. Er machte ihr tausend Versprechen, gab ihr alle möglichen Zusagen, und am Ende ließ sie sich überreden. Nicht so sehr Toms Worte führten dazu, dass sie ihre Meinung änderte. Bruna liebte ihn, und für sie war es wichtig zu glauben, dass sie sich nicht in ihm getäuscht habe. Für Tom hatte sie ein anderes Leben angefangen – oder vielleicht war er nur der Vorwand gewesen, den sie dazu gebraucht hatte. In jedem Fall wäre es zu viel für sie gewesen, ihren Irrtum einzugestehen. Allerdings hätte sie ja auch ohne ihn in den USA bleiben können. Sie hätte ihre Doktorarbeit abschließen und ein paar Jahre in Amerika leben können, dann wäre sie vielleicht nach Italien zurückgekehrt. Aber sie hatte Angst davor, alles allein bewältigen zu müssen. Sie glaubte sich dazu nicht in der Lage. Vielleicht war es mehr die Angst gewesen, die sie an jenem Tag ihre Meinung ändern ließ, als die Überzeugung, dass er sie wirklich liebe.

Als Tom wieder mit Bruna zusammenkam, begann für ihn eine lange und schwierige Vermittlungsarbeit zwischen der Freundin und den Eltern. Ihr sagte er, wenn sie erst verheiratet wären, würden sie machen, was sie wollten, ohne jede Einflussnahme. Ihnen wiederum versprach er, nach der Hochzeit werde sich Bruna an die Regeln der Familie halten. Bruna glaubte ihm, sie war verliebt. Die Eltern glaubten ihm auch, er hatte sie noch nie enttäuscht. Doch nach der Hochzeit und der Geburt der Kinder verschlimmerte sich die Lage. Tom stand zwischen den Fronten. Von Schuldgefühlen gequält. Noch zu sehr Sohn, um Vater zu sein. Unfähig, einen Wall zwischen der Ursprungsfamilie und derjenigen zu errichten, für die er sich entschieden hatte. Unfähig, sich seinen Kindern zuzuwenden. Wütend auf Bruna, weil sie ihn gegen die eigenen Eltern gestellt hatte. Zu schwach, um Mario vor dem harschen Urteil seines Vaters zu schützen.

»Warum spielt der Junge mit Puppen? Warum kauft ihm Bruna keine amerikanische Kleidung? In Italien gibt es nur so weibisches Zeug. Bruna bringt ihn mit ihren Ideen ganz durcheinander. Warum kann er mit drei noch nicht sprechen?« Und einige Zeit später: »Wie kann das sein, dass er besser Italienisch spricht als Englisch? Wie soll er unseren Namen mit Würde tragen, wenn wir keinen Einfluss auf seine Erziehung nehmen können?«

An Minerva hatten sie nie allzu viel auszusetzen. Sie würde eines Tages heiraten und den Nachnamen ihres Mannes annehmen – offenbar wussten sie nicht, was Minerva von der Ehe hielt oder von patriarchalen Sitten in Sachen Familiennamen. Also beschränkten sie sich darauf, die Augen zu verdrehen und die Brauen hochzuziehen, als die Enkelin noch in der Grundschule glühende Reden über schärfere Waffengesetze oder den Klimawandel hielt; während sie beide am liebsten nur über das reichhaltige Buffet auf ihrer letzten Kreuzfahrt gesprochen hätten oder über den Schießstand, der einen Katzensprung von ihrer Behausung in Florida lag, wohin sie nach der Pensionierung gezogen waren.

Einmal hatten sie zu einem Besuch bei Tom und den Kindern

einen weiteren Gast mitgebracht. Bruna, die vom Kommen der Schwiegereltern wusste, hatte beschlossen, zu einem Vortrag zu gehen. Sie erwartete die Besuche von Toms Eltern mit der inneren Anspannung eines Menschen, dem gleich ein Einlauf verpasst wird, und ließ sich daher, wenn möglich, nicht zu Hause antreffen.

Amanda stellte Tom ihre Freundin, Mrs. Jones, mit den Worten vor, ihr Mann sei der wichtigste Biergroßhändler im Staat New Jersey. Sie hatte Mrs. Jones bei einem Treffen des Forums kennengelernt, einer in den siebziger Jahren von einem Gebrauchtwagenhändler aus Indiana gegründeten Organisation. Das Forum versprach, die persönlichen Probleme der Mitglieder in nur drei Seminartagen zu lösen. Amanda hatte Laura dorthin mitgenommen, die zu der Zeit an Depressionen litt und jede Hoffnung verloren zu haben schien, einen Partner zu finden. Die Gruppentherapie hatte sich als überaus effektiv erwiesen: Sie ging nun wieder ins Fitnessstudio, hatte einige Kilo abgenommen und fühlte sich viel selbstsicherer als zuvor. Amanda zufolge war das unübersehbar: Schon ganze drei Männer hatten sie eingeladen, mit ihnen auszugehen.

»Das waren die am besten investierten tausend Dollar meines Lebens«, sagte Amanda zu ihrem Sohn. »Als ich noch jung war, waren die Bräuche freilich ganz andere. Habe ich dir nie von dem Sonntagnachmittag erzählt, an dem sage und schreibe siebzehn Prätendenten bei mir zu Hause auftauchten? Wir mussten uns Stühle von den Nachbarn ausleihen.«

Tom ging durch den Kopf, dass seine Mutter der Figur von Tennessee Williams nicht nur immer ähnlicher sah, inzwischen redete sie schon wie sie. Der Schuldirektor Higgings hatte auch ihm von der Übereinstimmung ihrer Namen mit denen aus *Die Glasmenagerie* erzählt. Weder er noch Laura hatten es Amanda gegenüber jemals erwähnt, und auch zwischen ihnen war ein Austausch darüber ausgeblieben, aber beide wussten, dass es der andere mitbekommen hatte.

Am Nachmittag von Mrs. Jones' Besuch trug Mario ein altes Aschenputtelkostüm, das einmal Minerva gehört hatte. Der Anblick des Enkelsohns in Mädchensachen versetzte Sal auf der Stelle in schlechte Laune. Er war wütend auf Tom, der Mario erlaubt hatte, sich so herzurichten. Tom hatte versucht, seinen Sohn dazu zu überreden, dass er sich vor der Ankunft der Großeltern umzog, aber der Junge hatte angefangen zu schreien, wenn man ihn dazu zwinge, werde er seine Mama anrufen.

Als Mrs. Jones auf dem Wohnzimmersofa Platz nahm, setzte sich Minerva neben sie und zeigte ihr das Buch, das sie gerade las, eine Kinderversion von Charles Darwins Theorie der Evolution des Menschen. Die Frau warf einen schnellen Blick auf Minervas Buch mit seinen grässlichen Zeichnungen von Menschenaffen und Hominiden, dann wandte sie sich an Amanda mit den Worten: »Genau wegen diesen Theorien gehen die Leute am Sonntag nicht mehr in die Kirche. Gott hat uns vollkommen gemacht, so wie wir sind. Dabei war er doch nicht auf Experimente angewiesen. Welchen Sinn hätte es da, von Evolution zu reden? Es steht alles im Buch Genesis geschrieben. Und dann beweist doch die Welt um uns herum, dass die Bibel die Wahrheit sagt. Schaut euch nur den Grand Canyon an, der sich nach der Sintflut gebildet hat. Warum stellen das die Wissenschaftler nicht so dar?«

Als sie dann die Seite über Dinosaurier erreichte, auf der ein *Tyrannosaurus rex* abgebildet war, sagte sie: »Die Dinosaurier waren allesamt Pflanzenfresser. Zu Fleischfressern wurden sie erst nach der Vertreibung von Adam und Eva aus dem Paradies. Und sie sind mitnichten vor Millionen von Jahren ausgestorben, wie das hier steht! Das kann gar nicht sein, Gott hat die Welt ja erst vor zehntausend Jahren erschaffen. Vor der Sintflut hat Noah zwei Tiere jeder Art gerettet, also haben die Dinosaurier bis ins Mittelalter überlebt. Wie sollte man sonst das mit den Drachen erklären?«

In diesem Moment lief Mario in sein Zimmer, um sein Modell der Arche Noah zu holen. Als er zurückgerannt kam, stolperte er mehrfach über das blaue Tüllkleid und ahmte dabei sämtliche Tiere nach.

»Die Wissenschaftler«, fuhr Mrs. Jones fort, die versuchte, ihm keine Beachtung zu schenken, »haben diese Geschichte, dass wir vom Affen abstammen würden, nur erfunden, um Zweifel an der Bibel zu säen. In der christlichen Schule in New Jersey, auf die meine Kinder gegangen sind, wurde viele Jahre lang nur der Kreationismus gelehrt. Aber jetzt hat man sich auch dort von der Evolutionstheorie korrumpieren lassen. Und dann fragen wir uns, weshalb sich immer mehr Menschen von Gott abwenden?!«

Tom nickte, wie er es regelmäßig in Situationen tat, in denen er sich lieber nicht einschalten, sondern neutral bleiben wollte. Schließlich war die Freundin seiner Mutter nicht die Einzige, die die Evolutionstheorie ablehnte. Zweiundvierzig Prozent der Amerikaner hingen kreationistischen Gedanken an. Es gab nichts, was er hätte sagen können, um Mrs. Jones oder Menschen ihresgleichen umzustimmen, aus deren Sicht die Wissenschaft dem Glauben feindlich gegenübersteht.

Amanda wiederum hatte nur sehr zerstreut zugehört, während ihre Freundin redete. Ihr Blick war dabei an dem drei Karat schweren Diamanten hängengeblieben, den Mrs. Jones am kleinen Finger trug.

»Ist der neu, meine Liebe? Grandios!«

Sal war zwischenzeitlich in die Küche gegangen und hatte den Kühlschrank aufgemacht: Er suchte nach etwas Essbarem, um die

Wut zu lindern, die er beim Anblick seines als Aschenputtel verkleideten Enkels bekam.

An diesem Punkt meldete sich, da keiner der Erwachsenen Stellung bezog, Minerva zu Wort.

»Was im Buch Genesis steht, darf man nicht wörtlich nehmen«, sagte sie. »Wissenschaft basiert auf Beobachtungen, und daraus entwickelt man Theorien, um Naturphänomene zu erklären. Der Kreationismus dagegen basiert auf der Interpretation religiöser Texte und redet von übernatürlichen Kräften, die nicht beobachtet werden können. Das heißt, die Wissenschaftler können sie weder bestätigen noch widerlegen.«

Als sie das hörte, drehte sich Mrs. Jones ruckartig nach dem Mädchen um, überrascht, dass es einem so komplexen Thema gefolgt war und sich so gut ausdrücken konnte.

Sal, der inzwischen ins Wohnzimmer zurückgekehrt war, biss sich schlimm auf die Zunge, während er auf einer Scheibe Salami herumkaute. Sein Enkel machte ihn fuchsig: Mit jedem Tag sah er Bruna ähnlicher.

»Jedenfalls«, schloss Minerva, »meinen viele Wissenschaftler, Wissenschaft und Religion seien kein Widerspruch, sondern würden sich ergänzen. Die eine beschäftigt sich damit, Naturphänomene zu beobachten und zu erklären. Die andere dagegen befasst sich mit der tieferen Bedeutung des Lebens. Ich persönlich glaube nicht an Gott. Wenn es Gott geben würde, dann gäbe es keinen Krieg in Syrien.«

Mrs. Jones sah Minerva entgeistert an. Ihr rechtes Augenlid hatte angefangen, rhythmisch zu zucken. Mario tanzte in seinem blauen Tüllkleid vor ihr herum und tat so, als wäre er ein Schimpanse. Er hatte begonnen, etwas Unverständliches zu singen, in einer Sprache, die ihrer Meinung nach wie Französisch klang oder womöglich wie Spanisch.

»Ci son due coccodrilli e un orangotango, due piccoli serpenti, un'aquila reale …«

Mrs. Jones verstand nicht, was dieses außer Rand und Band geratene Mädchen da sang. Und hatte Amanda nicht gesagt, sie hätten einen Enkel und eine Enkelin?

In diesem Moment ging Amanda dazwischen. »Jetzt reicht's aber, Mario!«

»Ich bin nicht Mario, ich heiße Maria!«, gab der Enkel zurück.

Da wandte sich Amanda, ohne den Jungen weiter zu beachten, an seine Schwester. »Minnie, Schatz« – so nannten sie die Großeltern väterlicherseits, um ihren Namen zu amerikanisieren und ihm etwas Fröhliches und Beruhigendes zu geben, wie es die Comicfigur ausstrahlte – »warum gehst du nicht mit deinem Bruder spielen, während wir Großen uns unterhalten?« Dann fasste sie die Enkelin am Unterarm und schob sie vom Sofa.

Minerva stand auf und gab Mrs. Jones zum Abschied die Hand. »Übrigens, mein Name ist Minerva, nicht Minnie«, sagte sie noch, während sie eilig den Raum verließ und sich in ihr Zimmer zurückzog. Mario folgte ihr, die Arche Noah unterm Arm.

»Die Kinder von heute haben bekanntlich eine Menge Phantasie«, sagte Amanda entschuldigend zu ihrer Freundin.

»Und keinerlei Respekt vor den Erwachsenen«, erwiderte Sal verärgert. »Zu meiner Zeit haben wir, wenn ein Erwachsener redete, noch nicht mal gewagt, ihn anzusehen.«

Mrs. Jones quittierte das mit einem verkrampften Lächeln und wischte sich die rechte Hand diskret an ihrem geblümten Rock ab. Erst die Handfläche, dann den Handrücken, dann erneut die Handfläche. Als könnten die Sünden dieser Familie, welche es auch sein mochten, in irgendeiner Weise an ihr haften bleiben.

***

Viele Jahre lang bestand Brunas und Toms Ehe aus einer Abfolge kurzer glücklicher Momente, zerteilt durch ellenlange Zwischenzeiten des Schweigens, der Wut, der Gleichgültigkeit, der wütenden Streitigkeiten und weiteren Schweigens. Die Kinder fungierten dabei als Brandmauer, die verhinderte, dass jedes Mal der gesamte Wald niederbrannte.

»Am Samstag kommen meine Eltern«, sagte Tom eines Abends, nachdem die Kinder ins Bett gegangen waren.

»Am Samstag hat Mario eine Geburtstagsfeier außerhalb der Stadt. Die ganze Klasse ist eingeladen, wir Eltern auch.«

»Na, dann fahren wir dorthin und brechen frühzeitig wieder auf, so sind wir rechtzeitig zurück, um mit meinen Eltern zu Abend essen zu können.«

»Das Fest ist am Meer, in Southampton, und zwar am Nachmittag. Die Fahrt dauert mindestens zweieinhalb Stunden, und auf der Rückfahrt ist immer viel Verkehr, das kennst du ja. Die Sache ist wichtig für Mario. Er hat es ja nicht leicht, Freundschaften zu schließen.«

»Was ist so wichtig – dass er auf das Fest geht oder dass du meine Eltern nicht sehen musst?«

»Ich gehe deinen Eltern nicht aus dem Weg.«

»Doch, tust du, die ganze Zeit.«

»Das stimmt nicht, aber wenn wir uns sehen, behandeln sie uns sowieso nur mit Geringschätzung. Sie haben zwar nicht den Mut, es offen auszusprechen, aber es ist klar, was sie von Mario halten – und von mir als seiner Mutter.«

»Sei doch nicht paranoid. Meine Eltern geben dir an gar nichts die Schuld, und sie geben auch Mario keine Schuld daran, dass er … das ist, was er ist.«

»Du weißt genau, dass das nicht stimmt. Ich bin für sie die einzig Schuldige. Deine Eltern denken, ich hätte ihn falsch erzogen. Und du hast nie etwas getan, um ihnen das auszureden oder deinen Sohn zu verteidigen.«

»Mir reicht es, immer dieselben Vorwürfe zu hören. Ich gehe ins Bett«, sagte Tom. Damit kehrte er ihr den Rücken zu und ging zur Tür.

»Komm zurück, wir sind noch nicht fertig!«

Tom drehte sich zu ihr und sagte mit einem vernichtenden Blick: »Du glaubst vielleicht, ich hätte das in all den Jahren nicht bemerkt, aber es ist doch nur zu offensichtlich, dass du Mario benutzt, um mich von meiner Familie fernzuhalten.« Dann wandte er sich abermals von ihr ab.

Da platzte Bruna der Kragen. Sie riss sich den Holzpantoffel vom Fuß und warf ihn Tom an den Kopf. Erst als sie sah, wie ihm das Blut herunterlief, wurde ihr klar, was sie getan hatte. Tom fing an zu schreien: »Du bist ja verrückt. Du bist nichts als eine arme Verrückte, ich habe genug von dir!« Als sie ihm zu Hilfe eilen wollte, entdeckte Bruna auf einmal Minerva, die neben dem Bücherschrank stand. Ihr zu kurz gewordenes Nachthemd bedeckte gerade einmal die Schenkel. Sie war rot im Gesicht und hatte Tränen in den Augen.

»Entschuldigung, ich weiß nicht, was in mich gefahren ist! Tut mir leid«, sagte sie mit einem flehentlichen Blick erst zur Tochter und dann zu ihrem Mann. Minerva hatte die Augen niedergeschlagen, nun schüttelte sie den Kopf. Das war nun wirklich nicht das erste Mal, dass sie ihre Eltern über die Großeltern und Mario streiten sah.

»Es ist nichts, Schatz. Nur ein Kratzer. Nichts passiert. Mir geht es gut«, wiederholte Tom ein ums andere Mal, während er Minerva zurück ins Bett brachte. Bruna rührte sich nicht von der Stelle. Sie blieb im Wohnzimmer, saß im Dunkeln auf dem Boden. Einige Minuten später sah sie, wie ihr Mann aus dem

Kinderzimmer kam, den langen Korridor entlang und ins Badezimmer ging. Tom versorgte seine Wunde selbst, hielt sich einen Kühlpack an den Kopf und ging sich dann hinlegen, wobei er die Schlafzimmertür kräftig hinter sich zuschlug.

Stimmte das, was er vorher gesagt hatte? Benutzte sie Mario als Vorwand, um ihre Schwiegereltern nicht sehen zu müssen und Tom von ihnen fernzuhalten? Manchmal hatte sie sich das auch schon gefragt, ohne zu einer endgültigen Antwort zu gelangen. Es war eines der Themen, bei denen es ihr schwerfiel, die Wahrheit in den Blick zu bekommen. Wie wenn einem ein Sandkorn ins Auge fliegt: zu nahe, um es sehen zu können, und unglaublich schwer zu entfernen, wenn man keinen Spiegel zur Hilfe nimmt. Aber in den Spiegel wollte Bruna lieber nicht gucken.

Lange Zeit lief es zwischen Tom und ihr auf diese Art weiter. Dann ging Tom schließlich auf Distanz zu seinen Eltern. Eine Beleidigung – *faggot* –, die der Vater seinem fünf Jahre alten Sohn entgegengeschrien hatte, machte ihm klar, dass er Position beziehen musste.

Mario, sein Sohn. Mario mit lippenstiftverschmiertem Mund und leuchtenden Augen. Mario mit den hochhackigen Schuhen seiner Mama. Mario mit Minervas Puppen und Kleidern. Mario, den man verstehen, Mario, den man beschützen, Mario, den man verstecken musste. Mario, seine Tochter. Tom konnte es noch immer nicht glauben. Sein Vater würde das niemals dulden. Doch an jenem Tag sah sich Tom gezwungen, eine Wahl zu treffen. Bruna hatte ihn angesehen, wie um zu sagen: *Schmeißt jetzt du deinen Vater raus, oder muss ich das selber machen?* Wenn er es ihr überlassen hätte, wäre alles nur noch schlimmer geworden. Er hatte das nie gewollt, aber dieses eine Mal konnte er nicht umhin, seinem Vater zu sagen, er müsse jetzt gehen.

Ab diesem Tag und für die folgenden drei Jahre hatte Tom

jeden Kontakt zu seiner Familie abgebrochen. In letzter Zeit jedoch hatte er wieder Verbindung mit den Eltern aufgenommen, durch gelegentliche Anrufe und ein paar Besuche im Jahr, wenn sie mal nach New York kamen, um der Hitze in Florida oder dem Wüten der Hurricanes zu entfliehen. Er sah sie immer allein, nie mit Bruna und den Kindern. Auch mit seiner Schwester redete er nicht mehr. Die beiden hatten sich nie sehr nahe gestanden, und nach Toms Zerwürfnis mit den Eltern hatte sich Laura gegen ihn gewandt. Als sie dann zur großen Erleichterung der Eltern mit fast vierzig Jahren geheiratet hatte, war Tom nicht einmal zur Hochzeit gefahren. Jetzt hatte sie ein Kind und lebte in Florida einen Häuserblock von den Eltern entfernt, in derselben Einfamilienhaussiedlung für wohlhabende, pensionierte Amerikaner, in der Tom noch nie gewesen war.

***

In den ersten Jahren seiner Ehe mit Bruna hatten Toms Eltern jedes Mittel eingesetzt, um ihn zu einer Trennung zu überreden. Sal hatte herumgebrüllt, er hatte geflucht. »Weißt du, was mich an deiner Ehe am meisten nervt? Dass ich dir keine Standpauke mehr halten kann, wann ich will.« Oder: »Was willst du eigentlich damit beweisen, dass du diese Frau verteidigst – dass du einen längeren Schwanz hast als ich?« Und auch dies: »Wenn ich sterbe, hinterlasse ich mein gesamtes Vermögen Laura, dann siehst du keinen Cent.« Laura dagegen schrieb ihm liebevolle Briefe, in denen sie ihn daran erinnerte, wie glücklich sie in der Kindheit gewesen seien, als es nur sie zwei gab. Amanda schließlich bauschte ihre Gesundheitsprobleme auf, sprach von der beängstigenden Möglichkeit, dass die Symptome – Appetitlosigkeit, Ermattung,

Schwindelgefühle – auf eine unheilbare Krankheit zurückzuführen seien. Als sie sich einer einfachen Angioplastie unterziehen musste, sagte sie zu Verwandten, ihr Herz leide unter dem Stress, den die Ehe des Sohnes für sie bedeute.

In den Jahren nach Marios Geburt gaben sich die Benes der Hoffnung hin, sie könnten es endlich schaffen, das Paar auseinanderzubringen. Sie kontaktierten sogar ohne das Wissen ihres Sohnes einen Scheidungsanwalt, um die Möglichkeit zu prüfen, Tom das alleinige Sorgerecht für Mario und Minerva zu sichern. Tom und Bruna waren sich zutiefst uneins darüber, wie sie mit der problematischen Geschlechtsidentität des Sohnes umgehen sollten. Toms Eltern wandten sich gegen die Vorstellung, Mario tun zu lassen, was er wollte, und anfangs dachte Tom genauso wie sie. Aber mit der Zeit änderte sich seine Sichtweise. Es kamen so viele Jugendliche in seine Praxis, die in der Kindheit dieselben Probleme gehabt hatten wie Mario. Endlich war jemand in der Lage, ihm die Perspektive seines Sohnes zu erklären. Und so beschloss er eines Tages nach der x-ten Streiterei mit seinen Eltern, die Verbindung abzubrechen.

Sein Psychiater, Dr. John McDowell, hatte ihm empfohlen, Amanda und Sal nicht mehr zu treffen. Tom hatte sich an ihn gewandt, nachdem er eine Kolumne von ihm in der *New York Times* gelesen hatte: »Wenn dir die Eltern das Leben zur Hölle machen«. In dem Artikel schilderte der Psychiater den Fall eines homosexuellen Patienten, der unter starken Depressionen litt. Die Eltern des Patienten, die Homosexualität für eine schwere Sünde hielten, konnten den Sohn nicht so annehmen, wie er war.

In seinem Artikel unterstrich McDowell, es sei grundfalsch zu denken, dass alle Eltern ihre Kinder bedingungslos liebten, und fügte hinzu: »Zwar kommt das nur selten vor, aber es gibt Fälle, in denen ein Psychiater dem Patienten empfehlen muss, den Kontakt zu seiner Ursprungsfamilie abzubrechen. Das ist vergleichbar damit, dass man ein vom Wundbrand befallenes Glied amputiert, um das Leben des Kranken zu retten.«

Bei der ersten Sitzung erfuhr Tom, dass Dr. McDowell sich hauptsächlich um Drogenabhängige kümmerte. Daher beschränkte er sich nicht darauf, seinen Patienten zuzuhören und sich Notizen in einer Kladde zu machen, sondern schaltete sich direkt ein und hielt die Leute dazu an, ihre Lebensgewohnheiten zu ändern.

»Ich werde Ihre Beziehung zu Ihren Eltern genauso behandeln wie eine Abhängigkeit«, hatte er nach der zweiten Sitzung gesagt. Während Tom bei ihrem dritten Termin gedankenversunken das leicht hypnotische Mandala betrachtete, das über dem Schreibtisch hing, riet ihm McDowell, bis auf weiteres jegliche Kommunikation mit der Familie einzustellen. Eigentlich war er genau deshalb zum Psychiater gegangen, damit ein anderer ihm diesen Entschluss abnahm.

Als Tom an jenem Abend nach Hause kam, versuchte er, das Mandala nachzuzeichnen, das er in der Arztpraxis gesehen hatte. Er wartete, bis alle ins Bett gegangen waren, dann setzte er sich an den Schreibtisch, nahm ein großes weißes Blatt in schwerer Papierqualität und spitzte jeden einzelnen von Minervas Buntstiften. Anschließend fuhr er mit dem Zeigefinger darüber, um die Härte zu testen, und pustete auf das Blatt, um auch noch den kleinsten Überrest Graphit zu entfernen. Er gab sich große Mühe, das Mandala zu reproduzieren, konnte aber nicht besonders gut zeichnen, und als er fertig war, fehlte es dem großen, schillernden Auge, das er darzustellen versucht hatte, wie ihm schien, an jeglicher Symmetrie. Der Wunsch überkam ihn, es auszuradieren, doch unerklärlicherweise fand er dazu nicht den Mut. Da hoffte er, eine Windböe würde es mit sich reißen, so wie das Mandala aus Sand, das er vor vielen Jahren bei einer Indienreise gesehen hatte. Nur dass sein Psychiater, als er ihm einige Zeit später davon erzählte, recht amüsiert erklärte, einer alten Jung'schen Theorie zufolge stehe das Mandala nicht nur für den Kosmos, sondern auch für das Ich und das Bedürfnis, eines zu schaffen, falle häufig auf einen Augenblick persönlichen Wachstums und des Bemühens um ein neues psychisches Gleichgewicht.

Wenn es stimmt, wie Sokrates sagt, dass ein Leben ohne Reflexion nicht wert ist, gelebt zu werden, dann kostete Toms neues und reflektiertes Leben ihn zehn Kilo und dreißigtausend Dollar im Jahr für psychiatrische Sitzungen. Die Loslösung von den Eltern war für ihn außerordentlich schmerzhaft verlaufen. Seit seiner Geburt war Tom zuallererst Sohn gewesen und erst danach und auf völlig nachrangige Weise auch Italoamerikaner, New Yorker, Mann, Heterosexueller und Arzt. Er war so geboren, nicht geworden. Er hatte sich dazu nie anstrengen müssen. Nicht einmal der Arztberuf hatte ein Werden vorausgesetzt. Als Sohn eines Arztes hatte er nie in Erwägung gezogen, im Leben etwas anderes zu machen.

Bruna dagegen wollte ihn zuvorderst als Mann und Vater. In dieser Frage gab sie keinen Deut nach. Doch Ehe und Vaterschaft hatten sich für ihn nicht auf natürliche Weise eingestellt. Sie erforderten eine intensive, ungekannte Anstrengung, die ihm jede Energie raubte. Sie zwangen ihn, seine Prioritäten und das, womit er sich identifizierte, ganz neu zu überdenken.

Wenn Tom nicht mehr der perfekte Sohn sein konnte, wer würde er dann werden?

Bruna kritisierte seine Familie immer nur, als sähe sie in den Benes ihrem Namen zum Trotz nur Schlechtes. Und sie ließ ihn das fühlen, als wäre alles, was er gewesen war, bevor sie sich kennenlernten, schmutzig, verfehlt, ja, krankhaft. Als gäbe es nichts

Bewahrenswertes an seinen familiären Beziehungen und an dem Leben, das er vor ihr gelebt hatte. Tom war verwirrt, wütend, enttäuscht. Er hatte Schuldgefühle, er wusste nicht mehr, wer er war oder woher er kam. Und auch wenn er zugeben musste, dass vieles von dem, was sie sagte, zutraf, empfand er keinen Groll auf seine Eltern, sondern gegen sie. All die Kritik und die negativen Urteile hätte er am liebsten gar nicht erst gehört, vor allem nicht von Bruna.

Oft dachte Tom an die Kindheit zurück. In seinem Geist lebten glückliche und schmerzhafte Erinnerungen nebeneinander. Sein Vater, der ihn zum Fischen an die Long Island Bay mitnahm, und seine Mutter, die ihn mit dem Schlitten durch den Neuschnee zog und sich mit ihm den Hügel hinter dem Haus hinunterstürzte. Aber auch sein Vater, der wutentbrannt auf der Autobahn anhielt, weil Tom durch eine Klavierprüfung gefallen war. Und seine Mutter, die ihn endlos auf einem Supermarktparkplatz im Auto warten ließ, während sie in den Wagen eines Mannes stieg.

Die jahrelange Therapie bei Dr. McDowell half Tom, das Mandala seiner Kindheit wieder zusammenzusetzen, nachdem der Wind des Erwachsenenlebens den Sand vermischt und Formen und Farben durcheinandergewirbelt hatte. Seither war er diesen Weg weitergegangen. Fünf Jahre waren inzwischen verstrichen, und er hielt weiter an seinen Ideen fest, auch wenn ihm manchmal die Schuldgefühle auf die Brust drückten, so dass er kaum atmen konnte. Auf die alles bestimmende Rolle des Sohnes zu verzichten hatte ihm erlaubt, endlich Mann und Vater zu werden. Jetzt liebten ihn seine Kinder, und er lebte für sie, oder wenigstens versuchte er, sich das einzureden.

Nur Bruna blieb distanziert. Für sie kam diese Veränderung letztlich zu spät.

2.

Identität

Bruna dreht sich im Bett hin und her, zieht die Knie an, rückt sich das Kissen unter dem Kopf zurecht. Sie legt sich eine Hand auf den Bauch und lauscht in sich hinein. Sie hat beschlossen, am nächsten Tag nicht zur Uni zu gehen. Sie wird die Sekretärin des Departments anrufen und sagen, dass sie sich nicht wohlfühlt. Sie ist müde, wütend, nervös.

Auf ihrem Nachttisch liegt ein Exemplar von *The New Jim Crow*, dem Buch, das ihr Yunus vor seiner Abreise geschenkt hat. Bruna denkt an ihn. Sie fragt sich, was er wohl macht, ob er in Gefahr schwebt, ob er Kälte oder Hunger leidet, ob er in diesem Augenblick wohl auch an sie denkt. Sie fragt sich, ob sie Kontakt zu Venida aufnehmen sollte, Yunus' Adoptivmutter, oder zu seinen Freunden an der Universität. Vielleicht wusste Amaal, dass Yunus und Mohammad fortwollten. Nein, das bringt nichts, denkt Bruna, das FBI hat sicher auch schon mit ihnen geredet. Da kommt ihr die Frage in den Sinn, wie es sein kann, dass sie nichts von Yunus' Vorhaben gemerkt hat. Sie geht die ganze Geschichte noch einmal durch. Denkt an die Zeit, die sie zusammen verbracht haben. Und fragt sich vor allem, wie es möglich ist, dass ein junger Mann wie er auf die Propaganda des Islamischen Staats hereinfällt.

Wie soll sie nach allem, was passiert ist, an die Universität zurückkehren? In den vergangenen zwei Monaten hat sich alles verändert. Sie hat Zweifel, ob sie in der Lage sein wird, das Semester abzuschließen. Ihr Vertrag wird wahrscheinlich nicht verlängert werden. Na ja, vielleicht ist es besser so. Die Studenten werden ihr sehr fehlen, aber eigentlich ist sie schon lange nicht mehr zufrieden.

Anfangs hat sie leidenschaftlich gerne an der Universität gearbeitet. Das war in den Jahren der Osterweiterung der Europäischen Union, des Klimaabkommens von Kyoto, der Gründung des Internationalen Strafgerichtshofs. Nach den Tragödien in Ruanda und im ehemaligen Jugoslawien schien das Gewissen der Welt endlich wieder erwacht zu sein. An der Universität diskutierten die Wissenschaftler über eine Weltregierung und kosmopolitische Demokratie. Ein paar Jahre lang war sogar eine Reform des UN-Sicherheitsrats im Gespräch. Aber die akademischen Kreise sind oft weit entfernt von den Abläufen in der Welt, die sie manchmal nur zufällig zur Kenntnis zu nehmen scheinen.

Dann kam der 11. September, kamen die Kriege in Afghanistan und im Irak. Die Träume von einer kosmopolitischen Demokratie wurden von den qualmenden Trümmern des World Trade Centers erdrückt. Auch die Intellektuellen hatten einsehen müssen, dass sich die Welt für immer verändert hatte. Bruna hatte zusammen mit anderen Wissenschaftlern vor dem Sitz der Vereinten Nationen demonstriert, während Colin Powell der Welt seine Beweise dafür vorführte, dass Saddam Hussein bereit sei, Massenvernichtungswaffen einzusetzen. An der New York University fanden aufreibende Debatten über das Konzept des Präventivkriegs und den sogenannten Kampf der Kulturen statt, während sich die US-Regierung darauf vorbereitete, eine beeindruckende Streitmacht aufzubieten.

Bruna hatte mit Tom monatelang über den Irrsinn dieses Kriegs diskutiert. Die gesamte Familie Bene war dafür. Das galt auch für Tom. Sich dagegen auszusprechen hätte bedeutet, dass man sein Land nicht liebte. »Amerika spielt die Rolle des Weltpolizisten«, erklärte Sal im Brustton der Überzeugung. »Du kannst doch nicht das Land kritisieren, das dir so große Chancen bietet«, hielt Amanda ihr immer wieder vor. Bruna war sich nicht darüber im Klaren, ob sich Amanda auf Tom bezog oder auf ihre akademische Karriere.

Jetzt scheinen ihr jene Jahre ganz weit weg. Es gibt andere Kriege, andere Diktatoren, andere Massenvernichtungswaffen. Der Krieg im Irak ist nie zu Ende gegangen, der in Syrien hat bereits Hunderttausende von Todesopfern gefordert, der jederzeit mögliche mit Nordkorea könnte das Ende der Welt bedeuten.

Brunas Leidenschaft für die akademische Forschung ist seit einiger Zeit erlahmt. Seit Jahren schon fragt sie sich, ob die Forschungstätigkeit tatsächlich dem gesellschaftlichen Fortschritt dient. Viele Politologen ziehen es vor, sich mit Nebenfragen zu befassen, über die es leichter ist zu publizieren. Das führt jedoch zu einer Flut von Literatur, in der nur Randthemen für ein äußerst eingeschränktes Zielpublikum wiedergekäut werden. Außerdem hat Bruna weder Leidenschaft noch Verständnis für statistisch-mathematische Modelle, die nur darauf abzielen, mäßig relevante Fragen in vorhersehbarer Weise zu beantworten.

Wenn Brunas Liebe zur Forschung seit längerem der Vergangenheit angehört, so ist die zur akademischen Lehre mit den Jahren gewachsen. Wer etwas kann, der macht es. Und wer nicht, der bringt es anderen bei.

Lehren ist das Einzige, was Bruna wirklich kann. An den Universitäten sind fähige Dozenten rar. Viele sehen die Lehre allein als Zeit, die ihnen zum Forschen fehlt; als ein so unumgängliches wie vom Wesentlichen ablenkendes Intermezzo zwischen einem Kongress und dem nächsten; als Pflicht zum Umgang mit faulen, unmotivierten Studenten, denen die amerikanischen Universitäten in einer lächerlichen Überspitzung demokratischer Prinzipien das Recht geben, ihrerseits die Lehrenden zu bewerten. Vielleicht ist das der Grund dafür, dass die Unis voller renommierter Wissenschaftler sind, die allerdings jämmerliche Dozenten abgeben. Bruna ist da anders. Sie liebt es zu unterrichten. Sie widmet den Studenten ihre volle Aufmerksamkeit. In ihren Sprechstunden erklärt sie ein ums andere Mal Thesen und Konzepte, hört sich persönliche Geschichten an, erteilt Ratschläge. Im Unterschied zu vielen anderen orientiert sie sich bei der Benotung nicht an der Gauß'schen Normalverteilung, nach der ein gewisser Prozentsatz von Studenten grundsätzlich durchfallen muss.

Bruna lehrt an einer der öffentlichen Universitäten von New York. Ihre Studenten sind Einwanderer oder Amerikaner erster Generation, häufig die Ersten in ihrer Familie, die ein College besuchen. Bruna hat Politikwissenschaft von ihnen gelernt: die Praxis, nicht die Theorie.

Marja war fünfzehn, als sie verhaftet wurde. Da demonstrierte sie auf dem Unabhängigkeitsplatz im Zentrum von Minsk gegen die gestiegenen Kosten für Schulbücher. Wenn sie davon erzählt, fasst sie sich an die linke Seite, wo sie von den Schlagstockhieben eines Polizisten getroffen wurde.

Yu war eine mustergültige Schülerin, aber in Peking reichten hervorragende Noten nicht aus, um für schulische Leistungen geehrt zu werden. Dazu musste man die Anstecknadel der Kommunistischen Partei gut sichtbar auf der Schuluniform tragen. Yu hat es nie zu einer Ehrung gebracht. Sie hat ihre Eltern enttäuscht, die einst beschlossen hatten, sie zu behalten, obwohl sie wussten, dass sie eine Tochter erwarteten. Wie gesetzlich vorgeschrieben, bekamen sie nur ein Kind und keinen Sohn wie so viele andere Familien, sondern eine Tochter. Und sie hatte ihnen Schande gemacht.

Esteban lebte in Bogotá, bevor er in den USA politisches Asyl erhielt. Jeden Morgen musste er auf dem Schulweg eine andere Route nehmen, um nicht entführt zu werden. Seinen Bruder hatten die FARC geschnappt, und er war nicht mehr nach Hause gekommen. Der Friedensvertrag sei eine Farce, sagt er. Für Esteban gibt es keine Vergebung.

Ricardo hat zusammen mit seinen Eltern in der Nacht die Wüste durchquert. Sie hatten Angst, sich zu verlaufen und irgendwann kein Wasser mehr zu haben. Doch es war besser, zu sterben als umzukehren. An das Land, in dem er geboren ist, hat er keine Erinnerung. Er ist nicht mehr dorthin zurückgereist, auch nicht, um seine Großeltern und seine Schwester zu besuchen, die für die Herausforderungen der Reise zu klein war. In Amerika nennen sie ihn *Dreamer*, weil er illegal ins Land gekommen ist, als er noch ein Kind war, und nun auf eine Aufenthaltserlaubnis hofft. Doch wenn er aus dem Traum erwacht, könnte es sein, dass er sich auf der falschen Seite der Mauer wiederfindet.

Von Yunus schließlich hat sie mehr gelernt als von jedem anderen. Nur er hat sie gelehrt zu verstehen, dass man ins eigene Innere blicken muss, um die Welt dort draußen zu begreifen.

* * *

Brunas Universitätskarriere ist auf dem Abstellgleis gelandet. In all den Jahren hat sie nichts als eine lange Reihe von Lehraufträgen gesammelt. Im Alter von zweiundvierzig und mit einer geringen Anzahl von Publikationen hat sie keinerlei Aussichten auf eine feste Stelle. Die Anmerkungen der Peer Reviewer zu ihren Untersuchungen sind gnadenlos.

Stellt der Artikel einen originellen theoretischen Beitrag dar?
Nein.
Überprüft er eine Theoriehypothese an einem neuen Anwendungsgebiet?

Nein.
Bietet er zum behandelten Thema neues empirisches Material?
Teilweise ja.
Bietet er eine neuartige Analyse der Literatur zum Thema?
Siehe Kommentare weiter unten.
Wird er zur Publikation empfohlen?
Nein.

In den letzten Jahren sind jüngere, produktivere Wissenschaftler aufgetreten, die schon bald Bücher veröffentlichten. Inzwischen haben sie feste Stellen, und bei der Weihnachtsfeier des Departments mustern sie Bruna so kritisch wie mitleidig. »Woran arbeitest du zurzeit? Ist der Artikel, von dem du mir erzählt hast, eigentlich publiziert worden? Wie viele Zeitschriften haben ihn schon abgelehnt? Vielleicht solltest du ihn besser ad acta legen und dich auf etwas anderes konzentrieren. Arme Bruna, immer mit der Familie beschäftigt, da bleibt dir natürlich kaum Zeit, dich der Forschungsarbeit zu widmen.«

»Du bist eine Frau aus den fünfziger Jahren«, hat ihre Doktormutter, die Professorin Susan Lynch, einmal gesagt. Bruna hatte es abgelehnt, abends im Büro zu bleiben, um noch einen Artikel Korrektur zu lesen. Tom hatte Nachtschicht im Krankenhaus, und Bruna musste nach Hause zu Minerva. Susan Lynch war eine der größten Expertinnen für die Länder Osteuropas. In den neunziger Jahren hatte sie eine bedeutende Studie über den Balkankrieg verfasst. Bruna hatte sie als Betreuerin gewählt, weil sie ihre Dissertation über die Osterweiterung der EU schreiben wollte.

»Du erinnerst mich an die Wissenschaftler in den Entwicklungsländern«, fuhr die Professorin fort und musterte sie dabei mit Augen, die denen eines Schneeluchses glichen und in denen Bruna all ihre Ängste gespiegelt sah. Die Professorin redete durch eine Lücke zwischen den hoch aufgestapelten Büchern und Zeitschriften hindurch, die einen Großteil ihres Schreibtischs einnahmen. Ihr Atem roch nach notdürftig kaschiertem Gin. Um sie herum quollen die Regale über vor Fachliteratur, die sie mit Absicht verkehrt herum eingestellt hatte.

»Auch in Belgrad und Sarajevo habe ich viele wie dich gesehen. Junge Wissenschaftler voller Enthusiasmus, die kostbare Forschungsjahre damit verschwendeten, für hochrangige Vertreter internationaler Organisationen den Chauffeur zu spielen.«

Bruna verstand den Vergleich nicht so recht. Wollte die Professorin ihr sagen, dass sie die akademische Arbeit ihrer Familie opferte? Dass sie die Karriere ihres Mannes über die eigene stellte? Dass sie sich von ihrem Mann so behandeln ließ, wie die Wissenschaftler-Chauffeure von den Vertretern internationaler Organisationen behandelt wurden?

Susan Lynch hatte nie geheiratet. Sie war in der eisigen, unbarmherzigen Landschaft Minnesotas aufgewachsen, als ältestes von neun Kindern. Deshalb, hatte sie ihr einmal erzählt, habe sie nie eine eigene Familie gewollt. Über die Jahre habe sie gesehen, wie ihre Mutter, »eine hochintelligente Frau«, ihr Talent verschleuderte, um sich um Mann und Kinder zu kümmern. Susan hatte für einige Jahre in Yale gelehrt, danach fast ein Jahrzehnt lang an der Brookings Institution in Washington gearbeitet. Während des Kosovokriegs war sie ein häufiger Gast auf CNN gewesen. Charlie Rose hatte sie mehrmals in seine Talkshow eingeladen. Nach New York war sie erst in den frühen 2000er Jahren gegangen. An dem Department, wo Bruna studierte, war sie allgemein gefürchtet. Häufig erkundigten sich Kollegen und Doktoranden, bevor sie an ihre Bürotür klopften, bei der Sekretärin, ob die Professorin in geeigneter Stimmung für Besuche sei. Ihre Wutausbrüche gegenüber Kollegen und Studenten waren im ganzen Haus berüchtigt.

Oft sah man Nachwuchswissenschaftler in Tränen aufgelöst aus ihrem Büro kommen.

Susan Lynch lehrte nur von Montag bis Mittwoch in New York. Den Rest der Woche war sie unterwegs, um auf der ganzen Welt Vorträge und Seminare zu halten. Sie stellte Doktoranden als Forschungsassistenten ein, in der Regel weibliche. Bruna war eine davon. Sie unterstützte die Professorin in der Forschungsarbeit und bei akademischen Publikationen, war aber auch dafür zuständig, Hotel- und Flugreservierungen für sie vorzunehmen und das Catering zu organisieren, wenn in New York Seminare stattfanden.

Bei ihrem damaligen Gespräch hatte Bruna die Vorstellung, eine Frau der fünfziger Jahre zu sein, gar nicht so übel gefunden, wenn man als Frau der 2000er Jahre so sein musste wie Susan Lynch. Aber der Nachhall dieser Äußerung hatte sie jahrelang verfolgt. Sooft sie eine schwierige Phase durchlebte, kamen ihr die Worte wieder in den Sinn. Sie ließen Bruna an ihren Entscheidungen zweifeln und verschafften ihr ein maßloses Gefühl von Unerfülltheit.

***

Sämtliche Kolleginnen Brunas, die mit ihr angefangen hatten zu promovieren, hatten nun schon seit Jahren feste Dozentenstellen. Keine von ihnen wohnte noch in New York, wo zu viel Konkurrenz herrschte, auch die Löhne reichten nicht aus, um sich das Leben in der Stadt leisten zu können. Rachel unterrichtete mittlerweile in Wisconsin, Karen in den Vereinigten Arabischen Emiraten, Deniz war zurück in die Türkei gegangen und hatte einen Lehrstuhl in Istanbul, Petra arbeitete für die EU-Kommission. Regina war die Einzige, die eine Stelle in New Jersey gefunden hatte, noch bevor sie mit ihrer Doktorarbeit fertig war. Aber wie Karen immer sagte, war Regina eine Hispanic, und das erleichterte die Sache. Den amerikanischen Universitäten lag viel daran, sich in puncto Inklusion und Diversität engagiert zu zeigen – nicht nur mit Worten –, obwohl der Lehrkörper noch immer überwiegend aus männlichen weißen Dozenten bestand. Deshalb gaben sie sich große Mühe, eine gewisse Anzahl von Vertretern ethnischer Minderheiten zu rekrutieren, vorzugsweise Frauen.

Mit keiner ihrer ehemaligen Kolleginnen war Bruna noch in Kontakt. Hin und wieder gab sie jedoch ihre Namen in Google ein. Dabei fand sie heraus, dass viele von ihnen inzwischen feste Stellen hatten, an wichtigen Kongressen teilgenommen und Forschungspreise gewonnen hatten. Rachels Buch, ein Vergleich der Rechtssysteme dreier Länder südlich der Sahara, war mit einem bedeutenden Preis der American Political Science Association ausgezeichnet worden. Karen hatte ihre Dissertation in der Oxford University Press veröffentlicht. All ihre Exkolleginnen hatten Karriere gemacht, Bücher publiziert und Kinder bekommen. Allerdings waren viele von ihnen auch schon geschieden. Rachel war seit zwei Jahren ordentliche Professorin. Die Übrigen saßen noch auf Associate-Stellen. Keine war wie Bruna bei Lehraufträgen hängengeblieben. Dass die anderen es geschafft hatten und sie nicht, empfand sie als große Ungerechtigkeit. Während des Promotionsstudiums war sie diejenige gewesen, die die besten Papers geschrieben hatte. Nur ihr hatte Susan Lynch, nachdem sie das erste Kapitel ihrer Dissertation gelesen hatte, in Aussicht gestellt, ihre Arbeit werde sicher publiziert werden. Dann aber war Mario zur Welt gekommen, Minerva war ständig krank gewesen und wochenlang zu Hause statt in der Schule, und Tom war einfach nie da. Am Tag ihrer mündlichen Prüfung – Mario war gerade ein Jahr alt geworden – hatte Professor Lynch ihre Arbeit als mittelmäßig bezeichnet. »Diese Studie ist eine Beleidigung meiner Intelligenz und jener der anderen Mitglieder dieser Kommission.« Bruna hatte sich gedemütigt gefühlt. Sie hatte ihre Doktormutter enttäuscht, weil sie sich allein um die Kinder kümmern musste.

Am meisten schmerzte sie der Vergleich mit ihrer Schwiegermutter. Amanda hatte einen Lehrstuhl an einer Universität in New Jersey innegehabt, noch bevor sie dreißig wurde. Sie hatte fünf Bücher veröffentlicht. Das erste, in dem es um die Kunstförderung durch Großbanken ging, war in den siebziger Jahren erschienen und wurde noch heute in verschiedenen Universitäten des Landes als Lehrbuch verwendet, darunter ein paar sehr angesehene. Aber Amanda hatte sich im Unterschied zu Bruna nie um die Kinder gekümmert. Sie hatte eine Armee von Au-pair-Mädchen beschäftigt, die diese Aufgabe übernahmen. Anfangs nur Französinnen, weil sie wollte, dass die Kinder die Sprache lernten. Aber mit den Französinnen war sie nie gut zurechtgekommen. Die hatten zu hohe Ansprüche und flirteten mit ihrem Mann. Also hatte sie sich auf Skandinavierinnen verlegt, die alles so machten, wie man es ihnen sagte, und überaus fleißig waren. Aber auch von denen blieb keine länger als ein halbes Jahr, sie bekamen unweigerlich Heimweh. Am Ende, die Kinder waren schon im Teenageralter, hatte sie eine Reihe von Italoamerikanerinnen aus Queens eingestellt. Das Problem war, dass zwischen einem Au-pair-Mädchen und dem nächsten ganze Wochen vergehen konnten, in denen sie mit den Kindern allein war. Sal war rund um die Uhr im Krankenhaus, und so musste sie sich um alles kümmern. In diesen schrecklichen Phasen kam es vor, dass sie vergaß, die Kinder von der Schule abzuholen oder ihnen die Mahlzeiten vorzubereiten. Im Haus ging es drunter und drüber. Laura verschlang, was immer sie im Kühlschrank fand, und Toms

Stottern wurde wieder schlimmer. In solchen Wochen wurde Amanda zur Furie. Sie stritt sich den ganzen Tag am Telefon mit Sal, schrie ständig die Kinder an, plagte ihre Kollegen und machte den Studenten das Leben zur Hölle. Dann kam das neue Au-pair-Mädchen, und Amanda gewann ihre innere Ruhe zurück, wenigstens für eine gewisse Zeit.

Wenn sie an all das zurückdachte, was ihr Tom über seine Mutter erzählt hatte, wurde Bruna leichter ums Herz. Sie hatte keine fünf Bücher veröffentlicht, aber als Mutter war sie stets für ihre Kinder da gewesen.

***

Anfangs wurde sie aus Amanda nicht schlau, es war wie bei gewissen englischen Wörtern, deren Aussprache ihr ebenso entging wie die Bedeutungsnuancen. Laute, die ihrer Zunge Verrenkungen abverlangten, an die sie sich einfach nicht gewöhnen konnte; oder die scheinbar vertraut klangen – da sie aus dem Lateinischen kamen –, auf Englisch jedoch eine andere Bedeutung hatten als auf Italienisch und sie letztlich nur verwirrten. Mit der Zeit war ihr klargeworden, dass bei Amanda so wie im Englischen Ausnahmen häufiger waren als Gewissheiten. Deshalb durfte sie, wenn sie das Verhalten ihrer Schwiegermutter deuten lernen wollte, nicht darauf hoffen, es zu verstehen. Vielmehr würde sie es sich einprägen müssen, so wie sie es mit den Wortbetonungen und den unregelmäßigen Verben getan hatte.

Als Bruna und Tom aus Boston weggezogen waren, bot Amanda ihr an, einen Brief an die New Yorker Universitäten zu schreiben, bei denen sich Bruna beworben hatte.

»Danke, aber das ist nicht nötig«, antwortete Bruna. »Ich habe schon Empfehlungsschreiben meiner Professoren in Boston, und ich bin sicher, dass ich in New York ein Programm finde, wo ich angenommen werde.«

»Da täuschst du dich«, widersprach Amanda. »Ein Empfehlungsschreiben von mir könnte bedeuten, dass dein Forschungsstipendium viel höher ausfällt.«

Doch Bruna ließ sich nicht überzeugen. Sie hatte immer alles allein geregelt, ohne andere um Hilfe zu bitten, und das wollte sie auch weiterhin so halten. Im Übrigen wusste sie Amandas Angebot zu schätzen, der ihre berufliche Karriere am Herzen zu liegen schien. Einige Zeit nach Beginn ihres Promotionsstudiums aber hörte sie von einem ihrer neuen Professoren, wie die Sache damals wirklich abgelaufen war.

»Ich habe dir das nie gesagt, Bruna, weil ich dich nicht kränken wollte, aber erst hätten wir deine Bewerbung fast abgelehnt. Nicht, dass etwas mit deinem Lebenslauf nicht gestimmt hätte. Aber deine Schwiegermutter hat uns mit Briefen, Mails und Anrufen bombardiert, und sie hat nicht nur darauf gedrängt, dass wir dich zum Studium zulassen, wir sollten auch die Höhe deines Forschungsstipendiums verdoppeln. So etwas habe ich in meiner gesamten Laufbahn nicht erlebt. Vielleicht wird das in Italien so gehandhabt, aber hier in den USA werden Nachwuchswissenschaftler aufgrund ihrer Verdienste angenommen und nicht wegen ihrer verwandtschaftlichen Beziehungen. Mir ist nicht ganz klar, warum Professor Bene so überzeugt war, Einfluss auf unsere Entscheidungen nehmen zu können. Sie stand in den Sozialwissenschaften noch nie in besonders hohem Ansehen. Von ihrem ersten Buch abgesehen, sind ihre Arbeiten eher redundant.«

Bruna fühlte sich tief gedemütigt. Was, wenn ihre Professoren nun glaubten, sie selbst habe ihre Schwiegermutter gebeten, darauf zu drängen, dass sie angenommen würde? Die Vorstellung, Susan Lynch könnte so etwas von ihr denken, erfüllte sie mit

Scham. Sie erklärte dem Professor, dass sie nichts von diesen Briefen gewusst habe, und entschuldigte sich für das Verhalten ihrer Schwiegermutter. Anschließend führte sie ein längeres Gespräch mit Professor Lynch, die es an Sarkasmus nicht fehlen ließ, ihr jedoch versicherte, sie sei nur aufgrund ihrer Leistungen angenommen worden. Als Bruna schließlich Amanda mit dem Vorfall konfrontierte, warf ihr die Schwiegermutter Undankbarkeit vor und beanspruchte das gesamte Verdienst an ihrer Zulassung für sich. Dass das Stipendium nicht erhöht worden war, schob Amanda auf den Geiz der jüdischen Professoren in New York.

Von diesem Tag an hörte Bruna auf, mit Amanda über ihre Arbeit zu sprechen. Sie hatte nicht recht verstanden, warum sich ihre Schwiegermutter so verhalten und de facto riskiert hatte, dass sie abgelehnt würde, aber sie hatte gelernt, ihr nicht zu trauen. Tom blieb wie gewöhnlich neutral. Und Bruna begann sich zu fragen, ob sie wenigstens ihm noch trauen konnte.

Amanda interessierte Brunas akademische Karriere kein bisschen. Sie hatte bei der Gelegenheit einfach beweisen wollen (eher sich selbst als anderen), dass ihr Wort an den New Yorker Universitäten ein gewisses Gewicht hatte. Zu ihrem Missfallen hatte sie dieser Welt nie angehört, hatte immer nur an einem kleinen College in New Jersey unterrichtet. Zu diesem Zeitpunkt aber fühlte sie sich stark, weil es ihr nach langen Jahren der Dürre endlich gelungen war, ein neues Buch zu veröffentlichen –, wenn auch für einen unbedeutenden Verlag –, eine komparative Studie zwischen Soziologie und Politikwissenschaft. Brunas Bewerbung hatte ihr einen Vorwand geboten, die Kollegen in New York zu kontaktieren, die ihr seit Jahren die kalte Schulter zeigten, und Werbung für ihr Buch zu machen.

Wenn Amanda nicht bekam, was sie wollte, lud sie ihre Enttäuschung bei anderen ab. Bei ihrem Mann und den Kindern gelang das immer, sie zögerten nicht, sich selbst die Schuld an ihren Fehlschlägen zu geben. Bei anderen war sie weit weniger erfolgreich, aber davon ließ sie sich nicht abschrecken.

***

Seit Bruna denken konnte, hatte sie sich gewünscht, einmal Mutter zu werden. Bevor sie dreißig wurde, war Minerva gekommen und nach ein paar Jahren dann Mario. Aber die kleinen Kinder wogen für sie so schwer wie Mühlsteine. Ohne die geringste Unterstützung durch Tom, der immer im Krankenhaus war, ihre Eltern, die in Italien lebten, und die Schwiegereltern, die auf eine Scheidung hofften, hatte Bruna fast alles allein bewältigt, mit gelegentlicher Hilfe von Babysittern.

Minerva war ein kränkliches Kind gewesen. In ihren ersten drei Lebensjahren hatte sie sechs Lungenentzündungen gehabt, und Bruna hatte schlaflose Nächte damit verbracht, den Husten mit einem Inhalator zu lindern. Dann war Mario gekommen, der erst sehr spät zu sprechen angefangen hatte. Bis heute hat er in der Schule Mühe, mit den anderen Schritt zu halten. Er hat nicht viele Freunde, mit Ausnahme von Ellie, einem Mädchen, mit dem er die Nachmittage nach der Schule im Park verbringt. Bruna hat sie allerdings nie kennengelernt.

Mario ist nicht athletisch, er treibt nicht gerne Sport, fühlt sich auch zu Musik nicht hingezogen. Er hat weder Interesse an Lego noch an Elektronik. Er hat nie Schach lernen wollen. Kurzum, ein Außenseiter unter den amerikanischen Kindern, die an Turnieren und Wettbewerben teilnehmen und ihre Zimmer mit Trophäen und Medaillen füllen. Oft trägt er, wenn er aus dem Haus geht, Kleidungsstücke und Accessoires, die er aus dem Schrank seiner Schwester stibitzt. Ein T-Shirt mit kleinen Perlen unter dem

Sweatshirt. Einen Schal mit hellblauen Blumen unter dem New-York-Yankees-Pulli. Die Haarspange mit dem blauen Schmetterling, die man kaum sieht, wenn sie zwischen seinen schwarzen Locken steckt. Er trägt immer nur ein weibliches Kleidungsstück auf einmal, wie jemand, der ganz langsam ins Wasser geht, am Anfang nur die Zehen hineinstreckt. Als er damit anfing, haben Bruna und Tom versucht, ihm sein Verhalten auszureden. »So kannst du doch nicht in die Schule gehen. Das sind Mädchensachen. Willst du, dass sich alle über dich lustig machen?« Damals hatten sie Angst vor den Urteilen der anderen. Tom besonders vor dem seines Vaters. Aber inzwischen lassen sie Mario gewähren.

Die Geschlechtsidentität bekommt unter den jungen Leuten eine neue Bedeutung. Viele von ihnen definieren sich als »non-binär«, lehnen die Opposition männlich-weiblich ab; andere reden vom Geschlecht als einem breiten Spektrum. Nicht zufällig geben zahlreiche Social-Media-Plattformen, die diese gesellschaftlichen Veränderungen schon länger wahrnehmen, ihren Usern die Möglichkeit, zwischen über siebzig verschiedenen Geschlechtsbezeichnungen zu wählen und sogar neue einzutragen, falls ihre auf der Liste fehlt. Als Arzt weiß Tom gut, dass die Geschlechtszugehörigkeit etwas anderes ist als die sexuelle Orientierung, über die Mario, der noch zur Grundschule geht, wahrscheinlich keine sehr klaren Vorstellungen hat. Ihm ist bewusst, dass Mario schon mit fünf deutliche Anzeichen von Geschlechtsdysphorie an den Tag legte, einem Stresssymptom, das ausgelöst wird, wenn sich jemand nicht in dem Geschlecht erkennt, mit dem er oder sie geboren ist. Doch als Endokrinologe, der in den letzten Jahren zahlreiche ähnliche Fälle behandelt hat, weiß er, dass aktuell nur eine begrenzte Zahl von Menschen, die an Dysphorie leiden, chirurgische Veränderungen des Geschlechts vornehmen lassen. Eines Tages vielleicht, nach Eintritt der Pubertät, wird sein Sohn ihn nach einer Hormontherapie fragen, um eine Frau zu werden, und wie bei seinen Patienten wird Tom ihn damit nicht alleinlassen. Oder vielleicht beschließt Mario wie viele andere, dass er non-binär ist, zwischen zwei Geschlechtern fluktuiert, *expansiv, agender.* So oder so wird er für Tom stets sein Sohn bleiben, jedenfalls sagt er sich das ein ums andere Mal. Das ist nicht immer so gewesen. Bruna hatte sofort darauf gedrängt, ihren Sohn zu einem Kinderarzt zu bringen, der auf Geschlechtsdysphorie spezialisiert war. Sie hatte Psychologen befragt und wissenschaftliche Artikel gelesen. Tom hatte in der Frage lange keine Position bezogen. Er hatte das Ganze als Laune gesehen, die mit der Zeit vorübergehen würde. Eine fixe Idee, von der Mario sich lösen würde, wenn er größer wurde, so wie er schon aufgehört hatte, Daumen zu lutschen und das Bett zu nässen. Als Tom sich vor zehn Jahren auf Endokrinologie spezialisierte, war eine Hormontherapie für Transgender in den Handbüchern oder bei der Zulassungsprüfung nicht vorgesehen gewesen. Jahrzehntelang hatte man Transsexualität nur als geistige Störung behandelt. Doch dann waren immer mehr Mädchen und Jungen in Toms Praxis gekommen, die ihn um Hilfe baten, ihm anvertrauten, was sie den eigenen Eltern nie gesagt hatten. »Ich habe die Ballettstunden immer gehasst und fand es schrecklich, wenn meine Mutter mich zwang, rosa Klamotten anzuziehen … Tief in mir wusste ich schon immer, dass ich ein Junge bin.«

Sein Vater Sal, der doch auch Arzt war, würde das nie akzeptieren. Als Tom ein Teenager war, hatte er ihm erklärt, Transsexuelle seien geistesgestört. Später hatte Tom einmal zufällig ein Gespräch zwischen seinem Vater und seinem Onkel Dominique zum Thema Transgender mitbekommen.

»Nur die Demokraten sind blöd genug, Transsexuellenklos zum Wahlkampfthema zu machen«, hatte Onkel Dominique gesagt, während er in der Zeitung blätterte.

»Das betrifft vielleicht ein Prozent der US-amerikanischen Bevölkerung«, hatte sein Vater geantwortet, ohne Toms Eintreffen zu bemerken, der an der Wohnzimmertür stehen geblieben war, um zuzuhören. »Du wirst sehen, die Demokraten verlieren noch die Wahlen, nur weil sie sich für Transgenderklos einsetzen! Die Leute wollen Politiker in Washington, die sich um echte Probleme kümmern, um Arbeitslosigkeit, Einwanderung und Sicherheit.«

»Du sagst es! Wen soll das bitte interessieren, ob ein Transgender zum Pinkeln *auf die Toilette für das Geschlecht geht, in dem er geboren ist, oder auf diejenige für das Geschlecht, dem er sich zugehörig fühlt*?«, hatte der Onkel bissig den Wortlaut aus der Zeitung aufgegriffen.

»Ganz genau! Aber wenn Laura auf der Damentoilette einen vorfindet, der im Stehen pisst, würde mir das schon gegen den Strich gehen«, hatte Sal geschlossen.

Über Marios Situation hatte Tom mit seinen Eltern nicht mehr gesprochen. Auf die Beschimpfung, die der Großvater seinem Enkel ins Gesicht geschrien hatte, waren jene drei langen Jahre des Schweigens gefolgt. Als Tom sich schließlich wieder bei seiner Familie meldete, sagte er klipp und klar, dass er keine weiteren negativen Bemerkungen über seine Frau und seine Kinder dulden würde. Falls es zu dergleichen komme, werde er den Kontakt erneut abbrechen. Während sein Vater nur etwas ins Telefon brummte, das wohl besagte, er habe verstanden, verkündete seine Mutter, sie lasse sich im Alter von siebzig Jahren von niemandem mehr Vorschriften machen, und legte auf. Tom stand mit zitternden Knien da.

Auch Brunas italienische Verwandtschaft konnte Mario nicht verstehen. Ihre Mutter und ihr Vater betrachteten das Thema als vorübergehende Marotte: »Verbote machen so etwas nur schlimmer. Besser, man lässt ihn in Ruhe, irgendwann bekommt er genug davon.« Brunas Mutter liebte Mario sehr, er war ihr Lieblingsenkel. Nonna Maria zufolge war Marios Problem nur, dass er wie seine Schwester sein wollte. Wer hätte Minerva nicht nachgeeifert? Ihr gelang doch immer alles. »Bete zur Madonna«, sagte die Großmutter immer zu Mario. »Du wirst sehen, die hilft dir.«

Die anderen italienischen Verwandten dagegen gaben der amerikanischen Gesellschaft die Schuld, nachdem Bruna sie über die Besonderheiten ihres Sohnes aufgeklärt hatte: »Drüben in Amerika ist das jetzt Mode«, sagten sie. »Als wir noch jung waren, gab es all diese Komplikationen nicht, da kam man als Mann oder Frau auf die Welt und fertig.« Oder: »Wir sind einfache Leute, Bruna. Wir wollen von solchen Dingen nichts wissen. Das geht gegen die Natur.«

Ein paar Jahre zuvor, Mario war damals sechs Jahre alt, waren sie in Rom in ein Spielzeuggeschäft nahe der großelterlichen Wohnung gegangen. Mario hatte schnurstracks die Mädchenabteilung angesteuert. Dort hatte er eine Schachtel mit einer Barbiepuppe aus dem Regal gezogen und sie mit großem Elan zu öffnen versucht. Bruna schimpfte los: »Stell das sofort wieder hin. Du hast schon so viele, ich habe nicht vor, dir noch eine zu kaufen.« Mario warf sich auf den Boden und fing an zu weinen. In diesem Augenblick erschien Agnese, eine Kindheitsfreundin von Bruna, die mit ihr zusammen die Grund-, Mittel- und Oberschule besucht hatte. In den Jugendjahren hatte sich ihr Verhältnis verändert. Die zwei Freundinnen machten einander in allem Konkurrenz: ob es um die Kleidung ging, um die Schulnoten, die Jungs, die Entscheidungen, die jede von ihnen traf. Und so hatten sich ihre Wege nach dem Abschluss getrennt, auch wenn sie noch eine vage Sehnsucht miteinander verband, wegen der Jahre, die sie zusammen durchlebt hatten, und weil sie sich damals gerngehabt hatten.

»Mensch, Bruna, dich habe ich ja ewig nicht gesehen! Wie

geht's? Seit wann seid ihr da? Und das muss Mario sein … Ist der groß geworden! Luca, erinnerst du dich noch an Mario? Er lebt in Amerika, er ist genauso alt wie du, sag mal hallo zu ihm.« Und als Bruna Luca einen verblüfften Blick zuwarf: »Siehst du, wie er gewachsen ist? Er sieht älter aus, als er ist, für sein Alter ist er riesig, er ist Torwart in der Kindermannschaft von AS Rom.«

Bruna gab ihr hastig irgendeine Antwort. Ihr war nicht wohl in ihrer Haut, und es fiel ihr schwer, das zu überspielen. Sie versuchte gleichzeitig, Mario vom Boden aufzuheben und ihn dazu zu bringen, dass er die Schachtel mit der Barbiepuppe losließ. Aber Mario brüllte jetzt noch lauter und hatte die Verpackung, die er weiter umklammert hielt, inzwischen zerrissen.

»Warum weint er?«, fragte Luca seine Mama.

»Vielleicht ist er noch müde von der Reise. Seid ihr gerade erst in Rom angekommen?«, wandte sich Agnese an Bruna.

»Eigentlich schon vor zwei Wochen«, antwortete sie.

»Ich weiß, Mama, jetzt weiß ich's! Er weint, weil er die Barbie will«, rief Luca. »Aber Barbies sind doch was für Mädchen! Ich spiele nur gern mit den Transformers.« Er sah Mario an und zeigte ihm den kleinen Roboter, den er in der Hand hielt.

»Schau doch mal, ob nicht hinten im Regal noch ein paar neue stehen, wenn du brav bist, kauft dir Mama bestimmt noch einen«, versuchte Agnese, ihn aufzumuntern. Dann wandte sie sich lächelnd Bruna zu: »Komm schon, Bruna, mach ihm doch die Freude und kauf ihm die Barbie, ja? Und dann gehen wir mit den Kindern auf den Spielplatz gegenüber. Weißt du noch, da haben wir damals auch oft gespielt.«

Als sie endlich auf dem Spielplatz waren, hangelte sich Luca sofort an den Ringen entlang. Er zog sich hoch und wechselte gekonnt von einem Ring zum nächsten. Dann drehte er sich zweimal um die eigene Achse, breitete die Arme aus und landete in sicherem Stand auf dem Boden. Er reckte triumphierend die Arme gen Himmel, wie er es die echten Turner im Fernsehen hatte tun sehen. Agnese applaudierte. »Macht er das nicht toll, mein Luca? Er geht auch zum Turnen, sein Trainer sagt, er ist schon ein richtiger kleiner Champion.«

Mario dagegen hatte sich auf die Schaukel gesetzt. Er hielt seine Barbie auf dem Schoß und zählte an den Fingern ab, wie viele Tage noch bis zum Ferienende blieben. Ständig kam er durcheinander, verrechnete sich und musste wieder von neuem beginnen. Zahlen machten ihm Angst. Er stellte sich vor, sie stünden vor ihm in Reih und Glied, die Gewehre im Anschlag wie die Zinnsoldaten aus dem Ersten Weltkrieg, die ihm Opa Sal im vergangenen Jahr zum Geburtstag geschenkt hatte. Der Großvater hatte sie in vier Regimentern à vierundzwanzig Soldaten aufgestellt, dann jedes davon in Achter-Einheiten unterteilt und Mario aufgefordert, sie zu zählen, und er hatte sich andauernd verzählt. Am liebsten wäre er so klein gewesen wie die Soldaten. Dann hätte er seine Mama um Verstärkung angefunkt und so lange hinter dem Wall aus Sandsäcken gewartet, oder vielleicht in einem der winzigen Schützengräben, aber da gab es ja manchmal Gas. Am Ende hatte er aus Angst vor einem Bombenangriff zu weinen angefangen, und als Papa ihm zur Hilfe gekommen war, hatte Opa Sal ihn *faggot* genannt, und keiner hatte mehr mit ihm gespielt.

In Rom dachte Mario darüber nach, dass die Ferien jedes Mal zu schnell vorübergingen. Er hatte nie Lust, zurück nach New York zu fahren. Am Tag der Abreise klammerte er sich an den Rock von Nonna Maria und bettelte, bei ihr bleiben zu dürfen.

»Ich mache dir auch bestimmt keinen Ärger, ich helfe dir bei der Lasagne und trage dir die Einkaufstüten … Bitte, lass mich hierbleiben, bitte!« Auch die Großmutter weinte, und wenn Großvater Gino nicht jedes Mal gesagt hätte: »Du musst mit deinen Eltern nach Hause fahren, du musst doch dort in die Schule gehen … Hier hättest du niemals die Chancen, die du in New York bekommst«, dann hätte sie ihn bei sich behalten. »Du wirst schon sehen«, redete ihm der Großvater gut zu, »bald ist wieder Sommer, und wir sind alle wieder zusammen. Beim nächsten Mal nehme ich dich zum Fischen mit nach Fiumicino, und dann essen wir frittierte Calamari, versprochen.«

Bruna und Agnese hatten sich unterdessen auf eine Bank im Schatten gesetzt. Dort fand sich auch Minerva ein, die noch in der Buchhandlung gegenüber nach der englischen Übersetzung von *Der Baron auf den Bäumen* gesucht hatte. Das Buch war nicht erhältlich gewesen, und nun wollte sie das Handy ihrer Mutter haben, um die Übersetzung auf Amazon zu bestellen. Mit dem Mobiltelefon in der Hand legte sie sich ins trockene Gras, den Strohhut auf dem Kopf, der ihr Gesicht vor der Sonne schützte, und offenkundig versunken in die andere Welt des Internets. Bruna und Agnese unterhielten sich ein wenig über die vergangenen Jahre. Agnese schwelgte in Erinnerungen daran, wie sie im Park zusammen glücklich gewesen seien. Die Freundschaft fehle ihr. Sie hätten ja seither beide unterschiedliche Richtungen eingeschlagen und wichtige Lebenserfahrungen gemacht. »Gianni hilft mir sehr mit Luca. Er ist ein wundervoller Vater. Ich glaube aber nicht, dass wir noch ein Kind bekommen. Mir ist meine Karriere sehr wichtig, und außerdem wollen wir Luca das Beste geben können: Reisen, ein Hochschulstudium, etwas Unterstützung, wenn er erwachsen ist und sich eine Wohnung kaufen will … Das kann man ihm doch nicht vorenthalten. Wir wohnen inzwischen im Zentrum. Wenn ich hierherfahre, um meine Eltern zu besuchen, denke ich immer: Wäre ich nicht anders gewesen, hätte es mir genauso ergehen können wie dem Rest.« Sie sah sich um. Die Parkanlage, früher Schauplatz ihrer kindlichen Spiele, glich jetzt einer

Mülldeponie. Die Abfalleimer quollen über von übelriechendem Müll, umschwirrt von Fliegen und Wespen, die sich um die Überreste balgten. »Luana hat vier Kinder, wusstest du das? Ihr Mann verspielt seinen Monatslohn bei der Rubbellotterie … Und sie wohnt wieder bei ihren Eltern. Francesca dagegen, erinnerst du dich an Francesca, die Tochter der Hausmeisterin? Die geht auf den Strich, um ihre Heroinsucht zu finanzieren. Hatte schon zweimal eine Überdosis. Aber wir zwei, Bruna, wir waren anders, und das ist der Grund dafür, dass wir davongekommen sind.« Es war unverkennbar, was sie mit *anders* meinte: *besser.*

Bruna hatte von ihrer Mutter gehört, Agnese habe nach ihrem Abschluss in Psychologie bei einem französischen Automobilkonzern angefangen und sei jetzt Personalmanagerin. Agnese hatte ihrerseits gehört, dass Bruna an einer Universität in New York Politikwissenschaft unterrichtete. Ihre Mutter, Cesira, hatte jedoch erzählt, Bruna habe nach all den Jahren noch immer keine feste Stelle. Das gab es nicht nur in Italien, die prekären Anstellungsverhältnisse. Cesira hatte Agnese auch erzählt, dass Brunas Sohn ein seltsames Kind sei. Wenige Tage zuvor war sie ihm mit seiner Großmutter auf dem Markt begegnet, da trug der Junge ein Aschenputtelkostüm, sie hatte ihn erst mit Brunas älterer Tochter, Minerva, verwechselt. Cesira hatte sich ohne Umschweife erkundigt, ob er ein Junge oder ein Mädchen sei. Maria hatte zunächst nervös reagiert: »Er ist ein Junge«, hatte sie gesagt. Dann war sie rot geworden und hatte sich korrigiert: »Ein Mädchen.« Und am Ende hatte sie hervorgestoßen: »Mario ist mein Enkelkind, ganz einfach, und Sie, Signora Cesira, sollten mal still sein und sich um Ihre eigenen Angelegenheiten kümmern!«

Seit vielen Jahren hatte Agnese keine Gelegenheit mehr gehabt, Bruna daran zu erinnern, dass von ihnen beiden noch immer sie vorausgesehen hatte, was ihnen im Leben bevorstand. »Ich muss schon sagen, Bruna, es hat mich ziemlich verletzt, dass du dich in all den Jahren nicht gemeldet hast. Aber ich bin immer noch deine Freundin und sage das nur zu deinem Besten: Das ist zwar nicht mein Feld, aber ich glaube, du solltest mit Mario zu einem Spezialisten gehen.«

»Zu einem Spezialisten? Wovon redest du?«, fragte Bruna irritiert. Die Sonne stand inzwischen hoch am Himmel, und die Bank lag nicht mehr ganz im Schatten. Agneses Augen wurden plötzlich so klein wie Rosenkranzperlen.

»Ich habe in der Zeitung von solchen Kindern gelesen. Über diese Themen wird ja alles Mögliche geschrieben, und jeder hat seine Meinung dazu – dass man die Schwulen machen lassen soll, dass sie geheilt gehören – und dergleichen mehr. An Schulen in den USA bekommen die Kinder anscheinend Bücher vorgelesen, in denen Familien mit zwei Papas oder zwei Mamas vorkommen. So etwas bringt sie natürlich durcheinander.«

»Marios Lehrerinnen brauchen ihm keine Bücher über homosexuelle Familien vorzulesen«, antwortete Bruna entrüstet. Agnese könne beruhigt sein, Ende der achtziger Jahre sei das in Amerika üblich gewesen, als Bücher wie *Heather hat zwei Mamas* oder *Papas Mitbewohner* zum ersten Mal aufkamen. »Aber heutzutage besteht da nicht mehr so viel Bedarf. In Marios Schule gibt es mehrere Kinder, die zwei Mamas oder zwei Papas haben, und andere, die von Leihmüttern zur Welt gebracht wurden.«

»Na, umso schlimmer!«, ereiferte sich Agnese. »Mach dir mal klar, in was für einer verwirrenden Umgebung er aufwächst! Wirklich, Bruna, glaub mir, ich sage das, weil ich dich gernhabe, und ich möchte dir versichern: Dein Sohn kann und muss geheilt werden. Weißt du, oft ist es neben der Umgebung just die Beziehung zur Mutter, die Kinder dazu veranlasst, anomale Verhaltensweisen an den Tag zu legen.«

Bruna stand auf. Die Luft war schwer, es regte sich kein Lüftchen. Der Schweiß lief ihr in Bächen den Hals herunter, rann den Rücken hinab, ließ die Schenkel feucht werden, so dass ihr der Rock an den Beinen klebte. Sie drehte sich zu Agnese, und in diesem Moment stieg ein heftiger Wunsch in ihr auf, sie zu ohrfeigen und auf den sonnenverbrannten Boden zu stoßen, so wie sie es mit sechzehn getan hatte, als ihr die Freundin einen Jungen ausgespannt hatte, den sie mochte, nur um ihr eins auszuwischen. Wie damals hätte sie sie am liebsten an ihren prächtigen blonden Locken gepackt, ihr ganze Strähnen ausgerissen. Dann hätte sie ihr dieses angeberische weiße Kleid mit Schlamm beschmiert und ihr das Gesicht noch einmal bis aufs Blut zerkratzt, tief in die damenhafte Schminke, die sie so sorgfältig aufgetragen hatte. Als sie damals zugeschlagen hatte, war Bruna der köstliche Gedanke gekommen, zu Hause würde Cesira die Tracht Prügel noch fortsetzen, wie es manche römischen Mütter taten. Vielleicht wäre es auch diesmal so gekommen. Agnese hatte noch immer Angst vor ihrer Mutter. Und während Bruna an all das zurückdachte, kamen ihr die Tränen, so wie vor vielen Jahren, nachdem sie Agnese geschlagen hatte. Sie hatte um sich selbst geweint, um die Freundin, die sie einmal gerngehabt hatte, und auch wegen der Tracht Prügel, die Cesira ihr zu Hause verabreichen würde.

Sie hatte geweint, weil an jenem Tag im Park, auf diesem verdorrten Gras, ihre Unschuld ein plötzliches Ende genommen hatte. Und in diesem Moment, so viele Jahre später, war nun auch ihre Freundschaft ein für alle Mal zu Ende.

»Entschuldigung, Signora«, wandte sich Minerva an Agnese und riss damit Bruna aus ihrer Grübelei. »Ihr Sohn hat seinem Transformer gerade den Kopf abgebissen und ihn sich in die Nase geschoben.«

Agnese fuhr herum. Der Junge hatte den rechten Zeigefinger in der Nase und versuchte, den Kopf der Spielfigur wieder herauszuziehen.

»Um Himmels willen, Luca, schon wieder?!«

Bruna wollte etwas sagen, aber Minerva kam ihr zuvor, das erste Mal von vielen, die folgen sollten. »Vielleicht ist er ein bisschen durcheinander, weil er so eine schlechte Beziehung zur Mutter hat«, sagte sie. Dann lief sie zur Schaukel, nahm Mario bei der Hand und stolzierte mit ihm davon. Bruna verabschiedete sich hastig von Agnese und lief den beiden hinterher.

Die Kinder vor sich, die Vergangenheit hinter sich.

Dennoch kamen Bruna an jenem Abend einige düstere Gedanken. Minerva war wirklich Jupiters Kopf entsprungen und brauchte sie als Mutter fast schon nicht mehr. Mario hingegen brauchte sie für alles und jedes, er wäre liebend gerne in ihren Schoß zurückgekehrt und hätte, wenn das möglich gewesen wäre, dort weitergelebt, in warmer Dunkelheit für den Rest seines Lebens. Dabei waren doch alle beide von ihr auf die Welt gebracht, waren gleichermaßen genährt und geliebt worden. Oder vielleicht nicht? Konnte, als sie Mario erwartete, irgendetwas schiefgegangen sein? Vielleicht hatte sie während der Schwangerschaft etwas getan oder gegessen, was ihm geschadet hatte? Ein verdorbenes Nahrungsmittel, ein böser Gedanke. Vielleicht hatte ja das männliche Vorbild gefehlt, weil Tom nie da gewesen war. Und Minerva hatte womöglich irgendwer eine Wunderwurzel auf den Teller gelegt, ohne dass Bruna etwas gemerkt hatte? Sofort schämte sie sich für diese Gedanken, schalt sich eine schlechte Mutter. Aber nachdem sie die Kinder ins Bett gebracht hatte, fragte sie sich zum x-ten Mal, ob sie es nicht in jeder Hinsicht leichter gehabt hätten, wenn Mario normal gewesen wäre. Etwa so normal wie Luca, der Sohn von Agnese.

Seit jenem Tag in Rom sind Jahre vergangen. Schon lange

interessiert sich Bruna nicht mehr dafür, wie andere über Mario denken. Sie hat inzwischen klare Vorstellungen. Mario ist, was er ist. Und wenn das so sein musste, ist es besser, dass er in New York geboren wurde als in Rom, wo selbst eine Psychologin – zu allem Überfluss auch noch eine Personalmanagerin – wie Agnese Transgender mit Schwulen verwechselt und behauptet, dass diese geheilt gehörten.

In New York hat es Mario allerdings auch nicht leicht. Zu Hause erzählt er nichts davon, bei den Lehrerinnen beschwert er sich ebenso wenig. Er redet nur mit Ellie.

***

Bruna wälzt sich weiter im Bett herum. Es ist schon nach Mitternacht. Der Wind scheint sich gelegt zu haben. Auch der Fluss atmet durch, während die Gezeiten wechseln. Bruna wartet auf Tom und denkt an ihre Kinder. Für sie war es sehr anstrengend, die beiden aufzuziehen, aber jetzt hat sie zum ersten Mal den Eindruck, dass es allmählich so läuft, wie es sollte. Minerva ist Klassenbeste. Sie hat das fünfte Grundschuljahr übersprungen und direkt auf die Middle School gewechselt. Inzwischen ist sie fast dreizehn. Sie ist hübsch, eine hervorragende Sportlerin, hat viele Freunde. Und auch Mario scheint trotz allem endlich in ruhigerem Fahrwasser zu sein.

Jetzt, da die Kinder größer sind, beginnt ein neuer Gedanke, Bruna zu beunruhigen. In wenigen Jahren wird Minerva aufs College gehen, und bald darauf wird auch Mario sie verlassen. Und sie wird allein in dieser Wohnung sitzen und zusehen, wie sich beim Wechsel der Jahreszeiten die Risse in der Decke öffnen. »Genieß die Zeit mit den Kindern, Bruna«, hat ihr einmal eine italienische Kollegin gesagt, die in Harvard lehrte. »Genieß sie, denn wenn sie erst einmal groß sind, rutschen sie dir durch die Hände wie Sand.«

James Baldwin hat recht, denkt Bruna jetzt, italienische Mütter beweinen schon an dem Tag, an dem sie ihre Kinder zur Welt bringen, deren Auszug von zu Hause.

Bruna kramt in ihren Manteltaschen. Da hatte sie doch die Visitenkarte des FBI-Ermittlers hingesteckt. Sie muss ihr durch das Loch in der Tasche geglitten sein, als sie aufstand und das Büro des Dekans verließ. Ihr ganzes Leben lang passiert ihr das schon, sie verliert wichtige Dinge, oft fällt es ihr gar nicht auf. Die Schuld daran gibt sie seit einiger Zeit vor allem sich selbst. Sie gibt sich die Schuld für den naiven Glauben, sie könne allein und gegen alle eine schwierige Ehe, die aufwendige Erziehung zweier Kinder und eine Unikarriere unter einen Hut bringen. Sie gibt sich die Schuld und denkt, wenn sie Toms Familie gegenüber kompromissbereiter und nachgiebiger gewesen wäre, an der Universität ehrgeiziger und weniger bereit, sich zu begnügen, wenn sie als Mutter weniger ängstlich und eher bereit gewesen wäre, die Kinder anderen zu überlassen, dann wäre es ihr vielleicht gelungen, das alles zusammenzuhalten. Jetzt kommen ihr die Ehe, die Familie und die Karriere allesamt wie löcherige Taschen vor, in die sich keine Zukunft mehr legen lässt. Und dann ist da auch noch Yunus, der alles noch komplizierter macht. Er hat sie so unvermittelt getroffen wie der Wolkenbruch, der ihn vor zwei Monaten dazu brachte, klatschnass vor ihrer Tür zu stehen. Auch Yunus hat sie nur für einen kurzen Augenblick genossen. Wie bei der Manteltasche hat sie nicht rechtzeitig bemerkt, dass da ein Loch war, und auf einmal hat die ganze Naht sich aufgelöst. In diesem Fall wird es nicht mehr möglich sein, den Riss zu flicken.

3.

Das Goldne Tor

»Bruna, wach auf! Es ist passiert! Er hat tatsächlich gewonnen. Pennsylvania, Wisconsin, Michigan. Er hat richtig abgeräumt, die Mauer der *Blue States* gesprengt.« Tom schüttelt sie mehrmals. In seiner Stimme schwingt Erregung mit.

Bruna schreckt aus dem Schlaf hoch. Ihr Kiefer schmerzt heftig. Sicherlich hat sie im Schlaf mit den Zähnen geknirscht. Ihre Beinmuskeln sind verkrampft, wie wenn man aus einem Albtraum erwacht. Ihr Kopf hebt sich vom Kissen.

»Yunus, bist du zurück?«, murmelt sie.

»Bruna, wach auf, du träumst ja noch. Ich bin's, Tom.«

Bruna schlägt die Augen auf und sieht ihren Mann an. Tom Bene hat noch immer das Gesicht eines Jungen. Die lockigen Haare sind tiefschwarz, die Haut mit dem olivfarbenen Teint jugendlich glatt.

»Wie konnte das passieren?«, fragt Bruna noch ganz benommen.

»*Shit ha-ha-happens*, Bruna«, erwidert er stotternd, wie immer, wenn er nervös ist.

Tom schiebt sich ein Minzbonbon in den Mund. Sein Atem stinkt nach Alkohol. Einmal im Monat lässt er sich mit seinen Kollegen von einem Pharmaunternehmen zum Abendessen einladen. Nach dem Essen ziehen sie meistens weiter in eine Bar, um sich ein Footballspiel anzusehen. Gestern war Wahlabend. Besser als ein Super Bowl.

Bruna setzt sich auf. Sie erinnert sich nicht daran, eingeschlafen zu sein. Ihr ist schwindlig. Und übel. Plötzlich dreht sich ihr der Magen um. Sie presst sich die Hand auf den Mund, schiebt Tom beiseite und läuft ins Badezimmer, schafft es aber nicht rechtzeitig und spuckt sich voll. Unter dem Erbrochenen erkennt sie die Stücke eines Schinkensandwichs. Das hat ihr jemand von Associated Press gegeben, bevor sie auf Sendung gingen. »*Oh Jesus, Bruna! You got sick.* Rühr dich nicht vom Fleck, ich mache das schon.«

Tom zieht ihr den Mantel und das besudelte Kleid aus, tupft ihr mit einem nassen Handtuch die Stirn ab, wischt ihr den Mund sauber. Es überrascht sie immer noch, dass sich ihr Mann nicht vor Erbrochenem ekelt. Vielleicht ist das der Grund dafür, dass er sich entschieden hat, Arzt zu werden. Nichts am Menschen ist ihm zuwider.

»Alles in Ordnung?«, fragt er, während er ihr über die kurzen Haare streicht.

Aber Bruna sagt nichts, während ihr die Tränen über die Wangen laufen.

»Warum weinst du denn? Klar, das Wahlergebnis ist erschütternd, aber dass dir davon gleich schlecht wird …« Er lacht und wirft einen Blick in den Spiegel.

Aber Bruna sind die Wahlen egal. Yunus hatte vorhergesagt, dass es so ausgehen würde, obwohl die *New York Times* die Wahrscheinlichkeit für einen Sieg von Hillary Clinton monatelang mit fünfundachtzig Prozent bezifferte. Auch im Fernsehen war unübersehbar, dass sich Bruna für die Debatte nicht interessierte. Als der aus Rom zugeschaltete italienische Politiker sie beschuldigte, Falschinformationen zu verbreiten, hat sie ihm nicht einmal geantwortet. Kurz davor hatte er vor laufender Kamera erklärt, wie geschickt der Wahlkampf des republikanischen Kandidaten seine Feinde identifiziert habe: die Hispanics, Verbrecher und Vergewaltiger; die Afroamerikaner, die die Städte unsicher machten und auf Polizisten schössen; und die Muslime, allesamt Terroristen. »Mit anderen Worten«, hatte Bruna erwidert, »der Kandidat hat die Ängste der weißen Amerikaner ausgenutzt, die seit längerem ein Problem damit haben, dass ihr Bevölkerungsanteil sinkt.«

»Warum müssen Sie das Wort *ausnutzen* verwenden?«, hatte der Politiker gefragt. »Es tut mir leid, feststellen zu müssen, dass auch auf der anderen Seite des Atlantiks propagandistische Umtriebe herrschen.« Offenbar fühlte er sich an einem empfindlichen Punkt getroffen, hatte Bruna gedacht. Auch er machte sich letztlich dieselben Ängste zunutze. »Es liegt auf der Hand, dass Professor Bianchis Analyse parteiisch ausfällt. Und trotz ihres Nachnamens ergreift sie nicht für ihresgleichen Partei. Aber es ist eine Tatsache, dass die Intellektuellen sowohl in Amerika wie in Europa den Anschluss an das verloren haben, was das Land wirklich bewegt. Sie kümmern sich um Minderheiten und Einwanderer, aber nicht um den wahren Motor des Landes, die Angehörigen der weißen Mittelschicht, die aufgrund der Globalisierung ihre Arbeit verloren haben und sich wegen der unkontrollierten Einwanderung im eigenen Heim nicht mehr sicher fühlen.«

»Professor Bianchi, möchten Sie dem Herrn Senator etwas erwidern?«, hatte der Moderator gefragt.

Langes Schweigen. Bruna hatte keine Lust zu antworten. Ihr war kalt. Sie war aus dem Wolkenkratzer von Associated Press zugeschaltet. Das Studio war auf der Terrasse im fünfunddreißigsten Stock aufgebaut worden. Ein scharfer Wind blies. Der kleine Heizstrahler, den man ihr vor die Füße gestellt hatte, vermochte nicht, sie zu wärmen. Das Empire State Building trug die Farben der US-amerikanischen Flagge. Ein schwaches Signal von Einheit in einem gespaltenen Land. Hinter ihr präsentierte sich New York von seiner schönsten Seite, wie eine Erotiktänzerin den Augen des erregten Publikums.

Bruna hatte während der gesamten Sendung an Yunus gedacht. *Denk an Yunus, als der erzürnt von dannen ging und glaubte, Allah werde ihn dafür nicht strafen. Wie viel Unglück musste er dann erdulden!*

»Mochten Sie etwas erwidern, Frau Professor?« Wieder Schweigen. »Vielleicht kann man sie nicht hören«, sagte der Moderator besorgt und bat mit einem Blick die Regie um Hilfe. »Offenbar gibt es irgendein Problem mit der Verbindung nach New York. Wir versuchen es gleich noch einmal. Jetzt geben wir erst mal zurück ins Studio: CNN meldet gerade die Ergebnisse aus Ohio, und auch dort hat sich, wie auf der Karte zu sehen, die Farbe Rot durchgesetzt.«

CNN, dachte Bruna in diesem Moment, hat im vergangenen Jahr seine Quote erfolgreich gesteigert, indem sich der Sender auf den umstrittensten Kandidaten konzentrierte – denjenigen, den anfangs keiner ernst genommen hatte, den Unnennbaren und Unwählbaren, der aber auch als Einziger in der Lage war, aus Nachrichten Unterhaltung zu machen. Ausgerechnet der Präsident von CNN hatte Jahre zuvor noch bei NBC beschlossen, die Sendung *The Apprentice* einzukaufen, und damit einen megalomanen Baulöwen und Eigentümer eines bankrotten Casinos in den prominenten Teilnehmer einer Realityshow verwandelt. Ob das alles ein bloßer Zufall war?

Als die Sendung etwa bei der Hälfte angelangt war, blickte der Politiker, der Bruna vorgeworfen hatte, Propaganda zu machen, mit einem hoffnungsvollen Lächeln in die Kameras, die auf ihn gerichtet waren: Gegen jede Prognose war der Abend im Begriff, eine günstige Wendung zu nehmen.

»Nein, einen Moment!«, rief die Abgeordnete der Parlamentsmehrheit, die ebenfalls aus dem Studio in Rom zugeschaltet war. »Wenn Professor Bianchi nichts zu erwidern hat, werde ich dem Senator antworten.« Die Abgeordnete schlug die Beine übereinander und strich sich die Frisur zurecht. »Es ist nicht wahr, dass die Intellektuellen von heute den Kontakt zum Volk verloren hätten«, sagte sie und faltete dabei die Hände wie zum Gebet. »Die Schuld liegt vielmehr bei populistischen Politikern wie Ihnen. Sie sind es, die mit ihren hasserfüllten Reden Öl ins Feuer gießen. Man muss es mutig und offen aussprechen: Die Mehrzahl derer, die Ihrem Lager die Stimme geben, sind erbärmliche Menschen.« Im Saal wurden Pfiffe laut. Jemand aus dem Publikum war aufgestanden, um zu protestieren, und wurde nun von den Kameras gezeigt. »Ja, Sie haben mich schon richtig verstanden, im Unterschied zu anderen habe ich keine Angst, es zu sagen: Ihre Wählerschaft ist fremdenfeindlich und sexistisch!«

Der Senator sprang auf und sagte seiner Kollegin, die einzige erbärmliche Person sei sie. Dann setzte er sich wieder, nicht ohne sie zuvor halblaut als frigide Feministin beschimpft zu haben. Die Beleidigung war durchs Mikrophon nur allzu deutlich zu hören gewesen. Im Publikum brach jemand in Gelächter aus, ein paar andere applaudierten. Die Abgeordnete war inzwischen ihrerseits aufgestanden, hatte aufgebracht gestikuliert und den Moderator aufgefordert, sie selbst und die Ehre aller Frauen zu verteidigen.

Die zum Streit ausgeartete Diskussion ließ Bruna kalt, solche Szenen hatte sie schon häufig gesehen. Auch der chauvinistische Senator ließ sie kalt, der nur seinen Job machte. Und für die Abgeordnete empfand Bruna nicht die geringste Sympathie. Hatte sie sich nicht gegen die Unterbringung von fünfzehn minderjährigen Flüchtlingen in der Nähe ihrer Villa ausgesprochen?

Bruna setzt sich auf die Toilettenschüssel. Sie wischt sich die Tränen ab. Trinkt das Wasser, das Tom ihr hinhält. Und denkt noch mal an die Fernsehdebatte, an die Nutzlosigkeit ihrer Teilnahme, an die Banalität der Äußerungen, an die Rücksichtslosigkeit, mit der sich alle begegnet sind. Aus einem Winkel ihres Gedächtnisses holt sie das Gedicht von Emma Lazarus über die Freiheitsstatue hervor. »Schickt mir stattdessen eure Mittellosen, die Heimatlosen, hoffnungslos Zerlumpten, vom Sturm Gebeutelten, die Abgestumpften, die Müden, die trotzdem nach Freiheit dürsten. Den Abschaum schickt vom übervollen Strand. Am Goldnen Tor erheb ich meine Hand.«

Was würde die Freiheitsstatue heute sagen?

Gebt mir die Armen, die Verlassenen, die vom Sturm Geplagten, und ich werde aus ihnen Ärzte machen, Anwälte, Bankiers. Astronauten, Nobelpreisträger, Präsidenten, Milliardäre und Präsidenten, die auch noch Milliardäre sind. Den einen oder anderen aber werde ich zum Attentäter machen: in Kinos, in Schulen, auf Konzerten. Ich werde ihnen die Freiheit geben, Sturmwaffen im Supermarkt zu kaufen. »AR-15: *American Rifle.* Gefertigt für freie Menschen.«

Wieder andere werde ich zu Terroristen machen. Ich werde mir die Jungen holen, die Heranwachsenden, die Unangepassten, diejenigen, die niemand versteht. Für sie wird das Goldne Tor beharrlich geschlossen bleiben.

***

An jenem Vormittag an der Universität war Bruna dabei gewesen, ihren Studenten die Konzepte Nation und nationale Identität zu erklären.

»Wer sind wir? Welches sind unsere Werte? Wer ist wie wir? Wer ist anders als wir? Wer ist unser Feind? Huntington zufolge wird Identität auch durch Identifikation des Feindes konstruiert.

Wenn wir nicht wissen, wer wir sind, ist es wichtig, zumindest zu wissen, was wir nicht sind. Und wir können nicht wirklich lieben, was wir sind, wenn wir nicht hassen, was wir nicht sind. Ein Feind schafft Einheit.«

In diesem Moment trat die Sekretärin ihres Departments ein. Sie war rot im Gesicht. »Der Dekan will mit Ihnen sprechen«, sagte sie.

»Können Sie ihm ausrichten, dass ich nach Ende der Stunde zu ihm komme?«

»Nein, das ist nicht möglich. Es geht um eine dringende Angelegenheit. Er will Sie auf der Stelle sprechen.«

Da begriff Bruna, dass etwas passiert sein musste. War etwa die Geschichte zwischen ihr und Yunus aufgeflogen? Sie wusste nur zu gut, was im Ethikkodex der Universität stand. Absatz X, Buchstabe A: »Den Lehrkräften ist es untersagt, intime Beziehungen – selbst wenn diese dem Anschein nach einvernehmlich sein sollten – mit Studierenden zu unterhalten, für die sie professionelle Verantwortung tragen (in der Lehre, bei Forschungsaktivitäten, bei Empfehlungsschreiben und als Betreuende von Abschlussarbeiten). Die Machtverhältnisse zwischen Lehrkräften und Studierenden sind stets von Ungleichheit geprägt. Die Studierenden sind im Verhältnis zum Lehrkörper in einer verletzlichen Position. Die Lehrkräfte wiederum geraten in einen Interessenkonflikt, wenn sie die Arbeit eines / r Studierenden zu bewerten haben, mit dem / der sie in einer intimen Beziehung standen.«

Aber wie hatten sie davon erfahren? Dass man sie zusammen gesehen haben könnte, schien ihr unmöglich. Sie waren doch vorsichtig gewesen. Ihr kam in den Sinn, dass Mohammad sie verraten haben könnte. Oder vielleicht war Amaal zum Dekan gegangen, um ihm alles zu erzählen, sie war zwar mit Mohammad zusammen, aber offensichtlich in Yunus verliebt. Und Yunus, warum war er an diesem Dienstag nicht zum Unterricht gekommen? Warum antwortete er seit Tagen nicht auf ihre Nachrichten?

Eilig verabschiedete sie sich von ihrem Kurs. Packte rasch ihre Aufzeichnungen und ihr Lehrbuch ein. Auf das Titelblatt hatte Yunus die ersten Noten von *My Melancholy Baby* notiert.

Dann lief sie die Korridore im College im Eiltempo hinunter. Während der Unterrichtszeit lag eine unnatürliche Stille in der Luft. In einer halben Stunde würde die Mittagspause beginnen. Die Studenten würden aus den Kursräumen kommen, den Blick auf ihre Handys gerichtet, die Daumen in schneller Bewegung über der Tastatur, die Ohren unter Kopfhörern verdeckt. Jemand würde im *food court* im zweiten Stock zu trommeln beginnen, jemand würde im rasenden Rhythmus dieser Musik auf Tischen tanzen, jemand würde versuchen, Studenten für den African-American Studies Club zu rekrutieren, andere für die US-Marines, wieder andere würden versuchen, Karten für das neueste Stück zu verkaufen, das die College-Theatergruppe zur Aufführung brachte. Jemand würde versuchen, seine Wohnung in Chelsea unterzuvermieten, jemand anderer Werbung für eine Diskothek in Alphabet City machen. Jeder von ihnen wäre damit beschäftigt, das größte Hindernis zu durchdringen: den Lärm der Musik innerhalb und außerhalb der Kopfhörer.

Was ist in der Zeitkapsel in dem Schaukasten im elften Stock, die erst künftige Studenten im Jahr 2100 öffnen dürfen? Eine Gruppe junger Leute hat sie vor einigen Jahren dort untergebracht. Sie haben nur die wichtigsten Dinge hineingelegt, das, was ihnen am meisten bedeutet. Bruna hatte die kleine Zeremonie verpasst, und als sie sich an der Fakultät nach dem Inhalt der Kapsel erkundigte, hatte ihr keiner eine Antwort geben können, niemand schien es mitbekommen zu haben oder sich daran zu erinnern. Es war, als gehörte der Inhalt bereits einer fernen Vergangenheit an und wäre nur noch Material für die Archäologen der Zukunft. Was werden die Studenten des Jahres 2100 denken, wenn sie diese Kapsel öffnen?

***

Bruna war ganz außer Atem, als sie die Verwaltung ihres Departments betrat. Professor McManus musterte sie von seinem Schreibtisch aus. Bruna fing seinen Blick für einen kurzen Moment auf. Dann erhob er sich und schloss die Bürotür mit einem Tritt. David McManus war eincr der jüngsten Professoren des Departments. Als er eingestellt worden war, hatte Bruna gehofft, sie könnten Freunde werden, da sie etwa gleich alt waren, oder wenigstens zusammenarbeiten, schließlich war auch sein Spezialgebiet die Vergleichende Politikwissenschaft. Aber David hatte sich als außerordentlich verschlossener Typ erwiesen. Wenn Bruna – selten genug – bei ihm geklopft und in der Absicht, mit ihm zu plaudern, in seinem Büro Platz genommen hatte, war McManus nervös geworden. Er hatte hastig die Datei geschlossen, an der er gerade arbeitete, als hätte er Angst, Bruna könnte ihm Daten und Ideen klauen oder, noch schlimmer, ihn dazu nötigen, eine zwischenmenschliche Beziehung einzugehen. Jedes Mal hatte er sie unter dem Vorwand abgewimmelt, er sei mit der Vorbereitung seiner Stunden im Verzug.

Vor dem Büro des Dekans standen zwei Polizisten vom NYPD. Bei ihrem Anblick beschlich Bruna der Verdacht, es könnte etwas Schlimmes passiert sein. Vielleicht ein Unglücksfall, der einen der Professoren betraf? Sie dachte sofort an Barry Cohen, der Politische Philosophie lehrte und seit Jahren an Depressionen litt. Ob er eine Verzweiflungstat begangen hatte? Aber warum hätte man dann ausgerechnet sie gerufen? Vielleicht weil er in der Vorwoche an ihrem Unterricht teilgenommen hatte?

Cohen war in Brunas Kursraum gekommen, ohne jemanden anzusehen. Er hatte mit einem Clorox-Tuch einen Stuhl im hinteren Teil des Raums desinfiziert und dann Platz genommen. Er hatte sich Notizen gemacht und einige Kästchen auf einem Blatt ausgefüllt, zur Evaluation von Brunas Lehrmethoden.

In Brunas Stunde war es um Entwicklung und Armut gegangen. Sie hatte den Artikel »The Case for Reparations« von Ta-Nehisi Coates dazu verwendet, die Armut der Afroamerikaner zu erklären. Diese war Coates zufolge kein Zufall und auch nicht kulturell zu erklären, sondern das Resultat von zweihundertfünfzig Jahren Sklaverei, fast hundert Jahren Jim-Crow-Gesetzen und jahrzehntelanger rassistischer Wohnraumpolitik, die Schwarze daran gehindert hätte, Zugang zu Bankkrediten zu bekommen. Seit den vierziger Jahren hatte sich die weiße Mittelschicht den Zugang zum wertvollsten Gut gesichert, dem Wohneigentum. Der Erwerb von Eigenheimen hatte den Weißen erlaubt, ihr Vermögen zu konsolidieren und damit auch den nachfolgenden Generationen einen gewissen Wohlstand zu verschaffen. Anstatt den Afroamerikanern Zugang zu Krediten zu geben, hatte man ihnen systematisch verwehrt, in die Viertel der Weißen zu ziehen, worunter der Wert der Immobilien gelitten hätte. So waren die Schwarzen weiter in den Ghettos der großen Städte segregiert worden. Dort waren die Armutsquote, die Mordrate, die Kindersterblichkeit und der Anteil von Strafgefangenen im Verhältnis zur Einwohnerzahl außerordentlich hoch.

Bruna hatte im Vorjahr beschlossen, Coates' Artikel in ihr Kursprogramm aufzunehmen, nachdem sie einer ihrer Studenten, ein Italoamerikaner, auf die Frage der Schwarzen angesprochen hatte.

»Warum haben die Italiener, die Ende des 19. Jahrhunderts nach Amerika gekommen sind, binnen weniger Generationen den gesellschaftlichen Aufstieg geschafft, und zwar ohne jede staatliche Hilfe, während die Afroamerikaner, die seit vierhundert Jahren hier sind und in den letzten fünfzig Jahren jede nur denkbare öffentliche Unterstützung genossen haben, von sozialstaatlichen Beihilfen bis zur *affirmative action*, noch immer in Armut leben? Und auch wir Italiener sind diskriminiert worden. Wir haben auf den Zuckerrohrplantagen in Louisiana geschuftet, Seite an Seite mit den Schwarzen. Wir waren Opfer des Rassismus der Amerikaner, als Katholiken und weil wir dunkle Haut hatten.«

Rassistische Vorurteile gegen Italiener waren eine historische Tatsache. Faul, ignorant, unfähig, genetisch prädisponiert zu Gewalttätigkeit, Kriminalität und persönlichen Racheakten: So sah man die italienischen Einwanderer in Amerika. Einer der größten Massenlynchmorde in der Geschichte der USA traf im Jahr 1891 elf Italiener, die verdächtigt worden waren, in New Orleans einen Polizisten getötet zu haben. In einigen Städten des Südens kam es zu dem Versuch, Süditaliener der schwarzen Rasse zuzuordnen. 1922 bewilligte ein Richter in Alabama die Ehe zwischen einer Sizilianerin und einem Afroamerikaner, die der *miscegenation*, also der Rassenmischung angeklagt worden waren, just weil die Frau seiner Ansicht nach keine Weiße war. Im Norden wurden die Italiener sowohl von den Arbeitgebern als auch von den Gewerkschaften diskriminiert, und in einigen Fällen verweigerte man ihnen den Zugang zu Kinos und Restaurants. Auch Toms Mutter, die in den vierziger Jahren in Williamsburg geboren worden war, hatte wegen ihres dunklen Teints die Schmach rassistischer Vorurteile erleiden müssen. In der Schule nannte man sie *dago*, *guinea*, Schwarze. Speziell ein Klassenkamerad verfolgte sie jeden Tag nach Unterrichtsende fast bis nach Hause, beschimpfte sie und bewarf sie mit Steinen. Er hieß Tom Eagan. Mit der Zeit sollte sich Amanda auf unerklärliche Weise in ihren Verfolger verlieben.

»Warum also«, hatte Brunas Student gefragt, »gehören Italoamerikaner heute den höchsten Kreisen an, während viele Afroamerikaner unterhalb der Armutsgrenze geblieben sind und von der Sozialhilfe leben, auf Kosten der Beitragszahler?«

Trotz ihrer Diskriminierung in den ersten Jahren waren die Italiener in Amerika doch allgemein als Weiße anerkannt und integriert worden. Die Zugehörigkeit zur weißen Rasse erwies sich als ihre Eintrittskarte in die amerikanische Gesellschaft. In den Jahren der Großen Depression hatten die Italiener – im Gegensatz zu den Afroamerikanern – Anspruch auf die im New Deal vorgesehene Arbeitslosenunterstützung und Altersversorgung. Im Gegensatz zu den meisten Afroamerikanern bekamen die italoamerikanischen Veteranen aus dem Zweiten Weltkrieg Leistungen nach der von Präsident Roosevelt initiierten G. I. Bill zugesprochen. Im Gegensatz zu den Afroamerikanern erhielten sie Zugang zu von der US-Regierung verbürgten Krediten und damit die Chance, die Ghettos der großen Städte zu verlassen und sich in Wohngegenden niederzulassen, wo ihre Kinder bessere Schulen besuchen konnten. Die Italiener verdankten es also nicht nur ihrer harten Arbeit, dass sie es geschafft hatten, in der US-amerikanischen Gesellschaft aufzusteigen. Weiß zu sein hatte ihnen enorme Vorteile gegenüber Nicht-Weißen verschafft, die auf keinerlei Hilfe der Bundesregierung zählen konnten.

Doch nachdem sie das Goldne Tor durchquert hatten, schrieben die Italiener ihre Erfolge voll und ganz den eigenen Fähigkeiten zu. Und fanden es zusammen mit dem Rest der amerikanischen Gesellschaft bequem, die Rückständigkeit der Schwarzen deren fehlenden geistigen und moralischen Qualitäten zuzurechnen.

Für Bruna gab Coates' Artikel eine sonnenklare Antwort auf die Frage ihres Studenten, auch wenn es ihr als Dozentin rätselhaft blieb, wieso die amerikanischen Studenten noch immer so uninformiert über die Geschichte ihres eigenen Landes waren. Vielleicht weil im Süden der USA noch manche meinten, der Amerikanische Bürgerkrieg sei ein aggressiver Akt des Nordens gewesen? Oder vielleicht weil in einigen Lehrbüchern abgestritten wurde, dass der Krieg ausgebrochen sei, weil sich die Südstaaten der Abschaffung der Sklaverei widersetzten? Oder möglicherweise weil noch immer von einigen der Mut der Konföderierten gepriesen wurde, die ihre Rechte und ihr Wirtschaftssystem verteidigt hätten, auch wenn sich dieses auf die Arbeit der Sklaven stützte?

Eine in Mississippi aufgewachsene Kollegin hatte Bruna erzählt, sie habe erst von den Jim-Crow-Gesetzen, der Doktrin des *separate but equal* oder der Bürgerrechtsbewegung gehört, als sie Jackson verlassen und zum Studium nach Kalifornien gegangen sei, an die Stanford University. Aber Brunas Studenten stammten nicht aus dem Süden. Sie kamen aus dem Norden, der doch angeblich so offen und multiethnisch war. Und trotzdem sahen noch sehr viele die Armut der Schwarzen als kulturelles Problem. »Sie sind faul, haben keine Lust zu arbeiten. Leben lieber von Sozialhilfe. Sie schwängern ihre Minderjährigen und weigern sich dann, die Elternrolle zu übernehmen. Es muss ja wohl einen Grund geben, wenn sie die Gefängnisse des Landes füllen! Und dann verlangen sie auch noch Reparationen für die Jahre der Sklaverei? Sie hatten doch Glück, in ein so großartiges Land wie die USA zu kommen.« Mit diesen Worten hatte der italoamerikanische Student seine eigene Frage beantwortet.

Am Ende der Unterrichtsstunde war Professor Barry Cohen aufgestanden und hatte Bruna angesprochen.

»*Fontamara*«, hatte er gesagt und mit einem gewissen Widerwillen ihre Finger betrachtet, die von der schwarzen Tinte der Filzstifte befleckt waren.

»Wie bitte?«, hatte Bruna gefragt, die wegen seiner amerikanischen Aussprache des Titels nicht verstanden hatte, wovon Cohen redete.

»Ignazio Silones *Fontamara*«, hatte er wiederholt. »Ich hätte mich auf Silone gestützt, um die Ursachen der Armut zu erklären, nicht auf Ta-Nehisi Coates. Coates' Artikel ist voller Zorn, und die Reparationen, die den Afroamerikanern für die Jahre der Sklaverei zustehen sollen, ergeben keinen Sinn.«

Aber Professor Cohen, hätte Bruna gerne erwidert, die israelischen Juden haben von Deutschland doch auch eine Summe erhalten, die heute einem Wert von etlichen Milliarden Dollar entsprechen würde. Was dazu beigetragen hat, dass es ihnen gelang, ihre Wirtschaft in Schwung zu bringen, durch den Kauf von Schiffen, den Ausbau des Stromnetzes und die Schaffung Tausender Arbeitsplätze. Aber Cohen hatte ihr bereits den Rücken zugekehrt, und einen Moment danach war seine schmale Gestalt in dem Pulk von Studenten verschwunden, die sich anschickten, den Kursraum zu verlassen.

Fontamara hatte Bruna in ihrer Zeit auf dem Gymnasium gelesen. Zweifellos ein großer Roman. Aber wie konnte die Wirklichkeit der analphabetischen Bauern in der Marsica zur Zeit des Faschismus ihren Studenten näher und für sie verständlicher sein als die Lage der Schwarzen in Amerika, die sie täglich vor sich sahen? Vor allem wenn man bedachte, dass einige von ihnen in diesem Viertel geboren worden waren, allerdings nur wenige. Einer davon war Yunus. Er war 1996 in der South Bronx zur Welt gekommen. Im Jahr 2010 war das noch der Bezirk mit dem niedrigsten Pro-Kopf-Einkommen der USA gewesen. Während in dem Viertel, in dem Cohen wohnte, demselben wie Bruna, das Pro-Kopf-Einkommen zu den höchsten des Landes zählte.

Auf der Upper East Side war es normal, einen Doktortitel zu haben, seine Kinder auf Privatschulen zu schicken und eine Wohnung im Wert von einer Million Dollar zu bewohnen. In Yunus' Viertel war es wie in anderen randständigen Bezirken üblich, ohne Abschluss von der Schule zu gehen, von *food stamps* zu leben und einen Vater zu haben, der im Gefängnis saß. Das war kein Stereotyp. Bruna kannte die Daten: In den Problemvierteln der amerikanischen Großstädte fehlten anderthalb Millionen männliche Afroamerikaner der Altersgruppe zwischen fünfundzwanzig und vierundfünfzig Jahren: 120 000 in New York, 45 000 in Chicago, 30 000 in Philadelphia und viele weitere in den Südstaaten, in South Carolina, Georgia, Alabama, Mississippi und Missouri. Wohin waren sie verschwunden? Entweder ermordet oder im Gefängnis.

Einen Moment lang befielen Bruna Zweifel, ob Barry Cohen die Armut in der westlichen Welt als Sache der Vergangenheit ansah, charakteristisch vielleicht für die Lage der Bauern während einer Diktatur, und es aus seiner Sicht keine Armut geben konnte, die von der Rassendiskriminierung in seiner eigenen Stadt herrührte, im 21. Jahrhundert und dazu nach acht Jahren unter einem schwarzen Präsidenten. Aber das war nicht möglich, schloss sie. Cohen war zu intelligent, um so zu denken. Möglicherweise war ihm *Fontamara* nur eingefallen, weil Bruna Italienerin war. Da befiel sie ein noch schlimmerer Verdacht. War Cohen vielleicht überzeugt, das heutige Italien sei noch so wie das von Silone beschriebene? Warum eigentlich nicht? Cohen wäre beileibe nicht der einzige Amerikaner gewesen, der so über ihr Land dachte.

***

Als Bruna das Büro des Dekans betrat, hatte sie den Gedanken gehabt, Barry Cohen könnte seinem Leben ein Ende gesetzt haben. Vor dem Schreibtisch saß ein Mann in einem grauen Anzug. Er hatte ein eingefallenes Gesicht, einen vortretenden Unterkiefer und eine lange, höckerige Nase mit zwei breiten Nasenlöchern. Seine Augen waren schmale Schlitze.

»Ah, da bist du ja endlich, Bruna«, sagte der Dekan und wischte sich mit einem Taschentuch über Stirn und Hals. »Das ist Detective McGhillian vom FBI.«

»Guten Tag, Professor Bianchi«, sagte der FBI-Beamte mit monotoner Stimme und streckte ihr eine kalte, knochige Hand hin. »Nehmen Sie bitte Platz, ich möchte Ihnen einige Fragen stellen.«

Bruna setzte sich in wachsender Verwirrung.

»Wie wir wissen, ist James Brown, genannt Yunus, ein Student von Ihnen.«

»Das stimmt«, brachte sie hervor, noch immer ohne zu verstehen.

»Wann haben Sie ihn zum letzten Mal gesehen oder gesprochen?«

»Im Unterricht«, antwortete sie. »Vergangene Woche.«

»Und seitdem haben Sie nichts mehr von ihm gehört?«

»Nein, ich glaube nicht.«

»Glauben Sie es nicht, oder sind Sie sicher?«

»Ich bin sicher, aber wozu stellen Sie mir diese Fragen?«

»Sehen Sie, Professor, uns ist bekannt, dass die Verbindung zwischen Ihnen und Brown über die bloße Beziehung zwischen Dozentin und Student hinausging.«

In diesem Moment spürte Bruna, dass der Dekan sie ansah. Wahrscheinlich würde das ihr letztes Semester als Dozentin an dieser Universität sein. Der Dekan war ein guter Mann, aber nach dem, was er erfahren hatte, würde er ihr keinen neuen Vertrag geben können. Bruna senkte den Blick und biss ein Stück Haut neben dem Nagel ihres Mittelfingers ab. Der Finger begann zu bluten.

Anders als sie dem Ermittler gesagt hatte, war ihre letzte Begegnung mit Yunus nicht im Unterricht gewesen. Auf dem letzten Bild, das sie von ihm hatte, stand er gerade von ihrem Bett auf, um sich wieder anzuziehen. Der schweißgebadete Rücken schimmerte im reifen Licht des Nachmittags. Er trat ans Fenster und sah auf den Fluss hinaus. Der Moment der *slack waters* war vorüber. Die Strömung wühlte schon wieder die Wasser auf. Ein letztes Mal schaute Yunus hinaus auf den Fluss und in Richtung der Hell Gate Bridge, die hier fast völlig von der Masse aus Zement und Stahl der Triborough Bridge verdeckt wurde. Sein Blick blieb an den prächtigen Bögen der Brücke hängen, deren einst rote Farbe nun stellenweise abblätterte, an ihren massiven Steintürmen, in denen angeblich Gespenster hausten. Unter dieser Brücke, hatte er ihr einmal erzählt, waren er und Mohammad als Teenager von der Polizei verfolgt worden. Unter dieser Brücke war er zum Islam konvertiert. Dann wandte er den Blick zum Horizont und ging im Geist zu der Insel in der Mitte des Flusses, auf der sein Vater acht Jahre zuvor im Gefängnis gestorben war. Er schloss die Augen und atmete tief durch. Dort, auf diesem Fluss, verfloss zusammen mit dem Wasser sein ganzes Leben. Dann wandte er sich vom Fenster ab und zog sich eilig an. Brunas Kinder würden gleich von der Schule kommen, und er musste gehen. Er zog sich den schwarzen Kapuzenpullover über die verschwitzte Haut. Seine Armmuskeln spannten sich bei dieser einfachen Bewegung, die Bruna jedes Mal wundervoll fand, und wurden dann wieder harmonisch locker. Yunus trat ein letztes Mal zu ihr ans Bett, bevor er sich auf den Weg machte. Er sah sie aufmerksam an und strich ihr über die großen weißen Brüste, für die sie sich immer ein wenig geschämt hatte. Als er sich über sie beugte, um sie zu küssen, piekten sie die

Stoppeln des Bartes, den er sich seit einigen Tagen stehen ließ. Bruna bedeckte ihre Brust mit dem Laken. Ihr junger Liebhaber nahm seine Tasche, die Lehrbücher, den Trompetenkoffer. »Ich melde mich nachher«, sagte er und strahlte sie an.

Seither hatte Bruna nichts mehr von ihm gehört. Das war am Donnerstag gewesen. Am Freitag sahen sie sich gewöhnlich nicht, weil das für Yunus der Tag des Gebets war. Am Wochenende wiederum vermieden sie es, sich anzurufen oder Textnachrichten zu schicken. Yunus wusste, dass Brunas Mann zu Hause war. Dann war der Montag gekommen. Bruna hatte ihn mehrmals angerufen, aber er war nie rangegangen. Am Dienstag war er auch nicht in ihrem Kurs gewesen.

»Warum stellen Sie mir diese persönlichen Fragen? Ich denke nicht, dass Sie das etwas angeht.«

»Uns interessiert alles, Professor. Alles, was uns helfen kann zu rekonstruieren, was passiert ist.«

»Wieso, was ist denn passiert? Steckt Yunus in Schwierigkeiten?« Bruna dachte sofort an Mohammad. Der musste ihn in irgendetwas hineingezogen haben. »Yunus ist ein guter Junge, er wird bald seinen Abschluss machen.«

Der Ermittler maß sie mit einem kühlen Blick. Seine Augen zogen sich noch weiter zusammen. Gleich würde er auf den Abzug drücken.

»Yunus Brown und Mohammad Saiid haben New York vor drei Tagen mit Ziel Türkei verlassen. Von dort sind sie über die Südgrenze des Landes nach Syrien eingereist. Wir haben Grund zu der Annahme, dass sie nach Mossul fahren wollten, um sich an der Verteidigung der Stadt zu beteiligen, die unter Belagerung steht. Wussten Sie von ihren Plänen?«

Bruna spürte, wie sich ihr Magen zusammenkrampfte und Säure ihr die Speiseröhre hochstieg. Sie war kurz davor, sich zu übergeben. »Das ist unmöglich! Yunus hat damit nichts zu tun, er würde so etwas nie machen!«

»Es handelt sich nicht um einen Einzelfall, Professor Bianchi. Hunderte junger Amerikaner haben sich in den letzten Jahren dem IS angeschlossen. Der überwiegende Teil von ihnen plant keine Terroranschläge hier in Amerika, wie sie europäische Dschihadisten in London, Paris und Brüssel verübt haben. Die meisten reisen nach Syrien oder in den Irak, um dort in den Kampf zu ziehen. Derzeit steht der IS in Mossul unter Beschuss, der Hauptstadt des sogenannten Islamischen Staats im Irak. Wir haben Grund zu glauben, dass man auch die zwei jungen Männer nach ihrer militärischen Ausbildung in Raqqa – in Syrien – dorthin schicken wird.«

Bruna schoss durch den Kopf, dass sich bei Mossul, dem antiken Ninive, die Grabstätte des Propheten Yunus befunden hatte, bevor der IS beschloss, sie in die Luft zu jagen.

»Yunus ist religiös, aber kein Radikaler«, antwortete sie und sah dem Ermittler direkt in die Augen. »Wenn er fundamentalistische Ideen gehabt hätte, dann hätte er mir das gesagt, ich hätte davon erfahren.«

»Die Freunde und Verwandten der jungen Leute reagieren häufig so ungläubig wie Sie, Professor. Die Indoktrinierung unserer Jugend durch die Terroristen erfolgt über Monate hinweg, für gewöhnlich über das Internet. Betroffen sind die Verletzlichsten unter ihnen, die mit einem schwierigen biographischen Hintergrund. Uns ist bekannt, dass sowohl Saiid als auch Brown Waisen sind. Saiids Vater verließ die Familie, als er noch ein Kind war, und starb später an Alkoholismus. Browns Vater nahm sich in Rikers Island das Leben.«

Yunus hatte ihr immer gesagt, er sei von den Wärtern totgeprügelt worden.

»Saiid frequentierte seit einiger Zeit eine Moschee in New Jersey, in der in den letzten Monaten ein radikaler Imam zu Gast war. Diesen Imam haben wir seit längerem im Auge, und so konnten wir herausfinden, dass Mohammad ihn regelmäßig aufsuchte. Über Brown wissen wir nicht viel. Auf seinem Computer haben wir nichts über den IS gefunden. Nur Studienmitschriften und das eine oder andere politikwissenschaftliche Paper. Ah, und dann gibt es da noch ein Dokument …« Der Ermittler zog ein kleines Notizbuch hervor. »Das ist eine Art Tagebuch, in dem der junge Mann auch von Ihnen spricht, unter dem Titel *American Gothic.*«

Bruna spürte einen Schmerz in der Brust. Es war, als weigerte sich ihr Herz einen Moment lang, Blut zu pumpen.

»Aber Yunus«, fuhr der Ermittler fort, »wohnte ja mit Mohammad zusammen, es ist also möglich, dass er von seinem Mitbewohner indoktriniert wurde.«

***

Nun denkt Bruna wieder an den FBI-Ermittler, an den fassungslosen Blick des Dekans, an ihr eigenes ungläubiges Staunen über die Nachricht von Yunus' Aufbruch in den Dschihad. Sie würde das alles gerne Tom erzählen. Sich ihm anvertrauen, ihn um Rat bitten. Aber sie sagt nichts. Sie bringt es nicht über sich. Stattdessen fängt sie wieder leise an zu weinen. Tom wischt unterdessen im Badezimmer den Boden sauber. Er gießt ein wenig Chlorbleiche ins Wasser, zum Desinfizieren. Bruna staunt seit jeher über seinen Sinn für das Praktische.

»Fühlst du dich jetzt besser?«, fragt er.

»Ich bin schwanger«, antwortet sie. Wenigstens das schafft sie, ihm zu sagen.

4.

Nicht warum, wie

Hätte jemand Bruna nach dem Warum gefragt, ihre Antwort hätte gelautet: »Ich kann nicht erklären, warum, nur wie es passiert ist.«

»Ein Student von mir?«, hatte Bruna Frank, den Portier, gefragt.

»Ja, er ist hier unten in der Lobby. Er sagt, er möchte Ihnen eine Mappe zurückgeben, die Sie in der Uni vergessen haben. Entschuldigen Sie, Mrs. Bene, bleiben Sie bitte in der Leitung … Ja, Mrs. Shally, ich rufe sofort in der Wäscherei an, um zu sehen, ob die Hemden Ihres Mannes fertig sind … Moment mal, Freundchen, wo wollen Sie denn hin? Ich habe nicht gesagt, dass Sie raufgehen können! Entschuldigen Sie, Mrs. Bene, es tut mir sehr leid, aber Ihr Student ist in den Aufzug gestiegen und schon unterwegs nach oben. Soll ich einen der Wachleute rufen, damit er ihn hinausbegleitet?«

»Nein, keine Sorge, Frank, alles in Ordnung. Ich kümmere mich selbst darum.«

»Ach, fast hätte ich's vergessen, Mrs. Bene, da ist ein Paket für Sie angekommen, soll ich es Ihnen hochschicken?«

»Nein, danke, ich hole es ab, wenn ich runterkomme.«

Als Bruna auflegte, fiel ihr ein, dass sie noch im Bademantel war. Sie war erst vor wenigen Minuten nach Hause gekommen und hatte als Erstes die nasse Kleidung abgelegt. Auf dem Weg von der U-Bahn-Haltestelle nach Hause war sie von einem heftigen Wolkenbruch überrascht worden. Seit Wochen schon wartete sie auf Regen. Hoffentlich würde der außergewöhnlich starke Wasserguss zusammen mit dem Müllgestank auch ein wenig von der Schwere aus ihrem Leben waschen. Als Frank auf der Gegensprechanlage angerufen hatte, war Bruna im Begriff gewesen, sich unter die Dusche zu stellen, aber nachdem sie nun aufgelegt hatte, ging sie schnurstracks ins Schlafzimmer. Ihr blieb wohl wenigstens die Zeit, sich etwas Trockenes überzuziehen. Doch da klingelte es, der Student – sie konnte sich nicht vorstellen, wer das sein mochte oder wie er an ihre Adresse gekommen war – stand offenbar schon vor der Tür. Also behielt Bruna den Bademantel an und ging aufmachen.

Er war nass bis auf die Haut. Sein Gesicht war noch das eines Jungen, trotz seiner stattlichen Statur. Breite Schultern über einem schmalen Oberkörper. Seit vor zwei Wochen das Semester begonnen hatte, hatte sie ihn nur ein paarmal im Unterricht gesehen. Wie hieß er noch gleich?

»*Hi, Professor!*«, sagte er mit einem Lächeln.

»Hallo«, antwortete sie etwas zögerlich. Sie hatte die Tür nur einen Spalt weit geöffnet, damit er nicht sehen konnte, dass sie im Bademantel war.

»Erinnern Sie sich an mich? James Brown, aber man nennt mich Yunus. Ich bin in Ihrem Kurs zur Globalisierung.«

»Ja, sicher, Yunus«, sagte Bruna im Versuch, ihre Verlegenheit zu überspielen. »Der Portier sagte, Sie hätten etwas für mich.«

»Bitte sehr.« Er zog die Mappe unter seinem Pullover hervor. »Die haben Sie im Kursraum auf dem Pult liegen lassen. Da war anschließend gleich ein anderer Kurs, ich glaube, Informatik, deshalb habe ich das Ding eingesteckt, damit nichts verlorengeht.«

»Warum haben Sie die Mappe nicht im Sekretariat abgegeben?« Bruna hatte an der Universität kein eigenes Büro. Wie die anderen Lehrbeauftragten – fast alles Frauen, deren Männer gut verdienten – arbeitete sie an einem Schreibtisch im Großraumbüro ihres Departments.

»Da war ich als Erstes, aber die Sekretärin hat gesagt, Sie wären gerade nach Hause gegangen. Ich habe mir gedacht, vielleicht brauchen Sie die Mappe noch heute, ich trage sie Ihnen besser hinterher. Eigentlich hatte ich gehofft, Sie an der U-Bahn einzuholen. Aber da waren Sie nicht, wahrscheinlich haben Sie einen Zug vor mir erwischt.«

»Danke, das ist sehr freundlich von Ihnen. Aber woher wissen Sie, wo ich wohne?«

»Ich war so frei, einen Blick in die Mappe zu werfen, und da war ein Brief der Politikwissenschaftlichen Fakultät mit Ihrer Adresse drauf.«

Bruna strich sich über die nassen Haare und zog mit der freien Hand den Gürtel des Bademantels fester. Dann entschloss sie sich, die Tür etwas weiter zu öffnen, weit genug, um hindurchzugreifen und die Mappe an sich zu nehmen. »Danke schön«, sagte sie.

»No problem«, antwortete Yunus, zog die Nase hoch und drückte an seinen regennassen Hosentaschen herum.

»Dann noch einen schönen Tag«, sagte Bruna. »Wir sehen uns morgen im Unterricht.« Sie schloss die Tür und ging eilig durchs Schlafzimmer ins Bad. Sie war schon dabei, den Bademantel auszuziehen, als sie aus irgendeinem Grund noch mal kehrtmachte. Erneut trat sie an die Tür und blickte durch den Spion. Yunus hatte sich nicht von der Stelle gerührt. Er schien auf etwas zu warten. Sie zögerte noch eine Minute lang. Dann kam sie zu einem Entschluss und öffnete die Tür.

»Möchten Sie kurz hereinkommen und sich abtrocknen?«, fragte sie ihn. Bruna hätte nicht zu sagen gewusst, warum sie diese Einladung aussprach.

»Come in, she said, I'll give ya shelter from the storm«, antwortete er mit einem Lächeln.

»Wie bitte?«

»*Shelter from the Storm*, von Bob Dylan. Kennen Sie den Song nicht?« Er schob die Tür auf, um eintreten zu können.

»Ja, sicher, Dylan!«, sagte Bruna und machte ein paar Schritte zurück. »Bitte, kommen Sie rein.« Aber Yunus war schon an ihr vorbei in die Wohnung gegangen und bückte sich nun, um die Schnürsenkel zu lösen.

»Tut mir leid, dass ich Sie in diesem Aufzug empfange. Ich bin auch in den Regen gekommen, deshalb bin ich noch im Bademantel.«

»Das macht mir nichts aus. Ich hoffe, Sie haben nichts dagegen, wenn ich die Schuhe ausziehe. Ich möchte Ihnen den Teppich nicht schmutzig machen.«

»Nur zu«, antwortete Bruna, und da sie nicht wusste, was sie sonst noch sagen oder tun sollte, ging sie in die Küche, um Teewasser aufzusetzen.

Yunus streifte nun auch seinen Pullover ab und hängte ihn über einen Stuhl am Fenster. Draußen regnete es noch, aber in der Ferne, nach Süden hin, wurde der Himmel schon blau, und die Scheiben der Wolkenkratzer reflektierten wieder wie die Facetten eines Diamanten die Sonnenstrahlen und leiteten sie in alle möglichen Richtungen ab.

»Schön ist das hier«, sagte Yunus. »Was für ein Blick auf den Fluss.«

An jenem Nachmittag erschien ihm Brunas Wohnung als einer der wenigen Orte auf der Welt, an denen ein Mensch nicht anders konnte, als sich wohl und in Sicherheit zu fühlen. Auch bei ihm daheim war es so gewesen, bevor sich alles verändert hatte. In Brunas Wohnzimmer hing ein feiner Duft. Zarte Blumen standen in einer Vase auf dem Klavier. Die Regale waren voller Bücher und Fotos von den Kindern. Da war auch ein Foto von Bruna am Tag ihrer Hochzeit. Sie lächelte, sah aber müde aus.

»Danke, uns gefällt es hier auch sehr.« Bruna kam gerade zurück ins Wohnzimmer, die Zuckerdose und eine Auswahl von Teebeuteln in der Hand.

»Ich stehe nicht so auf Tee, Professor. Sie hätten nicht zufällig eine Cola?«

»Nein, tut mir leid. Ich kaufe grundsätzlich keine Softdrinks. Ich will nicht, dass meine Kinder so etwas trinken.«

»Mensch, da sind Sie ja eine strenge Mutter, Professor!«

»Nein, so streng auch wieder nicht. Bestimmt sieht Ihre Mutter das mit den Softdrinks genauso.«

»Ehrlich gesagt, weiß ich das nicht«, gab Yunus zurück und sah ihr direkt in die Augen. »Ich habe sie nie danach fragen können. Sie ist gestorben, als ich noch ganz klein war.«

»Das tut mir leid«, sagte Bruna leise und senkte den Blick. »Mit der Möglichkeit hatte ich nicht gerechnet.« Sie stellte die Teebeutel und die Zuckerdose auf den Couchtisch. Als sie sich vorbeugte, gab sie acht, dass der Bademantel über der Brust geschlossen blieb.

»Denken Sie sich nichts, es ist wirklich lange her. Ich habe keine Erinnerungen an sie. Nur ein paar Fotos und ein Porträt, das ein ghanaischer Maler kurz nach meiner Geburt gemalt hat. Ein wunderschönes Bild. Ich habe zwei Jahre gearbeitet, um es mir leisten zu können. Erst wollte es mir der Maler gar nicht verkaufen, er meinte, es sei sein erstes Porträt gewesen und das einzige, mit dem er wirklich zufrieden ist. Aber ich habe ihn immer weiter gelöchert. Ich habe ihm Geld geboten, das ich nicht hatte. Am Ende hat er eine exorbitante Summe verlangt. Vielleicht hoffte er, dass ich dann aufgebe. Aber ich habe mich nicht abschrecken lassen und doppelt so viele Schichten im Restaurant gearbeitet.«

»Bis Sie ihn schließlich bezahlen konnten?«

»Na ja, irgendwann sind Wiz und ich dann Freunde geworden.

Ich ging fast täglich nach der Schule in sein Atelier, um mir das Porträt meiner Mutter anzusehen. Am Ende hat Wiz es mir geschenkt. Stellen Sie sich vor, an dem Tag hatte er Tränen in den Augen, wie ein Vater im Moment des Abschieds, wenn ein Kind das Haus verlässt.«

»Woher kannte er Ihre Mutter?«

»Sie hatten sich einige Wochen nach meiner Geburt bei einer Fotoausstellung kennengelernt. Sie war sehr groß, mit langen, schlanken Beinen, einer schmalen Taille und der Haltung einer Herrscherin. Sah aus wie die Königin von Timbuktu. Wiz hat sie sofort gebeten, ihm Modell zu sitzen. Sie hat angenommen, ein bisschen zusätzliches Geld würde die Familie gut gebrauchen können, sie waren ja jetzt zu dritt. Am ersten Tag, an dem sie für das Porträt posieren sollte, ist sie eingeschlafen. Sie hatte mich kurz davor gestillt und war erschöpft. Wiz beschloss, sie so zu malen. Auf dem Bild sitzt sie am Fenster. Von draußen fällt ein schönes, warmes Licht herein, aber ihre Augen sind geschlossen. Sie hat die Beine ausgestreckt vor sich auf einem Schemel liegen. Ihr Bauch hat die Form einer leeren Wiege.«

Yunus redete, als hätte er das Gemälde vor Augen. Er hatte es jahrelang studiert, bis er jedes Detail, jede künstlerische Feinheit, jedes Zögern des Pinsels auswendig kannte. Ihm gefiel der Gedanke, seine Mutter sitze, wo immer sie jetzt sein mochte, noch immer in dieser Position, die warme Nachmittagssonne im Gesicht.

»Auf dem Gemälde trägt meine Mutter ein traditionelles Gewand aus Mali, dem Land, in dem sie geboren ist«, fuhr er fort. »Das Kleid ist schwarz und ocker, mit einer Kopfbedeckung in denselben Farben. Kennen Sie den Begriff *bògòlan ni*? Bogolan heißt Erde, Schlamm und auch Gewand. Der Stoff wird mit in Tee fermentiertem Flussschlamm bemalt. Die Muster haben genaue Bedeutungen: Spiralen symbolisieren das Leben, konzentrische Kreise die Welt. Die Frauen in Mali hüllen sich in diese Stoffe, nachdem sie ihre Kinder zur Welt gebracht haben. Der *bògòlan ni* soll sie vor bösen Kräften schützen, die unmittelbar nach der Geburt freigesetzt werden. Im Fall meiner Mutter jedoch hat der Stoff sie nicht beschützen können. Sie starb, als ich noch nicht einmal zwei Jahre alt war. Ein Gebärmutterkrebs hat sie in wenigen Monaten weggerafft. Sie war erst einundzwanzig.«

Während Yunus redete, hatte sich Bruna neben ihn aufs Sofa gesetzt. Sie versuchte, sich die junge Frau auf dem Gemälde vorzustellen. Die glänzende schwarze Haut in der Nachmittagshitze. Die volle, leicht vorgeschobene Unterlippe. Das Kinn, das ihr fast bis auf die Brust gesunken war. Die ruhigen, tiefen Atemzüge. Als sie Yunus ansah, fragte sie sich, welche Züge im Gesicht des jungen Mannes auch ihr gehört haben mochten. Dann pfiff der Teekessel. Bruna stand auf, um in die Küche zu gehen, nahm das Wasser vom Herd und kehrte mit zwei dampfenden Tassen ins Wohnzimmer zurück.

»Ich habe schon gehört, dass Sie keinen Tee mögen, aber davon wird Ihnen sicher warm.« Yunus saß inzwischen an Toms Klavier. Brunas Mann hatte seit Jahren nicht mehr darauf gespielt.

»Here in subcity life is hard …«, hatte er angefangen zu singen. Seine Stimme war kaum mehr als ein Flüstern. Er spielte fast ausschließlich auf den schwarzen Tasten. Bruna fragte sich, ob das mit der Tonart zusammenhing oder ein politisches Statement sein sollte.

»… please give the President my honest regards for disregarding me …«

»Was ist das?«, fragte sie.

»*Subcity.* Kennen Sie Tracy Chapman? Eine großartige Künstlerin, schade, dass ich sie nie live sehen konnte.«

»Machen Sie doch weiter.«

Yunus spielte noch ein wenig, doch dann hielt er inne. »Ich

kann eigentlich nicht gut Klavier spielen. Mein Instrument ist die Trompete. Letzten Sommer durfte ich bei einem Konzert im Red Rooster einspringen, weil ein Trompeter krank geworden war. Waren Sie da schon mal?«

»Ich war noch nie in Harlem«, antwortete Bruna fast entschuldigend.

***

Harlem liegt nur wenige Kilometer von Brunas Wohnung entfernt. Ihr Viertel, die Upper East Side, reicht im Norden bis zur 99. Straße. Dort enden die Luxusbehausungen und schicken Restaurants, und es beginnt El Barrio, das Harlem der Hispanics mit seinen Wohnblocks und puertoricanischen *bodegas.* Eine unsichtbare und doch allen bekannte Grenzlinie. Das Red Rooster liegt viel weiter westlich, zwischen dem Malcolm X Boulevard und dem Martin Luther King Jr Boulevard im Herzen des schwarzen Harlem. Bruna ist nur gelegentlich durch Harlem durchgefahren, wenn der Verkehr auf dem Highway sie zwang, sich eine Alternativroute zu suchen.

In ihren fünfzehn Jahren in New York hat Bruna immer in Manhattan gelebt und fast nur innerhalb der vierzig Häuserblöcke, die ihr Haus von der Universität trennen.

New York. Eine Fläche von fast 800 Quadratkilometern. Achteinhalb Millionen Einwohner, drei Millionen davon im Ausland geboren. Zweihundert verschiedene Sprachen. Fünf Distrikte: Manhattan, Queens, Bronx, Staten Island und Brooklyn, das, wenn es eine Stadt wäre und kein Viertel, die viertgrößte Metropole des Landes wäre. Zweieinhalb Millionen Hispanics, fast zwei Millionen Afroamerikaner, die größte chinesische Community außerhalb Asiens. Eine höhere Anzahl von Puertoricanern, Dominikanern und Einwanderern aus den Westindischen Inseln als in jeder anderen Stadt der Welt.

Und dann auch Bruna, die in all den Jahren wie eingeschlossen gelebt hatte, in einem vierzig Häuserblöcke langen und neun Häuserblöcke breiten Gebiet, von dem aus man den Fluss sehen konnte und wenig mehr.

In Brunas Haus hatten jahrzehntelang nur Weiße gewohnt: Anwälte, Bankiers, Ärzte, Unternehmer. Neunzig Prozent von ihnen waren jüdischer Abstammung, der Anzahl von *Mesusot* nach zu urteilen, die an den Wohnungstüren hingen. Dann gab es noch einige irische und italoamerikanische Familien, Bruna war ihnen hin und wieder in der Sonntagsmesse begegnet, bevor auch ihre Pfarrei geschlossen worden war, um mit den freiwerdenden Mitteln die Pädophilieopfer zu entschädigen. In die Kirche zu gehen war für Bruna eher eine kulturelle als eine religiöse Handlung, es ermöglichte ihr, Teil einer Gemeinschaft zu sein und sich mit ihren Wurzeln verbunden zu fühlen. Als die Kinder noch klein waren, hatte sie sie mitgenommen, aber mit der Zeit hatten Mario und Minerva immer weniger Lust gehabt, und Bruna hatte nicht darauf bestanden. Mario fühlte sich nicht angenommen, und Minerva vertrat die Ansicht, es gebe zu viel Böses in der Welt, als dass noch Platz für einen Gott bliebe.

Seit ein paar Jahren wohnten nun auch einige Informatiker asiatischer Herkunft im Haus. Sie hatten die Wohnungen älterer jüdischer Eigentümer erworben, die nach Florida gezogen waren. Wenn Bruna an ihren Wohnungen vorbeikam, konnte sie nicht umhin, die abgeplatzte Farbe an den Türrahmen zu bemerken, wo einst die versilberten *Mesusot* gehangen hatten. Das war die einzige Erinnerung an die Geschichte jener Menschen.

Die Portiers waren allesamt Slawen oder Hispanics, ebenso wie die Hausmeister und die Putzfrauen. Bruna hörte sie lauthals Spanisch reden, sooft sie an der Hauswäscherei vorbeiging, in die sie nie einen Fuß gesetzt hatte. Junge Männer wie Yunus wiederum kamen nur ins Haus, um Lieferungen abzugeben oder Hunde spazieren zu führen.

In den dreizehn Jahren an der Upper East Side von Manhattan hatte Bruna zwei Kinder aufgezogen, Dutzende von Kursen an der Universität gehalten, sich mit ihren Schwiegereltern gestritten und mit keinem der Nachbarn Freundschaft geschlossen.

»Wo geht denn Ihre Tochter zur Schule?«, hatte sie eines Morgens der Anwalt aus der gegenüberliegenden Wohnung gefragt, als er sie und Minerva am Aufzug stehen sah. Obwohl sie sich schon viele Male begegnet waren, hatten sie noch nie miteinander gesprochen. Der Anwalt war Vorsitzender des Verwaltungsbeirats im Haus und damit derjenige, der das große Wort führte. Einmal war Regina, Brunas mexikanische Freundin, die den Lehrstuhl in New Jersey innehatte, auf der Rückkehr von einer Reise nach Yucatán vorbeigekommen. Sie hatte zwei große Tüten mit Geschenken für Mario und Minerva mitgebracht. Der Anwalt, der ihr im Foyer des Hauses begegnet war, hatte sie aufgehalten, bevor sie den Aufzug betreten konnte.

»Wenn Sie etwas abzugeben haben, nehmen Sie den Lieferanteneingang«, hatte er in strengem Tonfall gesagt.

»Ich bin nicht hier, um etwas abzugeben, ich besuche eine Kollegin von mir, Professor Bianchi.«

Der Anwalt sah sie abwägend an, wie ein Beweisstück, auf das sich die Anklage stützte. Dann fuhren sie ohne ein weiteres Wort gemeinsam in den zehnten Stock. Von dieser Begegnung hatte Regina Bruna nie etwas gesagt. Sie wollte nicht, dass ihre Freundin deswegen ein schlechtes Gefühl bekam.

Bei ihrer Begegnung am Aufzug hatte Minerva die Frage des Mannes beantwortet.

»Ich gehe auf die B. T. Public School. Ich bin in der vierten, aber die fünfte Klasse überspringe ich und gehe nächstes Jahr direkt auf die Middle School.«

»Aufs B. T.?« Er kratzte sich am Kinn. »Da, wo ich wählen gehe?«

»Ja, genau«, antwortete Bruna ein wenig pikiert.

»Meine kleine Nichte hat zum Glück die Aufnahme in die Academy geschafft. Dort war auch schon mein Sohn. Wir sind *legacy.* Über die Jahre haben wir zahlreiche Spenden an die Schule geleistet. Aber Caroline ist vor allem angenommen worden, weil sie blitzgescheit ist.«

»Dann war es also doch nicht nur Glück«, antwortete Bruna, ohne ihren Sarkasmus im Zaum zu halten.

Seit jener Gelegenheit hatten sie nicht mehr miteinander gesprochen.

***

An dem Nachmittag mit Yunus hatten sie einander eine Menge Dinge anvertraut. Bruna hatte die Zeit vergessen und dass ihre Kinder bald von der Schule kommen würden. Yunus hatte sie gebeten, ihm ein paar Bücher zu leihen. Er hatte ein paar Bände von Chomsky mitgenommen und *Giovannis Zimmer.* Es war eine Ausgabe von 1956, und Bruna hatte ihm das Versprechen abgenommen, vorsichtig zu sein und das Buch nicht zu ramponieren. Außerdem hatte er einen Blick auf Toms Jazzsammlung geworfen, die er gar nicht übel fand. Bruna musste ihm von Italien erzählen und speziell von Rom, wo er eines Tages ein ganz bestimmtes Restaurant aufsuchen wollte, in dem 1969 Miles Davis gegessen hatte. Er fragte Bruna, ob sie nicht zufällig wisse, wo das sei, aber sie hatte keine Ahnung. Dann saßen sie einige Minuten lang still da, während jeder in seinem Kopf nach weiteren Gesprächsthemen suchte. Da stand Bruna auf und zog einen Fotobildband über das unterirdische Rom aus dem Regal, den erstbesten, der ihr in die Hände kam. Sie tat das nur, um sich weiter mit Yunus unterhalten zu können. Plötzlich hatte sie Angst, dass er gehen könnte, wenn ihnen die Themen ausgingen.

Sie setzte sich wieder neben ihn aufs Sofa, schlug das Buch auf und zeigte ihm die unter der Erde liegende Kapelle der Basilika von San Clemente. Dort prangte neben dem Fresko, das die Leidensgeschichte des Heiligen darstellte, eine uralte Inschrift in mittelalterlichem Italienisch: »Fili de le pute, traite – Ihr Hurensöhne, zieht!« –, ein Comic avant la lettre, der auf das späte 11. Jahrhundert zurückging. Der Satz wurde einem gewissen Sisinnius in den Mund gelegt, einem römischen Adeligen, dessen Frau Teodora zum Christentum konvertiert war. Sisinnius war überzeugt, der heilige Clemens wolle ihm die Frau rauben. Deshalb hatte er seinen Dienern, den besagten »Hurensöhnen«, den Befehl erteilt, ihn festzunehmen. Yunus musste lachen, als er daran dachte, dass eine der ältesten italienischen Inschriften, die sich zu allem Überfluss an einem geweihten Ort befand, einen vermeintlichen Ehebruch betraf und sogar eine grobe Beschimpfung enthielt.

»Das sagt viel über die Mentalität und das Temperament der Italiener!«, meinte er belustigt. »Wenn sich die italienische Sprache über die Jahrhunderte hin entwickelt hat, dann verdankt sie das also auch der Eifersucht und Vulgarität von Sisinnius!«

Bruna lachte, erfreut darüber, dass er die Ironie erfasst hatte, die hinter dieser Geschichte steckte.

»Ist Ihnen noch kalt, oder haben Sie sich gut aufgewärmt?«, fragte sie dann gleich wieder ernst.

»Mir geht es jetzt gut, die Hose ist noch nass, aber das T-Shirt ist schon fast trocken.«

»Merkwürdiges Bild, das da draufgedruckt ist«, sagte Bruna und hoffte, dass er ihr das nicht übelnehmen würde.

»Das hier?«, fragte Yunus und zupfte an seinem T-Shirt, so dass es sich ein Stück von seiner Brust hob. »Das ist ein Gemälde von Kerry James Marshall, einem der wichtigsten Vertreter der afroamerikanischen Malerei. Kommenden Monat wird seine Retrospektive in der Met Breuer eröffnet.«

»Wirklich? Ich kenne ihn gar nicht.«

»Wenn Sie wollen, gehen wir gemeinsam hin. Würde mich freuen, Sie in sein Werk einzuführen. Wissen Sie, Marshall hat in der Geschichte der zeitgenössischen amerikanischen Kunst eine enorme Lücke gefüllt, Schwarze waren darin fast völlig abwesend, als wären sie unsichtbar. Das Porträt auf meinem T-Shirt zeigt Julian Carlton, den Mann, der im Jahr 1914 die Familie des Architekten Frank Lloyd Wright ermordete. Sagt Ihnen das nichts, das Verbrechen von Taliesin?«

Bruna schüttelte den Kopf.

»Carlton, der aus der Karibik stammte, arbeitete für Wrights Geliebte, Mamah Borthwick, in der Villa, die der Architekt in Wisconsin für sie hatte bauen lassen. Wright nannte den Ort Taliesin, das ist Gälisch für *shining brow* und heißt Gipfel, aber auch schimmernde Stirn. Eines Tages drang Carlton, während Borthwick und ihre Kinder bei Tisch saßen, ins Esszimmer ein, wo er ihnen wie immer die Suppe serviert hatte. Dann erschlug er sie heimtückisch einen nach dem anderen mit einer Axt. Anschließend schüttete er Benzin auf den Boden, legte Feuer im Haus und tötete insgesamt sieben Personen. Niemand hat den Grund für das Massaker jemals geklärt, auch nicht der Mörder selbst.«

Während Yunus redete, sah Bruna lange auf das Bild. Es strahlte eine düstere Faszination aus. Vielleicht weil Marshall um die Stirn des Mörders eine Art Leuchten gemalt hatte. War das etwa die wahre *shining brow*, die schimmernde Stirn? Sie sah hier nicht einfach den Lichtreflex auf Carltons schwarzer Haut, eher schon die Synapse zwischen zwei Neuronen, den Plan für sein Massaker.

Bruna konnte den Blick nicht von Carltons Augen wenden, sie waren voller Hass und starrten ins Leere, vielleicht schon auf das Verbrechen, das er gleich begehen würde. Seine Hände waren riesig, er hatte sie auf die Beine gestützt, bereit zu handeln. Sie waren halb zu Fäusten geballt, als durchlebte der Mörder schon den Moment, in dem er die Kinder von Mamah Borthwick packen und ihnen mit der Axt den Schädel spalten würde. Auch die Knöpfe des Sakkos hatten etwas Beunruhigendes. Sie waren schief geknöpft und zeichneten keinen geraden Verlauf, sondern ein Abkommen vom Weg. Auf dem Gemälde sah man die Vorankündigung des Verbrechens von Taliesin. Monate später sollte Bruna daran zurückdenken und sich fragen, wie es sein konnte, dass sie bei Yunus kein Anzeichen für das aufgefangen hatte, was er im Begriff war zu tun. Wie ihr das Zucken des elektrischen Impulses auf seiner Stirn hatte entgehen können, die *shining brow*, sein verbrecherischer Geist.

***

Der Liebesakt zwischen Yunus und Bruna hatte in dem Moment begonnen, in dem er ihre Wohnung betreten und die Schuhe abgestreift hatte, und sie hatte, ohne es zu merken, die Kette an der Tür vorgelegt, was sie üblicherweise erst abends tat, bevor sie zu Bett gingen, niemals am Tag und schon gar nicht, wenn Gäste im Haus waren. Beide hatten sich, um zusammen sein zu können, eine Zeit genommen, die sie nicht hatten. Als sie ihn hereingebeten hatte, kam er bereits zu spät zu seiner Schicht im Restaurant. Bruna wiederum musste eigentlich die letzten Korrekturen für einen neuen Artikel durchsehen. Ihr Mitautor erwartete sie für den folgenden Tag, und Bruna wusste, dass ihr dafür nicht viel Zeit blieb. Bald würde Mario von der Schule kommen, und sie würde ihm bei den Hausaufgaben helfen müssen.

Nachdem Yunus so getan hatte, als würde er seinen Tee trinken, setzte er sich erneut ans Klavier und spielte für sie die ersten Noten von *My Melancholy Baby.* »Das ist schön!«, rief Bruna und setzte sich neben ihn auf den Klavierhocker, ihre nackten Beine gegen seine nasse Jeans gedrückt. Da nahm Yunus ihre Hand, legte die seine darauf und spielte noch einmal die ersten Noten des Songs, indem er mit seinen Fingern auf die ihren drückte. »Siehst du, Bruna, ist gar nicht so schwer«, sagte er und war überrascht, wie leicht ihm der Vorname über die Lippen kam. Dann hörte er auf zu spielen und küsste sie.

***

Von diesem Nachmittag blieb Bruna im Nachhinein nur noch eine Serie von Einzelbildern im Gedächtnis, einige konfus, andere vergleichsweise klar, wieder andere zogen schnell vorüber. Sie hätte sie gerne im Kopf verlangsamt und noch einmal genossen, genau wie an jenem Tag.

Augen, die fragen. Hände, die suchen. Der Bademantel, der sich öffnet. Kleidungsstücke, die fallen. Beine, zitternd vor Angst und Kälte. Yunus' T-Shirt mit dem Aufdruck des Mördergesichts von Julian Carlton, auf dem Boden. Und dann der große Tisch aus Nussbaumholz im Esszimmer.

»Die alte Frau gegenüber schaut zum Fenster herein!«, lachte Yunus.

»Ich weiß, sie lebt allein, sie hat niemanden, da schaut sie gerne bei uns in die Wohnung.«

Bruna befreite sich für einen Augenblick aus seiner Umarmung und zog mit einem Ruck den Vorhang zu. Dabei löste sich ein Ende vom Haken und baumelte schlaff vor ihnen herunter. »Du hast diese Vorhänge noch nie gemocht, hat ja auch meine Mutter genäht«, würde Tom am selben Abend sagen. Aber Bruna würde dazu schweigen.

Schließlich hob Yunus sie hoch und bettete sie auf den Nussbaumtisch. Entschlossen schob er sie nach hinten. Seine Finger waren Nadeln auf ihrer Haut. Dann streckte er sich neben ihr aus. Zwei Schiffbrüchige auf einem dahintreibenden Floß.

Yunus bewegte sich langsam auf ihr. Er fing an, sie zu küssen, erst das feine, leicht angegraute Haar, das Bruna sehr kurz trug. Dann glitt er die gerade Linie ihrer Nase hinab und näherte sich langsam dem Mund, den er jedoch nur kurz streifte, um weiter am Hals entlangzuwandern. Bruna hatte für diese Küsse keine Geduld. Sie versuchte immer wieder, ihn an sich zu ziehen, packte ihn bei den Hüften, damit er es nicht weiter in die Länge zog und endlich zur Sache kam. Doch er erforschte weiter Teile ihres Körpers, die sie für unbedeutend hielt. Die Liebe mit Tom war seit Jahren ein schneller Akt ohne Küsse, der hastig vollzogen wurde, im Dunkeln, in völliger Stille. Wenn er ihr unter das Nachthemd griff, das sie beim Sex nie ablegte, dachte Bruna an hinterher, wenn sie duschen würde. Manchmal schweifte sie zu Dingen ab, die sie am nächsten Tag erledigen musste: Marios Zahnarzttermin, Minervas Taekwondo-Aufführung, die Stunden an der Universität. Andere Male dagegen reiste sie zurück in die Zeit, als sie noch jung war und sie und Tom sich gerade erst kennengelernt hatten. Und da fiel ihr ein, wie sie sich in den Ruinen des antiken Ostia geliebt hatten, wo sie absichtlich zurückgeblieben waren, anstatt die Führung weiter mitzumachen; oder wie sie sich vor vielen Jahren auf dem Land in einem Beichtstuhl eingeschlossen hatten und der Pfarrer, der sie dort entdeckt hatte, sie schimpfend aus der Kirche geworfen hatte. Doch diese Gedanken versetzten sie schon lange nicht mehr in Erregung. Sie hatten den ranzigen Geschmack einer verdorbenen Frucht.

Als Yunus an diesem Nachmittag langsam über ihren Körper wanderte, kam Bruna in den Sinn, mit derselben Sorgfalt entferne wohl ein Archäologe Staub und Erdreich von einem antiken Fundstück. Es war, als hätte auch sie jahrelang im Dunkeln unter der Erde gelegen, ohne von Menschenhand berührt zu werden, und wäre nun endlich an die Oberfläche zurückgekehrt, wüsste aber nicht so recht, ob ihr die Aufmerksamkeit, die sie auf sich zog, Lust oder Last war. Nachdem er ihren Hals geküsst hatte, verweilte Yunus lange bei den Brüsten, und da wurde sie starr. Bruna hatte sich für ihre Brüste immer geschämt, die ihr zu groß vorkamen. Vielleicht gut dazu, die Kinder zu stillen, aber auf keine Weise sinnlich, zumal mit diesen riesigen violetten Vorhöfen. Während all der Küsse hielt sie die Augen geschlossen. Fast schien sie zu hoffen, wenn sie ihre körperlichen Makel nicht sehen könne, werde auch er sie nicht wahrnehmen. Schließlich rutschte Yunus weiter nach unten und verweilte mit dem Mund an ihrem Bauchnabel. Während ihr zu ihrem Schrecken einfiel, dass sie es auch morgens nicht unter die Dusche geschafft hatte, glitt er noch weiter hinunter.

»Nein, da nicht, bitte!«, murmelte sie und verwehrte ihm den Weg.

»Don't worry, Professor, I got you«, wisperte er und nahm Brunas Hand in die seine.

Und von diesem Moment an dachte Bruna im reinen Genuss der wachsenden Hitze, die über ihren gesamten Körper ausstrahlte, so dass sie den Hals reckte, den Rücken durchbog, die Tischkanten umklammerte und tief einatmete, um dann die Luft kräftig auszustoßen, an gar nichts mehr.

Yunus erwies sich als großzügiger, geduldiger Liebhaber. Er konzentrierte sich lange auf sie, und Bruna hörte auf, ihm Widerstand zu leisten. Irgendwann, gepackt von der Wildheit seiner zwanzig Jahre, liebte er sie gierig, ohne Zurückhaltung, und kam mit einem scharfen Ausatmen zum Ende. Danach legte er sich in Schweiß gebadet neben sie, und so verharrten sie für eine Zeit, die ihr endlos vorkam. Sein Körper presste sich so stark an sie, dass sie fast keine Luft bekam.

Plötzlich, als sie fast schon dabei war einzuschlafen, hörte Bruna, wie sich der Haustürschlüssel im Schloss drehte. Ihr Herz schlug ihr bis zum Hals. Das war Minerva, die donnerstags eine halbe Stunde früher von der Schule kam. Das hatte sie völlig vergessen.

»Mama, du hast die Kette vorgelegt? Ich kann nicht rein!«

»Ich komme!« Bruna schob Yunus von sich weg und raffte ihren Bademantel vom Boden auf. »Entschuldige, ich wollte gerade duschen, habe ich wirklich die Kette vorgelegt?« Als sie die Tür endlich öffnete, sah Minerva sie verblüfft an.

»Mach schnell«, sagte sie, »ich muss aufs Klo.«

Bruna stammelte ein paar Worte, dann gewann sie erstaunlicherweise die Kontrolle über ihre Gedanken wieder: »Eben hat der Portier angerufen, Frank, er hat da ein Paket, das muss dein Kleid für die Bar-Mizwa von Rebecca sein. Geh doch rasch und hol es rauf. Dann können wir es gleich zurückschicken, wenn es dir nicht passt, und eine andere Größe bestellen.« Sie staunte, wie leicht es ihr fiel, ihre Tochter zu belügen.

Minerva überlegte kurz, dann ließ sie ihre Schultasche mit den Büchern fallen und drehte sich in Richtung Fahrstuhl um. Dabei fiel jedoch ihr Blick auf ein paar riesige, abgetretene Basketballschuhe an der Tür, genau neben den nackten Füßen ihrer Mutter.

***

Als Minerva, die Schachtel mit dem Kleid unterm Arm, wieder nach oben kam, traf sie Yunus, der auf den Aufzug wartete. Monate später sollte sie auch ohne die Erinnerung an die Basketballschuhe verstehen, wie alles abgelaufen war. Dafür genügte der Gedanke an den jungen Mann, den sie an jenem Tag beim Verlassen des Aufzugs gesehen hatte, einen Stapel Bücher an die Brust gedrückt. Zuoberst erkannte Minerva das Cover von *Giovannis Zimmer*, dem Lieblingsroman ihrer Mutter.

Bruna hatte in der Zwischenzeit eilends die Teetassen in die Küche geräumt und sich im Badezimmer eingeschlossen. Sie hatte sich schnell abgeduscht, ohne Seife. Den Geschmack dieses Nachmittags wollte sie noch ein wenig behalten.

Einige Minuten später kam auch Mario nach Hause, der wie immer laut mit sich selbst sprach. Er war ebenfalls früher da als sonst. Anscheinend hatte er sich nicht aufgehalten, um mit seiner Freundin Ellie im Park zu spielen.

»Ich gehe auch duschen«, sagte Minerva im Glauben, dass ihre Mutter sie hören könnte. Sie war ganz verschwitzt nach Hause gekommen. Nach dem Regen hatte die Sonne die Feuchtigkeit von der Straße aufsteigen lassen, so dass die Hitze schier unerträglich geworden war. Und Minerva wollte sich frisch machen, bevor sie das Festtagskleid anprobierte. Sie zog sich hastig aus und warf die Klamotten – wie sonst auch – kreuz und quer auf den Boden. Dann nahm sie wie von einem anderen Gedanken abgelenkt das Buch in die Hand, in dem sie unterwegs gelesen hatte, *Die Gärten der Finzi Contini.* Minerva spazierte jeden Tag auf dem Nachhauseweg am Fluss entlang. Das dauerte etwas länger, aber so konnte sie bummeln und lesen, ohne auf den Verkehr achtgeben zu müssen. Nun stand sie nackt da, versunken in die Lektüre der Seite, die sie beim Eintreten verlassen hatte und von der sie sich eigentlich nicht hatte losreißen wollen. Ihr Bruder beobachtete sie still von der Zimmertür aus. Minerva war schön, dachte Mario. Die kleinen rosa Brüste waren so zart wie die Ranunkeln, die seine Mutter auf dem Klavier stehen hatte.

In diesem Moment kam Bruna aus der Dusche. Als sie am Kinderzimmer vorbeiging, sah sie Mario in der Tür stehen und Minerva im Hintergrund, nackt, das Buch in der Hand. Beim Anblick ihrer Tochter kam Bruna das Bild von Albert Marquet, *Femme nue debout*, in den Sinn. Wie die junge Frau auf dem Gemälde hatte auch Minerva die Haare hochgebunden und kleine Brüste, das Schamhaar war nur eine Andeutung, und auch sie kümmerte sich, in die Lektüre versunken, nicht um die Blicke der anderen. Sie war eine anmutige, schmale und doch kraftvolle Gestalt mit klaren Umrissen, als hätte auch sie ein Künstler mit dickem Pinselstrich auf die Leinwand gebannt.

»Minerva, was stehst du denn da wie angewurzelt?«, sagte sie.

Sie sah zerstreut auf, als käme sie aus einer fernen Welt, um nicht zu sagen einer parallelen Wirklichkeit. »Hm?«, fragte sie mit einem Blick zu Bruder und Mutter. Da fiel ihr wieder ein, was sie tun wollte; sie legte das Buch aufgeschlagen aufs Bett und ging ins Bad.

Mario wartete, bis seine Schwester die Tür hinter sich zugesperrt hatte, dann öffnete er die Schachtel mit dem Kleid. Eilig nahm er es heraus und legte es vorsichtig aufs Bett, um seine Schönheit zu bewundern. Es war grün, aus leichter Baumwolle, mit schmalen Trägern und einem kurzen, ein wenig ausgestellten Rock. Da zog er sich ebenfalls aus. Er legte sämtliche Kleidungsstücke ab, auch die Boxershorts und die Frotteesocken. Öffnete den Schrank und betrachtete sich im Innenspiegel. Auch er war schön, dachte er, wenngleich sein Körper dem von Minerva noch nicht ähnelte. Er zog den Reißverschluss auf und schlüpfte langsam ins Kleid, vorsichtig, um es nicht zu beschädigen. Vorne war es ihm zu weit, und der Rock reichte ihm fast bis zu den Waden, aber um die Taille saß es perfekt. Der kühle Stoff kitzelte seine Schenkel.

»Gegrüßet seist du, Maria«, sagte er, während er mit Genugtuung sein eigenes Spiegelbild beäugte. »Voll der Gnade, der Herr ist mit dir.«

Dann hielt er sich die Haare hoch und zog die Träger des Kleids kürzer, damit es sich besser an die Brust schmiegte. Jetzt war alles perfekt.

»Du bist gebenedeit unter den Frauen.«

In diesem Moment, während er das Gebet seiner Großmutter rezitierte, spürte Mario, wie sich das Kleid auf Höhe seines Bauchs ein wenig anhob. Er strich mit der Hand darüber, um den Stoff zu glätten, aber die Stelle wurde nur noch geschwollener und härter. Er konnte spüren, wie etwas pulsierte. Es schien zu brennen. Da trat er in den Schrank und schob die Kleiderbügel beiseite, um sich eine Nische zwischen den Kleidern zu schaffen, genau wie er es als kleiner Junge gemacht hatte, wenn er und Minerva Verstecken spielten.

»Jetzt und in der Stunde unseres Todes«, wisperte er und bekreuzigte sich hastig.

***

Nach diesem Nachmittag sahen sich Bruna und Yunus fast täglich. Wenn ihre Kurse vorbei waren, stiegen sie ein paar Häuserblöcke von der Universität entfernt zusammen in ein Taxi und fuhren zu Bruna. Yunus fing schon im Wagen an, sie zu küssen, schob ihr die Hände unter den Rock, knöpfte ihr die Bluse auf. Beim ersten Mal war Bruna das unangenehm. Sie spürte den Blick des Taxifahrers, der sie durch den Rückspiegel beobachtete. Vielleicht lag es nicht daran, dass sie weiß war und Yunus schwarz, dachte Bruna, sondern dass er noch so jung war und sie eine reife Frau. Nach diesem ersten Mal jedoch hörte sie auf, sich den Kopf zu zerbrechen, und ergriff nun selbst die Initiative. Sie fuhr ihm mit der Zunge über den Hals und fasste ihm durch die Jeans zwischen die Beine. Sie ließen sich immer einen Häuserblock von Brunas Haus entfernt absetzen, damit die Portiers nicht mitbekamen, dass sie zusammen eintrafen. Bruna ging zuerst nach oben, ein paar Minuten später kam dann Yunus hinterher.

»Ich bin ein Schüler von Professor Bianchi, wir arbeiten gemeinsam an einem Forschungsprojekt. Sie erwartet mich schon.«

»Ein Schüler von wem?«, fragte Robert, der neu eingestellte Portier, beim ersten Mal.

»Bruna Bianchi, die Professorin.«

»Ah, ja, Mrs. Bene, die Frau vom Doktor. Ich rufe gleich an und sage Bescheid, dass Sie da sind.« Yunus sah den Portier verblüfft an, aber paradoxerweise hatte Robert nicht die Absicht, Bruna kleinzureden, indem er sie *die Frau vom Doktor* nannte. Im Gegenteil, er wollte damit ihren Status hervorheben.

Bruna war eine von ganz wenigen Frauen im Haus, die bei der Heirat ihren Mädchennamen behalten hatten. In den USA nimmt üblicherweise die Frau den Familiennamen des Mannes an. Toms Vater hatte ihr nie verziehen, dass sie sich daran nicht gehalten hatte. »Sogar meinen Nachnamen hast du abgelehnt!«, hatte er ihr einmal während einer ihrer zahlreichen Auseinandersetzungen vorgeworfen. »Nein, doch nicht deinen, allenfalls den von Tom«, hatte sie zurückgegeben. Vergeblich hatte sie versucht, ihm zu erklären, dass die Entscheidung nichts Persönliches war: »In Italien behalten die Frauen ihren Familiennamen auch nach der Heirat.«

Bruna dachte oft an Toms Familiennamen, dessen Aussprache

auf Englisch nicht *bene*, sondern *beni* lautete, also nicht mehr *good*, sondern *goods*, nicht mehr das Gute an sich, sondern materielle Werte. Wann hatte sich die Bedeutung von Toms Familiennamen geändert? Vielleicht schon im Jahr 1906, als der erste Luigi Bene in Ellis Island von Bord gegangen war und der Einwanderungsbeamte seinen Nachnamen zum ersten Mal englisch ausgesprochen hatte? Oder als Luigi, damals schon fast sechzig und mit einer Frau, die kurz vor den Wechseljahren stand, auf wundersame Weise ein fünftes Kind bekommen hatte, Mario, den Sprössling aus der Neuen Welt? Oder als Mario, anstatt Gewerkschafter oder Arbeiter zu werden wie seine Brüder, in Queens ein Bauunternehmen gründete? Oder als Marios Sohn Sal an der Fakultät für Medizin der St. John University aufgenommen wurde? Oder als Tom, Sals Sohn, sich an einer der besten Universitäten des Landes einschrieb und später eine Praxis auf der Upper East Side von Manhattan eröffnete? Wann hatte der amerikanische Traum der Familie Bene für immer die Bedeutung ihres Nachnamens verändert und damit auch ihren Lebenssinn?

***

Wenn Yunus in Brunas Wohnung kam, erwartete sie ihn bereits halbnackt an der Tür. Auf den großen Tisch aus Nussbaumholz waren sie nach dem ersten Tag nicht mehr zurückgekehrt. Jetzt gingen sie direkt ins Schlafzimmer. Am Anfang war Yunus immer sehr stürmisch und hatte Schwierigkeiten, sich zurückzuhalten. Beim ersten Mal wurde er immer zu schnell fertig. Dann jedoch kam die Kraft seiner zwanzig Jahre ins Spiel, wenn er sich kurz ausgeruht hatte, legte er wieder los. Und so liebten sie sich jeden Nachmittag zwei- oder dreimal hintereinander.

Bruna achtete stets darauf, das Bett neu zu beziehen, bevor Tom nach Hause kam. Sie fürchtete, er könnte die Flecken auf den Laken bemerken oder den Geruch eines fremden Mannes auf den Kissen. Manchmal allerdings traf Tom ein, bevor sie sich um frische Laken kümmern konnte. Aber ihm fiel nie etwas auf. Wenn er müde von der Arbeit kam, ließ er den Kopf aufs Kissen sinken und machte erst einmal ein Nickerchen.

Nach der Liebe nickte auch Yunus immer ein paar Minuten lang ein. Bruna ging in die Küche und kam dann mit einem Tablett voller Rosinenbrötchen, italienischem Käse und frischem Obst zurück ins Schlafzimmer. Gelegentlich briet sie auch Spiegeleier und Truthahnwürstchen. Die kaufte sie eigens für ihn, er aß ja kein Schwein. Oft lasen sie nach dem Imbiss gemeinsam die *New York Times* und kommentierten die aktuellen Nachrichten.

»Was hältst du von der Protestaktion von Kaepernick, dem Quarterback der San Francisco 49ers?«

»Er ist ein Held. Man braucht Mut, um sich zum Zeichen des Protests während der Nationalhymne hinzuknien. Er wusste, dass er damit die Gefühle der Fans verletzen und seinen Platz im Team verlieren könnte. Seit der gereckten Faust der schwarzen Olympiateilnehmer 1968 hat niemand mehr eine solche Geste vollbracht.«

Während der Saison sollten viele andere Footballspieler Kaepernicks Beispiel folgen. Aber am Ende des Jahres 2016 wurde der Quarterback der 49ers zum unbeliebtesten Spieler der Liga gewählt. Die einen gaben ihm die Schuld an den sinkenden Fernsehquoten, andere verbrannten sein Trikot und posteten das Video davon im Netz, ein anonymer Manager der National Football League bezeichnete ihn als Verräter. Am Ende der Saison stand Kaepernick ohne Vertrag da und beschuldigte seinerseits die NFL, eine geheime Abmachung mit den Teams getroffen zu haben, damit er nirgends aufgenommen würde.

»Jetzt ist die Sache sogar Wahlkampfthema. Man hat ihn angeklagt, keinen Respekt vor der Flagge gezeigt und die Kriegsveteranen beleidigt zu haben«, sagte Bruna.

»Die instrumentalisieren doch nur seinen Protest und den anderer Spieler, die so mutig sind wie er. Die Flagge hat damit gar nichts zu tun. Wie kann man eine Nation feiern, die ihren Bürgern Freiheit und Gerechtigkeit verspricht und dann so viele von ihnen ungerecht behandelt? Kaepernick wendet sich gegen die Brutalität der Polizei gegenüber Afroamerikanern, gegen den Rassismus, dieses Krebsgeschwür in unserem Rechtssystem. Du wirst sehen, die zahlen ihm das noch heim, so wie Smith und Carlos 1968.«

Bruna bewunderte Yunus' politischen Aktivismus. Seit Jahren war er Mitglied in einem Verein, der sich für die Schließung des Gefängnisses von Rikers Island einsetzte. Auch sein Vater war Opfer der Brutalität der Polizei und eines Rechtssystems geworden, das von rassistischen Vorurteilen durchsetzt war.

Manchmal war Yunus nach der Zeitungslektüre ganz niedergeschlagen. Er drehte sich auf die Seite, zog die langen nackten Beine an, verschränkte die Arme über der Brust und saß lange schweigend da. Mit jedem Atemzug stieß er seine stille Wut aus. In den vergangenen Monaten waren mehrere unbewaffnete Afroamerikaner von der Hand von Polizisten gestorben – in North Carolina, Oklahoma, Minnesota und Louisiana –, und in Dallas hatte ein Scharfschütze, ein afroamerikanischer Kriegsveteran, fünf Polizisten getötet. Im letzten Jahr waren die Spannungen zwischen den Rassen wieder heftig explodiert, wie wenn ein Untier nach kurzem, unruhigem Schlaf noch hungriger und wilder erwacht als zuvor.

»Wenn sich nach acht Jahren mit einem schwarzen Präsidenten im Weißen Haus nichts geändert hat, dann ändert sich überhaupt nichts mehr.«

Acht Jahre lang hatte Yunus einen Präsidenten gehabt, der so schwarz war wie er, der wie er ohne Vater aufgewachsen war und sich wie er aus eigener Kraft hochgearbeitet hatte. Jetzt hatte er niemanden mehr.

Wenn Bruna ihn so reden hörte, faltete sie die Zeitung zusammen und nahm ihn in den Arm. Dann zog sie irgendein Buch aus den Schlafzimmerregalen, wo sie nur die Romane aufbewahrte, die sie am meisten liebte. Über die Jahre hatte sie für Tom einige englische Übersetzungen italienischer Literatur gekauft. Und so las Bruna Yunus jeden Nachmittag ein paar Kapitel aus dem einen oder anderen Buch vor, erzählte ihm, worum es darin ging, sprach über das Leben des Autors. Yunus begeisterte sich für die Baumabenteuer des Barons Cosimo, die Erlebnisse von Mara, der jungen Frau aus Bube, und die von Dr. Levi, der im Unterschied zu Christus nicht in Eboli geblieben war. Dann las wieder Yunus ihr vor. Gemeinsam beschäftigten sie sich mit der Autobiographie von Maya Angelou, und Bruna war erschüttert von der Geschichte des Missbrauchs, den die Autorin mit acht Jahren durch den Lebensgefährten ihrer Mutter erlitten hatte. Außerdem lasen sie einige Kapitel aus Toni Morrisons erstem Roman *Sehr blaue Augen.* Auch der erzählte von der Vergewaltigung eines afroamerikanischen Mädchens, in diesem Fall durch den Vater.

»Sie hieß Pecola«, sagte Yunus. »Und sie wünschte sich einfach nur blaue Augen, Bruna, so wie die deinen: Wenn du blaue Augen hast, kann dir nämlich nichts Schlimmes passieren.«

An manchen Nachmittagen gingen Yunus und Bruna nicht zu ihr, sondern nach Harlem und unternahmen lange Spaziergänge durchs Viertel. Einmal aßen sie bei Sylvia's zu Mittag, und obwohl nicht Wochenende war und die Brunchzeit schon vorüber, machte ihnen der Koch, ein Freund von Yunus, Waffeln mit gebratenem Huhn, was Bruna noch nie gegessen hatte. An dieses Mittagessen sollte Bruna noch häufig zurückdenken. Im Hintergrund spielte Wynton Kelly *Autumn Leaves.* Yunus hielt zärtlich ihre Hand.

Er gehörte der Generation Y an, war umweltbewusst, engagiert, ehrgeizig. Und sie der Generation X, zynisch, träge, affektlos.

Yunus hatte sie an jenem Nachmittag gefragt, wie sie ihren Mann kennengelernt habe.

»Den hat mir mein damaliger Freund in Rom vorgestellt«, antwortete sie mit einem schelmischen Lächeln.

Yunus richtete sich auf und rückte seinen Stuhl näher an den Tisch. Sein Gesicht war auf einmal nur noch wenige Zentimeter von Brunas Lippen entfernt.

»Ah, dann ist das kein Laster, das du erst mit den Jahren angenommen hast … *You have always been a little whore, haven't you?*«, flüsterte er ihr zu und lachte.

Bruna schlug scherzhaft mit der Serviette nach ihm und fuhr dann mit ihrer Geschichte fort. Yunus wurde sofort ernst, als sie ihm offenbarte, sie habe sich schon am ersten Tag ihrer Bekanntschaft in Tom verliebt.

»Es war Liebe auf den ersten Blick. Das war mir zuvor noch nie passiert. Wir haben uns 1999 kennengelernt. Tom hatte in Washington sein Medizinstudium abgeschlossen und sollte bald in Boston die Famulatur antreten. Aber zuvor war er nach Rom gekommen, zu einem zweimonatigen Praktikum an der Gemelli-Klinik. Ich arbeitete seit kurzem für eine internationale Kanzlei, aber die Atmosphäre gefiel mir nicht. Am ersten Arbeitstag war ich in Hose und Ballerinas gekommen, ich fuhr mit dem Roller und brauchte dafür bequeme Kleidung. Da wurde ich gleich mal ins Büro des Anwalts bestellt, der mein Praktikum betreute. Als ich ins Zimmer kam, hielt er mir die Kanzleiregeln unter die Nase. *Die weiblichen Angestellten der Kanzlei Togni & Partner tragen zur Arbeit einen Rock und Schuhe mit hohen Absätzen, sind dezent geschminkt und verwenden ein angenehmes, keinesfalls aufdringliches Parfüm.* Ich entgegnete ihm, ich wohnte in einem Vorort und säße jeden Morgen eine halbe Stunde auf dem Roller, um ins Zentrum zu kommen. Bei Regen müsste ich zwei Busse und die U-Bahn nehmen. Da fing er an zu lachen und sagte, ich könne mich doch ohne weiteres beim Eintreffen in der Kanzlei umziehen. ›Wir legen Wert darauf, dass unsere Anwältinnen ein weibliches Auftreten an den Tag legen. Und Sie haben doch hübsche Beine, es wäre eine Schande, das zu verbergen.‹ Ich bin abgerauscht, habe die Tür hinter mir zugeschlagen und mir vorgenommen, mir bald eine andere Stelle zu suchen.«

»Ist ja ätzend! Aber das mit den hübschen Beinen stimmt«, sagte Yunus und streichelte sie unter dem Tisch.

»Ich hatte schon oft die Stelle gewechselt. Nach dem Studium war ich fast ein Jahr lang bei einem linksorientierten Forschungsinstitut. Wir führten Studien zu Themen durch, die wir für überaus wichtig hielten: die Arbeiterrechte, die Chancengleichheit, den Einsatz neuer Technologien. Einmal kam eine Gruppe von über dreißig Amerikanern ans Institut, darunter Gewerkschafter, Ökonomen und Professoren für Arbeitsrecht. Wir hatten das Treffen wochenlang vorbereitet. Wir jüngeren Wissenschaftler hatten einen Forschungsantrag auf EU-Fördermittel geschrieben. Wir planten eine Studie zum Thema Frauen und Telearbeit. Mir lag besonders daran, einen guten Eindruck zu machen, den Amerikanern im Gedächtnis zu bleiben. Ich dachte, vielleicht könnten mir die Kontakte einmal nützlich sein, um in den USA zu arbeiten.«

»Und warum bist du dann weggegangen und hast in der Kanzlei angefangen?«

»Weil mitten bei dem Treffen, als die Amerikaner ganz konzentriert die Präsentation unseres Projekts verfolgten, vorne am Rednerpult das Wasser ausging. Und dem Institutspräsidenten fiel nichts Besseres ein, als den Kollegen, der gerade redete, zu unterbrechen und mich – als einzige Frau im Raum – zu fragen, ob ich noch ein paar Flaschen holen könnte.«

»Du machst Witze.«

»Nein, ganz im Ernst! Genau genommen hat er mich gar nicht gefragt. Er hat bloß meinen Namen gesagt, die Plastikflasche hochgehoben und sie hin und her bewegt, um mir zu zeigen, dass sie leer war. Ich weiß noch, dass mich die Amerikaner alle angestarrt haben. Keiner hat ein Wort gesagt. Alle haben nur darauf gewartet, dass ich aufstehe und gehorche. Als Frau fiel die Aufgabe, Wasser zu holen, automatisch mir zu … So war das immer.«

»Und was hast du gemacht?«

»Ich bin knallrot geworden, habe mich aber nicht vom Stuhl bewegt. Ich habe nur zu dem jungen Kollegen, der neben mir saß, gesagt, dass ich ganz bestimmt kein Wasser hole. Der arme Kerl ist dann statt meiner aufgestanden, in die Küche gegangen und mit einem Kasten Mineralwasser zurückgekommen. Nach diesem Vorkommnis hatte ich keine Lust mehr, dort zu arbeiten. Außerdem brauchte meine Familie Geld, und das Institut zahlte – obwohl dort zu Arbeiterrechten und Chancengleichheit geforscht wurde – nur sporadisch, wenn es gar nicht mehr anders ging. Und das, obwohl unsere Forschungsgelder Jahr für Jahr reichlich flossen.«

»Das tut mir leid, Bruna. Scheint, dass denen die Arbeiterrechte nur am Herzen lagen, um Fördermittel einzusacken.« Yunus beugte sich zu ihr und küsste sie. Dann stellte er ihr die Frage, die ihm am meisten auf den Nägeln brannte. »Aber wie hast du Tom jetzt kennengelernt?«

»Stimmt, wir sprachen ja von Tom. Na ja, ich war damals mit

einem gewissen Matteo Sequi zusammen«, fuhr Bruna fort. »Ich kannte ihn noch aus dem Studium. Er war ein guter Typ, der Sohn eines berühmten römischen Juristen, aber im Bett war er ein Totalausfall. Eigentlich hatte er nie Lust, und wenn wir dann doch mal ins Bett gingen, fühlte es sich immer an, als hätte er es eilig. Er ließ mich ewig unbefriedigt.«

Yunus schluckte schwer und nestelte am Schritt seiner Hose. Er hatte unvermittelt angefangen zu schwitzen.

»Matteo und Tom hatten sich einige Jahre zuvor in Washington kennengelernt, als Tom noch aufs College ging und Matteo die Summer School besuchte. Tom arbeitete im Sommer als Betreuer im Programm für ausländische Studenten. Die beiden hatten sich angefreundet, weil er damals an der Uni Italienisch lernte und mit den Italienern, die zur Summer School kamen, gerne übte. ›Tom ist ein Goldjunge‹, sagte mir Matteos Mutter an dem Tag, an dem seine Ankunft aus Amerika gefeiert wurde, sie hatten mich auch eingeladen. Seit Tagen hörte ich ständig von diesem amerikanischen Arzt, Matteos Mutter und seine Schwester Simona lobten ihn in den höchsten Tönen. Ich glaube, der Mutter gefiel er fast noch besser als der Tochter. ›Er hat den besten Abschluss seines Jahrgangs, kommt aus einer sehr guten New Yorker Familie und seine Mutter ist eine wunderbare Frau‹, wiederholte Matteos Mutter ständig. ›Er spielt hervorragend Tennis und auch ganz toll Klavier, ich bin gespannt, ob er merkt, dass ich inzwischen Brüste habe‹, schnatterte Simona. Und je mehr die Aufregung über die Ankunft dieses Tausendsassas wuchs, desto überzeugter war ich, dass er ein Riesentrottel sein musste.«

»Wäre mir auch so gegangen«, stimmte Yunus zu.

»Am Abend seiner Ankunft in Rom setzten wir uns zum Abendessen in den Garten. Es war spät im Frühling, und die Luft duftete nach Geißblatt und Passionsblumen. Toms Italienisch war noch etwas wackelig, aber definitiv besser als mein Schulenglisch. Beim Abendessen verblüffte er alle damit, dass er sich über die Geschichte des italienischen Risorgimento ausließ, von den Köhleraufständen bis zu Garibaldi. Er erzählte vom Briefwechsel zwischen Benjamin Franklin und Gaetano Filangieri über das Streben nach Glück. Ich ließ ihn keine Minute lang aus den Augen. Und riss das Gespräch mit ihm komplett an mich. Ich stellte ihm Fragen über die USA, die dortigen Universitäten, die Politik. Ich griff zu abenteuerlichen Formulierungen, erfand Wörter, wenn ich kein passendes englisches kannte. Häufig berührte ich ihn am Arm oder an der Schulter. Stieß ihn absichtlich unter dem Tisch mit den Füßen an. Und scherte mich nicht darum, dass Matteo und seine Familie mich verdattert ansahen und staunten, wie ich nur so unverschämt sein konnte. Tom wiederum redete nur mit mir. Er sah mir die ganze Zeit fest in die Augen. Es war, als hätten sich alle anderen in Luft aufgelöst.

Nach dem Essen erhob ich mich vom Tisch und forderte Tom auf, sich den Rosengarten von Matteos Mutter mit mir anzusehen, Matteo hatte ich dort mal zu einem Quickie genötigt. Die Mutter wandte ein, Rosen müsse man bei Tageslicht bewundern, aber ich gab zurück, den Duft könne man auch abends sehr gut genießen. Auch Simona stand auf und wies uns mit einer Taschenlampe den Weg. Als wir vor den Rosen standen, machte sie sich daran, uns sämtliche Arten aufzulisten – Teerose, Apothekerrose, Heckenrose, alle möglichen Wildrosen –, und langweilte uns damit zu Tode. Am Ende des Abends bot ich Tom an, ihn zum Wohnheim des Krankenhauses zu bringen. Er lehnte höflich ab, er könne die U-Bahn bis zur Haltestelle Battistini nehmen. Auch Matteo versuchte, mich davon abzubringen. Das sei nicht nötig, es würde ewig dauern, ich müsse doch am nächsten Tag ins Gericht. Aber ich ließ nicht mit mir reden.«

»Und was ist dann passiert? Seid ihr zusammen nach Hause gefahren?«, fragte Yunus nervös. Ohne es zu merken, hatte er die Papierserviette vor sich auf dem Tisch in tausend Stücke gerissen.

»Ich habe mich von allen verabschiedet, Tom an der Hand gefasst und ihn zu meinem Fiat 500 gezogen. Der war ein Modell von 1968, ein echtes Juwel mit einem Lenkrad aus Wurzelholz und roten Fußmatten. Tom saß ganz zusammengekauert auf dem Beifahrersitz, die Knie gegen das Armaturenbrett gepresst. Er bat mich höflich, die Klimaanlage einzuschalten. Ich beugte mich zu ihm, so dass ich fast seinen Mund berührte, und streifte mit dem Arm seine Brust, als ich mit der Kurbel das Fenster herunterließ. ›Da hast du deine Klimaanlage‹, sagte ich lachend. Als wir zum Krankenhaus kamen, war es fast zwei Uhr morgens, und ich fragte ihn, ob er wirklich schon schlafen gehen wolle. ›Heute Abend gehe ich, wohin du willst‹, erwiderte er. Und so habe ich ihn dann lange durch Rom gefahren. Mit dem Fiat 500 konnte ich mich durch die alten Gassen im Rione Monti schlängeln. ›Fahr langsam, pass auf, da kommst du nicht durch‹, warnte er die ganze Zeit. Aber ich fand immer einen Weg. Flitzte mit vollem Tempo übers Pflaster. Und amüsierte mich, wenn er hochgeworfen wurde und mit dem Kopf gegen das Stoffdach stieß.

Tom kannte sämtliche Denkmäler und Villen von Rom: den Palazzo Altemps, den Palazzo Spada, den Palazzo Colonna, den Doria Pamphilj. ›Ich habe die alle mit meiner Mutter besucht‹, sagte er. ›Sie ist eine außergewöhnliche Frau. Sie kommt häufig nach Rom, um Vorträge zu halten, oder auf Exkursion mit ihren Studentinnen. Und wenn sie herkommt, ist sie immer zu Gast bei den Sequis.‹

Wir parkten unterhalb vom Palazzo Venezia. Dann kauften wir uns in der Via delle Botteghe Oscure warme Kringel und gingen über die steile Treppe von Santa Maria in Aracoeli. Es wurde gerade hell. Von da oben betrachtet war Rom so schön, dass es fast in den Augen weh tat. Das Licht der Morgendämmerung fiel durch die pockennarbigen Bögen des Marcellustheaters und warf einen rosa Schimmer auf den weißen Marmor des Vittoriano, die quadratische Kuppel der Synagoge von Rom und die eisblaue Kuppel des Petersdoms, die im Morgendunst nur undeutlich zu sehen war.«

»Und da hat er dich geküsst?«, fragte Yunus ungeduldig, während im Radio Nina Simone *I wish I knew how it would feel to be free* sang, eine Liveaufnahme von 1976, die Yunus ihr in den letzten Wochen oft vorgespielt hatte.

»Nein, ich habe ihn geküsst. Ich habe ihm die Zuckerreste des Kringels von den Lippen geleckt und dann angefangen, mir die Bluse aufzuknöpfen. Zwei Monate später sind wir gemeinsam nach Boston geflogen.«

»Und Matteo?«

»Der hat furchtbar gelitten. Vor meiner Abreise rief er mich mehrmals an und versuchte, mich vor Tom zu warnen. Als er in Washington bei ihm zu Gast gewesen sei, habe er ein ständiges Kommen und Gehen von Frauen erlebt. Sogar eine Schwarze sei dabei gewesen. Tom habe allen seine Liebe geschworen und sie wochenends nach New York mitgenommen, um sie seinen Eltern vorzustellen. Alle bis auf die Schwarze, wie er betonte. Aber am Ende habe Tom sie immer betrogen und letztendlich verlassen. Tom kann niemanden lieben, sagte er, du wirst schon sehen, das geht auch für dich nicht gut aus.«

»What a bastard that Matteo!«

»Ich dachte, er sagt das alles nur aus Eifersucht. Aber ein paar Wochen vor der Abreise kam es zu einem Zwischenfall. Sobald Matteos Familie von unserer Trennung erfuhr, brach sie jeden Kontakt zur Familie Bene ab. Tom beschwerte sich bei mir sehr darüber, hielt mir geradezu vor, ihm etwas kaputt gemacht zu haben. Um Matteos Freundschaft tat es ihm nicht leid, aber dass seine Mutter Amanda im Hause der Sequis nicht mehr willkommen wäre, das fand er schlimm. Sein Ausbruch irritierte mich gewaltig. Wir gerieten in Streit, ich drohte, doch nicht mit in die USA zu fliegen, er bat mich um Entschuldigung. Am Ende erklärte ich mir das Ganze mit der Nervosität vor der Abreise, der anstehenden Famulatur und unserem gemeinsamen Leben. Damals konnte ich mir noch nicht vorstellen, was für ein Wust an Problemen dahintersteckte.«

Als Bruna Yunus von Tom und ihrer Ehe erzählte, stellte sie erstaunt fest, dass ihr das, was sie damals zurückgelassen hatte, auf unerklärliche Weise besser erschien als das, was sie dann in Amerika vorgefunden hatte. Und doch war sie aufgebrochen, ohne es sich zweimal zu überlegen, mit dem halsbrecherischen Optimismus, den man nur mit zwanzig und wenn man so glücklich ist haben kann. Jetzt fragte sie sich häufig, was geschehen wäre, wenn sie Italien nicht verlassen hätte. Wen hätte sie geheiratet? Welcher Arbeit wäre sie nachgegangen? Hätte sie sich mit ihren Schwiegereltern verstanden? Hätte sie ein drittes Kind bekommen? Und einen jungen Liebhaber? Wäre es ihr gelungen, alles unter einen Hut zu bringen: die Ehe, die Karriere, die Kinder? In diesen Augenblicken hätte sie am liebsten noch mal ganz von vorn angefangen. Lange Zeit hatte sie geglaubt, alles aus ihrem früheren Leben vergessen zu haben, als wäre nichts davon es wirklich wert, in Erinnerung zu bleiben. Aber da täuschte sie sich. In jenem Leben war sie so, wie sie gewesen war, bevor sie Mrs. Bene und Professor Bianchi wurde. Die wahre Bruna. Und erst jetzt, nach all den Jahren, mit Yunus in diesem Lokal in Harlem, hatte sie sich endlich wiedergefunden.

»Warum weinst du?«, fragte er.

»Nina Simone finde ich immer so bewegend … Ich bin glücklich.«

»I found out how it feels not to be chained to anything, to any race, to any faith, to anybody, to any creed, to any hopes, to anything, I know how it feels to be free!«

»Ich bin auch glücklich«, gab Yunus zurück. Er war erleichtert und hätte sich nicht vorstellen können, dass Brunas Glück wenig mit ihm zu tun hatte. Bruna war vor allem um ihrer selbst willen glücklich.

***

Ein einziges Mal nahm Yunus sie mit zu sich nach Hause. Und sie blieben nur ganz kurz, die Zeit, die er brauchte, um ihr das Porträt seiner Mutter zu zeigen und ihr auf der Trompete ein Stück aus dem Album *Bird & Diz* vorzuspielen. Yunus sagte, Mohammad werde gleich da sein, und er wolle lieber nicht, dass er sie zusammen sähe. Mohammad missbilligte, dass Yunus eine Beziehung zu einer Christin unterhielt, zumal einer Weißen und einer verheirateten Frau (genau in dieser Reihenfolge). In den letzten Wochen blieb er oft von zu Hause weg, und wenn er zurückkam, war er nervös und abgespannt. Er warf sich aufs Bett, setzte die Kopfhörer auf und fuhr den Computer hoch. Dann saß er stundenlang da, das Gesicht verhärtet, den Blick abwesend. Wenn Yunus ihn nach dem Grund für seine schlechte Stimmung fragte, antwortete Mohammad immer gereizt und ohne ihm eine Erklärung zu geben, so als müsste ihm der Grund seines Seelenzustands klar genug sein. Yunus wusste, dass Mohammads Wut mit seinem Vater zu tun hatte. Der war fortgegangen, als Mohammad noch ein Junge war, und man hatte sehr lange nichts mehr von ihm gehört. Vor einigen Monaten während des Ramadans hatte dann ein

Onkel aus Ohio angerufen, um ihm mitzuteilen, dass sein Vater gestorben sei. Als Mohammad die Nachricht bekam, war er allein zu Hause. Yunus war gerade zur Arbeit gegangen. Mohammad legte auf, ohne ein Wort zu sagen, er setzte sich aufs Bett, den Kopf zwischen den Händen, und hockte lange nur wortlos da.

Sein Vater war schon vor vielen Jahren gestorben, als er die Familie verlassen hatte, welchen Unterschied sollte es machen, dass er jetzt wirklich tot war? Ihm kamen die Küchenschaben in den Sinn, die in der Wohnung, wo er aufgewachsen war, nachts unter dem Spülbecken herauskrochen. Mohammad sah sie aus dem Augenwinkel die vom Schimmel gerunzelten Wände hochlaufen. Er erkannte die Männchen daran, dass sie lange Flügel auf dem Rücken hatten, aber nicht fliegen konnten. Jeden Abend machte er sich auf die Jagd. Er verfolgte sie, hetzte sie, und wenn er sie fing, riss er ihnen eines nach dem anderen die Beine aus. Die Schaben zuckten weiter, aber es war nur ein nervöser Impuls. Sie wussten nicht, dass sie schon tot waren. »Küchenschaben sind die Käfer des Orients«, hatte Yunus einmal gesagt, als er laut aus einem Zeitungsartikel vorlas. »So nennen übrigens die Nordeuropäer die afrikanischen Einwanderer.«

Er selbst, sein Vater, Yunus, sie alle waren wie Küchenschaben. Ob sie in Amerika oder in Europa lebten, machte keinen Unterschied. Sie hatten so oder so keine Chance. Sie waren längst tot und wussten es nicht. Sie hatten breite Flügel auf dem Rücken, konnten aber nicht fliegen. Die Evolution hatte sie verarscht.

Auf dem Bett sitzend, den Kopf zwischen den Händen, dachte Mohammad an all die Male zurück, die er als Kind darauf gewartet hatte, dass sein Vater auf der Treppe zum Haus erschiene. Oft hatte Yunus sich neben ihn gesetzt, und sie hatten gemeinsam gewartet. Yunus wusste, dass niemand zu ihm zurückkommen würde, sein Vater war ein Jahr zuvor im Gefängnis gestorben, und er war einer Pflegefamilie zugeteilt worden. Aber Mohammad hatte jahrelang darauf gehofft, irgendwann seinen Vater am Ende der Straße auftauchen zu sehen. In seiner Phantasie brachte er viele Geschenke mit und Blumen für die Mutter. Das ganze Viertel würde auf die Straße kommen und ihn feiern. Jemand würde zur Moschee laufen, um den Imam zu rufen. Die Leute würden Allah auf Knien danken. Von diesem Tag an würden sie wieder glücklich sein. Sein Vater würde sie aus der Stadt hinausbringen, in ein weißes Haus mit Garten, das in seinen Träumen dem des Präsidenten glich, und Yunus würde dort mit ihnen wohnen.

Dann kehrte Mohammad in die Gegenwart zurück. Er sprang auf und brüllte wie ein Tier. Die spielenden Kinder unten im Hof zuckten zusammen. Er riss sich die Kleider vom Leib und schlug mit dem Baseballschläger kurz und klein, was er in seiner Reichweite fand. Nichts wurde verschont, bis auf Yunus' Trompete und das Porträt seiner Mutter. Er riss den Geschirrschrank auf und zerdepperte die wenigen Teller, die sie besaßen. Er haute das Tischchen entzwei und knallte die Klappstühle an die Wand. Mit einem Messer schlitzte er die Matratzen auf und zerschnitt die Kissen. Dann rannte er aus dem Haus und ließ tagelang nichts von sich hören.

Als Yunus an jenem Abend nach Hause kam, glaubte er zuerst, bei ihnen sei eingebrochen worden. Er hatte noch nicht einmal alle Raten für die Möbel bezahlt. Dann fand er einen Zettel, den Mohammad an die Wand gepinnt hatte. »Das war ich, verzeih mir. Mein Vater ist gestorben, er hat sich totgesoffen … ausgerechnet im Ramadan. Wenn ich zurückkomme, helfe ich dir aufräumen.«

In den darauffolgenden Tagen versuchte Yunus unzählige Male, ihn anzurufen, aber Mohammad ging nie ran. Yunus suchte ihn im Viertel und auf den Straßen der Stadt. Er ging auf die Baustelle, wo er arbeitete, und in das somalische Restaurant, wo er an Wochenenden kellnerte. Aber keiner hatte ihn gesehen oder wusste, wo er sich möglicherweise aufhielt. Bis er eines Abends plötzlich vor der Tür stand. Er legte zweihundert Dollar und eine Tüte mit Lammkoteletts auf den Tisch. Yunus nahm ihn in den Arm. Aber von diesem Tag an war Mohammad nicht mehr derselbe. Es war, als fiele vom Tod seines Vaters ein schwarzer Schatten uber ihn und hindere ihn daran, die anderen zu sehen.

Yunus wurde nie wütend, wenn Mohammad ihn schlecht behandelte oder verschwand und tagelang kein Lebenszeichen gab. Mohammad war alles für Yunus, er war wie ein Bruder, mehr als ein Bruder, er war die Familie, die er verloren hatte.

***

Eines Nachmittags zeigte Yunus Bruna die schönen Häuser der Astor Row mit ihren grünlichen Vordächern aus Holz, den roten Ziegelmauern und kleinen Vorgärten, in denen Blumen dufteten. Die Häuser schienen eher in ein verschlafenes Städtchen im Süden zu gehören als in eine hektische Stadt wie New York. Bruna hatte sie unvermittelt vor sich gesehen, als sie vom Boulevard Malcolm X in die 130. Straße eingebogen waren. Sie war von ihrer Schönheit überwältigt gewesen und hatte sofort bedauert, sie all diese Jahre nicht besichtigt zu haben. Yunus erklärte ihr, die Häuser seien Ende des 19. Jahrhunderts im Auftrag einer Familie namens Astor errichtet worden. Bevor die Schwarzen in den 1910er Jahren nach Harlem gekommen waren, während der großen Zuwanderungswelle aus dem Süden der USA, hatten dort nur Familien aus dem New Yorker Bürgertum gelebt. Ende der siebziger Jahre jedoch waren die Häuser der Astor Row in einem Zustand völligen Verfalls. Die Gärten waren schmutzig und ungepflegt, und die wenigen verbleibenden Veranden brachen hier und dort ein. Die afroamerikanische Community unternahm zu ihrer Restaurierung eine gewaltige Anstrengung. Ella Fitzgerald gab ein Konzert in der Radio City Music Hall, um die nötigen Geldmittel für eine Sanierung aufzubringen.

Da sie aus Italien kam, hatte Bruna lange gedacht, in einem Land, das gerade einmal zweihundert Jahre alt war, könne es nichts von historischem Interesse geben. Bei ihren Gesprächen mit Tom hatte sie sich oft über die amerikanischen Touristen lustig gemacht, die ins West Village gingen, um das winzige Haus in der Bedford Street zu sehen, in dem unter anderem Cary Grant und Margaret Mead gelebt hatten. Bruna sah die Menschentrauben, wenn sie an Wintersonntagen in die Carmine Street zur Messe ging. Sie standen vor dem Haus und lauschten andächtig dem Reiseführer. Bruna fand es fast rührend, wie die Leute in ihren Winterjacken mit einem heißen Kaffee in der Hand und roten Wangen der Kälte trotzten, getrieben von dem Wunsch nach Wissen. »Nur in Amerika kann ein Backsteinhäuschen aus dem späten 19. Jahrhundert als Denkmal bestaunt werden«, hatte sie zu Tom gesagt.

In letzter Zeit jedoch hatte sie ihre Meinung revidiert. Sie interessierte sich inzwischen leidenschaftlich für die Geschichte des Amerikanischen Bürgerkriegs und der Bürgerrechtsbewegung. Und an diesem Tag mit Yunus stand sie so bewegt vor den Häusern der Astor Row, als hätte sie die Ausgrabungen von Pompeji oder die Pyramiden von Chichén Itzá vor sich. Auch sie waren in gewisser Weise Überlebende. Sie hatten nicht der Zerstörungskraft eines Vulkans oder den Kanonen der spanischen Conquistadores widerstanden, sondern etwas noch Gnadenloserem, den gewaltigen Baggern der New Yorker Bauunternehmer.

Als Bruna an jenem Tag Handyfotos schoss und Yunus für sie vor den mannshohen Sonnenblumen der Vorgärten in der Astor

Row posierte, trat ein in Schwarz gekleideter junger Mann auf sie zu. Zunächst erkannte Bruna ihn nicht. Sie trat einen Schritt zurück, um ihn vorüberzulassen, aber er blieb einen Meter vor ihr stehen. Yunus ging ihm entgegen, gab ihm einen *fist bump* und umarmte ihn: *»Hi, bro.«* Mohammad sah ganz anders aus als auf dem Foto, das neben Yunus' Bett hing. Er hatte einen langen Bart und tiefe Ringe unter den Augen. Nichts an ihm erinnerte an den lächelnden Jungen, der am überfüllten Strand von Coney Island einen Arm um Yunus' Schultern legte.

»Mohammad, das ist Bruna.«

»Hallo«, sagte sie und hielt ihm die Hand hin. »Ich habe schon viel von dir gehört.«

Mohammad ließ ihre Hand in der Luft hängen. *»Haram«*, sagte er. »Verboten.«

»Verstehe«, antwortete Bruna und zog die Hand zurück.

»Du bist zwar keine junge Frau in fruchtbarem Alter mehr, aber ich will nicht riskieren, der Versuchung anheimzufallen, wie es Yunus geschehen ist.«

Bruna sah Yunus an, auf der Suche nach einer Erklärung. Er senkte den Blick und schwieg. Mohammad verabschiedete sich von seinem Freund und ging eilig weiter. Den Rest des Nachmittags war Yunus gedankenverloren und wortkarg, und Bruna vermied es, auf das Thema zu sprechen zu kommen. Sie hatte viele Fragen zu Mohammad und seiner Religion, doch ihr war klar, dass Yunus darüber nicht reden wollte.

* * *

In jenen Wochen, die sie gemeinsam verbrachten, sahen sich Bruna und Yunus an allen Unterrichtstagen. Bruna hielt zwei Kurse an der Universität, den ersten in Vergleichender Politikwissenschaft und den zweiten über Globalisierung. Yunus hatte beide belegt. Er spezialisierte sich auf *Globalization Studies.*

Im Unterricht setzte sich Yunus immer in die erste Reihe, direkt vor Bruna. Vor Beginn des Unterrichts trat er ans Pult, als hätte er der Professorin eine Frage zu stellen, und flüsterte ihr mit dem Rücken zum Kurs eine erotische Bemerkung zu, kündete ihr etwa an, was er am Nachmittag zu Hause mit ihr machen würde. Dann setzte er sich wieder hin. Sie schloss kurz die Augen und versteckte ihr Gesicht zwischen den Büchern. Sie fürchtete, die übrigen Studenten könnten das Verlangen bemerken, das sich zwischen ihren Beinen ausbreitete und ihr Gesicht brennen ließ. Eines Tages jedoch kam Yunus ans Pult und sagte, er könne nach dem Unterricht nicht mitkommen, er habe eine Verabredung. Bruna solle nicht auf ihn warten, sondern nach Hause fahren, er werde dann versuchen, sie dort zu treffen. Am Ende der Stunde verließ er den Kursraum als Erster und tauchte in der Menge unter. Den Nachmittag über ließ er sich nicht mehr blicken. Bruna rief ihn mehrmals an, aber er hob nicht ab. Am nächsten Tag sagte er ihr vor dem Unterricht, sie könnten sich auch an diesem Nachmittag nicht sehen.

Bruna begann zu denken, dass Yunus genug von ihr habe. Möglicherweise hatte Mohammad ihn dazu gebracht, seine Haltung zu ihrer Beziehung zu ändern. Oder er wollte einfach nicht mehr mit einer reifen Frau zusammen sein. Vielleicht hatte er ja Gefallen an einer in seinem Alter gefunden, womöglich einer Muslima, einer Schwarzen, einer, die Single war. Oder er wünschte sich einfach eine, die er seinen Freunden vorstellen konnte, eine, die frei war, an Samstagabenden mit ihm auszugehen. In den vergangenen Wochen hatte Yunus, um die Nachmittage mit Bruna verbringen zu können, seine Schicht im Restaurant gewechselt. Er arbeitete jetzt am Abend und nicht mehr über Mittag. So kam er erst nachts nach Hause, schlief nur wenige Stunden und stand dann früh auf, um in die Universität zu gehen. Möglicherweise hatte er die Mühen satt, die ihm diese Beziehung bereitete.

An jenem Nachmittag beschloss Bruna nach dem Unterricht, nicht nach Hause zu gehen oder im Department zu bleiben, sondern Yunus zu folgen. Als er den Kurs verließ, sah sie ihn ins Erdgeschoss gehen. Sie lief die Nottreppe hinunter, um ihn einzuholen, und bahnte sich ihren Weg zwischen den Studenten hindurch. Im Erdgeschoss sah sie ihn auf den Ausgang zusteuern. Sie verlor ihn im Gedränge der Leute, die sich dort tummelten, aus dem Blick, dann tauchte sein schöner Lockenkopf kurz aus der Menge auf, um im Treiben um die Drehtür sogleich wieder zu verschwinden. Einige Augenblicke später trat Bruna hinaus auf die Straße. Sie glaubte schon, ihn ein weiteres Mal verloren zu haben, doch dann sah sie ihn in den strengen Zweckbau gehen, der die Bibliothek beherbergte. Atemlos folgte sie ihm, wurde aber am Eingang von einem Wachmann aufgehalten, der sie aufforderte, ihren Universitätsausweis herzuzeigen. In diesem Moment hob Bruna den Blick und sah Yunus auf der breiten Marmortreppe, die ins Obergeschoss führte. Eine junge Frau kam ihm entgegen. Ein paar Stufen über ihm blieb sie stehen und sah ihn wortlos an. Sie trug einen dunklen Hidschab mit Blümchenmuster. Der Schleier bedeckte ihre Haare, den Hals und einen Teil der Stirn, so dass nur das wunderschöne Gesicht zu sehen war. Ihre schwarze Haut glitzerte wie mit Goldstaub überzogen. Im Blick der jungen Frau lag eine feierliche Traurigkeit, die Bruna an die schwarze Madonna von Tschenstoschau erinnerte. Die Tränen, die ihr über die Wangen liefen, glichen den Narben, die die Beile der Hussiten auf dem Gesicht der Jungfrau hinterlassen hatten. Yunus nahm die Stufen, die sie noch von ihm trennten, und trat zu ihr. Die junge Frau schlang ihm die Arme um den Hals und presste ihr Gesicht an seine Brust. Er schloss sie in die Arme und zog sie an sich.

Als sie sich aus seiner Umarmung löste, standen sie ein paar Minuten lang da und sprachen miteinander. Von ihrem Standort am Fuß der Treppe aus konnte Bruna nicht hören, was sie sagten. Die junge Frau wirkte aufgeregt, sie gestikulierte, fasste sich an die Wangen, fuhr sich mit den Händen über den Schleier. Er hörte zu, schüttelte häufig den Kopf und ballte die Hände zur Faust. Hin und wieder murmelte er etwas zwischen den Zähnen. So ging es eine Weile, bis die junge Frau bemerkte, dass Bruna sie anstarrte. Sie fasste Yunus am Arm und zog ihn in die Bibliothek im ersten Stock. Als er sich kurz umdrehte, erhaschte Yunus einen Blick auf Bruna unten an der Treppe, aber er blieb nicht stehen oder ging zu ihr, um ihr eine Erklärung zu geben. Bruna sah den beiden hinterher, bis sie in dem Labyrinth von Regalen verschwunden waren.

Am folgenden Vormittag kam Yunus erst in den Kurs, als der Unterricht schon begonnen hatte. Bruna hatte gerade einen Artikel eines amerikanischen Politologen über die Integration der Muslime in Europa vorgelesen. Im Kurs war eine Diskussion über den Laizismus der französischen Republik und das Verbot von Schleiern an den Schulen im Gang.

»Wenn ein Land religiöse Minderheiten diskriminiert, klammern sich Leute, die nicht besonders religiös sind, erst recht an ihren Glauben. Nicht der Multikulturalismus, sondern der Assimilationsdruck, der in einigen westlichen Ländern herrscht, treibt religiöse Minderheiten in die Radikalisierung«, hatte ein Student den Artikel kommentiert.

»Das sehe ich anders«, erwiderte ein zweiter. »In den letzten Jahren haben wir Hunderttausende von Einwanderern und Flüchtlingen ins Land gelassen, sehr viele aus muslimischen Ländern.

Wir haben ihnen gestattet, die Gebote ihrer Religion zu befolgen, ihre Moscheen zu errichten und sich nach ihren Sitten zu kleiden und zu beten, ohne je zu verlangen, dass sie sich an unsere Regeln und unseren Lebensstil anpassen. Das war ein Fehler. Die Muslime sind nicht in der Lage, sich zu integrieren, weil ihre Religion theokratisch ist und die Trennung von Kirche und Staat nicht anerkennt. Aber diese ist der Grundpfeiler zivilisierter Gesellschaften wie der unseren.« Daraufhin brach ein Stimmengewirr los. Viele im Kurs hoben die Hand, um zu widersprechen. »Der Multikulturalismus hat diese Einwanderer daran gehindert, sich zu integrieren, und nach den Terroranschlägen der vergangenen Monate kann jeder sehen, wohin das führt«, schloss der Student.

In der Regel liebte Yunus solche Diskussionen, an diesem Tag jedoch setzte er sich ans hintere Ende des Kursraums, klappte seinen Computer auf und starrte für den Rest des Unterrichts auf den Bildschirm. Bruna versuchte mehrmals, seinen Blick aufzufangen, aber er wandte die Augen nicht von seinem Laptop, außer um die Nachrichten auf dem Handy zu kontrollieren. Schließlich rief Bruna ihn auf, eine Frage zur Theorie vom Kampf der Kulturen zu beantworten.

»Was bedeutet *Revanche de Dieu*? Warum wohnen wir einem Wiedererstarken des Religiösen bei?«

Yunus sah von seinem Computer auf und warf ihr einen fragenden Blick zu. Er hatte nicht ein Wort von dem gehört, was sie gesagt hatte. Bruna riss der Geduldsfaden. Bei jedem anderen Studenten hätte sie ihre Frage zweifellos wiederholt, aber in diesem Fall beschloss sie, einer jungen Frau das Wort zu erteilen, die in Yunus' Nähe saß und bereits die Hand gehoben hatte, um zu antworten.

»Die Menschen fühlen sich aufgrund der Globalisierung und der Migrationsströme entwurzelt. Sie kommen mit Völkern in

Kontakt, deren Religion, Sprache und kulturelle Traditionen sich von ihren unterscheiden, und da fühlen sie sich verloren. Das ist der Grund dafür, dass sie sich auf die Suche nach neuen Orientierungsmöglichkeiten machen, einer stabilen Gemeinschaft, der sie angehören können, nach Leitwerten, die ihnen ein neues Ziel im Leben vermitteln. Erst so entdecken sie ihre religiöse Identität wieder. Deshalb sind die neuen Generationen auch religiöser als die davor. Die Religion ist als Einzige imstande, die Grundfragen des Menschen zu beantworten: Wer bin ich? Zu welcher Gruppe gehöre ich? Wer ist wie ich? Wer ist anders als ich? Wer ist mein Feind?«

Am Ende der Stunde packte Bruna hastig ihre Bücher zusammen und verließ den Raum, ohne die Tafel abzuwischen, wie sie es sonst aus Rücksicht gegenüber dem Kollegen machte, der in der folgenden Stunde dort unterrichtete. Einige Studenten folgten ihr, weil sie Fragen bezüglich der Prüfung zur Mitte des Semesters hatten, und schoben sich mit ihr in den Aufzug. Dann verließ Bruna eilig das Gebäude. Es war Anfang Oktober, und die Luft schien an diesem Tag zum ersten Mal seit dem Ende des Sommers rauer. Vom Meer war ein kühler Wind aufgekommen, und der Himmel hatte den leichten Dunstschleier verloren, der ihm seit Monaten ein freundliches Blau verliehen hatte. Bruna winkte ein Taxi herbei und stieg ein. Dann knallte sie die Tür zu und ließ sich in den Rücksitz sinken. Sie hätte am liebsten geweint.

Als sie nach Hause kam, sagte sie nicht einmal hallo zu Frank, der sie wie jedes Mal mit einem Lächeln und der üblichen Litanei nutzloser Informationen empfing: Toms Hemden seien aus der Wäscherei zurück, und wegen der halbjährlichen Reinigung der Rohrleitungen werde am folgenden Tag im ganzen Haus das Wasser abgesperrt. Bruna fuhr mit dem Aufzug nach oben, zog sich die Schuhe aus und warf die Tasche mit ihren Büchern auf den

Boden. Es drängte sie, sich auszuziehen, wie sie es jeden Nachmittag tat, wenn sie auf Yunus wartete, aber sie bremste sich.

Wie hatte sie daran denken können, eine Beziehung zu einem Mann zu unterhalten, der über zwanzig Jahre jünger war als sie? Wie hatte sie sich vormachen können, dass er sie nicht sattbekommen würde? Wie hatte sie sich erlauben können, solche Teenagergefühle zu empfinden, die ihre Tochter Minerva vermutlich besser zu zügeln gewusst hätte als sie?

***

Einige Minuten nach ihrer Rückkehr hörte Bruna, wie es an der Tür klingelte. Sie ging öffnen, in der Annahme, es sei Frank, der ihr die tagsüber angekommenen Pakete hochbringen wollte. Stattdessen sah sie sich Yunus gegenüber. Instinktiv versuchte sie, die Tür zuzudrücken, doch ihm gelang es, die Hand dazwischenzuschieben.

»Es tut mir leid«, sagte er und sah zu Boden. »Ich bin ungerecht gewesen.«

»Sag lieber nichts mehr. Es ist besser so. Diese Geschichte war von Anfang an ein Fehler. Du schuldest mir keine Erklärung.« Aber ihre Augen sagten etwas anderes.

»Lass mich rein, Bruna, ich muss mit dir reden.«

Da entschloss sie sich, ihn eintreten zu lassen. Ihre Nachbarin war gerade aus der Wohnung gekommen und sah neugierig herüber. Sicher war es besser, eine unangenehme Szene zu vermeiden.

»Ich bin nicht hier, um dir zu sagen, dass wir uns nicht mehr sehen können, falls du das glaubst. Ich wollte mich bei dir entschuldigen. Ich habe ein paar schwierige Tage hinter mir, ich musste verschiedene Probleme lösen, aber jetzt wird alles wieder wie vorher. Ich will, dass wir uns weiter sehen. Ich habe mich schon lange mit niemandem mehr so wohlgefühlt.«

»Und wer war die junge Frau von gestern? Komm mir bloß nicht damit, dass sie nur eine Freundin ist.«

»Amaal und ich sind zusammen aufgewachsen. Wir waren auf derselben Highschool in der Bronx. Während der Schulzeit war ich ziemlich verliebt in sie, aber sie sah in mir nur einen Bruder. Amaal hat immer nur Mohammad geliebt. Sie waren auch einige Jahre lang zusammen, aber vor kurzem hat er sich aus unerfindlichen Gründen von ihr getrennt. Sie ist noch nicht darüber hinweg.«

»Und jetzt hat sie beschlossen, sich mit dir zu trösten?«, fragte Bruna aufgebracht.

»Nein, überhaupt nicht, sie wollte bloß mit mir über Mohammad reden, sie macht sich Sorgen um ihn.«

»Was weiß sie von uns? So wie sie dich gestern von mir fortgezogen hat, schien sie genau zu wissen, in welchem Verhältnis wir stehen.«

»Amaal billigt unsere Beziehung nicht, wenn du das meinst. Sie hält sie für einen großen Fehler.«

»Weil ich keine Muslima bin? Oder weil ich viel älter bin als du?«

»Weil du verheiratet bist, und eine verheiratete Frau zu lieben ist gegen unsere Religion.«

»Lieben?«, fragte sie leise.

»Ja, lieben. Ich habe mich in dich verliebt, und mir ist egal, ob du verheiratet bist oder älter als ich. Mir ist sogar egal, dass du keine Muslima bist. Ich liebe dich, Bruna.«

Bis zu diesem Tag hatte sich Bruna nie gefragt, was sie für Yunus empfand. Gewiss, sie wollte mit ihm zusammen sein, aber sie hegte den Verdacht, dass dieser Wunsch mehr mit körperlicher

Lust zu tun hatte als mit einer tiefen Zuneigung. Manchmal, wenn sie ihn umarmte, spürte sie, wie gern sie ihn hatte, doch dieses Gefühl glich eher dem, was sie ihren Kindern gegenüber empfand, als der Liebe, die Tom in ihr ausgelöst hatte, als sie sich vor zwanzig Jahren kennenlernten. Bruna hatte von Anfang an gewusst, dass ihre Beziehung mit Yunus nicht von Dauer sein würde. Aber ihr hatte nicht gepasst, dass er als Erster auf Abstand gegangen war. In ihrer Vorstellung wäre es an ihr gewesen, ihm nach einigen Wochen mitzuteilen, dass es so nicht weitergehen könne, sie hätten eine gute Zeit miteinander gehabt, aber jetzt müsse jeder sein eigenes Leben weiterführen, Bruna mit ihrer Familie und an der Universität und Yunus mit seinen Altersgenossen und den Geboten seiner Religion.

Sie hatte nicht vorausgesehen, dass in dieser Geschichte Raum für Liebe sein könnte.

Liebe, sagte sie sich seit einiger Zeit immer wieder, ist nur die Vorstellung, die wir uns von einem anderen Menschen machen. Eine so verführerische wie haltlose Idee, ein Trugbild, das uns am Ende nur enttäuschen kann. Und ausgerechnet der Mensch, den wir lieben, zerstört letztlich diese Vorstellung, indem er offenbart, was daran nicht stimmt. Irgendwann sieht sich die Liebe der Wirklichkeit gegenüber. Und sosehr man auch darum kämpft, die Vorstellung hält der Realität nicht stand. Fast immer entdecken wir am Ende dieses Ringens, dass wir uns für den falschen Menschen entschieden haben.

Yunus ließ ihr keine Zeit, ihre Gedanken in Worte zu fassen. Er fing an, sie zu küssen, und riss ihr mit der üblichen Gier die Kleider vom Leib. Nicht einen Moment lang zog er die Möglichkeit in Betracht, dass Bruna seine Gefühle nicht erwidern könnte. Sie streifte ihren Slip ab, legte sich auf den Teppich und presste Yunus' Kopf zwischen ihre Beine. In diesem Moment sah sie sich außerstande, sich dieser Hitze zu entziehen. Was auch immer sie ihm über ihre Beziehung und ihre Gefühle zu sagen hatte, konnte warten.

Als Tom zwei Tage später von einem Kongress in Philadelphia zurückkam, ging Bruna ihm an der Wohnungstür entgegen und umarmte ihn zärtlich. Yunus' Worte hatten sie verwirrt, und sie hatte nun erstmals Schuldgefühle gegenüber ihrem Mann. An jenem Abend ergriff nach langer Zeit zum ersten Mal wieder sie die Initiative. Sie tastete im Dunkeln unter den Laken nach ihm, schlüpfte aus ihrem Nachthemd und schlang die Beine um ihn. Bruna nahm seit längerem kein Antikonzeptivum. Fünf Jahre zuvor hatte sie sich nach einer Bauchhöhlenschwangerschaft einen Eierstock entfernen lassen müssen. Die Gynäkologin hatte ihr erklärt, eine künftige Schwangerschaft sei damit sehr unwahrscheinlich. Und so hatte sie auch mit Yunus auf jeglichen Schutz verzichtet. Einen Monat danach stellte sie fest, dass sie schwanger war.

5.

Free Speech

Bruna schreckt aus dem Schlaf. Draußen erschüttert ein Presslufthammer den Asphalt. Der Abriss eines alten Gebäudes weiter hinten in der Straße hat begonnen. Ein Bagger gräbt sich durch die rote Backsteinfassade. Die Wasserspeier, zwei Löwen, harren resigniert ihres Schicksals. An den Wänden der ausgeweideten Wohnungen sieht man kleine Stücke Leben. Eine Pendeluhr, die niemand mitnehmen wollte, ein Tapetenmuster: Blumen, die in all den Jahren offenbar nicht gewelkt sind. Ein weiteres Stück Stadt, das verschwindet. Genauso wie der Schreibwarenladen, der Schuhmacher und der kleine Diner an der Ecke. Am Ende des Sommers waren sie noch da, und jetzt bleibt davon nichts als Staub. *»All that is solid melts into air«*, wie Marshall Berman gesagt hätte, der Professor, den sie während der Arbeit an ihrer Dissertation am meisten geliebt hat. »Das ist die Moderne.«

Anstelle des Alten wird ein Wolkenkratzer hochgezogen werden. *Luxusresidenzen* wird auf dem Schild stehen. Ein weiteres Haus, das zum Leerstehen bestimmt ist. Ein weiteres Pharaonengrab, in dem der Pharao sich weigert zu bleiben. Die Millionäre kaufen diese Wohnungen als reine Investition. Sie verbringen dort nur wenige Wochen im Jahr, zwischen einer Reise und der nächsten. »Das schreibt schon Dostojewski in seinen *Aufzeichnungen aus dem Kellerloch*: Der Mensch liebt es, Häuser zu errichten, darin wohnen möchte er jedoch nicht« – auch dies hätte Marshall gesagt, wenn er noch am Leben wäre. Die Upper East Side ist genau das geworden, ein Millionärsviertel, in dem keine Millionäre wohnen wollen. In wenigen Jahren wird es ein Geisterviertel sein. Leere Wolkenkratzer, Bankfilialen, Schönheitskliniken und noch mehr Bankfilialen. Keine Bäckerei, kein Blumenladen, kein Café, in dem sich die Menschen treffen könnten. Die Upper East Side ist für gewöhnliche Leute zu teuer. Und sie hat darüber hinaus auch keine Seele mehr, wegen der gewöhnliche Leute dort gerne wohnen würden. »Die Moderne verspricht uns Abenteuer, Macht, Genuss und Wachstum, tiefgreifende Veränderungen unserer selbst und der Welt, aber gleichzeitig droht sie, alles zu zerstören, was wir haben, was wir wissen und was wir sind«, spricht Marshall in ihrem Kopf weiter. Doch sie hat das Bedürfnis nach einem festen Halt, der sich nicht in Luft auflöst, nach etwas Stabilem, das allen Turbulenzen, allem Entgleisen widersteht, etwas, das die Zerstörung überlebt.

Bruna sieht auf die Uhr. Es ist spät, schon nach acht. In der Wohnung regt sich nichts. Alle sind schon aus dem Haus. Anscheinend hat Tom für einmal das Frühstück zubereitet und Mario zur Schule gebracht. Außerdem hat er ihr einen Zettel auf den Nachttisch gelegt.

Tut mir leid wegen gestern Abend.

Bruna kann es nicht leiden, wenn Tom ein schlechtes Gewissen hat. Dieses Gefühl bekommt er von allen am besten hin, vielleicht ist es das Erste und Einzige, das er wirklich gelernt hat, gewiss jedenfalls das, indem er am meisten Übung hat.

Gestern Abend. Bruna hat jetzt keine Zeit, darüber nachzudenken. Sie muss aufstehen. Es ist zu spät, um ihren Kurs abzusagen. Die Studenten warten auf sie. Hastig zieht sie sich an, packt ihre Bücher zusammen und verlässt das Haus. Keine fünf Minuten später ist sie wieder da, um sich zu übergeben. Dann geht sie ein zweites Mal aus dem Haus, und die kühle Morgenluft beruhigt den Tümpel aus Säure in ihrem Magen. Auf der Straße wartet ein Grüppchen Hispanics darauf, als Tagelöhner angeheuert zu werden. Sie sitzen still auf dem Gehsteig, die Beine übergeschlagen. Wie Schüler in Erwartung ihres Lehrers. Als sich Bruna hektisch nach einem Taxi umsieht, fällt ihr Blick auf eine Chinesin, die im Mülleimer wühlt. Sie begegnet ihr nicht zum ersten Mal. Die Frau hat einen Hut, wie ihn die Unkrautjäterinnen auf den Reisfeldern tragen, tief ins Gesicht gezogen. Sie sucht zwischen den Abfällen leere Dosen. Fünf Cents für jede recycelte Dose. Die Frau steckt sie alle in einen großen, durchsichtigen Plastiksack, den sie mühsam hinter sich herzieht. Erst als sie an ihr vorbeischlurft, bemerkt Bruna das neugeborene Kind, das an ihrer Brust schläft.

Um diese Uhrzeit gibt es keine freien Taxis. Bis zur U-Bahn sind es zwanzig Minuten zu Fuß. Bruna beschließt, den Autobus zu nehmen. Wenige Minuten später kommt der M15. Zum Glück ist es die Expresslinie. Bruna steigt ein und drängt sich zwischen den Passagieren hindurch. Ein junger Kerl überlässt ihr seinen Sitz. Sie muss schrecklich aussehen. Der Junge denkt wahrscheinlich, sie sei krank.

Es ist viel Verkehr. Die Arbeiten für die neue U-Bahn-Linie befinden sich in der Endphase. Der Fahrer sagt die nächste Haltestelle durch. »Alles dicht hier«, sagt er. »Aber Sie werden sehen, wenn erst die Mauer steht, sind nicht mehr so viele Leute unterwegs.«

Einer der Fahrgäste feixt. Ein paar andere reagieren aufgebracht. Die meisten Mitreisenden sind weiß. Ein Herr hispanischer Herkunft verlässt den Bus. Eine junge Frau mit Hidschab setzt sich neben Bruna.

»Warum legen Sie nicht diesen Scheißschleier ab?«, platzt ein alter Mann heraus. »Herrgott, wir sind hier in den Vereinigten Staaten von Amerika!«, fügt er gestikulierend hinzu.

»Ich bin Amerikanerin«, erwidert die junge Frau und steht auf. »Das ist auch mein Land, und der Schleier ist ein Teil von mir!«

Jemand applaudiert, andere Mitreisende hingegen rufen: *»Build that wall!«* Dann steigt auch die junge Frau mit gesenktem Blick aus dem Bus, nur einen Augenblick bevor sich die Türen schließen.

Bruna schüttelt den Kopf. Sie erkennt ihre Stadt nicht mehr wieder. Oder vielleicht war es hier schon immer so, nur sie hat es nicht gemerkt.

Eine andere junge Frau nimmt neben ihr Platz. Sie atmet schwer. Sie hat den Bus gerade noch erwischt. Kaum hat sie sich hingesetzt, checkt sie die Nachrichten auf ihrem Handy. »Bin zu spät zur Arbeit«, schreibt sie an einen gewissen Jim. »Hab die ganze Nacht nicht geschlafen, um die verdammte Wahl zu verfolgen. Wann ist noch mal dein Flug? Wir sehen uns heute Abend. Ich liebe dich.«

Bruna würde gerne weiterlesen, doch da wird ihr wieder schlecht, und sie sieht weg. Auf einmal fängt das Telefon der jungen Frau zu klingeln an, mit der Melodie von *Sweet Home Alabama.* Es ist ein Videotelefonat. Auf dem Bildschirm erscheint das Wort *Mom*, dazu das aufgedunsene Gesicht einer blonden Frau in mittlerem Alter.

»Ich kann jetzt echt nicht mit dir reden, Mom«, sagt die junge Frau mit einem starken Südstaatenakzent.

»Du hast uns seit Wochen nicht angerufen und warst seit Monaten nicht mehr hier. Dein Vater und ich machen uns große Sorgen. Die ganze Familie fragt immer wieder nach dir. Stell dir vor, Reverend Philstone hat bei der Mittwochsmesse ein Gebet für dich gesprochen.«

»Ich möchte gerade lieber keinen aus der Verwandtschaft sehen, vor allem nach dem, was gestern Abend passiert ist. Und auf die Gebete von Reverend Philstone kann ich verzichten.«

»Aber Schatz, du darfst nicht zulassen, dass dich die Politik von deiner Familie und deiner Heimatstadt trennt. Du musst Gott vertrauen, es ist doch wohl am besten so. Du wirst sehen, dieser Präsident wird ein Segen für unser Land.«

»Red bitte leiser, Mom. Ich bin im Bus. Ich wollte ja heute Morgen zu Fuß gehen, aber ich bin spät dran.«

»Du wirst sehen, *sweetheart*, jetzt kann alles nur besser werden. Jetzt kommt alles in Ordnung. Dir wird nichts Schlimmes passieren.«

»Natürlich wird mir nichts Schlimmes passieren, Mom. Ich bin weiß, Amerikanerin, mit Collegeabschluss und heterosexuell. Was soll mir da schon passieren? Ich mache mir keine Sorgen um mich, sondern um andere Leute, ich mache mir Sorgen um Jim.«

»Ich verstehe ja, dass du wütend bist. Das ging mir in den letzten acht Jahren auch so. Na ja, aber ich habe dich nicht angerufen, um über solche Sachen zu reden, ich wollte nur wissen, ob du zu Thanksgiving nach Montgomery kommst. Wir sind alle bei Tante Martha eingeladen.«

»Nein, Mom. Ihr braucht zu Thanksgiving nicht mit mir zu rechnen, und zu Weihnachten auch nicht. Ich kann nicht mit euch vor dem Truthahn sitzen, wenn ich weiß, was die Familie über mich und Jim denkt.«

»Aber Süße, du musst uns Zeit lassen, uns dran zu gewöhnen. Für uns war das mit Jim ein Riesenschock. Und dass du dich in den letzten Monaten so gar nicht um uns gekümmert hast, war wirklich hart für uns. Weißt du, was es für eine Mutter bedeutet, die eigene Tochter nicht sehen zu dürfen? Mein Glaube lehrt mich, dass ich vergeben muss, und ich möchte mich auch wirklich darum bemühen. Dass du so weit weg bist, bringt uns um.«

»Heißt das, Jim ist an Thanksgiving bei Tante Martha ebenfalls willkommen?«

»Das darfst du mich nicht bitten, Sally. Ich liebe dich, ich würde mein Leben für dich geben, aber das darfst du mich nicht bitten.«

Damit endet das Videotelefonat. Die junge Frau legt auf und steckt ihr Handy in die Tasche. Beim Aufstehen wirft sie Bruna einen Blick zu, als sähe sie sie zum ersten Mal, dann steigt sie aus.

Auch Bruna steigt aus dem Bus. Sie hat das Gefühl, sich gleich wieder übergeben zu müssen.

***

Nach etwa einer halben Stunde zu Fuß erreicht Bruna die Universität. Schon von weitem sieht sie eine große Menschenmenge, die sich um den Eingang drängt. Da stehen auch die Minivans der Fernsehsender mit ihren Parabolantennen auf dem Dach. Eine Journalistin ist gerade live auf Sendung. Es hat angefangen zu regnen, und jemand aus ihrer Crew hält einen durchsichtigen Regenschirm über sie. Bruna sieht sich um. Sie hofft, irgendein bekanntes Gesicht zu entdecken, jemanden, der ihr erklären kann, was hier los ist. Einen Moment lang denkt sie, der ganze Aufruhr hätte mit Yunus zu tun. Aber dessen Reise in den Dschihad ist schon wieder Schnee von gestern. Heute ist der erste Tag einer neuen Ära.

Die jungen Leute vor dem Eingang tragen Plakate mit Slogans wie *»Free speech!«* und *»Respect the first amendment!«*. Ein zweiter Zug von Studenten hat sich am Ende der Straße versammelt und rückt nun bedrohlich auf die erste Gruppe zu. Die Polizei geht dazwischen und versucht, die beiden Gruppen zu trennen. An der Spitze des zweiten Zugs erkennt Bruna Ricardo, den Studenten mexikanischer Herkunft und Anführer der *Dreamers*, der jungen Leute, die noch als Minderjährige illegal ins Land gekommen sind. Und da ist auch Yunus' Freundin Amaal. Sie hat die Faust erhoben und schreit mit den anderen: *»No KKK, no fascist USA!«*

Plötzlich fährt eine schwarze Limousine am Eingang vor. Ein Mann steigt aus, eskortiert von der Polizei. Die *Free-speech*-Demonstranten teilen sich in zwei Reihen, um ihn passieren zu lassen. Der Zug mit Ricardo und Amaal schreit noch lauter und drängt auf den Polizeikordon zu. Bruna erkennt den Mann in dem dunklen Anzug, es ist der politische Kommentator Richard Whitestone. Bruna erinnert sich an eine E-Mail, in der angekündigt wurde, dass er an der Universität eine Rede halten würde. Eingeladen hat ihn eine Vereinigung konservativer Studenten. Aber Bruna dachte, Whitestones Besuch sei wegen der Proteste abgesagt worden. Wieso ist er dann hier? Als Whitestone zwischen seinen Unterstützern hindurchgeht, fangen die Demonstranten am Ende der Straße an, Gegenstände zu werfen. Ein paar ziehen sich Kapuzen über und attackieren die Polizisten. Die antworten mit Gummigeschossen. Ein Student mit vermummtem Gesicht schleudert ein Absperrgitter gegen die Polizisten, ein anderer wirft einen Molotow-Cocktail gegen das Schaufenster einer Buchhandlung, das dabei zu Bruch geht. Die Polizisten antworten mit Tränengas. Von der Universitätsallee steigt dichter, beißender Rauch auf. Die Luft wird sofort unerträglich stickig. Die beiden Demonstrantengruppen prallen aufeinander. Tritte, Fausthiebe, Messerklingen.

Bruna läuft verängstigt in die Third Avenue und versucht, sich in ein Pub zu flüchten. Das Lokal hat noch geschlossen, ein Afroamerikaner macht gerade sauber. Bruna klopft gegen die gläserne Eingangstür. »Lassen Sie mich bitte rein«, ruft sie. »Ich bin schwanger!« Der Mann öffnet die Tür, bietet ihr einen Tisch an, bringt ihr ein Glas Wasser. Bruna lässt sich auf einen Stuhl sinken.

Der Fernseher läuft. NY1 überträgt live von der Universität. Bruna erkennt die Journalistin mit dem Regenschirm wieder, sie steht inzwischen nicht mehr vor dem Haupteingang, sondern hat sich in eine Seitenstraße zurückgezogen.

»Bei der Ankunft des Politikkommentators Richard Whitestone, seinerzeit Mitglied im Stab von Präsident Nixon, am New York College ist es heute zu Protesten und gewaltsamen Auseinandersetzungen gekommen. Whitestone, ein langjähriger Holocaustleugner, ist berüchtigt für seine verschwörungstheoretischen Behauptungen und als Verfechter von Theorien, nach denen Schwarze und Latinos über einen geringeren Intelligenzquotienten verfügen als Weiße. Sein Besuch, der trotz der Proteste von Studenten und Professoren seit längerem geplant war, ereignet sich an einem besonders schweren Tag für das New York College. In der vergangenen Nacht haben sich Unbekannte Zutritt zum Campus verschafft und die Scheiben des Departments für Islamische Studien eingeschlagen, und heute Morgen wurden auf den Toiletten islamophobe Schmierereien gefunden. Die Universität stand schon unter Schock, seit gestern bekannt geworden war, dass einer der Studenten sich dem IS angeschlossen hat.«

Während die Journalistin spricht, taucht hinter ihr eine Gruppe junger Leute auf, die von der Polizei verfolgt werden. Auf ihrer Flucht rennen sie die Frau über den Haufen. Die Liveübertragung wird unterbrochen. Der Journalist im Studio sorgt sich um das Wohlergehen seiner Kollegin und bittet die Regie, die Verbindung wiederherzustellen. Bruna ist fassungslos. So etwas hat sie noch nie gesehen. Man hört das Rattern der Hubschrauber, die über dem Universitätsviertel kreisen. Feuerwehr- und Polizeiautos kommen mit heulenden Sirenen angefahren. Unterdessen sendet NY1 ein Interview, das vor Whitestones Eintreffen mit dem Rektor der Universität geführt wurde.

»Bekanntlich hat der Club konservativer Studenten am New York College Richard Whitestone bereits vor Monaten eingeladen, eine Rede über die Lage der Demokratie in Amerika zu halten. Mr. Whitestones Besuch gingen zahlreiche Proteste voraus und wurde mir, wie ich betonen möchte, erst gestern am späten Abend bestätigt. Ich möchte betonen, dass sein Vortrag von unserer Universität weder unterstützt noch finanziert wird und dass das New York College die Ansichten Mr. Whitestones nicht teilt. Nichtsdestoweniger haben wir Mr. Whitestone die Erlaubnis erteilt, seine Rede zu halten. Die konservativen Studenten haben das Recht, den Vortrag ihres Gastes zu hören, so wie die anderen Studenten das Recht haben, sich in friedlicher Weise dagegen auszusprechen. Keiner von ihnen darf die Redefreiheit exklusiv für sich beanspruchen.«

Unmittelbar danach wird die Aussage eines der Demonstranten gesendet. Die Journalistin hat ihn kurz vor Ausbruch der gewaltsamen Auseinandersetzungen interviewt. Der junge Mann redet mit verhülltem Gesicht. Mit einer Hand hält er den Schal fest, der sein Gesicht verbirgt und nur die Augen freilässt. Er hat asiatische Züge und dunkle Haut.

»Was geht hier vor sich?«, fragt die Journalistin.

»Wir demonstrieren gegen einen Faschisten. Faschisten darf man keine Redefreiheit zugestehen. Das ist nicht *free speech*, das ist *hate speech.* Whitestone ist ein Vertreter der *white supremacy*, jemandem wie ihm darf man keine Bühne geben.«

»Finden Sie, die Universität hätte sich gegen seinen Besuch stellen sollen?«

»Ja, man hätte das verhindern müssen. Mir ist klar, dass sich der Rektor in einer Zwickmühle befand. Auf der einen Seite das *First Amendment* und die Redefreiheit, auf der anderen ein Mann, der die Überlegenheit der weißen Rasse vertritt. Aber der Rektor hat die falsche Wahl getroffen. Faschisten dürfen keine Redefreiheit genießen.«

In der Ferne ist ein Knall zu hören.

»Was halten Sie von der Gewalt, die einige Demonstranten in diesem Moment gegen die Polizisten und die universitären Einrichtungen ausüben?«, fragt die Journalistin und muss dabei fast schon ins Mikrophon schreien.

»Die Gewalt ist gerechtfertigt durch die Verbitterung derer, die Tag für Tag wegen ihrer Hautfarbe, ihrer Religionszugehörigkeit oder ihrer sexuellen Orientierung Opfer von Diskriminierung sind. Wie allgemein bekannt, befinden sich an dieser Universität viele Studenten ohne Aufenthaltserlaubnis. Whitestone fordert, dass die Bundesregierung Universitäten, die sich auf die Seite sogenannter illegaler Studenten stellen, jegliche Finanzierung entziehen soll. Der Rektor hätte voraussehen müssen, dass Whitestones Auftritt zu Unruhen führen würde. Allein an diesem College haben wir vierhundert *Dreamers.*«

Bruna stützt den Kopf in die Hände. Der Mann, der sie ins Lokal gelassen hat, stellt ihr eine Tasse Tee hin. Sie schüttet ein Päckchen Zucker hinein und rührt mit dem Löffelchen darin.

»Warum?«, fragt sie mit gebrochener Stimme.

»Dunkelheit kann Dunkelheit nicht vertreiben, das kann nur Licht. Hass kann Hass nicht vertreiben, das kann nur Liebe«, antwortet er. Dann kehrt er hinter den Tresen zurück, um die letzten Bierkrüge abzutrocknen.

Bruna verfolgt die Auseinandersetzungen weiter im Fernsehen. Die Studenten, die einander heute bekriegen, waren bis gestern Kommilitonen. Sie haben sich über Kurse unterhalten, über Prüfungen, die sie vorzubereiten hatten, darüber, was sie sich für einen Job wünschten, wenn sie mit dem Studium fertig wären. Heute ersticken diese Gespräche im dichten, beißenden Rauch.

Wer bin ich? Wer ist wie ich? Wer ist anders als ich? Wer ist mein Feind?

Wir können keine wahren Freunde sein, wenn es keine wahren Feinde gibt.

Der Feind schafft Identität.

Auch Bruna hat ein Leben voller Konflikte geführt. Mit den Schwiegereltern, die ihr Tom und die Kinder wegnehmen wollten, mit Susan Lynch, die glaubt, Kinder würden einem die Karriere kaputt machen, mit den italienischen Verwandten, die denken, Marios Wünsche seien gegen die Natur. In all den Jahren hat Bruna immer geglaubt, auf der richtigen Seite zu stehen. Doch auch die anderen waren überzeugt, sie hätten recht. Und ebenso Agnese, Professor Cohen, der italoamerikanische Student, der Anwalt aus ihrem Haus. Mit keinem von ihnen hat Bruna noch einmal gesprochen. Alle sind in diese Logik verwickelt, geht ihr jetzt durch den Sinn. Jeder umgibt sich mit Leuten, die die eigenen Vorstellungen teilen. Und so gibt man sich der Illusion hin, stets auf der richtigen Seite der Geschichte zu stehen.

»Wie viele Konservative kennst du, Bruna?«, hat Michael sie einmal gefragt, ein ehemaliger Student, der hin und wieder in der Fakultät vorbeikommt, um sie zu besuchen.

»Keine Ahnung, darüber habe ich nie nachgedacht. Vielleicht zwanzig oder dreißig. Die Hälfte davon sind allerdings Toms Verwandte«, hat sie lachend geantwortet.

»Mit wie vielen von ihnen warst du in den letzten fünf Jahren einen Kaffee trinken?«

»Mit keinem außer dir.«

Michael war ein brillanter Kopf, vielleicht einer der besten Studenten, die Bruna jemals gehabt hatte. Aber er war auch zutiefst konservativ. Einer, der den Klimawandel leugnete. Der starke und äußerst dubiose Politiker schätzte. Aber auch ein Hispanic, der Sohn von Einwanderern aus Ecuador und, wie Bruna seit Jahren vermutete, homosexuell.

»Was denkst du über Konservative ganz allgemein?«, hatte Michael weitergefragt.

»Ich halte sie für bigott, rassistisch und ignorant … Alle bis auf dich, versteht sich.«

»Und was denken die Konservativen über Leute wie dich?«

»Das müsstest du mir sagen.«

»Sie halten euch für snobistisch, elitär, arrogant, gottlos und unpatriotisch … Und denken, sie seien moralisch überlegen … Allen bis auf dich, versteht sich.« Bruna lachte, aber Michael blieb ernst. »Das ist ein Nullsummenspiel, Bruna. Ein Krieg zwischen zwei verfeindeten Stämmen. Denkweisen, die es nicht schaffen, zu koexistieren. Und dieser Mangel an Vermittlung führt uns in die gegenseitige Zerstörung.« Michaels Hand war bandagiert. Vor ein paar Tagen war er beim Verlassen einer Bar angegriffen worden, weil er ein T-Shirt mit der Aufschrift *Reagan for president* trug.

Michael hatte recht. Hass wird mit Hass erwidert, Dunkelheit mit Dunkelheit. Wenn jemand dich schlägt, schlag härter zurück. Wenn jemand dich erschreckt, mach ihm ebenfalls Angst. Wenn jemand dich nicht versteht oder du ihn nicht, tilg ihn aus deinem Leben.

Sally gegen ihre Mutter. Ihre Mutter gegen Jim. Der alte Mann im Bus gegen die junge Muslima. Der Fahrer gegen die Mexikaner. Der Student mit dem vermummten Gesicht gegen den Rektor. Alt gegen Jung. Kinder gegen Eltern. Menschen vom Land gegen Menschen aus der Stadt. Leute mit Studium gegen Leute ohne Studium. Populisten gegen Intellektuelle. Atheisten gegen Gläubige. Kreationisten gegen Evolutionisten. Christen gegen Muslime. Rote Staaten gegen blaue Staaten. Nord gegen Süd. Arm gegen Reich. Weiß gegen Nicht-Weiß. Heterosexuelle Familien gegen homosexuelle Familien. Cisgender gegen Transgender. Männer gegen Frauen.

Dann denkt Bruna an Yunus, der ein Leben lang *gegen* gelebt hat und beim Versuch, dem allen zu entfliehen, womöglich im Bauch des Wals gelandet ist, unter drei Schichten von Dunkelheit, genau wie der Prophet.

***

Als Tom in der Praxis eintrifft, sitzen schon zwei Patienten im Wartezimmer. Mario hat auf dem Weg zur Schule Sperenzchen gemacht, gesagt, er wolle da nicht mehr hin. Tom hat ihn gefragt, warum, aber Mario hat sich geweigert zu antworten.

Willa kommt ihm entgegen, um ihm von den morgendlichen Anrufen zu berichten.

»Die Versicherung von Mrs. Kim weigert sich, die Kosten für die Schilddrüsenbiopsie zu übernehmen. Sie müssten wohl dort anrufen, um denen den Fall zu erklären. Dr. Tunner hat es schon zweimal versucht. Er möchte Sie wegen einer komplizierten Gynäkomastie sprechen, also kompliziert deswegen, weil die Brustveränderung bei seinem eigenen Sohn aufgetreten ist … Und dann hat noch Ihr Vater angerufen, Mr. Bene, er sagt, es sei dringend.«

Tom betritt sein Sprechzimmer und lässt sich in den Ledersessel sinken. Dann stützt er die Ellbogen auf den Schreibtisch und legt den Kopf zwischen die Hände. Bruna ist schwanger, und sie hatten einen schrecklichen Disput.

Es ist nicht das erste Mal, dass sie streiten, weil sie schwanger ist. Das war schon bei den ersten beiden Malen so und eben auch gestern Abend. Der Moment der Ankündigung bringt ihn jedes Mal aus der Fassung. Als Bruna ihm strahlend mitteilte, dass sie Minerva erwartete, und ihm die zwei blauen Striche auf dem Schwangerschaftstest unter die Nase hielt, wäre Tom fast in

Ohnmacht gefallen. Damit hatte er nicht gerechnet, darauf war er nicht vorbereitet.

»Was, ein Kind? So früh schon? Wir sind doch gerade erst nach New York gezogen! Wir können jetzt kein Kind kriegen, wir haben zu viel anderes, an das wir denken müssen. Meine Spezialisierung, deine Doktorarbeit, denk an deine Doktorarbeit! Und außerdem haben Paare mit Kindern keinen Sex, das weiß jeder.«

Dasselbe war passiert, als Bruna mit Mario schwanger war.

»Was, noch ein Kind? Wir können nicht ausgerechnet jetzt ein zweites Kind bekommen. Wir haben in den vergangenen zwei Jahren kaum schlafen können, Bruna! Und wie sollen wir mit zwei Kindern über die Runden kommen? Wir müssten umziehen. Was machen wir dann mit der Hypothek? Hast du an die Hypothek gedacht? Und außerdem, Bruna, wie lange hatten wir schon keinen Abend mehr zu zweit? Ich kann mich schon gar nicht mehr daran erinnern.«

All diese Vorwürfe, hatte ihm Dr. McDowell während einer ihrer vielen Sitzungen erklärt, gründeten auf einer einzigen großen Befürchtung, der Angst, Toms Vaterrolle würde letztlich mit seiner Rolle als Sohn kollidieren.

Als Bruna vor Jahren ein Eierstock entfernt werden musste, atmete Tom erleichtert auf. Sie war nun fast vierzig, das machte es ziemlich unwahrscheinlich, dass sie noch ein Kind bekommen würde. Und doch, nach all den Jahren, in denen er endlich in die Vaterrolle hineingewachsen war, während die Rolle als Sohn zunehmend einem abgelegten Kleidungsstück glich – jedenfalls versuchte er, sich das einzureden –, irgendwie bedauerte er die Aussicht, dass sie keine Kinder mehr bekommen würden. Wenn er zum dritten Mal Vater geworden wäre, sinnierte er, dann wäre alles anders verlaufen. Er stellte sich den Moment vor, in dem Bruna ihm sagte, dass sie wieder schwanger sei. Sie hätte natürlich Bedenken, nach den vorangegangenen Erfahrungen, er aber würde sie in den Arm nehmen und sie auf den Bauch küssen, und dann würden sie beide Mario und Minerva die Nachricht überbringen, und die Kinder würden sich abwechselnd Namen für das Geschwisterchen ausdenken, und diesmal würde er keinen einzigen Termin beim Gynäkologen verpassen und auch keinen Besuch beim Kinderarzt. Womöglich würde er die Geburt dieses Kindes selbst begleiten, zu Hause in der Badewanne, Minerva würde die Nabelschnur durchtrennen und Mario die Geburt mit dem Handy filmen, und seine Eltern würden im Wohnzimmer darauf anstoßen. Aber jetzt hatte Bruna nur noch einen Eierstock, und als sein Arzt ihnen eine Fruchtbarkeitsbehandlung vorgeschlagen hatte, hatte sie abgelehnt. Es würde kein drittes Kind geben und für Tom keine letzte Chance. Keiner würde wiedergutmachen, was er verpasst hatte.

Als Bruna ihm am Abend zuvor im Badezimmer gesagt hatte, sie sei wieder schwanger, hatte Tom es kaum glauben können. Er hatte sie an sich gezogen und war sogar ergriffen gewesen. Er hatte ihr gesagt, sie müsse sich keine Sorgen machen, denn diesmal würde alles anders werden. Er sei bereit, und auch seine Eltern würden sich diesmal freuen. Aber Bruna hatte sich auf den Boden sinken lassen und nur noch heftiger geweint. Tom hatte ihr hochgeholfen und sie zurück ins Schlafzimmer gebracht.

»In deinem Alter ein Kind zu bekommen ist nicht das Ende der Welt. Manche Frauen bekommen heutzutage das erste Kind mit zweiundvierzig. Ich werde dich unterstützen, und die Kinder werden ihren Teil beitragen. Ich bin glücklich, Bruna. D-das ist ein wundervolles Geschenk, d-d-das du mir m-machst!«, sagte er stotternd vor Rührung.

Doch Bruna hörte nicht auf zu weinen, sie versuchte, unter Schluchzen zu sprechen, doch der Rotz lief ihr in die Kehle, und sie musste immer wieder würgen. Sie übergab sich erneut, dann noch einmal, schließlich beruhigte sie sich.

Daran, was danach geschehen ist, kann sich Tom jetzt nur noch mit Mühe erinnern. Er versucht, es in Gedanken zusammenzufassen. Es gibt einen anderen Mann – nein, keinen Mann, er ist ein Junge, ein Student von ihr, ein Afroamerikaner, ein Muslim. Sie sehen sich seit ein paar Monaten, Bruna weiß nicht genau, wie es angefangen hat, oder, besser gesagt, sie weiß, wie, aber nicht, warum. Inzwischen ist er in den Nahen Osten gereist, nicht in den Nahen Osten, in den Irak. Nein, er ist kein Soldat, oder besser: Er ist ein Soldat, aber er kämpft nicht für die US-Army, er ist ein Dschihadist, ein Anhänger des IS, ein Kämpfer des Kalifats.

Bruna, seine Frau seit sechzehn Jahren, mit er seit fast zwanzig Jahren zusammen war, die Mutter seiner Kinder, eine Universitätsdozentin, das Rückgrat dieser Familie (wie Politiker im Wahlkampf von ihren Ehefrauen sagen), die Frau, deretwegen er seine Eltern nur zweimal im Jahr sieht und die ihm jahrelang Schuldgefühle eingeredet hat, weil er angeblich noch zu sehr in seiner Rolle als Sohn steckte, um Vater zu sein, und dabei hat sie ihm McDowells Meinungsartikel unter die Nase gehalten, den über Eltern, die einem das Leben zur Hölle machen, am besten würde man sie amputieren wie ein vom Wundbrand zerfressenes Glied. Ausgerechnet seine Frau Bruna, die er schon so lange kennt, geht seit zwei Monaten mit einem Dschihadisten ins Bett, einem Afroamerikaner, der zwanzig Jahre jünger ist als sie, und hat dabei mit Bedacht nicht die geringste Vorsicht walten lassen. Und so ist dieses Kind, dieses dritte Kind, das er sich insgeheim seit Jahren wünscht, das Kind, das seine Erlösung hätte sein sollen, ist dieses dritte Kind vielleicht gar nicht von ihm. Das Vielleicht können wir uns auch schenken. Bruna, diese Riesenschlampe von seiner Frau, hat in den letzten zwei Monaten höchstens viermal mit ihm geschlafen. Und jedes dieser Male, mit vielleicht einer Ausnahme, war das so lustvoll wie einer Neunzigjährigen einen Harnkatheter zu legen. Mit dem anderen Typen dagegen – dem Dschihadisten, dem Afroamerikaner, der zwanzig Jahre jünger ist und dem sie drüben im Irak die Eier in die Luft jagen sollen, so wie man damals den Negro's Head im East River gesprengt hat –, mit diesem anderen Typen hat die Riesenschlampe von seiner Frau es jeden Nachmittag nach der Uni getrieben, möglicherweise zwei- oder dreimal pro Nachmittag, wie man das mit zwanzigjährigen Liebhabern so macht, bei denen der Schwanz noch automatisch nachlädt. Und möglicherweise haben sie es in seinem Bett miteinander gemacht, auf den Laken, auf denen dann er abends schlief, den Kissen, auf denen er nach zwölf Stunden in der Praxis völlig erledigt einnickte. Nein, das nicht, er kannte seine Frau, in ihr Ehebett hätte sie ihn nie gelassen.

***

Tom denkt sofort an einen Vaterschaftstest. Bis zur Geburt des Kindes wartet er ganz sicher nicht, um herauszufinden, was es für eine Hautfarbe hat. Er könnte mit Max Goldberg reden, der versteht etwas von diesen Dingen. Sie werden den Gentest in seinem Labor durchführen, und Max wird niemandem davon erzählen, nicht nur weil er Arzt ist und sein Freund, sondern auch weil er selbst vor kurzem herausgefunden hat, dass er nicht der Sohn seines Vaters ist. Er hat einen von diesen Gentests gemacht, die neuerdings in Mode sind. Man spuckt im nüchternen Zustand drei- oder viermal in eine kleine Ampulle und erfährt, wo auf der Welt noch Leute leben, die eine ähnliche DNA aufweisen. Der ideale Test für Amerikaner, die seit Generationen in den USA leben und von ihrer Herkunft so gut wie nichts wissen. Auch Tom hat den Test schon gemacht, einfach aus Neugier. Er hat dabei erfahren, dass er zu 90 Prozent Italiener ist, zu 9,1 Prozent Araber und zu 0,9 Prozent Skandinavier. Keine Überraschung angesichts der sizilianischen und neapolitanischen Wurzeln seiner Familie. Max hingegen, der überzeugt war, zu 100 Prozent aschkenasischer Jude zu sein, und allenfalls damit gerechnet hatte, auch über ein paar Tropfen sephardisches Blut zu verfügen, stellte zu seiner Verblüffung fest, dass er zu 50 Prozent schottische DNA besaß. Max hat Tom die Geschichte bei einem Abendessen erzählt. Anfang der sechziger Jahre hatten sich seine Eltern an ebendas Krankenhaus gewandt, an dem Max dreißig Jahre später eine Stelle als Gynäkologe antreten sollte. Zu der Zeit gab es dort ein kleines Zentrum für Unfruchtbarkeitskuren, und was für welche! Ein junger schottischer Arzt, auch er Gynäkologe, spendete den Frauen mit den sterilen Ehemännern seinen Samen. Das hat Max von seiner Mutter erfahren, als er von ihr eine Erklärung für die dreiundzwanzig schottischen Chromosomen verlangte. Durch den Gentest hat Max außerdem herausgefunden, dass er acht Geschwister hat, die über die ganze Welt verteilt leben, alle vom selben schottischen Vater – seinem biologischen Vater. Der Mann, den Max als Vater kannte, derjenige, der ihn großgezogen hat, ist vor ein paar Jahren gestorben. Max wollte seinen Vater natürlich kennenlernen, und so hat er sich auf die Suche nach seinen Geschwistern gemacht, seiner neuen biologischen Familie, und gemeinsam haben sie den Gynäkologen und Samenspender kontaktiert. Der Bio-Papa ist heute fast achtzig Jahre alt und lebt in Colorado. Eigene Kinder hat er nicht großgezogen, auch seine Frau war unfruchtbar, und jetzt stehen auf einmal ganze acht vor ihm, allesamt erwachsen. Max ist der Einzige, mit dem Tom über Brunas Kind sprechen kann.

Am besten, er schreibt ihm eine Mail und bittet ihn um ein

Treffen gleich heute Abend nach der Arbeit. Bevor er mit Max gesprochen hat, fährt er nicht nach Hause. Und wenn das Kind von diesem zwanzig Jahre jüngeren afroamerikanischen Dschihadisten ist, schwört er sich, wird er überhaupt nicht mehr in Brunas Wohnung zurückkehren.

Als Tom sein E-Mail-Programm öffnet, stößt er zu seinem Erstaunen auf eine Mail von seiner Schwester. Er und Laura haben sich seit Jahren nicht mehr gesehen. Tom hat ihr nur einmal geschrieben, um die Einladung zur Taufe ihres Sohns abzulehnen. Hin und wieder hat er in all der Zeit an sie gedacht. In seiner Vorstellung saß sie in einem dunklen Zimmer, bei Kerzenlicht, genau wie in *Die Glasmenagerie.* Und während das Licht der Kerzen immer schummeriger wurde, rief sie ihn beim Namen und bat ihn zurückzukommen, so wie die Laura Wingfield von Tennessee Williams. Dieses Bild verstörte ihn, aber es gelang ihm stets, es aus seinem Gedächtnis zu verbannen, fast so, als löschte er persönlich die Kerzen, um Laura nicht hören zu müssen.

Tom fällt der Anruf seines Vaters wieder ein – ein völlig ungewohnter Vorfall, Sal meldet sich nie bei ihm –, und ihn beschleicht der Verdacht, der Anruf könne etwas mit Lauras Mail zu tun haben.

In den letzten Jahren war es immer Amanda gewesen, die ihn anrief. Sie stellte ihm kaum Fragen über sein Leben, in erster Linie über seine Arbeit, und erging sich dann in langen Monologen: Laura, der Junge, die schöne Villa in Florida, ein neues Buch, an dem sie schrieb. »Alle hier in Florida bewundern uns«, sagte sie häufig. Wenn sie müde wurde, holte Amanda dann Sal an den Apparat. Bei einem der letzten Male hatte sein Vater so getan, als wüsste er nicht, wer am anderen Ende der Leitung ist. Und als Tom sagte: »Papa, ich bin's!«, gab Sal vor, die Stimme des Sohnes nicht wiederzuerkennen.

»Wer, ›ich‹?«, fragte er, als hätte er wer weiß wie viele männliche Nachkommen.

»Na, ich, Tom, wer denn sonst?«

»Ach, du bist's, Tom, wir hören uns ja nie, ich weiß schon gar nicht mehr, wie deine Stimme klingt.«

Nun fragt sich Tom, ob er die Mail seiner Schwester öffnen soll oder nicht. Er hat weiß Gott andere Probleme, um die er sich kümmern muss. Aber beinahe als wollte er Bruna eins auswischen, die ihn jahrelang gedrängt hat, sich von seiner Familie zu distanzieren, beschließt er, die Mail doch zu lesen.

»Lieber Tom,

wie lange ist es her, dass wir nichts voneinander hören. Ich kann mich schon fast nicht mehr erinnern, wann wir zum letzten Mal miteinander gesprochen haben. Du hast keinen Kontakt zu mir aufgenommen und ich, wenn ich ehrlich sein soll, auch nicht zu dir. Aber keine Sorge, das wird jetzt nicht die typische Mail, mit der dir jemand ein schlechtes Gewissen machen will. Das ist nicht der Grund dafür, dass ich dir schreibe. Ich schreibe dir, weil ich wenigstens einmal versuchen möchte, offen mit dir zu reden. Wahrscheinlich haben Papa und Mama dir schon mitgeteilt, was hier vor sich geht. Und wahrscheinlich haben sie dich auch schon gebeten, mich umzustimmen. Aber das sage ich dir gleich, diesmal lasse ich mich darauf nicht ein. Diesmal entscheide ich über mein Leben. Ich erwarte nicht, dass du meine Entscheidung billigst. Ich bitte dich nur, dich herauszuhalten. Und ja, ich habe mich aus deiner Ehe auch nicht herausgehalten, sondern habe zusammen mit allen anderen versucht, dich umzustimmen, was Bruna betrifft. Und dabei bin ich auch geblieben, nachdem Minevra geboren war« – Laura weiß immer noch nicht, wie der Name seiner Tochter geschrieben wird, denkt Tom mit einem

Anflug von Ärger – »und als Mario auf die Welt kam, habe ich mich zusammen mit allen anderen in Angelegenheiten gemischt, die nur ihn etwas angehen und womöglich noch euch als seine Eltern, aber niemanden sonst.

Für all das, lieber Tom, bitte ich dich um Entschuldigung, und zwar aufrichtig – nicht wie damals, als ich mit Mama beim Forum war, um zu verstehen, warum ich unfähig war, den Richtigen zu finden, und mich überzeugen ließ, alle Menschen anzurufen, zu denen ich eine schwierige Beziehung hatte, und ihnen zu sagen, dass ich sie liebe, und außerdem sollte ich sie um Entschuldigung bitten, als wäre das alles wirklich so einfach. *Forgive and forget*, lautete beim Forum die Parole. Und ich war so dumm und habe dich angerufen und bei diesem jämmerlichen Anruf Entschuldigungen vorgetragen, die nicht von Herzen kamen, Punkt für Punkt nach dem Drehbuch, das man mir vorgelegt hatte. Dabei saß der Mensch, zu dem ich die schwierigste Beziehung überhaupt hatte, direkt neben mir. Sie hat die Nummer gewählt, sie hat mir eingeflüstert, was ich sagen soll, sie hat mir eingeredet, meine Beziehung zu dir habe sich wegen Bruna so verschlechtert. Und ich muss schon zugeben, ich war auf Bruna immer eifersüchtig. Ich habe sie um ihre Schönheit beneidet, aber noch mehr habe ich sie dafür gehasst – erst jetzt wird mir das klar –, dass sie so unabhängig war, dass sie ohne die Billigung anderer leben konnte, was man uns beiden, dir und mir, nie erlaubt hat. Aber Bruna, das weiß ich jetzt, war nicht das Problem. Ich gab ihr nur die Schuld an meinem Unglück, und Mama bestärkte mich darin. Tatsächlich, lieber Tom, hatte meine Beziehung zu dir gelitten und leidet noch heute, weil es nie eine direkte Beziehung gewesen ist. Immer stand Mama zwischen uns. Sie gab uns ein, was wir sagen sollten, sie plante, wann und wo wir uns sahen, und auch schon früher, als wir noch Kinder waren, hat sie immer den einen gegen die andere aufgehetzt, hat von dir verlangt, mich in diesem oder jenem umzustimmen, und umgekehrt war es genauso. Wir waren keine Geschwister, sondern die Handlanger unserer Mutter. Für dich, Tom, war ich während der Schulzeit eine schreckliche Last, und auch danach, als du auf die Universität gingst und Mama dich drängte, unter deinen Kollegen einen guten Mann für mich zu finden. Aber es war nicht deine Schuld, wenn deine Freunde sich nicht für mich interessierten und die Schwestern anderer Kommilitonen bevorzugten, Mädchen, die selbstsicherer waren als ich und besser in Form. Aber Mama wurde wütend auf dich, wenn deine Freunde mich gleichgültig behandelten, und quälte dich so lange, bis du sie überredet hattest, zum Abendessen zu uns zu kommen. Für das alles, Tom, entschuldige ich mich von Herzen.

Aber das soll nicht nur ein Entschuldigungsbrief werden. Ich schreibe dir auch, weil ich möchte, dass du meine Sicht der Dinge erfährst. Und ich versichere dir: Wenigstens diesmal sieht sie ganz anders aus als die von Mama und Papa.

Wie du weißt, habe ich vor zwei Jahren geheiratet. Was soll ich sagen, ich hatte es satt, allen erklären zu müssen, warum ich mit fast vierzig immer noch allein war. Ich fand es schon schrecklich, wenn ich ein Arztformular ausfüllen musste. Familienstand: ledig. Kinder: keine. Im Notfall zu benachrichtigende Angehörige: Mama und Papa. Letztlich heißt heiraten, ein Kästchen ankreuzen zu können, es ist ein Pokal, den man nach Hause mitnimmt und sich aufs Fenstersims stellt. Ich habe meinen Mann durch eine Partnervermittlung kennengelernt. Ich war es müde, auf Online-Dating-Seiten zu gehen und dort nur alte Knacker zu finden, denen der Sabber aus dem Mund lief. Die fragen dich nicht mal nach deinem Namen, bevor sie dich angrapschen. Was soll ich sagen, ich hätte nicht geglaubt, dass es mit mir einmal so weit kommt. Aber die Leute von der Agentur sind echte Profis. Ich habe einen Fragebogen ausgefüllt und auf den Algorithmus vertraut: um die vierzig, weiß, christlichen Glaubens, mit Hochschulabschluss, wenn es geht, konservativ, wenn es geht, ohne Kinder, wenn es geht, groß gewachsen – ich selbst bin ja keine 1,60 –, wenn es geht, fruchtbar und mit Kinderwunsch, wenn es geht, mit einem guten Job. Ich dachte, ich verlange viel zu viel. Aber dieser verflixte Algorithmus hat genau ins Schwarze getroffen und mit seinem Superhirn Floyd ausgeworfen. Floyd ist der perfekte Mann. Er redet wenig, sehr wenig, lässt immer mich reden. Er hat bereitwillig akzeptiert, dass Mama die Hochzeitsvorbereitungen übernimmt und Papa ein Haus sucht, in das wir einziehen können, direkt neben dem ihren. Für Floyd ist alles in Ordnung, manchmal denke ich, er ist kein Mensch, sondern der äußerst weit entwickelte Prototyp einer künstlichen Intelligenz, möglicherweise hat ihn der Produzent heimlich auf den Markt gebracht, um seine Fähigkeiten zu testen. Floyd nimmt es nicht übel, wenn Mama an ihm herumkrittelt, weil er die Suppe schlürft, und sucht nicht das Weite, wenn Papa ihm einen seiner ellenlangen Vorträge über den Koreakrieg hält und dabei jede einzelne Schlacht auflistet, die am 38. Breitengrad ausgefochten wurde, ob an Land oder in der Luft. Auch im Bett ist Floyd nicht übel, und binnen kurzer Zeit war ich sogar schwanger. Und so kam neun Monate nach der Hochzeit Mark zur Welt. Mark ist ein wunderbarer Junge. Mama sagt, dass er dir ähneln würde, ebenso ein perfekter Junge, wie du es damals warst. Manchmal nennt sie ihn versehentlich nicht Mark, sondern Tom. Mark liebt seine Großmutter. Sie überschüttet ihn mit Komplimenten, so wie sie es bei dir gemacht hat, bevor Bruna kam. Mir gegenüber war sie da, wie du weißt, ziemlich anders. Vor anderen Leuten hat sie mich gelobt, aber wenn wir unter uns waren, bekam ich ihre ganze Missbilligung zu spüren. Ich glaube, ich habe auch geheiratet, um ihr zu beweisen, dass ich etwas wert bin. Mama ist mit Floyd sehr zufrieden. Wäre er wirklich ein Android, würde Mama eine hervorragende Kundenbewertung verfassen.

Ich glaubte, ich sei auch zufrieden mit Floyd. Er ist freundlich, er kränkt mich nicht, auch nachdem ich aufgrund der Schwangerschaft zehn Kilo zugenommen habe, hat er mir nie einen abendlichen Nachtisch versagt, er trinkt nicht zu viel, nimmt keine Drogen, hat keine Geliebte, ist nicht schwul, findet Waffen gut und wählt republikanisch. Was bliebe mir zu wünschen übrig? Ja, vielleicht könnte er sich ein bisschen mehr um Mark kümmern, aber er sagt, er würde Kinder einfach nicht verstehen, er weiß nicht, wie er mit ihnen umgehen soll. Er ist in einem Haus aufgewachsen, in dem es keine Kinder gab. Aber trotz alledem, lieber Tom, bin ich nicht zufrieden. Ich dachte, mir würde es reichen, meinen Mann und meinen Sohn wie Trophäen vorführen zu können, das würde mir Genugtuung verschaffen. Ich, Laura Bene, habe nicht dasselbe Ende genommen wie Laura Wingfield. Ich habe geheiratet und ein Kind bekommen. Familienstand: verheiratet. Kinder: ein Sohn. Im Notfall zu benachrichtigende Angehörige: Floyd. Und doch habe ich hin und wieder das Gefühl, mein Mann und mein Sohn, zwei Wesen aus Fleisch und Blut, seien nur zwei weitere Stücke in meiner Sammlung von Glastieren. Ich sehe sie im Licht schimmern, das durchs Fenster fällt, und dann stelle ich sie wieder dorthin, wo sie waren: Sie glänzen, sie sind perfekt, und sie gehören mir. Ich bewundere sie, bewundere sie sogar sehr, das kannst du mir glauben, aber lieben tue ich sie nicht. Es ist schwer, das zugeben zu müssen, aber jetzt spüre ich zum ersten Mal, dass ich es frei aussprechen kann. Ich empfinde für meinen Mann und für meinen Sohn nicht die Liebe, die ich empfinden sollte, nicht das, was du für deine Kinder und für Bruna empfindest.«

Tom unterbricht die Lektüre und fragt sich: »Liebe ich meine Frau und meine Kinder wirklich? Ja, gewiss liebe ich sie, ich bin ein guter Ehemann und ein guter Vater.« Manchmal muss er sich nur selbst daran erinnern. Dann liest er weiter. Er hat einen bitteren Geschmack im Mund.

»Als Mark gerade geboren war und in seiner Wiege weinte, hörte ich in mir nicht diese Stimme, die alle Mütter hören. Die Stimme, die jeder Frau sagt: Komm, geh zu deinem Kind, hol es aus seinem Bettchen, versuch, ihm ein Schlaflied zu singen, schau mal, ob seine Windel schmutzig ist oder ob es womöglich noch Hunger hat. Ich konnte diese Stimme nicht hören, und auch heute, nach fast einem Jahr, höre ich sie nicht. Ich sehe ihn an, sage zärtliche Worte zu ihm – du bist mein Liebster, du bist mein Schatz –, aber ich weiß, er merkt, dass ich ihn nicht liebe. Meine Augen sagen, dass ich ihn nicht liebe, genau wie es mir die Augen unserer Mutter immer gesagt haben. Das ist die Wahrheit, nicht alle Eltern lieben ihre Kinder. Hast nicht du das zu Mama und Papa gesagt, bevor du sie dann drei Jahre lang nicht sehen wolltest?«

Ja, Tom hatte das wirklich gesagt, aber es waren Brunas Worte oder vielleicht die von Dr. McDowell oder vielleicht auch von beiden, gewiss nicht die seinen.

»Und damit kommen wir zu dem, was vor drei Monaten passiert ist. Ich habe nach der Geburt sehr bald wieder angefangen zu arbeiten. Es war mir lieber so. Ein Kindermädchen würde sich viel besser um Mark kümmern, als ich es gekonnt hätte. Bei meiner Rückkehr in den Job hatte ich keinerlei Schuldgefühle. Im Gegenteil, ich spürte eine große Befreiung, so wie damals, wenn ich mich mit Essen vollstopfte und dann ins Bad lief, um mich zu übergeben. Das mache ich auch immer noch. Ich weiß, dass ich das nicht sollte, aber es hilft mir, mich besser zu fühlen, es schafft Ordnung, Sauberkeit. Eines Tages hatte ich nach der Arbeit keine Lust, nach Hause zu fahren. Das Kindermädchen wartete auf mich, um zu ihren eigenen Kindern nach Hause zu können, Mark wartete auf mich, um ein wenig mit mir zu spielen, bevor er ins Bett musste. Aber ich fuhr nach Tampa und drehte dort eine Runde. Das hatte ich schon so lange nicht mehr getan. Ich sah mir in einem Einkaufszentrum die Schaufenster an und gönnte mir eine Pediküre. Die Kosmetikerin wollte wissen, welchen Nagellack ich gerne hätte, aber ich konnte mich nicht entscheiden. Sie sagte etwas zu ihrer Kollegin, auf Spanisch, glaube ich, und die beiden lachten. Wahrscheinlich haben sie über mich gelacht, ich war noch nie gut darin, allein Entscheidungen zu treffen. Am Ende habe ich dann ein Karmesinrot mit einem rebellischen Namen gewählt: *Not your baby*. Während mir die Hydromassage die Zehen kitzelte, klingelte in meiner Handtasche ständig das Handy, aber ich ging nicht ran. Als ich den Laden verließ, war es schon dunkel. Ich streifte lange durch die Straßen des Zentrums. Die Leute saßen draußen an Tischen. Eine fröhliche Stimmung lag in der Luft. Für den Abend war ein Orkan angesagt, aber keiner wollte daran denken. Ich habe mich an den ewig blauen Himmel in Florida ja nie gewöhnen können, da fühle ich mich so unzulänglich. An diesem Abend sah ich das Gelächter der jungen Mädchen in den Bars, die Männer, die sie voller Begehren ansprachen. Ich überlegte, wie ich mich an ihrer Stelle fühlen würde und ob ich auch in einem anderen Leben das

Gefühl hätte, nicht dazuzugehören, ja, eine Fremde zu sein. Mein ganzes Leben lang fühle ich mich schon wie eine Buchseite, die zwischen zwei anderen Seiten klebt. Es ist, als hätten alle, die uns in diesen Jahren kennenlernten, erst die Geschichte von Mama und dann die von Papa gelesen, aber die Seite dazwischen, die mit meinem Leben, hätten sie übersprungen. Während mir das alles durch den Sinn ging, hörte ich jemanden rufen. Als ich mich umdrehte – eigentlich war ich mir sicher, dass jemand anderer gemeint ist –, stand er da. Ich hatte ihn seit über zehn Jahren nicht gesehen. Er war stämmiger geworden. Der Bauch hing ihm über den Hosenbund, und darüber spannte sein Hemd. Sein Kopf war fast kahl, und er hatte Ringe unter den Augen, aber diese vertrauenerweckende Lücke zwischen den Schneidezähnen war immer noch da und hatte immer noch etwas unglaublich Einladendes. Er saß mit einigen Kollegen zusammen, von denen er sich jedoch umgehend verabschiedete. Wir unterhielten uns ein wenig, während wir durch die Straßen gingen, so nahe zusammen, dass unsere Hände sich fast berührten. Hin und wieder betrachtete ich ihn aus dem Augenwinkel, sehr darauf bedacht, dass er nichts merkte. Mit meinen hohen Absätzen war ich beinahe so groß wie er, und das gab mir ein Gefühl von Sicherheit. Er erzählte mir kurz von sich. Ich sagte kaum etwas von mir. Er war geschäftlich in Tampa. Es ging um eine neue Stelle, er hatte über die Jahre oft gewechselt. Geheiratet hatte er nie. Er hatte eine Freundin, eine Onlinebekanntschaft, aber sie waren dabei, sich zu trennen. Auch deshalb suchte er einen Job an einem anderen Ort. Als der Wind stärker wurde und es zu regnen begann, während Mama und Floyd mich auf dem Handy zu erreichen versuchten und draußen auf dem Ozean der Orkan zu toben begann – in der Stadt würde es größere Schäden geben –, begleitete Sean mich zum Auto und hielt mir in seinem zu engen

Sakko, mit diesem breiten, gutmütigen Lächeln und der vertrauenerweckenden Lücke zwischen den Schneidezähnen, wortlos die Tür auf. Und was tat ich? Wies ich ihn zurück, erklärte ich ihm, dass ich eine verheiratete Frau bin? Und er dem Algorithmus zufolge nicht der Richtige für mich ist? Sagte ich ihm, dass Floyd im Unterschied zu ihm einen Hochschulabschluss hat und einen Meter achtzig groß ist? Und Mama Floyd ganz toll findet, ihn dagegen kein bisschen? Bin ich also nach Hause zu meinem Sohn und meinem Mann gefahren und zu meiner Mutter und meinem Vater und hatte Gewissensbisse, weil ich auch nur einen Moment lang daran gedacht hatte, zu Sean zurückzugehen? Ach was, lieber Tom. Auch wenn Sean nichts gesagt hätte, hätte ich ihn aufgefordert. Tatsächlich hat er nur meine Hand genommen und gesagt: ›Laura, ich …‹, während ihm der Orkan das wenige Haar zerzauste, das ihm geblieben war, und mein Kleid nass wurde und mir die Haare im Gesicht klebten. Ich habe ihn geküsst und ihn gebeten, in den Wagen zu steigen und an Ort und Stelle mit mir zu vögeln, auf dem Parkplatz des Einkaufszentrums, in dem Ford Explorer mit den getönten Scheiben, den Papa mir zur Hochzeit geschenkt hat, in der Hoffnung, ich würde dieses Auto mit Enkelsöhnen füllen, die seinen Nachnamen tragen –, ich weiß, das hat er mal zu Floyd gesagt. Und ich kann dir versichern, lieber Tom, der verdammte Ire fickt immer noch verdammt gut. Dagegen kommt kein Algorithmus an.«

Lauras Brief geht noch einige Zeilen weiter, sie redet von der Scheidung, von Mutter und Vater, die sich dagegen auflehnen, von Floyd, der ausgezogen ist und das Sorgerecht für den Jungen beansprucht (vielleicht ist er am Ende auch nur ein Mensch). Tom geht das Bild von Laura auf dem Parkplatz des Einkaufszentrums nicht aus dem Kopf, sie und dieser Ire, und während er daran denkt, kommt ihm ein anderes Bild in den Sinn: seine Mutter auf dem Parkplatz eines anderen verlassenen Supermarkts mit diesem anderen verdammten Iren, Tom Eagan. Dem Kerl, der im Williamsburg der fünfziger Jahre Steine nach ihr warf und sie *dago*, *guinea*, Schwarze nannte. Diesem Mann, der denselben Namen trägt wie er. Oder vielleicht ist er es, der denselben Namen trägt wie der Mann. Sein Vater wollte ihn Mario nennen, nach dem Großvater, aber seine Mutter hatte sich für Tom entschieden. Tom Eagan war die erste Liebe seiner Mutter gewesen, da war er sicher, eine alte Tante hatte sich verplappert. Aber aus Gründen, die er nicht kannte, hatte seine Mutter ihn nicht heiraten können. Stattdessen hatte sie Sal geheiratet und ihn vom ersten Tag an betrogen, so wie Laura es mit Floyd getan hatte und Bruna seit zwei Monaten mit ihm, oder vielleicht tat sie es schon immer. Da war nichts zu machen, die Frauen in seiner Familie waren einfach Flittchen.

***

In der Nacht zuvor hatte Tom kein Auge zugetan. Dieselben Gedanken hatten sich stundenlang in seinem Kopf gedreht, als wären sie gefangen in den Strudeln des Flusses, der am Haus vorbeifloss. Sie zogen lange Schleifen und kehrten dann wieder, gnadenloser und schmerzhafter als zuvor. Nachdem ihm Bruna ins Gesicht gesagt hatte, das Kind, das sie erwarte, sei möglicherweise nicht von ihm, hatte er sie geohrfeigt. Der Schlag hatte ein vage metallisches Geräusch verursacht, vielleicht weil sein Ehering gegen den spitzen Wangenknochen seiner Frau gestoßen war. Es war das zweite Mal in seinem Leben, dass er sie schlug. Zum ersten Mal war das passiert, nachdem sein Vater Mario beschimpft und sie ihm anschließend gesagt hatte, sie wolle Sal und Amanda nicht mehr sehen. Damals hatte es ihm eine gewisse Genugtuung verschafft, sie zu schlagen. An diesem Abend dagegen hatte es ihm sofort leidgetan. Nach der Ohrfeige hatte Bruna aufgehört zu weinen, sie stand nur noch reglos da und bekam keine Luft. Dann ging die Zimmertür auf. Mario kam herein. Er hatte vom Schlaf verklebte Augen, aber als er seine Mutter dastehen sah, mit dem Rücken zur Wand und das Gesicht tränenverschmiert, lief er zu ihr, umarmte sie und drückte sie fest an sich. Bruna trocknete sich mit dem Nachthemd das Gesicht ab und entschuldigte sich, ihn geweckt zu haben.

»Habt ihr Streit?«, fragte Mario.

»Nein«, log Bruna. »Mir war schlecht, und Papa wollte mir zurück ins Bett helfen. Warum legst du dich nicht auch wieder hin?«

Bruna und Tom wechselten einen freudlosen Blick, und dann brachte Tom, die Augen schockgeweitet, Mario zurück in sein Zimmer. Er legte sich für ein paar Minuten zu ihm, um ihn zu beruhigen, wobei er fast über den Bettrand glitt. Ein Teil seines Körpers hing nach draußen, im Gleichgewicht, die Beine hatte er angezogen, um nicht zu stören. Das, ging Tom durch den Sinn, war väterliche Liebe. Das Leben der Kinder vom Rand aus zu begleiten, ohne ihnen je zu nahe zu treten. Eine Gegenwart an der Grenze, eine Einfassung. Eine unbequeme, doch notwendige, pflichtschuldige Position. Eine leichtes Zurseitestehen. Ein Leben am Saum des Lebens eines anderen menschlichen Wesens. Er persönlich jedoch hätte vielleicht näher heranrücken sollen, sich hin und wieder aufdrängen, Grenzen überschreiten, einfach um zu zeigen, dass er da war. Seine Anwesenheit hatte im Leben der Kinder nie genug Gewicht gehabt, er hatte sich immer zu sehr abseits gehalten. Alle paar Minuten zuckte Mario im Schlaf zusammen und packte seine Hand fester. Tom hauchte ihm auf die zerzausten Locken. Er konnte die laue Wärme seines Kopfes spüren. Er war sein Vater.

Als er zurück ins Schlafzimmer kam, lag Bruna in dem tiefen Schlaf, der nur schwangeren Frauen gegeben ist. Tom sah sie an. In den letzten Jahren waren um ihre Augen und in der Stirnmitte tiefe Falten erschienen, ein Blatt Notenpapier ohne Melodie. Tom erklärte sich das damit, dass sie so schlank und hellhäutig war, aber zum Teil auch durch die Enttäuschungen. Ihre Gesichtszüge waren mit der Zeit kantiger geworden, die Haut schlaffer. Die Mundwinkel hatten sich nach unten verzogen, niedergedrückt, wie er vermutete, von der Last ihrer Unzufriedenheit. In diesem abgezehrten Gesicht erkannte er das seiner Frau nicht wieder. Es wirkte wie das einer Fremden, und das tat ihm leid. »Wissen Sie, Doktor, warum Frauen schneller altern?«, hatte ihn eine Patientin einmal gefragt, die wie die Mutter ihres Mannes aussah. »Weil sie die Menschen viel mehr lieben.« Tom hatte gar nicht erst versucht, sinkende Östrogenwerte oder Hormonersatztherapien zu erwähnen.

Tom dachte an das Kind. Er stellte es sich in Brunas Bauch eingenistet vor wie ein Tier, das sich in einer geheimen Höhle versteckt: zwei, vier, acht, sechzehn, zweiunddreißig, vierundsechzig Zellen, die Zellteilung, die wer weiß wann begonnen hatte, ohne ihn. Er hatte Bruna noch nicht einmal gefragt, in der wievielten Woche sie war. Was machte das schon für einen Unterschied. Fast schien ihm, er könnte es sehen, dieses Embryo im Dunkeln ihres Schoßes, ein winziger lichter Mond an einem Himmel ohne Sterne. Und ihm war fast, als fühlte er den Herzschlag, der mit immer größerer Überzeugung in ihr pulsierte. Ihm pochten davon die Schläfen.

Plötzlich, während die Gedanken ihn verfolgten wie tollwütige Hunde, entfuhr ihm ein lautes Rülpsen. Bruna regte sich kaum. Tom hielt sich die Hand vor den Mund. Er hatte zu viel gegessen. Bevor er Bruna kennengelernt hatte, war er ein Allesfresser gewesen und hatte alles problemlos verdaut, was er aß. Doch in den Jahren mit ihr hatte er sich an winzige Portionen von leichten, wenig gehaltvollen Speisen gewöhnt. Wenn er jetzt auswärts zu Abend aß, konnte er nicht mehr gut schlafen. Sein Magen blähte sich auf. Nicht einmal das Trinken war mehr ein Vergnügen. Jedes Mal bestellte er sich den üblichen Manhattan, um es Max gleichzutun, der an einem Abend mindestens drei davon herunterkippte. Er suchte im Bourbon die immer gleiche, warme und dauerhafte Umarmung, den süßen Geschmack nach Mais, vergoren im felsigen Wasser von Kentucky, den freundlichen Geschmack nach Rauch und Eichenholz. Aber von Alkohol bekam er inzwischen Kopfschmerzen, und anschließend blieb ihm nur noch eine hartnäckige nervöse Erschöpfung. Max hatte einmal geflachst, die Ehejahre mit Bruna hätten ihn entmannt, und vielleicht stimmte das ja.

Nichts, aber auch gar nichts war nach Bruna an seinem Platz geblieben. Bevor sie aufgetaucht war, hatte er ein blitzsauberes Leben geführt, frei von Zweifeln und Fragen. Er hatte im Krankenhaus gearbeitet, sich gut mit seinen Eltern verstanden und die Republikaner gewählt. Brunas Ankunft hatte alles in Unordnung gebracht, sogar seine politischen Überzeugungen auf den Kopf gestellt. Es war keine plötzliche Veränderung gewesen, sondern eine allmähliche. Am Anfang hatte er, während sie gegen den Einmarsch im Irak demonstrierte, mit Sorge an sein Aktiendepot gedacht und daran, wie der Krieg den Ölpreis in die Höhe treiben würde. Während sie die Steuersenkungen von Präsident Bush kritisierte, strich er zufrieden den Scheck von den US-Finanzbehörden ein, die Steuerrückzahlung, die der Präsident Millionen von fleißigen Bürgern versprochen hatte. Und während Bruna Artikel gegen die Bush-Doktrin schrieb, die darauf abzielte, Demokratie durch Bomben zu exportieren, freute sich Tom, als im Fernsehen der Sieg im Irak verkündet wurde. *»Mission accomplished«*, sagte der Präsident auf dem Flugzeugträger *USS Abraham Lincoln* und prägte diesen Worten für immer den Vorgeschmack der Niederlage ein.

Dann jedoch hatte sich vieles geändert. Es war, als wären Brunas Ideen in ihn eingedrungen, ohne dass er sich dagegen zur Wehr setzen konnte. Das war allerdings weder ein Zufall noch besonders ungewöhnlich. Zeit seines Lebens hatte Tom es allen recht machen wollen, erst seinen Eltern und seiner Schwester, dann Bruna und den Kindern. Und welche Verrenkungen er dafür auch auf sich nehmen musste, Tom gelang es stets, sich in das zu verwandeln, was die anderen von ihm erwarteten.

Bevor er Bruna kennengelernt hatte, hatte er nur ein einziges Mal die Demokraten gewählt. Das war 1992 gewesen, während seines zweiten Jahres am College in Washington. Im Winter zuvor hatte der junge Gouverneur von Arkansas Toms Universität besucht, die auch seine Alma Mater war. Tom hatte sich von der allgemeinen Euphorie mitreißen lassen. Er hatte sein Buch gekauft und war am Ende der Rede zur Bühne gegangen, um den Gouverneur um ein Autogramm zu bitten. Im Jahr darauf sollte der junge Gouverneur die Präsidentschaftswahlen gewinnen, und als Tom zu Thanksgiving nach Hause fuhr, brachte er das Buch mit. »Warum liest du diesen Müll?«, fragte sein Vater ungläubig, als er einmal spätabends in sein Zimmer kam und ihn vertieft in die Lektüre fand. »Setzen dir deine Kommilitonen solchen Unfug in den Kopf?« Von diesem Augenblick der Verirrung abgesehen, die er unverzüglich korrigiert hatte, war Tom bis zu Brunas Auftauchen ein treuer Wähler der Republikaner geblieben.

Auch seine Freundschaften hatten sich mit der Zeit verändert. In den ersten Jahren ihrer Ehe waren Tom und Bruna häufig mit den Ärzten aus dem Krankenhaus und ihren jeweiligen Frauen ausgegangen. Aber die Ärzte redeten nur über Medizin und ihre

Frauen nur über die renommierten Schulen, auf die sie die Kinder einmal schicken wollten. Und so wurde Bruna ihrer bald überdrüssig. Mit den italienischen Ehepaaren, die sie in New York kannten, war es noch schlechter gegangen. Die Männer versammelten sich im Wohnzimmer, um Sport zu schauen und über Autos zu reden, während die Frauen in der Küche saßen und über ihr Leben in Amerika klagten. Bruna hatte oft versucht, das Gespräch auf andere Themen zu bringen, etwa die Wirtschaftskrise oder die Rechte der Transgender. Aber diese Frauen interessierten sich nicht für Brunas Anliegen und hörten nach einer gewissen Zeit auf, sie einzuladen. Wenn eine von ihnen mal ihren Namen erwähnte, grinsten die anderen und sagten, zum Glück sei die Frau Professor nicht da, um sie auszufragen.

Dann hatte Bruna eine Gruppe von Freundinnen gefunden, die zu ihr passten: eine Lesbe, eine Witwe und eine geschiedene Frau. Da Männer im Leben dieser Frauen nicht vorkamen, weil sie irrelevant waren, beweint oder verachtet wurden, lag ihnen auch nichts an Toms Anwesenheit. Und so begannen Bruna und Tom, an Wochenenden getrennt auszugehen: sie mit ihren Freundinnen und er mit Max, der seit jeher Junggeselle war. Bruna und ihre Freundinnen aßen in Restaurants mit internationaler Küche und besuchten Fotoausstellungen und Theaterstücke der Off-Broadway-Szene. Einmal im Monat trafen sie sich zu einem Lesezirkel, bei dem auch immer Geschichten und Vertraulichkeiten ausgetauscht werden konnten. Doch keiner von ihnen hatte Bruna von Yunus erzählt. Er war ihr Geheimnis.

In den Jahren, die sie gemeinsam verbracht hatten, hatte Bruna nicht nur versucht, Tom zu ändern, auch das Land, in dem sie lebten, hätte sie gerne verändert. Mit Kritik an den USA hatte sie nie gegeizt. Sie verachtete die dort herrschende Konsumhaltung, die Heuchelei, den Puritanismus und das auf Äußerlichkeiten ausgerichtete Spießbürgertum, die Umwandlung aller Dinge in Waren und die Arroganz. Anstatt sich an das Land anzupassen, wünschte sie sich, dass sich dieses an sie anpasste. Bruna zur Einbürgerung zu überreden hatte sich als aufreibendes Unterfangen erwiesen. Tom hatte sich schließlich an Kenny Norton wenden müssen, seinen alten Schulkumpel, der sich als Anwalt seit längerem um Einwanderungsangelegenheiten kümmerte. Kenny tat sein Bestes, um Bruna klarzumachen, falls Tom etwas zustieße, werde der Staat die Hälfte des Erbes beanspruchen, weil sie nicht amerikanische Staatsbürgerin sei. Er erläuterte ihr, wie wichtig es sei, entsprechende Vorkehrungen zu treffen, vor allem unter Berücksichtigung des Umstands, dass ihre Kinder noch sehr klein seien und sie sich im Falle eines Falles allein um sie zu kümmern hätte. Und so bereitete Kenny Bruna auf den Termin bei der Einwanderungsbehörde vor. Er gab ihr ein Buch zu lesen, dazu Kopien mit den Fragen, die ihr gestellt werden würden. Fast hätte sie es sich noch anders überlegt, als Kenny sagte, man werde sie bei dem Termin nicht nur nach den Namen der dreizehn amerikanischen Kolonien und der Anzahl von Richtern am Supreme Court fragen, sondern auch, ob sie bereit wäre, in den Krieg zu ziehen, um die Vereinigten Staaten von Amerika zu verteidigen.

»Bruna, sei doch bitte vernünftig, das ist eine Routinefrage. Niemand erwartet, dass du im Kriegsfall in die Army eintrittst. Die Wehrpflicht wurde nach dem Vietnamkrieg abgeschafft! Sei so gut und antworte mit ja, das ist eine reine Formalität. Keiner wird je von dir verlangen, dass du in den Kampf ziehst.«

Zum Glück und dank Kenny überstand Bruna den Termin bei der Einwanderungsbehörde erfolgreich, aber die Probleme nahmen damit kein Ende. Am Tag des Fahneneids wäre fast noch etwas schiefgegangen.

Tom begleitete sie in den großen Saal des Gerichts, in dem sich die Bürger in spe versammelt hatten. Es waren Menschen aus aller Welt, die in ihren eleganten Kleidern bewegt vor der Flagge posierten, während die rituellen Fotos geschossen wurden. Nach wenigen Minuten bedeuteten die Gerichtsdiener den Anwesenden, Platz zu nehmen. Die Richterin würde gleich in den Saal treten. Bruna steuerte die hinterste Sitzreihe an. Tom versuchte, sie zu überreden, sich weiter vorne hinzusetzen – von dort hinten würden sie nichts sehen können –, aber sie wollte sich nicht umplatzieren. Die beiden diskutierten über das weitere Vorgehen, bis ein Gerichtsdiener kam und Bruna aufforderte, ihm ihre Einladung zu zeigen.

»Ah, Italienerin!«, sagte er. »Wie ich! Meine Eltern waren aus der Gegend von Salerno.«

»Meine Urgroßeltern auch!«, gab Tom begeistert zurück.

»*Paisà* – ein Landsmann!«, rief der Gerichtsdiener, der mit Nachnamen so hieß wie die Stadt, aus der seine Familie stammte. »Aber was wollt ihr hier hinten? Kommt doch nach vorne!«

Damit fasste er Bruna am Arm und führte sie beide in die erste Reihe, direkt vor den Offizieren in Galauniform. Als die Richterin eintrat, erhoben sich alle. Sie war eine nicht mehr ganz junge Frau mit einem langen, hohlwangigen Gesicht und einer Hakennase. Sie glich dem Weißkopfseeadler, dem Wappentier der Vereinigten Staaten von Amerika, das die Wand hinter ihr schmückte. Brunas Blick blieb an ihren knochigen, krallenartigen Händen hängen, die unter der schweren Robe hervorlugten. Bruna stellte sie sich in derselben Haltung vor, die der Adler einnahm: mit dreizehn Pfeilen in der einen Klaue und einem Ölzweig in der anderen.

Die Richterin hielt eine lange Rede über den feierlichen Akt, den sie gleich vollziehen würden. Viele der Anwesenden hatten die Staatsbürgerschaft ihres Herkunftslandes ablegen müssen. Bruna dagegen hatte die ihre behalten können: Italienern ist es in den USA gestattet, die doppelte Staatsbürgerschaft zu besitzen. Dann rief die Richterin die Anwesenden dazu auf, die rechte Hand aufs Herz zu legen und ihr den Eid nachzusprechen. Der Raum füllte sich mit feierlichen Worten, ausgesprochen in einer Polyphonie diverser Akzente. Alles ging seinen bestmöglichen Gang. Bruna wiederholte jedes Wort, genau wie die anderen. Tom freute sich darüber. Es hatte ihn einige Mühe gekostet, aber nun war es endlich geschafft. Da wurde die Sache plötzlich doch noch kompliziert, und zwar wegen eines Satzes, den Bruna nicht über die Lippen brachte. Er blieb ihr irgendwo zwischen der Kehle und dem Gewissen hängen. Keiner der anderen verzog den Mund oder hob die Augenbrauen, sah fragend seine Verwandten an oder hörte auf, die Litanei der Richterin zu wiederholen. Nur Bruna weigerte sich weiterzusprechen. Sie nahm die Hand von der Brust und kniff den Mund zusammen. Die Offiziere in ihren Galauniformen musterten sie streng. Tom hatte Angst, einer von ihnen könnte hervortreten und sie ermahnen. Doch keiner regte sich von der Stelle. Der Fahneneid ging noch ein paar Minuten weiter, während Bruna hartnäckig schwieg. An diesem Tag weigerte sich Bruna, den Eid zu leisten, »die Feinde der Vereinigten Staaten von Amerika zu vernichten«.

Als er Jahre später auf verschiedenen Webseiten, die den Eidesspruch aufführten, danach suchte, konnte Tom den Ausdruck »die Feinde der Vereinigten Staaten von Amerika zu vernichten« nicht mehr finden, den die Richterin sie an jenem Tag alle hatte wiederholen lassen. Stattdessen standen da die Worte: »Ich werde die Verfassung und die Gesetze der Vereinigten Staaten von Amerika gegen alle inneren und äußeren Feinde verteidigen«, also etwas ganz anderes. Tom fragte sich, ob der Staatsbürgerschaftseid damals anders gelautet hatte oder ob etwa die Richterin den Wortlaut abgewandelt hatte.

Seither waren schreckliche Jahre vergangen, mit den Kriegen in Afghanistan und im Irak, fast ebenso schrecklich wie die darauffolgenden mit der Wirtschaftskrise und dem Aufkommen des IS. Vielleicht hatte die Richterin den neuen Amerikanern deshalb den Schwur abverlangt, die Feinde der USA zu vernichten. Wenn man darüber nachdachte, waren die Feinde keineswegs neu. Und doch hatten sie in jenen Jahren alle überrumpelt. Niemand schien zu verstehen, woher dieser große Hass kam. Vielleicht weil sich die Amerikaner nach dem Ende des Kommunismus der Illusion hingegeben hatten, nun würden alle Länder der Welt endlich kapitalistisch und demokratisch werden. Vielleicht weil ihnen jemand eingeredet hatte, die Demokratie als Wert, Idee, Erfindung des Westens würde nun unweigerlich zu einem universellen Wert aufsteigen. Vielleicht weil man ihnen versprochen hatte, es werde nach dem Ende des Kalten Kriegs keine weiteren Kriege mehr geben: *Demokratien führen bekanntlich nicht Krieg.* Bruna war sogar vorhergesagt worden, an der Universität werde an Kursen zu Sicherheitsthemen kein Bedarf mehr sein. *Wozu sollten wir Krieg lehren, wenn es Kriege nicht mehr gibt?* Man hatte allen Frieden und Harmonie versprochen und prognostiziert, in der neuen Weltordnung würden die Beziehungen zwischen den Ländern ziemlich alltäglich ausfallen, um nicht zu sagen langweilig.

Und dann war der 11. September gekommen, und die US-Amerikaner hatten festgestellt, dass sie keineswegs in Sicherheit waren. Da erklärte man ihnen, Demokratie sei und bleibe ein westlicher Wert und werde sich schwerlich so exportieren lassen wie Coca-Cola und Blue Jeans. Sie stellten fest, dass nicht-westliche Völker von ihren westlich-demokratischen Werten nichts wissen wollten. Sie aßen vielleicht ihre Hamburger, hörten ihre Musik, trugen sogar ihre Jeans, aber wenn die Leute dann auf die Knie gingen, um sich gen Mekka zu verneigen, planten sie ihre Vernichtung. Nicht-westliche Kulturen konnten keine Demokratien werden, denn ihre Bräuche waren antidemokratisch. Verfügten die nicht-westlichen Völker denn über das Erbe der griechischen Philosophie und der römischen Gesetzgebung? Über das Erbe des Christentums und der großen germanischen und romanischen Sprachen? Des Individualismus und der Trennung zwischen Kirche und Staat? Nein, nichts von alldem kannten sie, sie waren barbarisch, wild, unzivilisiert. So hieß es jedenfalls. Sie waren die Feinde, die es zu vernichten galt, wie es die Richterin beim Fahneneid zu Brunas Einbürgerung formuliert hatte. Der Weißkopfseeadler hatte den Ölzweig zermalmt und war bereit, seine Pfeile zu verschießen.

Nach dem verpatzten Eid kam Tom zu der Überzeugung, dass sich Bruna nie an das Leben in Amerika gewöhnen würde, so wie sie sich nie an seine Familie gewöhnt hatte, und das verletzte ihn sehr. Auf seine Weise konnte Tom jedoch verstehen, woher das Unwohlsein seiner Frau kam. Jahrelang war Bruna in den USA nicht einfach nur Ausländerin gewesen, sondern eine Fremde. *»Come here, alien«*, hieß es am Flughafen, wenn sie nach ein paar Wochen in Italien in die USA zurückkehrte. Zu der Zeit hatte sie nur eine befristete Aufenthaltserlaubnis, wartete noch auf ihre Green Card. Und so trat Bruna erst verschüchtert und mit der Zeit immer feindseliger auf die Einwanderungsbeamten zu, um ihre Papiere zu zeigen, während Minerva, die gerade geboren war, im Tragetuch schlief. Einmal, als Tom sie vom Flughafen abholte, fand er sie in besonders schlechter Stimmung. »Was ist los?«, fragte er und dachte, sie hätte vielleicht schon Heimweh. Da sagte sie: »Die Mauer, die Amerika zwischen sich und dem Rest der Welt errichtet, ist viel mehr als eine Grenze. Da geht es um das Recht, überhaupt ein Mensch sein zu dürfen.«

Die Kennung *Alien No. A 012–345–678* sollte sie jahrelang

mit sich tragen wie ein Brandmal. Sie erschien noch auf ihrer Green Card und später auf dem Einbürgerungsbescheid. In den USA werden alle, die im Ausland geboren sind, selbst wenn sie regulär einwandern, als *aliens* definiert. Aber ein *alien*, sagte sich Bruna immer wieder, ist nur eine bürokratische Schikane, es ist nicht dein Name. Es ist ein Hologramm so wie das, das auf dem Passbild blinkt, nicht die Substanz, aus dem man gemacht ist. Ein Diorama auf Grundlage eines mächtigen Stereotyps, vergleichbar dem von den Native-American-Frauen, die sich den europäischen Kolonisatoren unterwerfen, bar jeder historischen Wahrheit. Man fühlt sich nur als *alien*, wenn einen die anderen davon überzeugen, dass man einer ist, und Bruna fühlte sich schon seit geraumer Zeit nicht mehr so.

Ihr Vater hatte immer gerne aus dem ersten Buch der Chronik zitiert: »Denn wir sind Fremdlinge und Gäste vor dir wie unsere Väter alle.«

Mit den Jahren hatten sich Brunas Gefühle gegenüber ihrem neuen Land stark verändert. Sie verzichtete nicht ganz darauf, Kritik daran zu üben, wie Tom und seine Eltern gewollt hätten, doch jetzt liebte sie es auch, so wie sie das Land liebte, in dem sie geboren war. An einem ganz normalen Morgen öffnete Bruna die Augen und fühlte sich unverhofft zu Hause. Sie ging hinunter auf die Straße, und die Gesichter der anderen erschienen ihr nicht mehr wie die Gesichter Unbekannter. Bei der Arbeit, im Supermarkt, bei einem Elternabend in der Schule ihrer Kinder hatte sie zum ersten Mal das Gefühl, zu einem gemeinsamen Projekt beizutragen. Wie es dazu gekommen war, konnte sie sich nicht erklären. Vielleicht ging es früher oder später allen Einwanderern so. Es war plötzlich geschehen, nach Jahren der Sehnsucht und der Wut. Nachdem sie sich bei tausend Gelegenheiten anders gefühlt hatte, weil sie Ausländerin war, ein *alien.* Nachdem ihr viele Male gesagt worden war, sie verstehe nicht, sie könne nicht verstehen, sie sei ja nicht in diesem Land aufgewachsen. Vielleicht hatte sie gerade deshalb eines Tages das Gefühl gehabt, Teil davon sein zu wollen.

Tom bemerkte von dieser Veränderung nichts. Im Übrigen sagte Bruna auch nichts dazu. Aber die Kinder lasen es in ihren Augen, sooft sie mit Begeisterung von ihren Studenten sprach, von den wundervollen Dingen, die sie noch machen würden, und davon, was das Leben für sie, Mario und Minerva, bereithielt. Eines Tages würde der beste Geist dieses Landes, jener, der weder Farben in der Politik noch Hautfarben kennt, weder Religionen noch soziale Klassen, würde sich dieser Geist erheben und alle Versprechen halten, an die die jungen Leute glaubten.

***

Minerva geht Mario von der Schule abholen. Ihr Vater hat ihr eine SMS geschickt: »Mario ist traurig, in der Schule ist irgendwas nicht in Ordnung. Deiner Mutter ist nicht gut. Besser, wir lassen sie ausruhen. Hol du ihn bitte ab.«

Minerva hat wie üblich schon alles begriffen.

Mario ist traurig: Natürlich ist er das, habt ihr vielleicht erwartet, er kann wie ein Mädchen gekleidet in die Schule gehen, und alles läuft reibungslos weiter, nur weil wir in New York sind und im 21. Jahrhundert?

Mama ist nicht gut: Natürlich ist ihr nicht gut, ich habe im Mülleimer ihren Schwangerschaftstest gefunden. Welche Frau freut sich schon, mit zweiundvierzig ihr drittes Kind zu erwarten und einer Karriere, die nie so richtig abgehoben hat, endgültig Lebewohl zu sagen?

Minerva wartet vor dem Schultor, zwischen Müttern, die nach ihren Kindern rufen, und Babysitterinnen, die unweigerlich eine dunklere Haut haben als die Jungen und Mädchen in ihrer Obhut. Mario ist schon weg, sagt die Lehrerin. Also geht Minerva in den Park, sie ist sicher, dass sie ihn dort finden wird. Nach wenigen Minuten sieht sie ihn von ferne. Er läuft dicht an der Mauer entlang und redet wie immer mit sich selbst. Eine Gruppe anderer Kinder kommt ihm entgegen. Minerva erkennt Joe Carnesecca wieder, den alle Magnus nennen, weil er so ein Brocken ist. Er geht wie Mario in die fünfte Grundschulklasse, ist aber viel größer und doppelt so schwer. Joe hat dasselbe Gesicht wie sein älterer Bruder Jack, das Gesicht eines Jungen, der frühzeitig gealtert ist, und dieselben braunen Sommersprossen, die über seine Wangen zu stürmen scheinen wie eine Horde wildgewordener Stiere. Die Benes und die Carneseccas haben sich noch nie gut verstanden. Als Minerva noch in der Grundschule war, musste sie Jack zweimal verprügeln, bevor er aufhörte, Mario zu belästigen.

Minerva beschließt, sich Mario nicht gleich zu zeigen, und stellt sich hinter einen Baum. Der Park ist fast leer. Es hat den ganzen Vormittag geregnet, und auf dem Spielplatz sind keine Kinder. Magnus Carnesecca steuert auf Mario zu. Zwei andere Kinder folgen ihm mit unsicheren Schritten.

»He«, sagt Magnus Carnesecca zu den beiden anderen. »Schaut mal, wer da kommt. Das ist doch Maria!«

»Hi, Maria«, rufen die beiden wie aus einem Mund.

Maria ist der Name, der ihm gefällt, der, den er sich ausgesucht hat. Es ist der Name seiner Großmutter. Vielleicht hätte seine Mutter ihn so genannt, wenn er als Mädchen geboren worden wäre. Aber er ist als Mario geboren worden, nicht als Maria, und wenn dieser Name aus dem Mund von einem kommt, der gerne auf Schwächere losgeht, wird er zu einer Gemeinheit, einer Beleidigung, zu Spott. Das tut so weh, wie wenn er von einem Stein getroffen würde.

Er geht weiter und redet dabei weiter vor sich hin.

»He, Freak«, sagt Magnus. »Was ist, willst du nicht mal hallo sagen? Wenn dich jemand anspricht, dann antwortest du, das hat man dir doch bestimmt beigebracht.«

Mario unterbricht für einen Moment sein Gespräch mit Ellie, um Magnus zu antworten.

»Hi, Magnus, hi, Kevin und Ryder.«

Ryder und Mario waren in der Grundschule befreundet, aber seit einiger Zeit sind sie es nicht mehr. Ryders Mutter hatte mit ihm sehr ernst über Marios Besonderheit gesprochen – genau so hatte sie es genannt – und ihm eingeschärft, als sein bester Freund müsse er dafür sorgen, dass er sich angenommen fühle, genau wie die anderen. Die Lehrerin hat der ganzen Klasse dasselbe gesagt, als Mario einmal nicht da war, und alle haben genickt. Aber in Wirklichkeit ist seitdem niemand mehr so richtig sein Freund.

Alle sind weiterhin nett zu ihm, bis auf Magnus Carnesecca, aber keiner lädt ihn mehr zu sich nach Hause zum Spielen ein oder setzt sich in der Schulkantine neben ihn. Ryder meint, dass das Problem mit Mario nicht nur ist, dass er gerne Mädchenkleider anzieht. Mario ist einfach komisch. Schon ewig will er nicht mehr mit den Jungs Fußball spielen. Ein großer Verlust ist das ja nicht. Er ist sowieso grottenschlecht, und wenn man ihn ins Tor stellt – rennen kann er ja auch nicht –, hat er offensichtlich Angst vor dem Ball, genau wie die Mädchen. Wenn ein Schuss kommt, weicht er aus. Und dann steht er halt immer am Rand und redet mit sich selbst und alle, wirklich alle, halten ihn für total bekloppt. Ryder findet das echt schade, im Grunde hat er fast Mitleid mit ihm. Aber er ist zu dem Schluss gekommen, dass Mario nicht mehr sein Freund sein kann.

***

Vor der Begegnung mit Magnus Carnesecca hatten sich Mario und Ellie über das unterhalten, was am Abend zuvor bei Mario zu Hause passiert war. Er war mitten in der Nacht aufgestanden, um aufs Klo zu gehen. Inzwischen versuchte er immer sehr aufzupassen, dass er das Bett nicht nass machte. Während er sich durch den Korridor tastete, sah er den Lichtstreifen unter der Tür seiner Eltern. Er hörte seine Mutter schluchzen, dazu die gereizte Stimme seines Vaters. In letzter Zeit stritten seine Eltern nicht mehr so oft. Als er klein war, war das fast jeden Abend vorgekommen, und Mario hatte gewusst, dass es seine Schuld war. So wie er wusste, dass es seine Schuld war, wenn er die Großeltern schon so lange nicht mehr gesehen hatte. Seit dem Mal, als Großvater Sal dieses Wort gesagt hatte, *faggot*, das Mario davor gar nicht kannte. »Du ziehst deinen Sohn auf wie eine Schwuchtel!« Jetzt weiß er sehr gut, was diese Wörter bedeuten. Er hat im Internet nachgeschaut. Und nachdem er es verstanden hatte, ist er zu seiner Mutter gegangen, um sie danach zu fragen: »Bin ich wirklich ein *faggot*, wie Opa Sal sagt?«

Und seine Mutter hat ihn in den Arm genommen und gesagt, sie würde nicht zulassen, dass ihn noch mal jemand so nennt, und dass dieses Wort eine Beleidigung für alle wäre, die einen Menschen desselben Geschlechts liebten.

»Heißt das, wenn ich mal groß bin, liebe ich auch einen Menschen vom selben Geschlecht?«

»Das weiß ich nicht«, hat Bruna geantwortet. »Du wirst dir aussuchen, wen du liebst, so wie du heute aussuchst, was du in die Schule anziehen willst. Für mich und für Papa ist das so oder so in Ordnung.« Aber als sie das sagte, klang es für Mario so, als würde seine Mutter vor allem versuchen, sich selbst zu überzeugen.

Seitdem kommen die Großeltern ihn nicht mehr besuchen, seine Eltern haben immer weniger Streit, und sein Vater verbringt viel mehr Zeit mit ihm, er kommt sogar jeden Tag zum Abendessen nach Hause. Aber seine Mutter ist noch nicht glücklich. Auf dem Weg in den Park hat Mario Ellie gefragt, worum es bei diesem Streit ging.

»Wird Papa jetzt nicht mehr so viel Zeit mit uns verbringen? Bin ich schon wieder schuld? Wird Mama jetzt noch unglücklicher?«

Ellie hat ihm wie immer gut zugeredet. Sie hat gelächelt und ihn bei der Hand genommen, und sie sind zusammen in den Park gegangen.

***

Kennengelernt hat er Ellie ein Jahr zuvor an einem Tag, der genauso düster war wie dieser. Es war noch heiß draußen, und trotz der schweren Wolken wollte der Himmel partout kein Wasser über die Erde gießen. Mario saß auf der Schaukel und stieß sich mit den Fußspitzen lustlos ab. Im Park waren nicht viele Leute, es war *Labor Day* und alle New Yorker noch im Urlaub. Seine Ferien dagegen waren schon vorbei. Er hatte den Sommer wieder mal in Italien verbracht, in dem kleinen Haus am Meer, das die Eltern seiner Mutter im August immer mieteten. Mario hatte seine Strandfreunde wiedergesehen, eigentlich schon immer mehr Minervas Freunde als die seinen. Sie hatten zusammen am Strand gespielt und lange im trüben Wasser der Küste gebadet. Er blieb immer nahe am Ufer, er konnte nämlich nicht gut schwimmen.

Wie jedes Jahr war sein Vater zu seinem Geburtstag dazugekommen und hatte ihm endlich beigebracht, ohne Stützräder Fahrrad zu fahren. Sein Vater mochte die Ferien in Italien nicht, Mario wusste das. Es war ihm schon lange aufgefallen, aber Minerva hatte ihm auch erklärt, warum, sie konnte mit Worten Bilder und Gefühle zusammenführen, die sonst weiterhin durch seinen Kopf getrieben wären wie Plastik auf dem Meer.

»Papa sieht nicht gern, dass Mama eine Familie hat, die sie gernhat, während seine Eltern ihn nur liebhaben, wenn er macht, was sie sagen.«

»Woher weißt du das? Hat Mama dir das gesagt?«

»Nein, ich schaue halt zu, so wie du den Fischen in Opas Aquarium zuguckst. Scheinbar passiert nichts, aber jeder Flossenschlag hat seine Bedeutung. Du würdest das alles auch mitbekommen, wenn du nicht immer in deiner Welt versunken wärst. Papa ist halt eifersüchtig.«

Leider war genau das der Grund, aus dem Mario lieber in seiner Welt blieb, aber das sagte er seiner Schwester nicht. Stattdessen zog er seine Boxershorts aus und stand dann nackt da. »Darf ich dein Kleid von letztem Jahr anprobieren? Ich glaube, jetzt, wo du Brüste hast, passt es dir nicht mehr.«

»Mach ruhig, aber lass dich nicht von Papa erwischen. Du weißt ja, er bekommt immer schlechte Laune.«

Mario zog die Schultern hoch, wie um zu sagen, dass ihm das egal sei. Innerlich jedoch fühlte er sich für die Spannungen verantwortlich, die in der Familie herrschten. Vielleicht hätten sich alle besser verstanden, wenn er normal gewesen wäre.

Einmal war er nach dem Mittagessen, als die anderen zu Hause schliefen, allein zum Strand hinuntergegangen. Er hatte den Bikini seiner Schwester angezogen, den er am liebsten mochte: den weißen mit den roten Kirschen und dem trägerlosen Oberteil, das man hinten zusammenbinden musste. Er hatte die Sonnenbrille mit den herzförmigen Gläsern aufgesetzt und war in die Flipflops mit den Strassperlen geschlüpft und im ungesund gelben Nachmittagslicht auf die Straße hinausgegangen. Keiner hatte ihn erkannt. Auch nicht Riccardo und seine Mutter, die unter dem Sonnenschirm zu Mittag aßen und nie Mittagsschlaf hielten. Oder Signora Zerilli, die ihn kannte, seit er geboren war, und von allen am Strand die meiste Sonnenbräune hatte, weil sie den ganzen Tag draußen war. Oder Signor Romano, der immer im Strandbad als Bademeister arbeitete und ihm im Jahr davor gezeigt hatte, wie er sich ohne Schwimmflügel über Wasser halten konnte.

Mario war bis ans Wasser gegangen und hatte vorsichtig die Füße hineingetaucht. Er war nicht gern ungehorsam. Die Nonna legte Wert darauf, dass er nach dem Essen mindestens drei Stunden wartete, bevor er ins Meer ging. Ein Cousin seiner Mutter war vor vielen Jahren an einem Verdauungsschock gestorben, nachdem er mit vollem Magen gebadet hatte, das hatten sie ihm erzählt. Sein Vater Tom hielt das, was Nonna Maria über die Verdauung sagte, für unwissenschaftliches Gerede. »Das ist so ein italienischer Irrglaube, dass man nach dem Mittagessen nicht baden darf, genau wie die Vorstellung, dass man sich von Klimaanlagen erkälten würde.« Aber Nonna Maria ließ sich nicht von ihrer Meinung abbringen. Und Bruna fand es überaus befriedigend, dass ihre Mutter wenigstens in diesem Punkt einmal streng zu den Kindern war.

Mario ging den trägen, gleichförmigen Wellen dieses windstillen Nachmittags entgegen und wagte sich bis zur Taille hinein. Dann stieß er sich leicht ab und glitt mit dem Bauch ins Wasser. Er zog die Hände in kleinen Kreisen durch die ölige Oberfläche des Meeres und bewegte sich mit kurzen, unsicheren Schwimmzügen vorwärts.

»Clownfische werden als Männchen geboren, und wenn sie größer sind, werden sie dann Weibchen«, hatte er einmal zu Ryder gesagt.

»Heißen sie deshalb Clownfische?«, hatte sein Freund gefragt.

»Nein, das ist wegen der Farben und weil sie so lustig schwimmen«, hatte Mario leise geantwortet.

Junge, Mädchen, Transgender, schwul, *faggot* und jetzt auch noch Clown. In diesen Jahren klebte ihm jeder, den er traf, ein neues Wort an. Ganz zu schweigen von den Pronomen, er oder sie, *he or she*, sein oder ihr, *his or hers*. Und was, wenn Mario lieber ein *wir* wollte oder ein *they*?

»Stell dir mal vor, wie das wäre, eine Welt ganz ohne Wörter«, hatte Mario zu Ryder gesagt.

»Das geht doch gar nicht«, hatte der geantwortet.

»Aber stell dir mal vor.«

Und während ihn die Wellen umarmten und am Bauch kitzelten, hörte Mario, wie jemand nach ihm rief. Das war sein Großvater, der ihn zum Kartenspielen hatte holen wollen. Als er ihn auf dem Zimmer nicht gefunden hatte, war er hinunter zum Strand gegangen. Er hatte Signor Romano gefragt, ob der seinen Enkel gesehen habe, aber der hatte geantwortet, nur vor dem Mittagessen. Dann hatte der Großvater einen Schwarm rote Kirschen bemerkt, die im schimmernden Wasser trieben.

»Was machst du denn da? Wenn deine Großmutter das sieht, gibt's Ärger. Komm lieber mit nach Hause. Jetzt ist nicht Badezeit, jetzt ist Zeit zum Kartenspielen.« Der Großvater nahm ihn bei der Hand, und sie gingen zusammen zwischen den Liegestühlen und den Sonnenschirmen des Strandbads ›Arcobaleno‹ durch. Signora Zerilli, die den Großvater schon immer gemocht hatte, grüßte ihn mit einem strahlenden weißen Lächeln, das nur ganz leicht mit Lippenstift verschmiert war. Ihre dicke, ledrige Haut glich der eines Krokodils.

»Wenn ich Mario sehe, sage ich ihm, dass Sie ihn suchen«, sagte der Bademeister, als sie an ihm vorbeigingen, und der Großvater nickte.

»Guten Tag, Signor Gino, gehen Sie schon?«, fragte Riccardos Mutter, als sie sie vorbeigehen sah.

»Wir kommen später wieder, jetzt spielen wir erst mal Karten.«

Riccardo sah kurz von seinem Computerspiel auf, in den Pupillen eine Million Pixel. Am nächsten Tag sollte er Mario fragen, wo er seine hübsche Cousine gelassen habe.

Gerade jetzt, da Mario an den vergangenen Sommer zurückdachte, setzte sich Ellie auf die Schaukel neben ihm. Er sah sie einen Moment lang an und senkte sofort wieder den Blick. Dann sah er sie erneut an, diesmal ohne sein Staunen zu verbergen. Die Haut ihres Gesichts wechselte je nach Lichteinfall die Farbe: Sie war erst schwarz, dann bronzefarben, dann ziegelrot, und dann änderte sie sich wieder und war milchig und schillernd und plötzlich fast durchsichtig. Auch die Augen wechselten ihre Form und Farbe gerade wie die Wolken. Sie waren erst dunkel und länglich, dann meergrün und rund. Für einen Moment engstehend und dann weit, tief in den Höhlen liegend und dann wieder hervortretend. Ellie sah aus wie alle und wie niemand. Sie war wie der Himmel, immer gleich und wechselhaft. Vor allem jedoch staunte Mario über ihre Kleidung. Sie trug ein weißes Strandkleid mit roten Kirschen, dessen Träger im Nacken zu einem Knoten gebunden waren.

»Ich habe einen Badeanzug mit demselben Muster«, sagte er zu ihr.

Ellie lächelte.

»Kirschen sind meine Lieblingsfrucht. Aber ich mag die sauren, die mag sonst fast niemand. Die süßen mögen ja alle. Die zu lieben geht leicht. Die sauren prickeln so auf der Zunge, deshalb mag ich sie.«

Seit diesem Tag waren Mario und Ellie unzertrennlich geworden. Sie ging überallhin, wo er hinging. Im Klassenzimmer stand eine leere Bank genau neben seiner, und die wurde ihr Platz. Ihr Ellbogen formte mit dem seinen einen spitzen Winkel. Manchmal, wenn er in Mathematik drangenommen wurde, flüsterte sie ihm die Antworten zu. Und in der Schulkantine ließ sie ihn nie im Stich. Sie machte ihm die Milchtüte auf und steckte den Strohhalm hinein, ohne auch nur einen Tropfen zu verschütten. Wenn jemand ihn veräppelte, sagte Ellie: »Die Welt besteht aus ganz vielen Farben, wie dumm, alles in Schwarz-Weiß sehen zu wollen.« Und dann war Mario glücklich.

Ellie war die Einzige, die mit ihm redete. Italienisch war die Geheimsprache der beiden: freie Worte, die keiner verstand und die wie Pusteblumen durch die Luft schwebten.

Englisch ist für Mario die Sprache, in der man Dinge erledigt, Anweisungen befolgt, Hausaufgaben macht. Italienisch dagegen ist die Sprache des Fühlens. Auf Englisch hört Mario zu, lernt und gehorcht. Auf Italienisch hat er Wünsche, leidet und träumt. Auf Englisch gibt es all das, was er angehalten ist zu lernen. Auf Italienisch das, was er gerne vermitteln würde. Englisch ist die Sprache, die alle verstehen, die alle sprechen. Aber auf Italienisch gibt es die wichtigen Dinge, die er gerne sagen möchte. Wenn er so tut, als wäre er glücklich, macht er das auf Englisch. Wenn er wirklich wütend wird, macht er das auf Italienisch. Matheaufgaben löst man auf Englisch. Das Wasser des Flusses, der nachts zu einem Schleier aus türkiser Seide wird, beschreibt man auf Italienisch. Die Punkte beim Baseball zählt man auf Englisch. Die Küsse seiner Mutter schmeckt man auf Italienisch. Schulbücher liest man auf Englisch. Die Geschichten, die ihm Minerva vor dem Schlafengehen erzählt, sind auf Italienisch. Über seinen Vater, den berühmten Arzt, steht etwas in der Zeitung, und zwar auf Englisch. Von seiner Wut auf den Sohn erfährt man nichts, und daran leidet Mario im Stillen, auf Italienisch.

Mit Ellie hat er sich für die Sprache seiner Mutter entschieden, die Sprache, die aus dem Körper kam, die einzige, in der es sich lohnte zu sagen: »Ich brauche dich.« Außerdem tat die Wahrheit etwas weniger weh, wenn man sie auf Italienisch aussprach. Da klang sie weniger nackt, weniger gnadenlos.

Ellie war die beste Freundin, die Mario je gehabt hatte. Ihr machte es nichts aus, dass er zu langsam zum Fußballspielen war und zu schmächtig für Football und zu ungeschickt beim Schwimmen. Sie störte es nicht, dass er keine Ahnung von Mathe hatte und nicht Schach spielen konnte. Sie kümmerte es nicht, dass er keine Trophäen und Medaillen gewonnen hatte, und auch nicht, dass ihn die anderen als Freak sahen. Und vor allem hat Ellie ihn nie gefragt, ob er ein Junge oder ein Mädchen ist oder irgendetwas dazwischen, etwas Schwebendes. Ellie war in allem perfekt, sogar noch mehr als Minerva.

***

»Mit wem redest du?«, fragt Magnus.

»Mit keinem«, antwortet Mario und sieht Ellie an. Sie zwinkert ihm zu, wie um zu sagen: *schon klar.*

»Dann redest du mit dir selbst. Verrückte reden mit sich selbst.«

»Ich bin nicht verrückt.«

»Ich glaube, schon, verrückt und eine Schwuchtel noch dazu.«

Da ist wieder das Wort von Opa Sal. Aber diesmal weiß Mario, wie er darauf antwortet.

»Ich bin nicht, was du sagst, und außerdem ist das ein ganz gemeines Wort für jemanden, der eine Person desselben Geschlechts liebt. Aber ich kann das gar nicht sein, ich liebe nämlich noch niemanden.« Mario wirft Ellie noch einen Blick zu und hofft, dass ihm die Freundin das nicht übelnimmt.

»Und was bist du dann? Warum kommst du mit rosa Fingernägeln in die Schule?«

»Er ist ein Transgender«, platzt Ryder heraus, als ihm einfällt, was seine Mutter gesagt hat.

»Ein Trans-was?«, fragt Magnus.

»Mein Vater hat gesagt, die Demokraten hätten die Wahlen wegen den Transgenderklos verloren«, erklärt Kevin und rückt sich die Brille zurecht.

»Siehst du, was so Leute wie du anstellen?«, knurrt Magnus und schubst ihn mit beiden Händen gegen den Zaun.

Mario verliert das Gleichgewicht und fällt. Minerva läuft auf ihn zu. Sie überlegt schon, welchen Tritt sie Magnus verpassen soll – gerade, im Halbkreis oder von innen nach außen. Bei seinem Bruder hat vor Jahren ein gerader Kick gereicht, aber Magnus ist massiger als er.

Doch da steht Mario auf und zieht sich die schwarze Kapuze über den Kopf. Er sieht aus wie ein Jedi-Ritter in Ausbildung. Er nimmt kurz Anlauf und rammt Magnus mit dem Kopf voraus, direkt in den Magen. Magnus klappt zusammen. Kevin verzieht sich, Ryder spürt, wie ein wenig Urin ihm den Hosenschlitz nass macht. Magnus bleibt einige Sekunden lang am Boden liegen. Er versucht sich hochzurappeln, den Freak schlägt er zu Brei. Doch plötzlich kommen ihm halbverdaute Brocken von dem Hamburger hoch, den er in der Schulkantine verdrückt hat, und quellen ihm aus dem Mund. Das Zeug hat ihm seit dem Mittagessen wie ein Stein im Magen gelegen. Jetzt glitscht es ihm durch die Speiseröhre nach oben und verbrennt ihm die Kehle.

Während Magnus sich übergibt, tritt Mario zu ihm. Magnus denkt, dass er ihm noch eine verpassen will, und sieht sich nach einer Fluchtmöglichkeit um. Aber Mario streckt die Hand aus und legt sie ihm auf die Stirn, wie seine Mutter es tut, wenn ihm schlecht wird. Mit der anderen Hand zieht er ein Taschentuch hervor und wischt ihm damit den Mund ab. Es ist ein Taschentuch aus Leinen mit eingesticktem *M*, ein Geschenk von Nonna Maria. Für Mario ist das etwas ganz Besonderes.

Auch Minerva tritt jetzt näher und mustert ihren Bruder ungläubig. Mario, der sein Leben lang für alles zu langsam gewesen ist und den sie immer gegen die anderen verteidigen musste, gegen die Schulkameraden, gegen die Großeltern, gegen flüchtige Bekannte und sogar gegen Mutter und Vater, die zu sehr in ihren persönlichen Auseinandersetzungen gefangen waren, um zu verstehen, wie es ihm wirklich ging – Mario hat sich nicht nur selbst verteidigt, er hat auch noch bewiesen, dass Widerstand nicht Hass sein muss.

Mario nimmt die Wasserflasche aus seinem Rucksack und hält sie Magnus hin, der ein paar Schlucke trinkt. Dann hilft er ihm auf.

»Geht's dir besser?«

»Ein bisschen, ich weiß gar nicht, was mit mir los war«, sagt Magnus mit einem verlegenen Blick auf Minerva.

»Du solltest aufhören, diesen Kantinenfraß zu essen. Wenn du willst, bringe ich dir morgen eines von meinen berühmten Brötchen mit Schinken und Weichkäse mit. Die mache ich mir morgens selber, bevor ich in die Schule gehe.«

»Echt?« Magnus weiß nicht, was er sagen oder wo er hinschauen soll. Aber auf einmal ist dieses Kribbeln vorbei, das er an den Händen hatte. Er spürt es schon seit Jahren. Seit die anderen Kinder angefangen haben, ihn aufzuziehen, weil er so groß ist, vielleicht, seit ihn alle Magnus nennen. Eigentlich hat ihm dieser Spitzname noch nie gefallen.

»Tut mir leid, dass ich dich umgerannt habe, Joe.«

Joe würde gerne sagen, dass es ihm auch leidtut, aber er bringt nur hervor: »Dann kriege ich morgen so ein Schinkenbrot, ja?«

»Auf jeden Fall«, antwortet Mario, »mit extra Schinken drauf.«

Und so verabschieden sich Mario und Minerva von Joe, verlassen den Park, überqueren die Straße und schlagen den Heimweg ein. Auch Joe will sich davonmachen, tritt aber versehentlich in sein eigenes Erbrochenes.

»*Oh, shit!* Ist das eklig!«

»He, Joe«, ruft ihm Mario zu, »*take a walk on the wild side!*«

Und da kommt Joe ebenfalls über die Straße, schließt zu Mario und Minerva auf, und sie machen sich gemeinsam auf den Heimweg. Ryder sieht sie davonschlendern und ist traurig, dass offenbar keiner auf ihn warten wollte.

Sie gehen schweigend vor sich hin. Es wird schon fast dunkel. Dann hebt Joe die Hand zu einem schnellen Winken. Minerva mustert ihn. Die braunen Sommersprossen trampeln jetzt nicht mehr über seine Wangen, sie breiten sich auf seinem Gesicht aus wie die Enten, die im Herbst über den Fluss fliegen, auf ihrem Weg nach Süden.

Erst als sie vor ihrem Haus stehen, denkt Mario wieder an Ellie. Er dreht sich ruckartig um und sieht nach, ob sie vielleicht hinter ihnen steht, aber von Ellie keine Spur. Von nun an wird sie ihn nur noch selten besuchen. In den schwierigsten Momenten, etwa als sein Vater von zu Hause auszieht, als Minerva aufs College geht und dann noch, viele Jahre später, am Tag der Operation.

***

Seit Anfang des Schuljahrs will Minerva schon mit Jack Carnesecca sprechen. Nach der Grundschule sind sie sich auf der Mittelschule wieder über den Weg gelaufen, obwohl Jack ein Jahr älter ist. Minerva hat ja die fünfte Grundschulklasse übersprungen, und so sind sie jetzt beide im dritten Jahr. Jack ist nicht mehr so ein Fiesling wie in der Grundschule, aber er hat immer noch schlechte Noten und schwänzt oft den Unterricht. Nachdem sie ihn verprügelt hatte, haben sie zwei Jahre lang kein Wort mehr gewechselt. Oft haben sie einander jedoch aus der Ferne beobachtet. In der Kantine saßen sie am selben Tisch, zwar nicht nebeneinander, aber doch in Hörweite. Sie sind zusammen in *Romeo und Julia* aufgetreten, Minerva in der Rolle des Mercutio und Jack als Tybalt. Sie haben beim Schulvolleyballturnier gegeneinander gespielt. Aber geredet haben sie weiterhin nicht. Nach der Begebenheit im Park entschließt sich Minerva, ihn am Ausgang abzupassen.

»He, Jack dei Brughi!«

»Was? Du verwechselst mich mit irgendwem, ich heiße Jack Carnesecca«, antwortet er. Minerva durchbohrt ihn mit dem Blick, und Jack versucht auszuweichen, seine Augen irren von einer Seite zur anderen wie Billardkugeln auf der Suche nach einem Loch.

»Weiß schon, aber mir gefällt's so.«

»Und warum, wenn man fragen darf?«

»Das ist eine Figur aus dem Roman hier«, sagt Minerva und hält das Buch hoch, das sie in der Hand hat.

»The Baron in the Trees«, entziffert er mit Mühe. »Noch nie gehört.«

»Ist ein italienischer Roman. Eigentlich heißt die Figur in dem Buch Gian, Gian dei Brughi.«

»Und dieser Gian ist ein Baron?«

»Nein, der Baron heißt Cosimo. Gian ist ein Räuber und mit Cosimo befreundet. Sie werden Freunde, weil Cosimo anfängt, ihm Bücher zu leihen. Und je mehr Gian liest, desto weniger Lust hat er, als Räuber zu leben.«

»Und wie geht's dann weiter?«

»Tja, Gian dei Brughi ist halt trotzdem ein Räuber und hat schon alle möglichen Missetaten begangen, und als er eines Tages in eines von Cosimos Büchern vertieft ist, wird er festgenommen. Am Ende wird er an den Galgen gebracht, und wenn sie ihn aufhängen, kann er das Buch nicht fertig lesen, und das ist für ihn eine wahre Qual, noch schlimmer als der Tod. Aber Cosimo springt auf den Baum, an dem sie ihn gerade aufhängen wollen, und …«

»Und rettet ihn?«

»Nein, aber er verrät ihm, dass der Protagonist des Romans ebenfalls aufgehängt wird, und da fühlt sich Gian dei Brughi fast geehrt, weil er dasselbe Ende nimmt.«

»Und was habe ich mit diesem Räuber zu tun?«

»Keine Ahnung.« Minerva zuckt die Schultern. »Kannst du mir ja sagen, wenn du das Buch gelesen hast.«

Da bleibt Jacks herumirrender Blick bei ihr stehen. Minerva Bene ist das Schönste, was er je gesehen hat. Jack streckt eine Hand aus, öffnet sie nur ein kleines bisschen.

»Ich geb's dir zurück, wenn ich fertig bin.«

***

Es ist fast ein Uhr früh. Bruna hat die Nachricht abgeschickt und wartet auf eine Antwort. Sie ist ungeduldig, ihre Finger trommeln auf der Tastatur herum. Sie kritzelt etwas auf ein Stück Papier. Sie reibt sich die Augen. Blickt aufs Telefon. Keine Nachricht von Tom, der sich seit Tagen nicht gemeldet hat. Da ist eine Nachricht von Michael, ihrem Studenten. »Hast du Erfolg gehabt? Konntest du etwas herausfinden?« Bruna wirft einen letzten Blick auf den Bildschirm. Keine Antwort. »Ich suche James Brown, genannt Yunus, am 6. November 2016 von New York City nach Syrien aufgebrochen. Ich warte auf Nachricht von ihm«, so hat sie geschrieben. Wie sucht man jemanden im Darknet? Wie findet man einen jungen Schwarzen an einem dunklen Ort? Die Fäden des Spinnennetzes sind im Dunkeln unsichtbar. Deshalb verfängt sich ja die Beute darin. Das seidige Gewebe des Spinnennetzes und das chiffrierte des Darknet. Wie war Yunus dorthingelangt? War er ins Darknet gegangen, um zu spielen, wie es die jungen Leute manchmal machen, und am Ende als Dschihadist des IS wieder herausgekommen?

Michael hat sie zu DeafL0rd geführt, einem Hacker, der seine Dienste meistbietend verkauft und ihr helfen sollte, sich im Darknet zurechtzufinden. »Ich kenne ihn schon ewig, wir waren auf derselben Schule. Du wirst sehen, der weiß, was zu tun ist.« Der Unterschlupf des Hackers war eine Art Höhle in einem Souterrain in Jackson Heights. Von der Decke hingen Lavalampen wie Stalaktiten aus flüssigem, strahlendem Gelb und Orange. Auf der unverputzten Ziegelwand prangte der Schriftzug: *Tech giants are organized crime*, und darunter hing das Foto eines Gangsters mit einer MP in der Hand und einem Kopf mit drei Gesichtern: denen von Zuckerberg, Bezos und Jobs. Auf jeder verfügbaren Ablagefläche standen Laptops und anderes elektronisches Gerät. Ringsherum alle möglichen Bildschirme, überwiegend schwarz, mit Kommandozeilen auf Remoteterminals. Auf mehr als einem Bildschirm blinkte das Symbol von Kali Linux. Bruna fühlte sich an einen chinesischen Drachen erinnert, der sich anschickte, mit seinem spiralförmig gewundenen Schwanz die elektronische Beute zu umschlingen. Und dann Screenshots gehackter Macs, ein saurer Regen von Zahlenfolgen aus grünem Phosphor, Auflistungen von Payloads, infizierten Nutzdaten. Und Kreditkartennummern, die sich beim Vorüberziehen eines vagabundierenden Pixels aufzulösen schienen. Ein labyrinthischer Screensaver aus bunten

Röhren, der den Raum ausfüllte, um den gesamten Prozess dann wieder rückgängig zu machen. Das animierte GIF eines Totenschädels mit roten Augen, der im Rhythmus von *Scream Aim Fire* die Kiefer auf- und zuklappte. Und in einem entlegenen Winkel ein staubbedeckter 3D-Drucker.

DeafL0rd war ein Jamaikaner um die dreißig mit Dreadlocks und grün gesprenkelten Augen.

»Also gut, Professor, kennen Sie sich mit Zwiebeln aus?«

»Zwiebeln? Wie meinen Sie das?«, antwortete Bruna.

Michael trat neben sie. »Er redet von Tor«, wisperte er. »*The Onion Router*, der Browser, über den man Zugang zum Darknet bekommt.«

Bruna wurde rot. Von dieser Welt hatte sie keine Ahnung.

»Ich hab's dir schon am Telefon erklärt, DeafL0rd, meine Freundin braucht Zugang zum Chatroom des IS. Glaubst du, du könntest uns helfen?«

»Das wird euch eine Stange Geld kosten. Ich will fünfhundert Dollar sofort und fünfhundert bei Übergabe des .onion.«

»Geld ist kein Problem«, antwortete Bruna und legte die Summe in bar auf den Tisch.

»Lassen Sie mir ein paar Tage Zeit. Ich melde mich bei Ihnen. Dann bekommen Sie von mir eine .onion-Adresse. Damit loggen Sie sich in Tor ein, tippen die Adresse ein und warten auf Instruktionen. Wahrscheinlich müssen Sie in ein öffentliches Forum gehen, in dem irgendwo der Zugang zum Chatroom versteckt ist.«

»Soll das heißen, man kommt in den Chatroom des IS durch ein Forum, zu dem jeder Zugang hat?«

DeafL0rd lächelte. »Haben Sie nie Edgar Allan Poes ›Der entwendete Brief‹ gelesen?«

»Nein«, antwortete Bruna.

»Schade, sollten Sie mal machen. In Poes Geschichte versteckt der Dieb einen Brief an einem gut sichtbaren Ort, nämlich in einem Kartenhalter am Kaminsims. Die Polizei sucht überall, unter dem Teppich, in den Schubladen, hinter den Bildern an der Wand. Aber keiner denkt daran, den Kartenhalter näher in Augenschein zu nehmen, in dem der Dieb auch andere Schriftstücke aufbewahrt. Der Brief ist also offen zu sehen, und genau deshalb kann ihn die Polizei nicht finden. Um etwas wirklich zu verstecken, Professor, braucht man es nur allen unter die Nase halten, umgeben von nutzlosen Dingen, die davon ablenken.«

Was hatte Bruna über die Jahre nicht alles gesucht, ohne fündig zu werden. Ihr Leben war ihr lange Zeit verborgen geblieben, obwohl sie es doch Tag für Tag vor Augen hatte. Vielleicht würde es ihr im Dunkel des Internets, in der lichtlosen Welt verschlüsselter Nachrichten, endlich gelingen, seine Spur wiederaufzunehmen. Man muss etwas entfernen, um sehen zu können, denkt Bruna, muss alles aufs Wesentliche reduzieren. Und wenn das Überflüssige bei null ist, der ersten Ziffer, derjenigen, die DeafL0rd selbst im Namen trägt, dann kommen die wichtigen Dinge ans Licht. »Das Wort Ziffer«, hat ihr der Hacker gesagt, »kommt vom arabischen *sifr*, das ›nichts‹ bedeutet, null, und vom Sanskrit *Śūnya*, das leer heißt, abwesend und auch null. Das Wort ›chiffrieren‹ dagegen heißt verstecken, trüben. Um verborgene Dinge zu finden, um sie der Dunkelheit zu entziehen, brauchen Sie nur ringsherum eine Leere zu schaffen. Räumen Sie alles aus dem Weg, was nicht nötig ist.«

Zwei Tage nach der Begegnung mit DeafL0rd erhielt Bruna die .onion-Adresse auf einem Foto, das ihr von einer unbekannten Mail-Adresse aus zuging. Sie lud sich den Tor-Browser herunter und ging ins Darknet. Im Dunkel des Netzes, hatte DeafL0rd erklärt, wurden Waffen und Drogen verkauft, Morde in Auftrag gegeben, dort kommunizierte man mit Terroristen, aber es wurde auch die Demokratie gefördert. »Eine der meistverwendeten .onion-Adressen ist die Tor-Version von Facebook. Die Regierung in Peking kann sie mit ihrer Firewall nicht zensieren, auch wenn sie in der Lage ist festzustellen, wer davon Gebrauch macht. Manchmal, Professor, muss man im Dunkeln bleiben, um frei zu sein.«

Die Adresse führte zu einem Bild mit Instruktionen. Diese besagten, sie könne zwischen 00:45 h und 1:15 h in ein Forum für Übersetzungen aus allen möglichen Sprachen gehen. Dort solle sie das Icon »Kontakte« suchen, kenntlich an seiner elektrischblauen Farbe, und folgenden Benutzernamen und Passwort eingeben:

Username: Goldrush
Password: Bay'ha

Bruna ist also auf die Website gegangen, hat mit Mühe inmitten all der Nachrichten auf Arabisch, Urdu, Paschtu das Icon gefunden, über das der Kontakt hergestellt werden soll. Sie hat den Benutzernamen und das Passwort eingegeben. Inzwischen sind zehn Minuten vergangen, seit sie ihre Nachricht abgeschickt hat. Eine Antwort ist nicht gekommen. Und selbst wenn Yunus antwortet, was würde sie ihm sagen? Sie ist sich jetzt nicht mehr sicher.

Komm nach Hause, ich bin schwanger? Oder: *Du bist doch noch ein Junge, was hast du dir dabei gedacht?* Oder aber: *Es ist noch nicht zu spät umzukehren, ich rede mit dem FBI?*

Nichts von alledem hat Sinn. Und eigentlich weiß sie nicht, warum sie ihn überhaupt sucht. Fühlt sie sich für ihn verantwortlich, wie es seine Mutter wäre, wenn sie noch lebte? Oder will sie einfach, dass ihr Liebhaber zu ihr zurückkommt? Und wenn Yunus wirklich zurückkehrte, was für ein Vater wäre er für ihr

Kind? Ist sie überhaupt sicher, dass sie das Kind behalten will? Wie soll sie Minerva und Mario die Sache erklären? Wie wird ihre Familie reagieren? Und ihr Vater, Gino, der sie vor fast zwanzig Jahren nach Amerika ziehen ließ? War das das Leben, das er sich für sie gewünscht hat?

Goldrush – Bay'ha

Die Universität – der IS

Der Prophet – der Wal

New York – Mossul

Fuck you – Allahu Akbar

Der Wolkenkratzer – das Minarett

Dollar – Dinare

Die Professorin – der Imam

Der Student – der Soldat

Der Koran – die AK47

Das Kind – das Darknet

Die Tür – es klopft an der Tür. Bruna fährt von ihrem Stuhl hoch. Hat sie sich das nur eingebildet, oder hat da wirklich jemand geklopft?

Noch ein Klopfen.

Bruna klappt den Laptop zu und steht auf. »Wer kann das sein?«, fragt sie leise, während sie zur Tür geht.

Tom? Michael? DeafL0rd? Yunus? Mohammad? Der IS? Das Darknet?

Sie blickt durch den Spion. Es dauert ein wenig, bis sie scharf sehen kann.

Als sie ihn wiedererkennt, dreht sie sich von der Tür weg. Vielleicht geht er ja wieder, wenn sie sich still verhält. Sie wartet einige Sekunden lang, doch der Mann steht weiterhin da und klopft dann ein weiteres Mal. Der weckt mir noch die Kinder, denkt sie. Da beschließt sie, ihm aufzumachen.

»Was machen Sie hier um diese Uhrzeit?«

»Darf ich reinkommen?«

»Ich wollte gerade ins Bett gehen.«

»Es dauert nur ein paar Minuten, Professor.« Als Inspektor McGhillian eintritt, bringt er einen Schwall kalter Luft in die Wohnung. »Darf ich mich setzen?«

»Ja, sicher«, erwidert Bruna. Der Polizist nimmt auf dem Wohnzimmersofa Platz, sie selbst bleibt lieber stehen.

»Wie geht es Ihnen? Ich habe gehört, Sie würden nicht mehr an der Universität unterrichten.«

»Mir ging es nicht sehr gut, und da habe ich mich krankschreiben lassen. Ich brauche etwas Ruhe.«

»Ja, sicher, das ist ein schwieriger Moment für Sie …«

»Was wissen Sie schon davon?«

»Gut, Bruna, wahrscheinlich fragen Sie sich, warum ich zu so später Stunde zu Ihnen komme.«

»Ja, das tue ich. Mir hat noch nicht mal der Portier Bescheid gesagt, dass Sie unterwegs nach oben sind.«

»Ich möchte Sie nicht stören oder erschrecken. Ich bin nur gekommen, damit Sie keine Dummheit begehen.«

»Wovon reden Sie?«

»Sehen Sie, Bruna, DeafL0rd ist uns schon seit langer Zeit bekannt. Tatsächlich war er, bevor er sich selbständig machte, für uns tätig … Er ist keine vertrauenswürdige Person, ich rate Ihnen, sich von ihm fernzuhalten. Jedenfalls sind wir über Ihre Schritte im Darknet auf dem Laufenden.«

Bruna verschränkt die Arme, atmet scharf aus, schüttelt den Kopf. »Spionieren Sie mir jetzt auch schon hinterher? Ich dachte, das Darknet wäre vor wissbegierigen Staaten geschützt.«

»Irgendein Weg findet sich immer, um Dinge zu erfahren. Mit der passenden Spyware kommt man überall hinein. Sie müssen verstehen – wir sind verpflichtet, US-amerikanische Bürger zu schützen.«

»Und das rechtfertigt, was Sie tun?«

»Darum geht es hier nicht, Bruna. Die Sache ist eine Nummer zu groß für Sie, hören Sie auf mich, lassen Sie lieber die Finger davon. Wenn jemand nicht gefunden werden will, ist es nutzlos, nach ihm zu suchen.«

»Yunus könnte sich noch retten. Wenn ich es schaffe, mit ihm zu reden, überlegt er es sich bestimmt anders.«

»Nein, da täuschen Sie sich, Sie könnten ihn vielmehr in Schwierigkeiten bringen. Man könnte ihn verdächtigen, ihn anklagen, ein Maulwurf zu sein. Wenn ihn sein Umfeld für einen Spion hält, ist für ihn alles vorbei. Man würde ihn an eines von den Kreuzen hängen, die in den Videos im Internet zu sehen sind. Glauben Sie mir, was Sie da machen, könnte den jungen Mann schwer in Gefahr bringen.«

»Und was soll ich dann tun, etwa zusehen, wie er sein Leben wegwirft, wie er allein in diese Hölle geht?«

»Jungen wie ihm ist ihr Weg von Anfang an vorgezeichnet. Sie haben keine Chance, einen anderen zu wählen. Es musste genau so kommen, wie es gekommen ist.«

»Genau mit dieser Mentalität machen Sie diese Jungen kaputt, Inspektor. Sie geben sie von vornherein verloren, erklären sie zu Kollateralschäden unserer Demokratie.«

»Machen Sie mir keine Vorwürfe, Professor, ich bin nur ein alter Cop. Weder Sie noch ich können die Probleme des Landes lösen, und die Probleme der Welt schon gar nicht.«

»Yunus ist kein Verbrecher. Er hat nur Pech gehabt. Er büßt für die Sünden der anderen.«

Und während sie das sagt, legt sich Bruna instinktiv eine Hand auf den Unterleib. Auch wenn Yunus nicht wiederkommen sollte, das Kind, das sie erwartet, wird nicht für die Sünden der anderen bezahlen. Jetzt ist sie da ganz sicher. Das Kind ist das Einzige, was zählt. Der Rest ist überflüssig, bleibt im Dunkeln, ist null.

***

Bruna legt sich ins Bett, kriecht unter die Decken. Sie schaudert, wenn sie an das Gespräch mit McGhillian zurückdenkt, ans Darknet, an die Nachricht, die sie Yunus vergeblich geschickt hat. Im Zimmer ist es kalt. Sie zieht die Knie an die Brust. Sie hasst es, sich Nacht für Nacht allein in dieses leere Bett zu legen. Es scheint nur dafür da zu sein, sie an ihr Versagen zu erinnern. Ihr Wunsch war, die Familie zusammenzuhalten, mit Tom die Kinder großzuziehen, mit ihm alt zu werden. Nur deshalb ist sie über all die Jahre bei ihm geblieben. Ihre Kinder sollten eine sorglose Kindheit haben, zwei Eltern, die sie lieben, die Liebe und die Sicherheit, die auch sie erlebt hatte, doch als Erwachsene hatte sie das bei allem guten Willen nicht nachzubilden gewusst. Es war ihr misslungen, Tom davon zu überzeugen, dass das Leben, das sie ihm bot, für sie beide Glück bedeutete. Auch er hatte sich Mühe gegeben, so zu leben, wie sie es wollte, doch dabei war es, als spielte er nur Theater, und dafür fühlt sich Bruna jetzt zutiefst verantwortlich.

Wir können die Oberfläche polieren, das Raue glätten, die eine oder andere Kerbe kaschieren, aber uns verändern – nein, noch nicht einmal aus Liebe. Wenn sich jemand ändert, dann weil die Veränderung bereits in ihm steckte. Sie hat nur darauf gewartet, ans Licht zu kommen.

Während Bruna all das denkt, hört sie Minervas rasche, leichte Schritte, und dann steigt sie zu ihr ins Bett und schmiegt ihre Füße an die ihren.

»Ich kann nicht schlafen. Ich habe schlecht geträumt. Darf ich ein bisschen bei dir bleiben?«

Bruna nimmt ihre Tochter in den Arm. Sie spürt die kleinen Brüste, die gegen ihre eigenen drücken. Minerva fängt an, ihr von dem Traum zu erzählen. Wie üblich ist es ein hochkomplizierter Traum voller unverhoffter Wendungen und unerklärlicher Ereignisse. Bruna verliert fast auf der Stelle den Faden. Manchmal macht ihr die Intelligenz ihrer Tochter Sorgen. Für ein Mädchen von dreizehn Jahren ist es sicherlich schwierig, die Last und Komplexität eines hyperfunktionalen Erwachsenenhirns zu tragen. Durch diese Intelligenz bleibt ihr nichts erspart: Sie sieht alles, kapiert alles, sie hatte noch nie die Naivität und Unbeschwertheit, die manche Kinder vor den Leiden der Erwachsenen schützt.

»Hörst du mir überhaupt zu, Mama?«, fragt Minerva irgendwann.

»Entschuldige, Schatz. Ich bin müde. Es ist schon so spät. Warum versuchen wir nicht zu schlafen? Bleib einfach hier. Du kannst bei mir schlafen.«

Da steckt Minerva ihre kalten Hände unter das Nachthemd der Mutter. Und fasst ihr an den warmen Bauch, wie um zu fühlen.

»Du bist ja eiskalt«, sagt Bruna.

»Mach dir keine Sorgen«, erwidert sie. »Ich helfe dir.«

Da wird Bruna klar, dass Minerva Bescheid weiß. Ihre Tochter konnte noch immer ihr Innerstes lesen, so als würde sie auch nach der Geburt stillschweigend weiter in ihr leben.

6.

American Gothic

New York, Oktober 2016

Mein Vater hat Kerzen immer gehasst. Einmal kam ich mit Zimtduftkerzen von der Schule, die ich bei der Weihnachtstombola gewonnen hatte. Er warf sie alle in den Müll. Sie erinnerten ihn an die Kerzen, die seine Mutter verwendete, um Kokainkristalle zu erhitzen. Meine Großmutter war »eine Crackhure«, so nannten die Leute diejenigen, die sich für die nächste Dosis prostituierten. Crackhuren waren alle gleich. Sie hatten vom Rauchen aufgerissene Lippen und das Gefühl, bei lebendigem Leib von Parasiten zernagt zu werden, den Insekten, die das Crack auf sie losließ. Die Wahnvorstellungen waren so stark, dass sie sich die Haut blutig kratzten. Die damaligen Politiker hielten diese Frauen für *»welfare queens«*, die sich nur für eines interessierten, ihre Sozialhilfeschecks einzustreichen und auf Kosten der Beitragszahler – der weißen Amerikaner – zu leben. Kein Politiker sagte offen, dass die *welfare queens* Schwarze waren, die in den Ghettos der großen Städte lebten. Das war auch nicht nötig, jeder wusste, wer damit gemeint war. Wenn jemand meine Großmutter wegen des Besitzes von Crack angezeigt hätte, wäre sie ins Gefängnis gekommen, und nach ihrer Entlassung hätte sie keine Sozialwohnung mehr gehabt, keine Sozialhilfeschecks, keine Lebensmittelmarken und keine Chance auf Arbeit. Wer will schon einen ehemaligen

Sträfling einstellen, einen Drogensüchtigen. Drogensüchtige waren keine Menschen, die einen Entzug brauchten, sondern Delinquenten, die bestraft, die weggesperrt gehörten. Das ist sehr lange so gewesen. Erst heute, da die Opioidkrise die Weißenviertel und die Mittelschicht erreicht hat, spricht man von Drogensüchtigen als Kranken, die geheilt werden müssen.

Du weißt ja, Bruna, mein Vater war alles für mich. Die meisten meiner Freunde hatten keinen Vater, aber ich schon. Die Väter meiner Freunde hatten in der Regel mehrere Kinder mit verschiedenen Frauen, ich war der einzige Sohn meines Vaters. »James, du bist für mich das Wichtigste auf der Welt«, sagte er zu mir. Ich weiß nicht, wie er gelernt hat, Vater zu sein, denn seinen eigenen hat er nie kennengelernt. Er war 1975 in West Baltimore geboren. Sein Vater fehlte unentschuldigt, wie die Väter so vieler anderer. Er hatte mit anderen Frauen weitere Kinder und kümmerte sich um keines davon. Wie viele andere Familien war auch die meiner Großeltern aus den Südstaaten der USA in den Norden gekommen, um der Rassentrennung zu entrinnen. Aber im Norden stießen sie auf neue Formen von Rassismus. Meine Großmutter sagte immer, der einzige Unterschied zwischen den Süd- und den Nordstaaten sei, dass dir die Leute im Süden das Wort »Nigger« ins Gesicht schrien, im Norden sagten sie es hinter deinem Rücken.

In den achtziger Jahren erreichte das Crack Baltimore, und meine Großmutter wurde drogenabhängig. Fast alle Familien in den Armenvierteln von Baltimore wurden von der Crackepidemie getroffen. Paradoxerweise nahm der Konsum immer stärker zu, je mehr in den Medien darüber geredet wurde, vor allem in den armen Randbezirken der Großstädte. Damals kostete eine Dosis nur 2 Dollar und 50 Cents. Auf ein schwindelerregendes High folgte der komplette Absturz bis zur nächsten Dosis. Viele

Abhängige landeten im Gefängnis. 1986 beschloss der amerikanische Kongress ein Gesetz, nach dem der Besitz einer Crackmenge von fünf Gramm mit einer Mindeststrafe von fünf Jahren Gefängnis belegt wurde, dasselbe Strafmaß wie für den Besitz von fünfhundert Gramm Kokain – der Droge der Reichen. Achtzig Prozent derjenigen, die wegen Crack ins Gefängnis kamen, waren Afroamerikaner. Sie verloren alles: das Wahlrecht, den Anspruch auf eine Wohnung, auf Arbeit, auf Sozialhilfe. Das war der neue Rassismus, die neuen Jim-Crow-Gesetze.

Ich weiß nicht, wie mein Vater dem Crack und dem Knast entronnen ist. Vielleicht hat sich eine Lehrerin wie du, Bruna, seiner angenommen, weil er sich in der Schule Mühe gab, oder vielleicht war es die Kirche, ich weiß, dass er in jungen Jahren eine Pfingstgemeinde besuchte, allerdings bevor er Baldwin gelesen hatte. Nach dem Highschoolabschluss zog mein Vater von Baltimore nach New York und schrieb sich an der Universität ein, um Englische Literatur zu studieren. Er wollte Schriftsteller werden. Um sein Studium zu finanzieren, übernahm er alle nur erdenklichen Jobs, als Hilfsarbeiter, als Kellner, als Müllmann. In einem Jahr, in dem er Mietschulden hatte, posierte er nackt für eine schwule Zeitschrift namens *Black Inches.* Dann lernte er meine Mutter kennen, und kurze Zeit später kam ich. Er musste die Universität verlassen, um seine Familie zu ernähren, aber er las weiterhin viel und schrieb Geschichten. Von den Texten, die er verfasst hat, ist mir keiner geblieben. Als er starb, ließ der Eigentümer unserer Wohnung alles verkaufen, was wir hatten, um die ausstehenden Mietzahlungen abzudecken. Die Storys sind wohl auf der Müllkippe geendet.

»Warum liest du immer?«, fragte ich ihn, wenn er abends nach Hause kam und mit der Müdigkeit des Tages kämpfte, um weiterlernen zu können.

»Fast alles Positive, was in den letzten Jahren auf der Welt getan wurde, und sicher alles Schlechte wurde auf Englisch erdacht, umgesetzt und erzählt«, antwortete er. »Nur wenn man die Zauberkraft dieser Sprache kennt, kann man die Welt verändern.« Ich nickte, ohne zu verstehen, nahm mir aber ein Buch und streckte mich neben ihm zum Lesen aus.

Mein Vater hatte mich James genannt, nach seinem Lieblingsschriftsteller, James Baldwin, und jeden Abend las er mir nach dem Abendessen ein paar Absätze aus Baldwins Büchern vor.

»Denn dies, mein Freund, ist Dein Zuhause, lass Dich nicht daraus verjagen; große Männer haben hier Großes vollbracht und werden weiter Großes vollbringen, und wir können Amerika zu dem machen, was Amerika werden soll.«

Ich konnte das nicht verstehen. In diesen Büchern standen so viele schwierige Wörter, die ich noch nie gehört hatte, und noch schwierigere Gedankengänge, die mich nur verwirrten, aber die Stimme meines Vaters war das schönste Schlaflied der Welt. An Winterabenden legten wir uns gleich nach dem Abendessen ins Bett, um uns aufzuwärmen. Ich habe nie ein eigenes Bett gehabt. Ich habe bei meinem Vater geschlafen, bis sie ihn mir weggenommen haben. Ich drückte mich an seinen nackten Körper, der auch im Winter glühendes Magma war. Und legte den Kopf in seine Armbeuge, schlief ein, während seine Stimme in der Brust widerhallte. Nach wenigen Minuten schwitzten wir beide, aber keiner von uns dachte daran, sich vom anderen zu lösen, wir verharrten so bis zum Morgen, ohne uns zu rühren.

Mit acht Jahren kam ich auf die katholische Schule. Wir waren nicht gläubig. »Die Kirche und die christlichen Nationen«, sagte mein Vater, »haben das Evangelium missbraucht, um andere zu unterdrücken und zu erobern. Sie behaupten, durch Leid in diesem Leben würden wir uns das Paradies im Jenseits verdienen.

Aber das Paradies der Weißen ist die Hölle der Schwarzen auf dieser Erde!« Doch in dem Viertel, wo ich wohnte, war die öffentliche Schule heruntergekommen und der Umgang dort von Gewalt geprägt, während die katholische Schule Eifer und Disziplin förderte. Ich war der einzige der Jungen in meiner Straße in der Bronx, der morgens das Haus in der Uniform der katholischen Schule verließ. Wenn meine Nachbarn mich veräppeln wollten, nannten sie mich Prinz James. »Wie geht's Prinz James heute Morgen?« Jeden Tag vor dem Unterricht betete ich zusammen mit den anderen zu einem Gott, an den ich nicht glaubte. Ich habe auch die Erstkommunion mitgemacht, aber unter dem Katechismus versteckte ich immer einen Roman von Kipling. Weihnachten haben wir nie gefeiert, stattdessen gingen wir zur Armentafel, servierten dort bis zu achthundert Essen an einem Abend. An Thanksgiving aßen wir keinen Truthahn, sondern fasteten mit den Native Americans. Damals waren mein Vater und ich glücklich. Das Schicksal hatte ihm seine Lieben genommen, aber ihm auch mich gegeben, und das entschädigte ihn für alles. Lange Zeit glaubte er, das Leben habe ihn endlich vergessen und sei damit beschäftigt, Tausende andere Schwarze zu quälen, doch das war nur eine Illusion.

Mein Vater sagte immer, unsere Leute lebten am Rande des Abgrunds. Eine Kleinigkeit sei schon genug, eine nicht bezahlte Geldstrafe, eine Verkehrskontrolle auf dem Highway oder ein banaler Streit mit dem Nachbarn, Dinge, die im Leben der Weißen keinen großen Unterschied machen würden, aber uns brächten sie um Kopf und Kragen. Deshalb war er immer vorsichtig, passte bei allem auf, was er tat. Um mich herum war er wie ein großer Wachhund, bereit, jeden Angriff abzufangen, der auf mich zukommen könnte. Das wurde mir erst später klar, als ich allein zurückblieb.

Als mein Vater noch in Baltimore lebte, wurde das Drogenproblem von den Medien reißerisch ausgeschlachtet. Die abendlichen Nachrichtensendungen redeten von einer Epidemie, einer Pest, von Kindern, die schon high geboren würden. Auf dem Bildschirm liefen die Bilder von Polizisten, die alles taten, um Dealer festzunehmen, in den Ghettos auszumisten. Die Angst vor dem schwarzen Mann kehrte zurück. Für die Medien war das Drogenproblem ein wahres Geschenk des Himmels, die sensationsträchtigste Nachricht seit dem Watergate-Skandal und dem Ende des Vietnamkriegs. Im kollektiven Imaginären waren Drogenabhängige und Dealer immer nur Schwarze, und gedealt wurde immer in den Ghettos, als wären nicht die Weißen die größten Konsumenten von Betäubungsmitteln, als würde in den Reichenvierteln und an den Privatschulen der Weißen nicht genauso mit Drogen gehandelt. Die Medien beschrieben das Drogenproblem als Krieg, und wir Schwarzen waren die Feinde, nur wir galten als Verbrecher. Von Kriminalität zu reden bot eine Möglichkeit, über Rasse zu reden, ohne als Rassist zu erscheinen. Für Politiker war es vorteilhaft, Crack als Ursache der Armut der Schwarzen darzustellen und nicht etwa umgekehrt. Anstatt die chronischen Probleme der Randbezirke zu lösen – die verfallenden Schulen, das Sozialhilfesystem, das die Leute nicht selbständig machte, sondern für immer abhängig von Regierungsschecks, den Mangel an Arbeitsplätzen aufgrund der Globalisierung und der Abwanderung der industriellen Produktion –, anstatt etwas dagegen zu unternehmen, schoben sie die Schuld den Drogen zu und suchten die Lösung darin, die Junkies wegzusperren. Aber der Krieg gegen die Drogen war ein verdeckter Krieg gegen die Schwarzen. Das Strafmaß wurde verschärft, und die neuen Gesetze machten es der Polizei leichter, verdächtige Personen festzunehmen. Jahrelang habe ich mit angesehen, wie die Polizei in unsere Viertel kam und

Dutzende von Jugendlichen automatisch die Hände hoben und die Beine spreizten, um sich filzen zu lassen. Das war fast schon ein erlernter Reflex. Sie wussten, dass sie schuldig waren, solange nicht das Gegenteil bewiesen wurde. Sie nahmen schon ganz von selbst diese Haltung ein, wie Michelle Alexander in ihrem Buch schreibt, das ich dir geschenkt habe und das mein Leben verändert hat.

Wie viele Ungerechtigkeiten und Gräueltaten wurden in der Geschichte der Menschheit im Namen von Sicherheit und Ordnung begangen. Darüber haben wir beide ja oft geredet, Bruna. In den Vereinigten Staaten von heute, die Unbedarfte noch immer als *colorblind* bezeichnen, als gleichgültig gegenüber der Hautfarbe, ist es nicht mehr politisch korrekt, Hass auf Schwarze offen zuzugeben. Verbrecher zu hassen, die halt dann auch schwarz sind, das kann man noch eingestehen.

Schwarz = Verbrecher = weniger als ein Mensch, drei Fünftel von einem Menschen, wie zur Zeit der Sklaverei.

Alle Menschen sind gleich geschaffen, schrieb Thomas Jefferson in der Unabhängigkeitserklärung. Aber wenn die Schwarzen weniger sind als Menschen, wenn sie nur drei Fünftel von einem Menschen sind, ist es legitim, sie zu versklaven. Und wenn schwarze Verbrecher weniger als Menschen sind, dann ist es moralisch richtig, ihnen alles wegzunehmen. Die Sklaverei wurde 1865 durch den 13. Zusatzartikel zur Verfassung der Vereinigten Staaten abgeschafft. An jenem Tag wurden die Sklaven freie Menschen. Doch der Zusatzartikel sieht eine Ausnahme vor: Verbrecher. Wer sich ein Delikt zuschulden kommen lässt, wird für immer Sklave, Sklave des Staates, des Leviathan. Verbrecher sind die neuen Sklaven.

Habe ich dir schon mal gesagt, dass mir mein Vater, als ich klein war, gerne die Geschichte von Hams Fluch erzählte? »Nach der Sintflut bepflanzte Noah einen Hügel mit Reben, der edelsten der Pflanzen, und arbeitete dort mit seinen drei Söhnen: Sem, Jafet und Ham. Eines Tages betrank sich Noah, zog sich im Zelt nackt aus und schlief ein. Ham, dessen Name ›schwarze Erde‹ bedeutet, sah seines Vaters Blöße. Da ging er, anstatt sich respektvoll zurückzuhalten, zu seinen Brüdern, um ihnen davon zu erzählen. Sem und Jafet betraten das Zelt des Vaters im Rückwärtsgang, um ihn nicht nackt zu sehen, und bedeckten ihn mit einem Umhang. Als Noah erwachte, verfluchte er Ham dafür, ihn entehrt zu haben, und sagte voraus, dessen Sohn Kanaan werde Sems und Jafets Knecht werden. Von Ham stammen die Ägypter ab, die Äthiopier, die afrikanischen Stämme und die Völker des Nahen Ostens. Von Sem und Jafet hingegen stammen die Europäer. So haben die Leute im Westen die Bibel missbraucht, um unsere Sklaverei zu rechtfertigen.« Sooft mir mein Vater diese Geschichte erzählte, musste ich denken, dass all unsere Sorgen vor Tausenden von Jahren angefangen hatten, in dem Augenblick, in dem die Beziehung zwischen einem Vater und einem Sohn zerstört wurde. Mein Vater und ich dagegen standen uns so nahe.

In den USA hat ein Verbrecher keine Chance auf Rehabilitation. Er ist ein Paria, für immer aus der Gesellschaft verbannt, als Bürger so gut wie tot. Die Leute glauben, das Verbrechen sei Teil unserer DNA, glauben an ein Gen, das wir von unseren Eltern übertragen bekämen. Es heißt, die Schwarzen seien keine guten Eltern. Es heißt, es sei an der Zeit, dass die Schwarzen Verantwortung übernähmen, dass sie sich um ihre Kinder kümmerten. Es heißt, sie müssten ihre Mentalität ändern. Das ist, als hieße es, wir müssten endlich Menschen werden. Aber über die Gefängnisse sagt man nichts.

Wo sind unsere Väter denn gelandet? Wo sind die schwarzen Männer verschwunden? Warum sagt keiner, dass eine Million

Schwarze im Knast sitzen? Wie soll man von dort aus ein guter Vater sein? Unsere Väter sitzen im Gefängnis, oder sie waren dort und schweben nun täglich in Gefahr, wieder eingesperrt zu werden. Wenn sie herauskommen, stellen sie fest, dass sie alles verloren haben, sie können nicht einmal mehr für sich selber sorgen. Die Ghettos sind die Minen, aus denen Strafgefangene gewonnen werden, die man dann in den Gefängnissen arbeiten lässt. Unsere Zukunft hängt nicht davon ab, wie sehr wir uns heute anstrengen, sie ist in den ungerechten Gesetzen des Landes schon festgelegt. Einst waren wir die verfluchten Kinder von Ham, die zur Knechtschaft Verdammten, heute sind wir die Kinder von Kain, für immer Verbrecher. Es heißt, wer im Gefängnis sei, habe sich dieses Schicksal selbst ausgesucht. Es heißt, man habe immer eine Wahl. Wer im Gefängnis sei, habe das Verbrechen gewählt. Aber das stimmt nicht. Das System lässt dir keine Wahl, es lockt dich in eine Falle. Für jeden Räuber, der mit Jesus ins Paradies gelangt, fahren Millionen hinunter in die Hölle. Glaub mir, Bruna, ein tadelloses Leben zu führen wird mich nicht retten. Meinem Vater hat es auch nichts genutzt.

Es war Abend, als mein Vater in der Bronx die Third Avenue hochfuhr. Ich habe von diesem Tag nie wirklich gesprochen. Wenn ich das tue, ist der Schmerz wieder präsent. Lieber will ich schreiben, so gelingt es mir, die Ereignisse auf Abstand zu halten, damit sie mich nicht umbringen. Er war auf dem Heimweg von der Arbeit. Ich erwartete ihn zum Abendessen. Er hatte auf der Arthur Avenue Pizza und sizilianische Cannoli mitgenommen. Als er an einer Ampel stand, sah er unseren Nachbarn, Kamal. Kamal war fünfzehn, drei Jahre älter als ich. Er hatte keinen Vater, vielleicht erinnerte er meinen Vater deshalb daran, wie er selbst als Jugendlicher gewesen war, damals in Baltimore. »Alles gut, Mann?« So ging es los. Kamal behauptete, er komme vom

Sport, sein Vorderreifen habe einen Platten. Mein Vater bot an, ihn mitzunehmen. Auf der Fahrt hielt Kamal die Fußballtasche auf seinen mageren Beinen. Sie schien ziemlich schwer zu sein, aber er drückte sie an sich wie ein Kind. Sooft der Wagen über ein Schlagloch holperte, schloss er die Arme fester darum. »Leg sie doch nach hinten zu meinem Zeug, dann hast du's bequemer.« Kamal gehorchte widerwillig. Er hob die Tasche mit Mühe hoch und wuchtete sie auf den Rücksitz, neben den Beutel, den mein Vater zur Arbeit mitnahm, er hatte darin sein Mittagessen, die Bücher und den Blaumann, den er für Reinigungsarbeiten anzog. Eigentlich wollte Kamal das nicht, aber es schien ihm besser, nicht zu widersprechen. »Wie läuft's in der Schule? Legst du dich ins Zeug?«

Es war das Memorial-Day-Wochenende, also eigentlich ein Feiertag, aber mein Vater hatte an diesem Samstag bis spät gearbeitet. Kamal hatte niemand gesagt, dass die Polizei an Feiertagen mehr kontrolliert. Sie waren ein paar Kilometer gefahren, als sie herausgewinkt wurden. Kamal erstarrte. Instinktiv legte er die Hand an den Türgriff, hoffte, dass mein Vater nichts merken würde. »Ruhig, Mann, wir müssen nur ruhig bleiben. Ich bin hier schon Dutzende Male angehalten worden. Du hast nichts zu befürchten.« Mein Vater setzte den Blinker und machte sich bereit, rechts ranzufahren. Er sah einer simplen Kontrolle entgegen. Führerschein, Fahrzeugpapiere und ab nach Hause. Kamal dagegen wäre am liebsten aus dem Auto gestiegen und fortgerannt. Warum nur hatte er sich von diesem Mann mitnehmen lassen, der ihm bei jeder Gelegenheit eine Predigt hielt, gerade als ob er sein Vater wäre?

»Ein leichter Job, astrein«, hatte Spade zu ihm gesagt. »Du nimmst einfach dein Rad und fährst die Tasche hinter in die Siedlung. Ein Kinderspiel.« Ein Kinderspiel mit einem Sturmgewehr, zwei 9-Millimeter-Pistolen und einem halben Kilo Heroin. Der Initiationsritus zur Aufnahme in die Gang.

Kamal geriet in Panik. Er versuchte, sich die Tasche vom Rücksitz zu schnappen, schaffte es aber nicht, auf einmal fehlte ihm die Kraft. »Was willst du denn da hinten?«, fragte mein Vater. Als er sich zu ihm umdrehte, verlor er einen Moment lang die Kontrolle über das Fahrzeug, er musste jetzt eigentlich bremsen und anhalten.

»Was ist in der Tasche, Kamal?«

»Halt nicht an«, schrie der Junge. »Fahr ein Stück weiter und lass mich raus!« Und während der Wagen noch rollte, riss er die Beifahrertür auf und streckte den Fuß hinaus. »Wenn du anhältst, springe ich raus und werfe mich vor ein Auto!«

»Bist du verrückt geworden? Wenn ich nicht anhalte, bringen die uns beide um!« Doch dabei trat mein Vater aufs Gaspedal und fuhr, statt stehenzubleiben, geradewegs an der Verkehrskontrolle vorbei. Einer der Polizisten sprang auf sein Motorrad und nahm die Verfolgung auf.

»Halt nicht an«, schrie Kamal weiter auf ihn ein. »Halt nicht an, sonst bringe ich mich um!«

»Verdammte Scheiße, was hast du in der Tasche?« Mein Vater sah im Rückspiegel den Polizisten auf dem Motorrad näherkommen, aber er glaubte immer noch, das alles klären zu können. Mit einer Hand am Lenkrad drehte er sich zum Rücksitz und griff nach der Tasche. Er zog den Reißverschluss auf und tastete nach dem Inhalt. Er dachte, der Junge hätte darin einen Joint versteckt oder vielleicht einige Pillen Ecstasy, doch da spürte er die Kälte des Metalls. Er trat auf die Bremse und hielt den Wagen an. Anstatt die Hand wieder herauszuziehen, packte er eine der Pistolen und zog sie aus der Tasche, wie um sicherzugehen, dass er sich nicht täuschte. »Wie konntest du mir das antun?«, fragte er ungläubig. Im nächsten Augenblick erschien die Gestalt des Polizisten an seinem Fenster. Er hielt eine Pistole auf ihn gerichtet.

Zwanzig Minuten später waren die beiden auf dem 48. Polizeirevier in der Bronx, mein Vater in einem Raum, Kamal im anderen, beide überrascht, noch am Leben zu sein. Die Ermittler nutzten ihre Chance und bombardierten sie in Abwesenheit von Anwälten mit Fragen. Kamal antwortete, obwohl man ihm erklärt hatte, dass er das Recht habe zu schweigen. Auch mein Vater beantwortete die Fragen. Er hätte wissen müssen: Wer ohne Anwalt mit einem Polizisten redet, schwächt nur die eigene Position. *You cannot talk yourself out of an arrest, but you can talk yourself into it.* Mein Vater versuchte zu erklären, dass das alles ein großes Missverständnis sei. »Ich wusste nicht, was in der Tasche ist, ich habe mit dieser Geschichte nichts zu tun. Tut mir leid für den Jungen, ich hatte gehofft, dass er einen anderen Weg einschlägt. Ich muss jetzt nach Hause, es ist spät. Mein Sohn wartet schon auf mich.«

Später an der Universität habe ich mich mit dem Gefangenendilemma beschäftigt. Aber im schulmäßigen Fall sind beide Gefangenen schuldig und beschließen zu kooperieren, weil sie sonst länger ins Gefängnis kommen. Mein Vater aber war unschuldig. Du musst mir glauben, Bruna. Kamal sagten die Polizisten, mein Vater habe behauptet, er sei ein Waffen- und Drogenkurier. Das hat mir Kamal selbst erzählt, bevor er letztes Jahr an einer Überdosis starb. Sie sagten, er riskiere viele Jahre Gefängnis, werde seine Mutter nie wiedersehen. Und er würde nicht erst ins Erziehungsheim kommen, sondern direkt in ein Gefängnis für Erwachsene. Wenn er da rauskäme, wäre er ein alter Sack, wofür sollte er dann noch leben. Dann versprachen sie, wenn er sich kooperativ zeige, werde ihn der Bezirksstaatsanwalt auf Bewährung rauslassen, vielleicht sogar ganz von Strafverfolgung absehen. »Wir sind nicht auf dich aus, Junge, uns interessieren nur die großen Fische.«

Kamal hatte viele Geschichten aus dem Gefängnis gehört, von Leuten, die wirklich dort gewesen waren. Mit Exkrementen verschmierte Wände, Mäuse in den Zellen, Bandenkriege, prügelnde Wachleute und die langen Monate im »Loch«, der Isolationszelle, zwölf Fuß lang und acht Fuß breit, wo sie einen allein lassen, bis man durchdreht. Jugendliche Strafgefangene werden dort nicht als *adolescents* bezeichnet, sondern als »animalescents«. Und da man sie auch wie Tiere behandelt, werden sie zu Tieren. Manche brüsten sich mit ihrer Zeit im Knast. Aber für den Großteil von ihnen bleibt das Gefängnis ein Drecksloch, das man unmöglich überlebt.

Während die Polizisten Kamal seinem Dilemma überließen, sagten sie meinem Vater, der Junge beschuldige ihn, die Drogen und die Waffen in die Tasche gepackt zu haben. Ihn habe er überredet mitzufahren, damit sie weniger auffielen, Vater und Sohn, wie es so viele gab. Er habe einen Minderjährigen mit hineingezogen, die Sache könne ihm sieben Jahre eintragen, vielleicht auch mehr. Wenn er dann aus dem Gefängnis komme, werde ihn sein Sohn nicht wiedererkennen, und ohne ihn würde ich bald auf die schiefe Bahn geraten, so wie alle anderen. Dann schlugen sie ihm einen Deal vor. »Gib uns die Namen der anderen Bandenmitglieder, dann kommst du schnell wieder nach Hause, vielleicht schon heute Abend. Wenn du kooperierst, bist du höchstens für eine leichte Straftat dran, das gibt einige Tage Gefängnis und fertig.« Ein anderer sagte: »Bekenn dich schuldig, dann sitzt du ein paar Jahre ab und kommst auf Bewährung raus.« Aber mein Vater war unschuldig, und sich für schuldig zu erklären kam überhaupt nicht in Frage, im Gegenteil, er würde vor Gericht gehen und seine Unschuld beweisen. Die Lage war jedoch äußerst kompliziert. Da waren seine Fingerabdrücke auf der Pistole. Da war die Aussage Kamals, der behauptete, die Tasche gehöre nicht ihm, sondern meinem Vater, schließlich habe sie auf dem Rücksitz seines Wagens gelegen, bei all seinen Sachen. Einer der Polizisten von der Verkehrskontrolle sagte aus, eindeutig gesehen zu haben, wie mein Vater die Pistole aus der Tasche gezogen und sie dann wieder hineingesteckt habe. Und dann war da noch die Gefängnisstrafe, die sich mein Vater zehn Jahre zuvor eingehandelt hatte. Damals hatte er in einer Bar in Manhattan einen Mann geschlagen, der meine Mutter belästigt hatte. Sie war damals schon schwer krank. Mein Vater hatte sie unbedingt zum Abendessen ausführen wollen, um sie auf andere Gedanken zu bringen. Ich war noch sehr klein und mit einer Nachbarin zu Hause. Der Mann hatte meine Mutter angesprochen, während mein Vater auf der Toilette war. Er hatte sich neben sie gesetzt und obszöne Sprüche abgelassen. Sie wies ihn zurück, aber er blieb hartnäckig. Als er versuchte, sie zu küssen, fing sie an zu schreien, doch keiner half ihr. Schließlich kam mein Vater von der Toilette zurück, sah den Mann meiner Mutter auf die Pelle rücken und stürzte sich auf ihn. Er brach ihm mit einem einzigen Schlag den Kiefer. Der Mann fiel bewusstlos um und wurde auf einer Trage abtransportiert. Er war ein Banker von der Wall Street. Mein Vater wurde wegen Körperverletzung verurteilt. Er musste nicht ins Gefängnis, kam auf Bewährung frei. Aber von diesem Tag an war er ein *felon*, ein verurteilter Straftäter. Noch so eine Dummheit, und er würde wirklich im Gefängnis landen.

Nach seiner Festnahme in der Bronx wurde mein Vater des illegalen Waffenbesitzes und Drogenhandels beschuldigt. Einen Anwalt konnte er sich nicht leisten. Also wurde ihm ein Pflichtverteidiger gestellt. Die öffentliche Schule, an der er als Hausmeister tätig war, kündigte ihm fristlos. Die übliche Vorgehensweise beim Department of Education. Und so stand mein Vater ohne Lohn da. Der Richter setzte eine Kaution von 75 000 Dollar fest. Er war neu in dem Job, hatte keine Erfahrung und wollte sicher nicht auf der Titelseite der *New York Post* als »Der Jungspund mit den Samthandschuhen« erscheinen. Der Bezirksstaatsanwalt forderte, dass die Kaution komplett zu hinterlegen sei, schließlich war mein Vater vorbestraft. Wie viele von denen, die aufs 48. Polizeirevier in der Bronx kommen, fehlte meinem Vater das Geld, um die Kaution zu entrichten. Ein paar Tage nach der Festnahme prüfte eine *grand jury* die gegen ihn gesammelten Beweise und hörte die Zeugenaussagen der Polizisten. Die Geschworenen entschieden, Anklage erheben zu lassen. Mein Vater kam nach Rikers Island, um dort auf seinen Prozess zu warten, und ich in ein Pflegeheim, wo ich auf seine Rückkehr wartete.

Gefängnisse liegen fernab von Wohngebieten. Sie werden verborgen, den Blicken entzogen, vom Leben derer getrennt, die draußen sind. Die Abgeschlossenheit macht alle unmenschlich, die Häftlinge wie die Wärter, die ihre Arbeitszeit im Gefängnis verbringen, lebenslang von Berufs wegen. Es ist leicht, Leute zu vergessen, die man nicht sieht. In den USA sind Häftlinge wie der schwarze Mann von Kerry James Marshall, sichtbar und unsichtbar zugleich, anwesend und doch aus der Welt. *Black on black.* Man merkt nur am Weiß von Augen und Zähnen, dass auf der dunklen Leinwand Menschen sind und nicht schwarze Flecken. Wie ein Jack-o'-Lantern zeigen sie ein sardonisches, fast teuflisches Grinsen: große schwarze Kürbisse, aus denen alles Fruchtfleisch entfernt wurde.

Rikers ist eines der härtesten Gefängnisse im Land. Keine Besserungsanstalt. Viele von denen, die angeklagt werden, bekennen sich lieber schuldig, als in Rikers auf ihren Prozess zu warten, und werden dann in die Gefängnisse des Bundesstaats verlegt. Das Gefängnis hat seinen Namen von einer holländischen Familie, den ersten Eigentümern der Insel. Einer ihrer Nachfahren, der

Staatsanwalt Richard Riker, war Mitglied des Kidnapping Club von New York, einer Organisation, die im 19. Jahrhundert freie Afroamerikaner einfing, auch Kinder, um sie zu versklaven. Das Gefängnis liegt nur wenige Kilometer Luftlinie von Manhattan entfernt, auf einer Insel inmitten des East River zwischen der Bronx und Queens, einer Fläche von vierhundert Acres, die früher als Mülldeponie diente. Bevor sie in den dreißiger Jahren zur Strafkolonie umfunktioniert wurde, beherbergte die Insel eine Schweinezucht mit dazugehörigem Schlachthof. Es wimmelte dort vor Mäusen, die vom Müll und Dung angezogen wurden. Auf die Schweine folgten die Menschen. Die Geschichte meiner Leute führt in direkter Linie von den Plantagen über die Ghettos in die Gefängnisse. So geradlinig wie die Straße, die Rikers Island mit dem Festland verbindet. Mein Vater hat sie an einem Vormittag Ende Mai im Gefangenentransporter zurückgelegt, fuhr in Rikers ein, das sein Grab werden sollte.

»Wo sind die weißen Häftlinge?«, wird mein Vater gefragt haben. »Halten sie die von uns Schwarzen getrennt?«

»Hier gibt's keine Weißen, Bruder«, wird ihm einer geantwortet haben.

»Und was stinkt hier so?«

»Das ist *Rikers' stench*, ein Gestank wie kein zweiter.« *Rikers' stench* war nicht nur der üble Geruch der Latrinen und auch nicht der von Tausenden von Körpern, die sich in verfallenen, dem Zusammenbruch nahen Gebäuden drängten. Er war nicht nur der Gestank nach Müll, auch nicht der nach Abwasser oder Düngemitteln. Er war viel mehr als das. »In Rikers atmet man den Odem des Bösen, nur wer dort gewesen ist, kann ihn wiedererkennen.«

Die Geschichte meines Vaters in Rikers habe ich etliche Jahre später von verschiedenen Seiten erzählt bekommen. Von Exhäftlingen, die ihn im Gefängnis kennengelernt hatten und denen ich lange nach seinem Tod im Viertel begegnet bin. Und von dem Bibliothekar, der inzwischen in Pension war und sich an einen Mann erinnerte, der ihn durch den Schlitz seiner Isolationszelle hindurch gefragt hatte, ob er zufällig ein Exemplar von Joyces *Ulysses* hätte. Das war mein Vater. Ich habe auch mit Buddha geredet, der in Rikers zwei Jahre lang auf seinen Prozess gewartet hatte. Er erzählte mir, die ersten Nächte habe mein Vater in einem Schlafsaal verbracht. Die Zellen waren überfüllt, und da hatte man ihn kurzerhand dort untergebracht. Mein Vater suchte sich einen Platz auf einer Pritsche an der Wand. Die Matratze war verdreckt und stank, und es gab weder Laken noch Kissen. Er bat um Bettzeug, aber tagelang passierte nichts. Erst als er dem Vollzugsbeamten zwei Telefonkarten zusteckte, die ihm seine Hausmeisterkollegen aus der Schule beschafft hatten, fand der sich bereit, ihm das Nötige für die Nacht zu besorgen. Buddha erzählte mir das wie zum Beweis dafür, dass mein Vater schnell verstanden hatte, wie es im Gefängnis lief, aber da täuschte er sich.

Mein Vater verbrachte sechs Monate in Rikers, während er auf seinen Prozess wartete, der ständig verschoben wurde. Der Bezirksstaatsanwalt brauchte Kamal als Zeugen, aber der war verschwunden. Keiner wusste, wo er steckte, nicht einmal seine Mutter. »Was hätte ich denn machen sollen, Yunus? Wenn ich Spade verpfiffen hätte, hätte ich ein Messer zwischen die Rippen gekriegt. Ich war fünfzehn, Mann, die Cops haben mein Leben aufs Spiel gesetzt. Ich hatte Angst, meine Mutter nie wiederzusehen. Deshalb habe ich deinem Vater die Schuld gegeben. Ich will das alles nicht rechtfertigen. Mein Leben ist seitdem so oder so die Hölle. Als wäre ich selbst in Rikers gelandet.«

Die Gespräche mit meinem Vater aus dem Gefängnis verliefen alle gleich – *don't worry son, I will be home soon, son* –, so wie seine Briefe immer voller Hoffnung und voller Ratschläge waren. Vielleicht habe ich die Briefe deshalb an dem Tag, als ich von seinem Tod erfuhr, in Stücke gerissen und ins Klo geworfen. Er schrieb mir: »Im Gefängnis habe ich Zeit, zu lesen und zu schreiben, so viel ich will, und das Essen ist nicht allzu übel, manchmal gibt es Brownies zum Nachtisch.« Wenn er mir die Wahrheit gesagt hätte, wenn er mir geschrieben hätte, dass er von den Wachleuten verprügelt wurde und von Häftlingen, die die Wachleute gegen ihn aufhetzten, dann hätte ich etwas tun können. Wenn er mir gesagt hätte, unter welchen Bedingungen er lebte, dass sie ihn in die Isolationszelle steckten, dreiundzwanzig Stunden in der Zelle und nur eine an der Luft, in einen Käfig gesperrt wie ein wildes Tier inmitten anderer Käfige voller wilder Tiere. Wenn er sich mir anvertraut hätte, der ich doch sein einziger Sohn war, dann hätte ich ihn gerettet. Ich war zwölf Jahre alt, aber ich hätte einen Weg gefunden, um ihn dort rauszuholen. Ich hätte seinen Anwalt angerufen, den mein Vater in all der Zeit, in sechs Monaten, dreimal gesehen hatte, und hätte ihm gesagt, dass mir egal ist, ob er Dutzende von Fällen hat und ob New York City, die reichste Stadt der Welt, ihm nicht genug bezahlt, damit er sich um alle kümmert. Und wenn er mir nicht zugehört hätte, wäre ich zu den Zeitungen gegangen, und die *New York Times* hätte bestimmt ein Interview gemacht, wie sie es hinterher veröffentlicht haben, aber da war mein Vater schon tot. 2008, in dem Jahr, in dem es endlich ein Schwarzer ins Weiße Haus schaffte, endete in Rikers das Leben meines Vaters. Er wurde nur dreiunddreißig Jahre alt.

In Rikers konnte man nicht überleben, wenn man allein blieb. Man musste Schutz im Rudel suchen, um nicht alle gegen sich zu haben. Es gab ein System, das alle zu respektieren hatten. Wenn man den Schutz der Gruppe haben wollte, musste man den anderen sein Essen überlassen, wenn man in Ruhe gelassen werden wollte, musste man ihnen seine Telefonkarte überlassen, wenn man verhindern wollte, dass einen die Wachleute fertigmachten, musste man ihnen seinen Arsch überlassen. Das Leben in Rikers war ein ständiger Tauschhandel. Von draußen kam alles Mögliche herein: Geld, Handys, in Lappen gewickelte Messer, die sich jemand in den Hintern schob, in den Schuhen versteckte Drogen. Die brachten die Wachleute mit, manchmal auch Verwandte, die zu Besuch kamen. Mein Vater wollte nicht Teil dieses Systems sein. Er war unschuldig. In Rikers war er nur vorübergehend, solange er eben brauchte, um vor einem Gericht seine Unschuld zu beweisen, in der Zwischenzeit konnte er Joyce wieder lesen und Platons *Politeia*, und dann würde alles vorbei sein. Vielleicht hat er deshalb nie gewollt, dass ich ihn besuchte. Zu Hause warteten auf ihn ein Sohn und die Idee für ein Buch. Er würde nachts daran arbeiten, während ich schlief, gegen die Müdigkeit des Arbeitstags ankämpfend. Er würde vom Ghetto erzählen, vom Crack, von seiner Mutter, von seinem Vater, der noch irgendwo dort draußen lebte, von der Frau, die er geliebt hatte, der Königin von Timbuktu. Er würde von mir erzählen, davon, wie er mich liebte, von den Abenden, an denen wir Baldwin lasen, Arm in Arm, während uns Schweißbäche den Rücken herunterliefen.

Buddha erzählte mir, dass er mehrmals verprügelt worden war. Sie fielen nachts über ihn her, während er schlief, die wenigen Kameras, die überhaupt funktionierten, mit Rasierschaum verdunkelt, die Wachleute machten keinen Finger krumm. Oder in der Dusche, wenn er nackt war, verfroren und allein. Den Berichten der Krankenstation zufolge, die mir der Anwalt Jahre später übergab, war er mehrmals in der Dusche ausgerutscht und hatte sich dabei Platzwunden zugezogen, die genäht werden mussten. Das ist gelogen, ich weiß es und sie auch. Manchmal ließ er alles über sich ergehen, ließ sich schlagen und hoffte darauf, dass sie bald müde werden und von ihm ablassen würden.

Manchmal lehnte er sich auf und schlug ebenfalls hart zu, wie mir Buddha erzählte. Wenn er sich wehrte, kam er in Isolationshaft. Für Wochen ins Loch gesperrt, den Turm, den die Häftlinge nur *Bing* nennen, weil sich genau dort das Hirn ausklinkt. Im Bing kommt einem der Gedanke, Schluss zu machen: Es ist besser, sich in dem ständigen Handel, der in Rikers läuft, Schnürsenkel zu beschaffen und sich an den Fensterstäben aufzuhängen, als Monate in dieser Hölle zu verbringen. Aber ich habe die Geschichte vom Selbstmord nie geglaubt. Mein Vater hätte mich niemals alleingelassen. Er war überzeugt, bald zurück nach Hause zu können. Er war unschuldig, wartete auf seinen Prozess. Warum sollte sich ein Mann mit einem Sohn, der zu Hause auf ihn wartet, im Bing aufhängen? »Wer draußen lebt, hat keine Ahnung, was in den Eingeweiden des Gefängnisses abläuft«, hat Buddha mir einmal gesagt. »Wenn dich die Wachen auf dem Kieker haben, weil du dich dem System nicht unterordnen willst, dann lassen sie dich im Loch vermodern, da kannst du dich wochenlang nicht waschen, hast kein Klopapier, um dir den Hintern abzuwischen, hast nichts zu essen. Im Sommer sind die Zellen Brennöfen, und die Fenster werden nie geöffnet. Die Leute schreien stundenlang, schlagen den Kopf gegen die Tür, aber niemand hilft dir. Sie wollen dich kleinkriegen, und früher oder später schaffen sie es.«

***

Venida hat sich in diesen Jahren um mich gekümmert. Ich habe dir ja oft von ihr erzählt. Eines Tages hätte ich gern, dass du sie kennenlernst. Sie weiß alles über dich. Wenn jemand in meinem Leben eine Art Mutterfigur war, dann war das Venida. Als ich zu ihr gebracht wurde, dachte ich, hier bleibe ich höchstens ein oder zwei Tage, aber dann bin ich geblieben, bis ich volljährig war. Es gab noch andere wie mich in ihrem Haus. Einige waren ihr von klein auf anvertraut worden, gleich nach der Geburt, weil ihre Mütter Drogen nahmen. Andere tauchten auf und verschwanden, wenn ihre Eltern ins Gefängnis kamen oder wieder heraus. Venida war eine gute Frau, streng, aber gutmütig. Ich habe lange gebraucht, um das zu verstehen und sie zu lieben. Sie hat mich nie zu etwas genötigt. Sie hat gewartet, bis ich auf sie zuging. »Wenn wir klarkommen sollen, Mr. James«, hat sie am Anfang zu mir gesagt, »dann musst du hier im Haus deinen Teil übernehmen, genau wie die anderen. Ich bin froh, wenn du dich in der Schule weiter anstrengst. Nur wenn du lernst, kannst du dich dort draußen deiner Haut wehren, aber bei mir musst du mit anpacken wie alle anderen auch.« In den ersten Monaten bei ihr war ich ziemlich verschlossen. Wie mein Vater war ich überzeugt, es handle sich um eine vorübergehende Lösung, ein Missverständnis, das sich bald auflösen würde. Aber sooft ich davon sprach, dass mein Vater mich abholen würde, schüttelte sie nur wortlos den Kopf, und das ärgerte mich. Als sie mir mitteilte, dass mein Vater gestorben war, schrie ich, sie sei eine Lügnerin. Ich warf einen Schuh nach ihr und brüllte, sie solle abhauen. Sie zog meine Zimmertür hinter sich zu und klopfte drei Tage lang nicht mehr an. Sie stellte mir nur ein Tablett mit Essen vor die Tür. Ich hatte den Eindruck, dass sie nicht zum ersten Mal einem ihrer Kinder hatte sagen müssen, dass niemand es mehr abholen würde. In der zweiten Nacht, nachdem sie mir gesagt hatte, dass mein Vater gestorben sei, versuchte ich, durchs Zimmerfenster zu klettern. Das habe ich dir schon mal erzählt, als wir bei dir waren, draußen hat es geregnet, und du hast mich ganz fest umarmt. Ich wollte nach Rikers Island, um meinen Vater zu suchen. Ich war überzeugt, dass der Vater von jemand anderem gestorben wäre, und alle glaubten irrtümlich, es sei der meine. Mein Zimmer war im ersten Stock. Normalerweise teilte ich es mir mit zwei anderen Jungen, aber zu der Zeit war ich allein. Die anderen lebten wieder bei ihren Familien. Ich ließ mich vom Fenstersims hinab, hielt mich an der Regenrinne fest, und als ich weit genug unten war, ließ ich mich auf den Boden fallen. Die Nacht war eisig. Es war kurz vor Weihnachten. Ich sagte mir, mein Vater würde zu Weihnachten nach Hause kommen, und wir würden auch in diesem Jahr zusammen das Essen bei der Armentafel ausgeben. Es muss ein Uhr früh gewesen sein, als ich in den Garten hinunterstieg, es fiel leichter Schnee.

»Was machst du um die Zeit hier draußen?«, fragte mich eine Stimme. Das Herz schlug mir auf einmal bis zum Hals.

»Wer ist da? Wer spricht?« Ich war ziemlich erschrocken.

»Ich bin's, Mohammad. Kannst du auch nicht schlafen?« Ich drehte mich um und sah ihn auf der anderen Seite der Hecke stehen, die seinen Garten von unserem trennte. Er war mein Nachbar. Ich hatte ihn kennengelernt, als seine Familie wenige Wochen zuvor dort eingezogen war. Wir hatten ein paarmal auf dem Platz im Viertel Baseball gespielt.

»Ich gehe meinen Vater besuchen, sie haben ihn in Rikers eingesperrt.«

»Und warum machst du das nicht tagsüber?«

»Ich gehe dorthin, wann ich will, ich habe ihn seit sechs Monaten nicht gesehen.«

»Ich habe meinen Vater auch seit Monaten nicht gesehen. Als ich das Geräusch im Garten gehört habe, dachte ich, er wäre wieder da. Deshalb bin ich rausgekommen … Dabei warst du's«, sagte er und seufzte.

»Ist er auch in Rikers?«

»Nein, mein Vater ist ein guter Muslim, der würde nie nach Rikers kommen.«

»Mein Vater ist auch ein guter Mensch. Er ist bloß dort, weil die Cops einen Fehler gemacht haben, sie haben den falschen Mann verhaftet.«

»Verstehe … Dann machen wir's doch so: Um die Uhrzeit noch zu Rikers gehen kommt nicht in Frage. Der Schnee wird schon stärker. Ohne Jacke bist du nach zehn Häuserblöcken erfroren. Geh zurück ins Bett, und morgen überlegen wir zusammen, wie wir's am besten anpacken. Ich gehe mit dir dorthin.«

Wie ich erst Jahre später erfahren sollte, wusste Mohammad schon von seiner Mutter, dass mein Vater im Gefängnis gestorben war. Venida und Shifa hatten sofort Vertrauen zueinander gefasst. Zwei alleinstehende Frauen, die so eine Unmenge Kinder großzuziehen hatten. In der Nacht, in der er mich allein im Garten fand, war Mohammad wirklich hinausgegangen, um zu sehen, ob sein Vater vielleicht zurück sei. Und als ich ihm erklärte, dass ich nach Rikers wollte, um den meinen zu suchen, versuchte er, mir das auszureden, mit dieser lässigen Art, für die ich ihn auf der Stelle geliebt habe. Ich weiß, dass Mohammad dir nicht gefällt. Aber für mich ist er ein Bruder. Er und Venida sind das Einzige, was mir an Familie geblieben ist.

In jener Nacht träumte ich von meinem Vater. Er lag in einem Sarg und trug einen grauen Anzug, den ich noch nie gesehen hatte, dazu blank polierte schwarze Schuhe. Viele Leute waren gekommen, um sich von ihm zu verabschieden. Auch Venida war da, das Gesicht mit einem schwarzen Hutschleier verhüllt, und Mohammad und seine Mutter. Meine Lehrerinnen von der katholischen Schule waren da und seine Arbeitskollegen, die anderen Hausmeister der Schule in der Bronx. Man hatte ihm einen Rosenkranz in die Hände gelegt. »Mein Vater ist nicht gläubig«, versuchte ich zu erklären, aber keiner hörte mir zu. Alle weinten, und am Ende weinte ich auch. Als ich am nächsten Morgen wach wurde, hatte ich begriffen, dass mein Vater tatsächlich gestorben war. Zwei Tage danach fand die Beerdigung statt, und bevor der Sarg geschlossen wurde, sah ich ihn wirklich. Sein Gesicht wirkte geschwollen, trotz der Schminke. Sein Körper, sonst immer glühendes Magma, war eiskalt und hart. Er war zu schnell abgekühlte Lava, schwarz und matt wie Obsidian.

In den darauffolgenden Monaten habe ich noch oft von ihm geträumt. Sein Körper erschien mir im Traum als großer Baumstamm. Da fand ich mich nachts im Wald wieder. Viele Jungen gingen wie ich schweigend durch die Dunkelheit. Jeder suchte seinen eigenen Baum. So viele Bäume ringsum waren gefällt worden, aber jeder hoffte, den eigenen noch stehend zu finden. Der Traum wiederholte sich jede Nacht auf dieselbe Weise. Einer nach dem anderen entdeckten die Jungen, dass der Baum, nach dem sie gesucht hatten, gefällt worden war. Sie fielen weinend auf die Knie, umarmten ihn, riefen ihn beim Namen. Ich war mir sicher, dass der meine noch irgendwo sein musste, aufrecht und majestätisch, wie er immer gewesen war. Ich blickte weiter nach oben, um seine weit ausladende Krone auszumachen, unter der ich so oft Schutz gefunden hatte. Aber da ich nach oben schaute, sah ich nicht, wohin ich die Füße setzte, und so kam ich am Ende des Traums immer ins Straucheln. Wenn ich stürzte, hatte ich ihn auf einmal vor mir. Ich erkannte die Äste und das Laub, die Wurzeln, die mich in die Welt geschoben hatten, den Geruch, mit dem ich aufgewachsen war. Und so entdeckte ich, dass auch mein Baum gefällt worden war. Da wachte ich auf und weinte. Venida hörte mich schreien und kam sofort, um mich zu trösten. »Lies mir was von Baldwin vor«, flehte ich sie fast an. »Das hat mein Vater vor dem Schlafengehen auch immer gemacht.« Und da las sie für mich, von Fonny, der wegen eines Verbrechens, das er nicht begangen hatte, im Gefängnis saß, und von Tish, die ein Kind von ihm erwartete. Aber während Fonny irgendwann aus dem Gefängnis zurückkehrte, war mein Vater im Knast gestorben.

»Wer auch immer Amerika entdeckt hat, der hat es verdient, in Ketten nach Hause geschleift zu werden und da zu sterben.«

An einem Nachmittag, als wir zusammen bei dir waren, habe ich den Traum noch einmal geträumt. Das war mir seit vielen Jahren nicht mehr passiert. Ich hatte gar nicht gemerkt, wie ich eingeschlafen war. Ich glaube, du hast mich im Schlaf weinen hören. Du hast versucht, mich zu wecken, mich sanft geschüttelt. Ich habe dich verwirrt angeschaut, als sähe ich dich zum ersten Mal, und mich dann an dich geschmiegt. Deine Haut war warm. Wir sind lange so eng umarmt geblieben, vielleicht nur, um uns zu beweisen, dass wir noch am Leben waren. Und im warmen Schoß deines Zimmers habe ich mich endlich in Sicherheit gefühlt. Draußen in der Stadt herrschte dieselbe Hektik wie jeden Tag. Aber du und ich, wir waren ganz still, so wie das Wasser des Flusses, wenn die Gezeiten aufhören, es aufzuwühlen.

Warum hat Gott, der Daniel aus der Löwengrube rettete und Jona aus dem Bauch des Wals, nicht auch meinen Vater gerettet? Warum rettet Gott nicht jeden Menschen? Die Frage ist immer dieselbe, Baldwin hat recht. »Mein Kerker bebte, und die Ketten fielen ab«, aber das gilt nicht für die Ketten meines Vaters und auch nicht für seinen Kerker, der steht immer noch da, obwohl wir seit Jahren darum kämpfen, dass er geschlossen wird. Wir können erst frei sein, wenn sie frei sind.

***

An die Jahre bei Venida habe ich bittere, aber auch glückliche Erinnerungen. Venida hatte zwei ältere Töchter, die schon auf der Highschool waren, und zwei verheiratete Söhne, die oft die Enkelkinder zu ihr brachten, damit sie auf sie aufpasste. Dann waren da ich, der inzwischen fest zur Familie gehörte, und andere, jüngere Kinder, die kamen und gingen. Keines von Venidas Kindern war wirklich von ihr. Sie waren mehr oder weniger wie ich ins Haus gekommen, irrtümlich, durch die Fehler anderer. Venida hatte sie alle an Kindes statt angenommen. Auch mich adoptierte sie, als das Gericht feststellte, dass ich keine Verwandten hatte, die in der Lage oder auch nur bereit gewesen wären, mich großzuziehen. Ich ging also im zweiten Jahr auf die katholische Mittelschule und fühlte mich so einsam wie noch nie. Ohne die führende Hand meines Vaters wusste ich nicht, was ich tun sollte. Da redete Venida mir zu, etwas zu tun, das keiner von mir erwarten würde. Ich konnte mich entweder ins Zeug legen, um es auf eine gute Highschool zu schaffen, oder auf dieselben Abwege geraten wie Kamal und Spade. Ich beschloss, es zu versuchen, und fing an zu lernen. Ich bereitete mich allein auf die Eingangsprüfung zur weiterführenden Schule vor, ohne Kurse zu besuchen und Nachhilfe zu nehmen, wie es sonst alle machten, die aufgenommen wurden. Aber Kurse und Nachhilfelehrer konnte ich mir nicht leisten, wie die meisten Schwarzen in meinem Alter. Nachdem ich fast ein Jahr lang gelernt hatte, kam ich auf die Bronx High School of Science, eine der angesehensten Schulen des Landes. Ich war einer von ganz wenigen Afroamerikanern, die in diesem Jahr angenommen wurden. Ich, James Brown, Sohn eines in Rikers gestorbenen Sträflings, schaffte es auf eine Schule, aus der acht Nobelpreisträger hervorgegangen waren, sieben in Physik und einer in Chemie, sowie acht Pulitzer-Preisträger. Mohammad und Venida waren so stolz auf mich.

Während der Monate, in denen ich lernte, rief mich Mohammad fast jeden Nachmittag zum Baseballspielen. Um sich bemerkbar zu machen, warf er Steinchen gegen meine Fensterscheibe.

»Na, Euklid, wie lang brauchst du noch?«

»Ich bin mitten in einer Geometrieaufgabe, die ist superkompliziert!«

»Gut!«, sagte er. »Dann find mal schnell eine Lösung, auf dem Feld warten sie nämlich schon auf ihre Revanche.«

»Und wenn ich keine Lösung finde?«

»Wenn du keine findest, dann schafft das niemand. Dann ist das Problem unlösbar.«

Wenn ich endlich wie durch ein Wunder die Lösung der Aufgabe vor mir sah, beugte ich mich aus dem Fenster und rief: »Ich hab's gefunden! Ich habe den Rauminhalt des Tetraeders!«

»Maschallah!«, gab Mohammad zurück. »Dann komm jetzt runter, die Typen lassen wir wieder Staub fressen.«

Mohammad und ich waren immer zusammen. Als vaterlose Söhne wuchsen wir wie Brüder auf. Wir waren überzeugt, dass uns das Leben einander zur Seite gestellt hatte, damit einer dem anderen half. Wir waren zwei Katheten, im selben Winkel aufgewachsen, es musste einmal ein rechter gewesen sein, aber jetzt war er es nicht mehr.

In all diesen Jahren, die wir gemeinsam verbrachten, gab es nur eine Phase, in der Mohammad und ich uns voneinander entfernten. Sie war kurz, aber schmerzhaft, und wie in so vielen Männerfreundschaften ergab es sich daraus, dass wir uns in dieselbe Frau verliebten. Amaal und ich waren Klassenkameraden an der Bronx Science. Ich glaube, ich habe mich schon am ersten Tag in sie verliebt. Da sah sie mich in der Mittagspause, wie ich zehn Minuten lang mit dem Tablett in der Hand herumstand, und rückte beiseite, um mir an ihrem Tisch Platz zu machen. Amaal wohnte unweit der Prospect Avenue, und hin und wieder kam sie am Nachmittag zum Lernen zu mir. Wir bereiteten uns zusammen auf unsere Prüfung in Geometrie vor, im folgenden Jahr auf die in Algebra II. Ich brauchte sie nur auf dem Stuhl neben mir zu sehen, um mich wie im Paradies zu fühlen. Ich wollte nichts anderes. Aber ich offenbarte ihr nie, dass ich in sie verliebt war, und bat sie auch nie um ein Date. Vielleicht war sie deshalb baff, als sie mir irgendwann erzählte, mein Nachbar würde ihr gefallen, und ich ihr eine unfreundliche Antwort gab. Das war das letzte Mal, dass wir gemeinsam lernten.

An dem Tag, als ich durchs Fenster sah, wie die beiden Hand in Hand vorbeispazierten, nahm ich den Bus BX36 zur U-Bahn-Station West Farms Square, dann den 5er-Zug zur 59. Straße, dann die Linie N bis zur Queens Plaza und am Ende den Bus Q100 nach Rikers Island. Es war das erste Mal, dass ich dorthinfuhr. »Ich bin hier, um meinen Vater zu besuchen«, sagte ich tief erschüttert zu den Wachleuten, als ich nach anderthalb Stunden Fahrt das *Visitors Center* erreichte. Aber sie suchten seinen Namen vergeblich im Häftlingsverzeichnis: Nein, in Rikers gebe es keinen Jerome T. Brown. Ich tat nicht so, als wäre ich überrascht, ich war es wirklich.

An einem der folgenden Tage fragte mich Mohammad, ob ich wegen ihm und Amaal ein Problem hätte. Eine Antwort wartete er gar nicht erst ab. Uns war beiden klar, dass ich eines hatte. »Wenn du willst, mache ich Schluss mit ihr, du brauchst es nur zu sagen.« Dazu war ich zu stolz, aber ich sprach drei Monate lang nicht mit ihm. Wenn er herüberkam und zu meinem Fenster hochrief, gab ich vor, ihn nicht zu hören. Just in dieser Zeit fing Mohammad an, den einen oder anderen kleinen Job für die Prospect-Avenue-Gang zu übernehmen. Erst waren es Kleinigkeiten gewesen, wie er mir erklärte, als er endlich mit der Wahrheit herausrückte. Da sollte er zum Beispiel ein Messer unter seiner Matratze verstecken. Kein großes Ding, aber wenn seine Mutter, Shifa, das Messer gefunden hätte, dann hätte sie es ihm in den

Hintern gerammt. Oder er sollte irgendwo im Viertel ein Päckchen abgeben, unwichtiges Zeug. »Wir haben nie genug Geld, und ich bin der Älteste, also trage ich die Verantwortung, wenigstens bis mein Vater wiederkommt« – so rechtfertigte er diese Phase in seinem Leben, und ich brachte es damals nicht über mich, ihm zu widersprechen. Weil er zu Hause helfen wollte, schaffte er es auch nicht, die Highschool abzuschließen. In der Schule, auf die er ging, lernte man sowieso nichts. Es ist unmöglich, in der Gesellschaft aufzusteigen, wenn man im Erdgeschoss wohnt und der Aufzug nie kommt, und wenn er doch mal unten steht, ist er kaputt und fährt nicht mehr nach oben.

Und weil das alles so war, landeten wir in einer Novembernacht beide unter der Hell Gate Bridge, die Polizei auf den Fersen.

»Komm mit, Bruder«, hatte er an dem Abend gesagt, als er mich nach dem Abendessen abholen kam.

»Ich kann nicht, ich muss noch für Geschichte lernen«, flunkerte ich.

»Mach schon, es dauert nicht lang, wir haben schon ewig nichts mehr zusammen unternommen. Du hast mir gefehlt. Bist du nun mein Bruder oder nicht?«

Ich war sein Bruder, und das wusste er. Und genau deshalb bin ich ihm an jenem Abend gefolgt und auch heute wieder bereit dazu. Damals jedoch verriet mir Mohammad nicht, wohin wir unterwegs waren. Er sagte nicht, dass er den Auftrag hatte, beim Überfall auf eine Tankstelle in Harlem Schmiere zu stehen, an der 106. Straße. Wir waren fünfzehn, und an jenem Abend fanden wir uns am Rande des Abgrunds wieder, in den schon mein Vater, sein Vater, Kamal, Spade und viele andere gefallen waren, deren Geschichten im Viertel jeder kannte.

Es hatte angefangen zu regnen, wir standen vor der Tankstelle, und ich hatte noch nicht kapiert, was wir dort verloren hatten.

Wir hatten die U-Bahn genommen, aber die Fahrräder dabei. Das machten wir oft so, Mohammad und ich, wenn wir die Stadt erkunden wollten. Aber an jenem Abend begriff ich sofort, dass es nicht darum ging, eine Runde zu drehen. »Verrätst du mir endlich, was wir hier zu suchen haben?«, fragte ich ihn zum x-ten Mal. Aber er sagte nur, ich müsse mich noch etwas gedulden. Tatsächlich sollten wir einfach darauf warten, dass Malek mit der Tasche mit dem Geld herauskam, aber das wurde mir erst später klar. Malek brauchte nur ein paar Minuten, aber er nahm an dem Abend nicht nur das Geld, sondern auch das Leben des Tankwarts. Den Schuss hörte ich ganz deutlich, trotz des prasselnden Regens. Dann sahen wir Malek kommen, er rannte noch nicht einmal. Er hatte die Tasche in der Hand, dazu eine Tüte Chips. Mohammad packte die Tasche und raste wie ein Irrer die First Avenue hinauf, gegen die Fahrtrichtung. Ich fuhr ihm hinterher, konnte dabei kaum die Augen offen halten, der eisige Regen stach mir wie Nadeln ins Gesicht. Auf der 105. Straße bogen wir in Richtung Schnellstraße ab, immer noch gegen die Fahrtrichtung. Da kam uns schon mit heulenden Sirenen der erste Streifenwagen entgegen. Wir flohen. Wir fuhren auf unseren Rädern den Gehweg hoch, der an der Schnellstraße entlangläuft, unter den Wohnblocks mit den Sozialwohnungen hindurch. Ich erkannte, dass Mohammad die Route genauestens vorbereitet hatte. Wir rasten wie die Verrückten noch hundert Meter weiter, bis wir die Fußgängerbrücke erreichten, die Spanish Harlem mit Randall's Island verbindet. Mohammad blieb trotz der Steigung im Sattel, ich musste absteigen und das Rad hochschieben. Als ich oben ankam, war ich völlig außer Atem. Ich stieg wieder auf und fuhr über die Brücke. Unter uns flossen die Strömungen von Süden den Fluss hinauf. Die Wellen hatten es schwer, gegen den Wind anzukommen. Auf dem Weg hinunter nahm ich die Füße von den Pedalen, und als ich unten bremste, rutschte das Rad über den Asphalt, ich wäre beinahe gestürzt. Die Insel war schlecht beleuchtet, und ich konnte Mohammad nicht mehr sehen. In der Ferne hörte ich weitere Sirenen. Mir ging durch den Sinn, dass auch die Streifenwagen auf der Insel von der Zentrale erfahren haben mussten, dass die Täter auf Randall's Island zusteuerten. Ich fuhr weiter, erst an den Fußballfeldern entlang, dann an den Baseballplätzen, auf denen wir ein paar Wochen zuvor noch gespielt hatten, als wir das bisschen Kindheit lebten, das uns geblieben war. Plötzlich erschien Mohammad hinter einem Busch. »Wo bleibst du denn, Mann?«, fragte er angespannt. Das hätte ich gerne von ihm gehört, wo wir jetzt bleiben sollten. Was würde ich zu Venida sagen? Würde ich noch mal in die Schule gehen? Würden wir auch nach Rikers kommen? Jerome T. Brown war dort nicht mehr zu finden, er hatte den Platz für seinen Sohn geräumt. Keiner würde mir glauben, dass ich nichts mit der Sache zu tun hatte. Die Schuld lag in meiner DNA, dem Gen, das ich von meinem Vater geerbt hatte. *Animalescents* würden sie uns nennen.

Randall's Island habe ich nie kapiert: Fußball- und Baseballfelder und Tennisplätze neben einem Gefängnis für psychisch Gestörte, einem Obdachlosenheim und einer Drogenklinik. Aber wenn ich heute daran zurückdenke, gibt es da nichts zu kapieren. Randall's ist die perfekte Darstellung des Lebens, wie es für unsereinen aussieht: vom Baseballplatz in den Knast und, wenn man draußen ist, direkt in die Methadonklinik und ins Obdachlosenheim. Klar, auf den Plätzen spielen auch die weißen Jungs von der Upper East Side von Manhattan, aber das fällt nicht ins Gewicht. Für sie bleibt das Gefängnis im Hintergrund, genau wie die Brücke und der Fluss.

Die Sirenen der Streifenwagen kamen immer näher. Ich hörte, wie sie uns anheulten. Ich sah, wie sich das rotblaue Flackern nach uns streckte. In diesem Moment erreichten wir die Pfeiler der Hell Gate Bridge. Eine wahre Pracht, diese Brücke. Mein Vater hatte mir erzählt, während des Zweiten Weltkriegs habe Hitler geplant, sie in die Luft jagen zu lassen. Die Brücke galt als eine der herausragenden Ingenieursleistungen des Landes, und sie zu zerstören hätte den Amerikanern die militärische Macht des Deutschen Reichs bewiesen. Deshalb beorderte der Führer ein paar U-Boote an die Küste vor Long Island, doch der Angriff wurde vereitelt, und die Brücke steht immer noch. Wir versteckten unsere Fahrräder hinter einem großen, dornigen Strauch. Ich zerschrammte mir dabei die Arme, während Mohammad vor allem darauf achtete, die Tasche mit dem Geld zu verstecken, die ein anderes Gangmitglied am nächsten Tag abholen sollte. Einige der Brückenpfeiler waren eingerüstet, es fanden gerade Instandhaltungsarbeiten statt. Da kam Mohammad der Gedanke, wir sollten aufs Gerüst steigen und uns dort verstecken, während die Polizisten unten wütend nach uns suchten. Mohammad gelangte schnell nach oben, ich konnte kaum mithalten. Meine Hände glitten an den Metallstangen ab, und ich schaffte es nicht, mich hochzuziehen. Er half mir, hievte mich an den Armen nach oben. Er war immer kleiner als ich gewesen, hatte aber damals schon die Kraft eines erwachsenen Mannes. Wir kauerten uns in eine dunkle Ecke und warteten dort eine Zeit, die mir endlos vorkam. Da fing ich an zu weinen. Das Prasseln des Regens übertönte mein jämmerliches Schluchzen. Mohammad erkannte es erst am rhythmischen Zucken meiner Schultern. Ich weinte, wie ich nicht einmal bei der Beerdigung meines Vaters geweint hatte, noch nicht einmal um meine Mutter hatte ich so geweint. Mohammad hockte sich neben mich und forderte mich auf, einige Worte auf Arabisch zu wiederholen. Ich wusste damals nicht, was sie bedeuteten, nur dass wir Allah anflehten, uns zu retten. *»La ilah illah anta«*, es gibt keinen anderen

Gott außer Dir. Wir wiederholten das zusammen dreimal und fassten uns bei der Hand. Und Allah rettete uns in jener Nacht tatsächlich. Die Polizisten fanden uns nicht. Malek wurde festgenommen, gab unsere Namen aber nicht preis. Ich kehrte ungeschoren in Venidas Haus zurück, mein spätes Eintreffen, die zerschrammten Arme und die schmutzige Kleidung erklärte ich damit, dass ich vom Fahrrad gefallen sei.

Nach jener Nacht wurde ich Muslim, wurde Yunus wie der Prophet, Friede sei mit ihm. Allah hatte uns in seiner Barmherzigkeit aus dem Bauch des Wals geholt, obwohl wir gefehlt hatten und seine Vergebung nicht verdienten. Auch Mohammad kam zu der Überzeugung, dass wir nur durch ein Wunder gerettet worden seien. Das war die letzte »Kleinigkeit«, die er für die Prospect-Avenue-Gang übernahm, und seither schickt er jeden Monat einen Teil seines Lohns an die Witwe des Tankwarts und seine Kinder. Nach jener Nacht gab ich mich lange der Illusion hin, das Leben habe uns endlich aus dem Blick verloren. Doch da täuschte ich mich. Ausgerechnet im Ramadan starb Mohammads Vater an seiner Trunksucht, und unsere Welt wurde ein weiteres Mal auf den Kopf gestellt.

***

In dich verliebt, Bruna, habe ich mich wohl schon am ersten Tag, als ich dich an der Uni sah. Du kamst verspätet in den Kurs, außer Atem, die Tasche in der einen Hand und einen Stapel Kopien und Aufzeichnungen in der anderen. Du warst verschwitzt, und die weiße Bluse klebte an deinem Körper, so dass unter dem feuchten Stoff die Haut durchschien. Dann fielen dir die Unterlagen aus der Hand, weißt du noch? Ich stand von meinem Platz in der ersten Reihe auf, um sie aufzuheben. Du hast dich entschuldigt, dann hast du dich bedankt, dann wieder entschuldigt, während ich den herben Geruch deiner Haut einsog. An dem ersten Tag bei dir zu Hause fühlte ich mich wie der glücklichste Mann der Welt. Ich habe dich lange geküsst. Am Anfang warst du nervös – vielleicht wegen des Altersunterschieds, vielleicht weil ich dein Schüler war oder auch weil du gegenüber deinem Mann und deinen Kindern ein schlechtes Gewissen hattest. Ich war ebenfalls nervös, versuchte aber, mir nichts anmerken zu lassen. Doch nach und nach hast du gelernt, mir zu vertrauen, und ich dir ebenso. Unser Vertrauen kam instinktiv, genau so muss es bei den ersten Männern und Frauen gewesen sein, einfach weil sie einander als ähnlich erkannten.

Wir haben wundervolle Tage miteinander verbracht. Erinnerst du dich an den Nachmittag, als wir in der Met Breuer waren und uns die Retrospektive von Kerry James Marshall angesehen haben? Und an die Führung zu den Wandgemälden von Spanish Harlem? Und an den Spaziergang durch die Astor Row mit ihren wunderschönen Vordächern? Wir haben im Sylvia's Nina Simone gehört und dazu Brathuhn gegessen und haben zusammen die *New York Times* gelesen, jeden Nachmittag zwischen den zerwühlten Laken. Wir haben in den italienischen Büchern gelesen, die dir besonders am Herzen liegen, und Verse aus Ginsbergs Gedichten rezitiert: »…Diese vom Himmel gefallenen Leiber, ausgestreckt schauend, nackt und rastlos, / die Arme in Ruhe über den Augen im Dunkeln …«

Wir haben über meinen Vater geredet, über Venida, über deine Kinder. Wir haben über Tom und seine Eltern geredet, darüber, wie es zwischen euch hätte sein können und nicht gewesen ist. Wir haben uns die Reise ausgemalt, die wir irgendwann zusammen machen würden, nach Mali, du in den *bògòlan ni* gewickelt, genau wie meine Mutter.

Für dich, Bruna, habe ich *My Melancholy Baby* gespielt, *»I am in the mood of love, simply because you're near me«*, und ich habe dir aus Toni Morrisons *Sehr blaue Augen* vorgelesen. Für dich habe ich mich immer wieder mit Mohammad gestritten und Amaal eine schroffe Antwort gegeben, als sie mir einzureden versuchte, ich sei dir völlig egal.

Dass du dich nicht in mich verliebt hast, habe ich verstanden, nicht sofort, aber am Ende dann doch. Aber mir genügte es, dich neben mir zu haben, in deinem Bett einzuschlafen, zu spüren, wie sich dein Schweiß mit meinem mischte. Ich wollte nur das. Mehr verlangte ich nicht. Ich wusste, dass du dich irgendwann bei mir entschuldigen würdest, dann würdest du dich bedanken und dann wieder entschuldigen, wie an dem Tag, an dem ich deine Unterlagen vom Boden aufgehoben hatte, und dann würdest du sagen: Es ist vorbei. Ich habe die Menschen, die ich im Leben geliebt habe, schon immer zu wenig ausgekostet, und zwar aus Gründen, die sich meinem Willen entzogen. So würde es auch mit dir sein, da war ich sicher, und deshalb dachte ich nicht an die Zukunft, ich lebte nur im Jetzt.

***

Ich habe lange über deine Geschichte nachgedacht, Bruna. Ich glaube, du hast dich in die Idee eines Ehemanns verliebt, die der deine nie einlösen konnte. Es stimmt nicht, dass jemand, der unfähig ist zu lieben, es durch die Liebe der anderen lernen kann, nicht wenn ihm in der Kindheit bedingungslose Liebe versagt worden ist, nicht wenn er diese erste grundlegende Liebe nie kennengelernt hat. Zu lieben lernt man nicht als Erwachsener. Wer von den eigenen Eltern nicht geliebt worden ist oder von jemandem, der ihn an Eltern statt aufgezogen hat, der wird auch seine Kinder niemals lieben, nicht einmal wenn er eine Frau wie dich kennenlernt, die so hartnäckig denkt, sie könne ihn die Liebe lehren.

Der ungeliebte Sohn sucht auf ewig die Liebe, die er nicht empfangen hat. Er kann sie aber nicht finden und irrt wie ein geblendeter Ödipus durch die Welt, erzählt seine Geschichte, die Lautlosigkeit der Gefühle anstelle von Worten. »Das Leben endet, wo es beginnt«, sagt Ödipus vor seinem Tod in dem Pasolini-Film, den wir uns zusammen angeschaut haben, als wir mal nachmittags eng umschlungen bei dir im Bett lagen. Und ich weiß, du hast in diesem Augenblick an Tom gedacht und an seine Verdammnis.

Mein Leben dagegen hat mit Liebe angefangen. Mein Vater hat mich gelehrt zu lieben. Ich weiß nicht, wie er es gelernt hat, vielleicht von meiner Großmutter vor ihrer Cracksucht, vielleicht war er auch Autodidakt, oder vielleicht war mein Vater ein außergewöhnlicher Mensch, wie in einer Million Jahre nur einer geboren wird. Dank ihm bin ich sicher, dass mein Leben auf dieselbe Weise enden wird, wie es begonnen hat.

Bedingungslose Liebe, das suchen wir ein Leben lang. Manchmal finden wir sie, sind aber nicht in der Lage, sie zu erkennen. Andere Male können wir sie nicht annehmen oder wissen nicht, wie das geht. Fast nie gelingt es uns, sie selbst zu schenken.

Ich wollte sie von dir. Du von deinem Mann. Dein Mann von seiner Mutter. Ich habe gewählt, sie dir zu geben. Du wolltest sie nur ihm geben. Aber das war eine nutzlose Liebe, weil sie keine Entsprechung fand und keine Früchte trug. Sie ist abgebrochen, wurde aufgegeben, hat sich nicht weiterverbreitet, hat keine andere Liebe erzeugt. Aber du hast deine Kinder, Bruna, und die erreicht deine Liebe wie die unbesiegbarste aller Kräfte. Sie werden groß werden und diese Liebe anderen geben, ihren eigenen Kindern und allen, die sie noch lieben werden. Und die werden sie ihrerseits wieder an andere weitergeben. Es wird immer deine Liebe sein, Bruna, die sich in tausend Bächen und tausend Wassertropfen überall verbreitet, in die Erde eindringt, wasserführende Schichten schafft, unerschöpfliche Brunnen, Quellen von höchster Reinheit, reißende Flüsse, tobende Wasserfälle, unerschütterliche Ozeane voll von deiner Liebe. Das ist das Wichtigste, was du der Welt hinterlassen wirst. Denn deine Liebe wird es weiter geben, auch wenn du nicht mehr bist. Deine Liebe, Bruna, wird die Welt retten.

***

Ich weiß, dass du mir an unserem letzten Tag bei dir zu Hause etwas sagen wolltest. Ich hatte das Gefühl, es müsse etwas Schreckliches und Wunderbares zugleich sein. Ein Geheimnis, das dir Angst und Mut einflößte. Ich fragte: »Was hast du?«, du hast einen Moment lang gezögert, dann die Lippen geöffnet, du warst kurz davor, es auszusprechen, dann nichts mehr. Da hast du das Gesicht in meine Armbeuge gelegt, wie ich es bei meinem Vater tat, wenn ich mich vor nächtlichen Geräuschen fürchtete. Und in dieser Nische in der Mauer meines Körpers hast du leise geweint.

Ich hätte dir an diesem Tag auch etwas sagen wollen. Meines war ein schreckliches Geheimnis. Eine Mission ohne Wiederkehr. Dieselbe, der sich der Prophet Yunus vergeblich zu entziehen suchte. Ich war im Begriff, aus dem Boot zu springen, auf dem ich geflohen war, ich hatte mich der Illusion hingegeben, heil davonzukommen. Dieses Boot warst du, Bruna. Aber ich habe verstanden, dass an Bord kein Platz für mich war. Ich war nur ein blinder Passagier. Dein Boot konnte mein Gewicht nicht auch noch tragen.

Am Ende ist der Wal gekommen, der mich mein ganzes Leben lang gejagt hat. Derselbe, der auch meinen Vater verschlungen hat. Ich wusste, dass ich früher oder später in seinem Bauch enden würde, unter drei Schichten von Dunkelheit. Deshalb habe ich den Namen gewählt, den ich trage. Ich bin Yunus. Ich bin im Bauch des Wals gelandet, aber ich bin nicht tot. Am Grund meiner Geschichte liegt die Rettung. Ein neues Leben, das mich am Ufer einer unbekannten Insel erwartet, Allah wird dort eine Pflanze wachsen lassen, um mich vor der Sonne zu schützen.

Und deshalb habe ich damals nichts gesagt.

Ich wusste, früher oder später käme ich zurück zu dir.

Vielleicht nicht mit dem Körper, aber mit Worten.

Und in der Umarmung meiner Worte
wirst du für immer sicher sein,
und ich werde niemals sterben.

***

Mossul, Juli 2017

Es ist vorbei, dachte ich. Jetzt kommt die Abrechnung. Mossul war eingehüllt in Höllenflammen. Ringsum nur Tod und Zerstörung. Entfleischte Karkassen von Häusern entlang der Ninive-Straße, die Al-Nuri-Moschee mit aufgeschlitztem Bauch, das buckelige Minarett, al-Ḥadbā, in sich zusammengesunken, ins Herz getroffen. Wenige Meter von mir entfernt der Krater, den eine Panzerabwehrrakete verursacht hatte, und das verkohlte Skelett eines Humvee. Von der Flagge des IS, dem Banner des Tauhīd, des einzigen Gottes, war nicht einmal der Mast geblieben. Alles war verloren, genau wie das Grab des Propheten Yunus, Friede sei mit ihm.

Der Gestank von verbranntem Fleisch lag in der Luft, von menschlichem Fleisch. Die Hälfte meines Beins, vom Knie abwärts, war nicht mehr da. Mir fiel das erst auf, als ich nach der Explosion das Blut auf dem Boden sah. Ich dachte, es sei das Blut eines anderen, aber es war meines. Auch das Bein, das durch die Luft geflogen war, war meines.

Ich weiß nicht, wie lange ich auf dem Boden gelegen habe. Zwischenzeitlich hatte ich wohl das Bewusstsein verloren. Ich erinnere mich nur noch an die Explosion, dann an nichts mehr. Als ich wieder zu mir kam, bemerkte ich die zwei Drohnen. Sie durchschnitten den Himmel über mir mit gnadenloser Präzision. Ich folgte ihnen mit den Augen bis zum Horizont. Die kommen wieder, dachte ich, und sie kamen tatsächlich wieder. Die des IS war schwarz, die der Amerikaner weiß. Aber es handelte sich nicht um einen Falken und eine Taube. Beide waren da, um zu töten. Ich sah ihnen zu und hätte am liebsten geschrien: »Hier bin ich, noch eine Granate, bitte, dann bin ich endlich tot, lasst mich sterben. Ich will von dieser Welt nichts mehr sehen.« Aber noch nicht mal zum Schreien blieb mir die Kraft. Ich werde sowieso sterben, ging mir durch den Sinn, wenn kein Blut mehr in meinem Körper ist. Ich spürte, wie es langsam aus mir abfloss. Das Leben, das stirbt, hat den Eisengeruch von Blut. Ich spürte keinen Schmerz, nur Kälte. Es war, als gehörte der Körper schon nicht mehr mir. Am Ende war ich geworden wie jene, die sich den Tod genauso glühend wünschen wie das Leben. *Al-hamdu li-llāh.*

***

Um mich herum flohen die Leute, ohne zu wissen, wohin. Mit Asche und Staub bedeckte Frauen riefen den Namen Allahs, während sie versuchten, ihre Kinder in Sicherheit zu bringen, die

Kinder des IS. Ich konnte ihre Schreie nicht hören, die Explosion hatte mich taub gemacht, aber ich sah ihre von Entsetzen verzerrten Mienen, die Bäche von Blut auf den Gesichtern ihrer Kinder. Die Ehefrauen des IS werden eingefangen und gehängt werden. Sie haben das Paradies gesucht, aber gefunden haben sie nur eine Schlinge, die von einem Ast baumelt, am einzigen Baum, der in Mossul noch steht. Der Prozess gegen die IS-Frauen wird gerade einmal zehn Minuten lang dauern. Es wird weder Anwälte noch Zeugen geben. Sie werden ihren Kindern Lebewohl sagen und sich dann selbst die Schlinge um den Hals legen. Anders als die Irakerinnen wird man die ausländischen Frauen in syrischen Lagern internieren: Kein westliches Land wird ihnen die Rückkehr erlauben. Zu sehr radikalisiert, zu gefährlich. Eine der fliehenden Frauen blieb stehen, als sie an mir vorbeikam. Lass mich hier sterben, sagte ich ihr mit den Augen. Und sie begriff und rannte weiter. Östlich von uns floss der Tigris langsam dahin und teilte die Stadt in zwei Hälften. Sein Becken war nun ein unfruchtbarer Leib. Monatelang hatten wir zum Fischen Granaten ins Wasser geworfen und gewartet, dass die toten Fische an die Oberfläche trieben.

***

Manche glauben, in Mossul tobe eine Schlacht zwischen Gut und Böse, aber das Gute hat Mossul nie kennengelernt. War das Sykes-Picot-Abkommen gut, das nach dem Fall des Osmanischen Reichs eine sunnitische Stadt einem mehrheitlich schiitischen Territorium zuschlug? Und die Unterstützung Amerikas für Saddam Hussein im Krieg gegen den Iran? War der Einmarsch in den Irak im Jahr 2003 gut? Und die Rachezüge der Schiiten gegen die sunnitische Minderheit? In Mossul tobt die Schlacht zwischen Böse und Böse. Auch wenn der Krieg endet, der Hass wird bleiben. Der durchtränkt mittlerweile den Boden, und die Luft ist voll davon. Man spürt es beim Atmen, die Augen tränen, der Hals brennt, die Lungen entzünden sich. Und doch war Mesopotamien die Wiege der Zivilisation. Jetzt ist es das Grab der Menschheit. Töten und zerstören, hat Baldwin gesagt, das hat die Menschheit im Lauf ihrer Geschichte am besten gelernt. Mossul ist nur der letzte barbarische Akt in einer langen Reihe.

Wie ich einmal gelesen habe, hat die Special-Operations-Abteilung des Pentagon ihren Offizieren im Jahr 2003 den Film *Schlacht um Algier* vorgeführt, der 1966 unter der Regie von Gillo Pontecorvo gedreht wurde. Auf der Einladung zu der Vorführung stand als Untertitel eine Art Mahnung: *Wie man die Schlacht gegen den Terrorismus gewinnt und den Krieg der Ideen verliert.* Vielleicht sollte man aus Sicht des Pentagon Kriege durch Ideen und Werte gewinnen, zuallererst die Köpfe und Herzen verändern? Mag sein, dass in Amerika jemand so dachte. Aber paradoxerweise hat mein Land genau das nicht geschafft, weder im Irak noch in irgendeinem Krieg seit dem Zweiten Weltkrieg. Seit Jahrzehnten tun wir nichts anderes als Schlachten gewinnen und Kriege verlieren. Wir werden auch die Schlacht von Mossul gewinnen, so wie wir die von Bagdad gewonnen haben und die Franzosen jene um Algier, aber allen ist klar: Wir werden den Krieg verlieren. Die Besiegten werden gedemütigt, ausgegrenzt und verfolgt, und der Hass wächst immer weiter, um eines Tages in anderer Form wiederzukommen, unter anderem Namen, anderen Anführern, einer anderen Fahne. Keiner wird mehr verstehen, wer die Opfer und wer die Schlächter sind. Die Iraker werden sich weiter fragen: Sollen das Befreier sein, die unschuldige Menschen töten? Und wovon sollen wir uns befreien, von denen davor oder von denen jetzt? Was ist der Unterschied zwischen einem Diktator, einem

Eindringling und einem terroristischen Staat? Manchen im Westen wird es so vorkommen, als hätten sie diese Terrorszenen schon einmal gesehen, möglicherweise denken sie an einen alten Spielfilm, der einen starken Eindruck hinterlassen hat. Nur wenige werden begreifen, dass das alles bereits geschehen ist: Es ist keine Fiktion, sondern historische Wahrheit, und einmal mehr haben wir aus der Geschichte nichts gelernt. Wenn Gewalt die Köpfe und Herzen ändert, dann nur, um sie zu verstümmeln, dessen bin ich sicher.

***

Ich habe Mohammad seit Tagen nicht gesehen. Ich habe die Ärzte, die mich pflegen, nach ihm gefragt, aber keiner weiß etwas. Ich weiß nicht, ob er tot oder lebendig ist, und wenn er gestorben sein sollte, dann weiß ich nicht, ob er umgebracht wurde oder sich selbst in die Luft gejagt hat, um den Vormarsch der Goldenen Division der irakischen Armee aufzuhalten. Er kämpfte an vorderster Front, um die Stadt gegen die Belagerer zu verteidigen. Mohammad war immer an vorderster Front, seit dem Tag unserer Ankunft hier, vielleicht auch schon an dem Tag, an dem ich ihn kennenlernte. Er, der Soldat, gekommen, um für den IS zu kämpfen, ich, der Bruder, gekommen, um ihn zu beschützen. Ich konnte nicht anders. Mein Vater ist in Rikers allein gestorben. Ich konnte einfach nicht zulassen, dass mein Bruder im Irak allein stirbt. Also bin ich ihm in den Bauch des Wals gefolgt, unter drei Schichten von Dunkelheit.

Als er mir eines Abends sagte, dass er dorthin aufbrechen würde, saßen wir nebeneinander zu Hause auf dem Bett. Seit Tagen führten wir Diskussionen, seit Tagen versuchte ich, ihm diese Idee auszureden. »Wenn du das machst, komme ich mit.« Aber davon wollte er nichts wissen. In diesem Augenblick kam mir wie durch ein Wunder die Lösung: »Wenn du keine Lösung findest, Yunus, dann ist das Problem unlösbar.« Wir mussten würfeln, so wie in der Erzählung aus dem Koran. Wir würfelten jeder dreimal, und alle drei Male würfelte ich eine höhere Zahl als er. »Allah will, dass ich mit dir komme, sein Name sei gepriesen.« Und so habe ich ihn überzeugt.

Mohammad ist im selben Jahr geboren wie ich, 1996. Fünf Jahre danach änderte der 11. September die Weltgeschichte und damit auch unser Leben. Wir haben nur vage Erinnerungen an diesen Tag, an verschreckte Mütter, die in die Vorschule kamen, um ihre Kinder abzuholen. Auch mein Vater kam mich abholen. Ich sah ihn durchs Fenster, während er auf mich wartete, er ging mit großen Schritten im Pausenhof hin und her, die Hände hinter dem Rücken verschränkt. Es war, als würde ihm mit jedem Schritt vorwärts klarer, was vor sich ging, und mit jedem Schritt in die Gegenrichtung stiegen seine Zweifel und seine Verwirrung.

Die Bilder vom 11. September haben wir so oft im Fernsehen und in Dokumentarfilmen gesehen, aber wirklich erlebt haben wir ihn nicht. Dennoch trug Mohammad fortan die Schuld am Leib. Als wären aus Sicht der anderen auch er und seine Familie für die Toten verantwortlich. Eines Nachmittags mitten im Irakkrieg, es wird 2004 oder vielleicht 2005 gewesen sein, wurde seine Mutter im Park von einer anderen Mutter attackiert. Die Frau stürzte sich auf Shifa und versuchte, ihr den Hidschab vom Kopf zu reißen. »Was versteckst du unter deinem Schleier, du verdammte Terroristin?«, schrie sie und zerrte dabei an ihren Haaren. Mohammad, der wenige Schritte entfernt im Sandkasten spielte, sprang auf und schlug mit der Rückseite seiner Schaufel auf die Frau ein. Sie fiel hin, stieß Mohammad weg und ergriff die Flucht. Zusammen mit dem Hidschab nahm sie einige Haarsträhnen seiner Mutter mit. »Hau ab und komm nie wieder her«, brüllte Mohammad ihr nach. »Sonst bringe ich dich um!«

Von diesem Tag an hatte Mohammad Angst. Seit damals hegte er einen Groll. Er kam zu der Überzeugung, die Kriege, die Amerika in jenen Jahren gegen die Taliban, Al-Qaida und Saddam Hussein führte, seien Kriege gegen den Islam an sich und damit auch gegen ihn. »Erschüttert es dich nicht zu wissen, dass jeden Tag irgendwo auf der Welt unsere eigene Regierung unsere muslimischen Brüder und Schwestern tötet?«, fragte er mich einige Zeit nach meiner Konversion unter der Hell Gate Bridge. »Der Prophet sagt, wenn ein Teil des Körpers leidet, empfindet auch der Rest des Körpers Schmerz. Ich kann nicht hierbleiben und zusehen.«

In diesen Jahren sah ich, wie Mohammad sich veränderte und seine zwei Identitäten, die amerikanische und die muslimische, sich nicht mehr vereinbaren ließen. »Ich leide so sehr wegen der sunnitischen Brüder, die in Syrien von Baschar al-Assads Armee gefoltert und umgebracht werden. Und wegen der irakischen Brüder, die al-Maliki unterdrückt, nachdem ihm die US-Regierung uneingeschränkte Macht verschafft hat. Im Irak werden unsere sunnitischen Brüder von allem ausgeschlossen, aus der Verwaltung entfernt, aus den Krankenhäusern, der Universität und der Armee. Ich fühle mich so hilflos.«

Als dann sein Vater starb, vertiefte Mohammads Hass die Kluft noch mehr. »Eine Tat spricht lauter als tausend Worte«, wiederholte er, wenn er mit Amaal und mir über die Qualen der muslimischen Brüder sprach. Damals fing er an, sich die wenigen noch im Web verfügbaren Propagandavideos von Anwar al-Awlaki anzuschauen und *Dābiq* zu lesen, die Zeitschrift des IS. Eines Abends ließ er den Computer aufgeklappt auf seinem Bett, um auf die Toilette zu gehen, und da entdeckte ich, dass er gerade einen Artikel über die religiöse Rechtfertigung der Sklaverei las.

»Es gibt keine Rechtfertigung für Sklaverei, schon gar keine religiöse!«, schrie ich ihn an, als er wieder herauskam. »Die Dschihadisten machen mit dem heiligen Koran dasselbe, was die Christen mit ihrer Bibel und Hams Fluch den Afroamerikanern angetan haben.«

»Du verstehst das nicht, Yunus, weil du keiner von uns mehr bist, vielleicht warst du das noch nie. Du lebst zu weit von unserer Wirklichkeit, eingeschlossen in deine Welt aus Uni-Kursen und Büchern, in denen nicht die Wahrheit steht.« Nachdem er das gesagt hatte, riss er mir den Computer aus der Hand, stürmte aus dem Haus und kam erst am nächsten Tag wieder.

Inzwischen hörte er mir gar nicht mehr zu. Seit einiger Zeit war er mit einem radikalen Imam in New Jersey in Kontakt. Letzten Oktober kam er eines Abends mit Artikeln aus der Zeitschrift *Rumiyah* nach Hause, was auf Arabisch Rom heißt, nach einem Hadith des Propheten, der sagt, die Muslime würden Konstantinopel und Rom erobern. Der IS hatte, nachdem die Türken die Stadt Dābiq erobert hatten, eine neue Propagandazeitung ins Leben gerufen. Ich fand die Artikel unter seiner Matratze versteckt, weil eine Ecke hervorlugte. Darin wurde zur Tötung der *kuffar*, also der Ungläubigen, aufgerufen, man sollte Messer benutzen, denn Messer seien leicht zu finden und leicht zu gebrauchen. Die Übersetzung hatte Mohammad an den unteren Seitenrand geschrieben. An diesem Vormittag – gleich nach deinem Kurs, weißt du noch? – traf ich mich in der Universitätsbibliothek mit Amaal, um ihr die Seiten zu zeigen. Amaal war völlig fertig. Nach dem Tod seines Vaters hatte Mohammad sich von ihr abgewandt. Erst später erfuhr ich, dass er bereits eine Abmachung getroffen hatte, um in Raqqa eine Frau aus dem Kalifat zu heiraten.

Am nächsten Tag gingen Amaal und ich mit Shifa reden. Mohammads Mutter kam uns geschrumpft vor, vertrocknet. Der noch nicht lange zurückliegende Schmerz über den Tod ihres

Manns, der sie vor so vielen Jahren mit den Kindern alleingelassen hatte und auf den sie nie aufgehört hatte zu warten, hatte aus ihr eine leere Hülle gemacht. Sie empfing uns im Dunkeln, bei geschlossenen Fenstern. Wir versuchten, ihr die Situation zu erklären, so behutsam wir konnten. Shifa hörte ungerührt zu, als wäre auch sie schon nicht mehr da. »Ich konnte meinen Mann nicht aufhalten«, sagte sie am Ende, die knotigen Fingerknöchel umklammernd. »Wie kommt ihr darauf, dass ich meinen Sohn bremsen könnte? Wenn die Dinge so liegen, dann ist es Allahs Wille, gepriesen sei sein Name.«

Am Abend versuchte ich erneut, Mohammad zur Vernunft zu bringen, aber sein Entschluss stand fest. »Für unsere sunnitischen Brüder im Irak ist der IS die letzte Chance, ihren Besitz zu verteidigen, ihre Identität, ihr Recht zu existieren. Die Regierung zerstört die Zukunft unserer Brüder. Allah selbst ruft mich, ihnen zur Hilfe zu kommen. Der Prophet und seine Gefolgsleute haben die Schlacht nicht verlassen, bevor sie nicht alles Land erobert hatten, von Ost nach West, und dabei unterwarfen sie alle Nationen und alle Reiche mit dem Schwert. Und so sollen es diejenigen unter uns tun, die sich entschieden haben, ihm am Tag der Belohnung zu folgen.« Er ließ sich durch nichts umstimmen. Ich fühlte mich machtlos. Da kamen mir die Worte aus einem Song von *A Tribe Called Quest* in den Sinn, den wir als Jugendliche immer gehört hatten: *If God is so good, yo, why this shit be happening to me?*

***

Am Anfang glaubten die Leute in Mossul an den IS. Die Schiiten waren gewalttätig, verhafteten jeden, der des Verrats verdächtigt wurde, folterten die Sunniten der Stadt. Als 2014 der IS in Mossul einzog, befreiten die Dschihadisten die sunnitischen

Häftlinge aus den Gefängnissen und metzelten die schiitischen nieder. Dann wischten sie das Blut von den Straßen, senkten den Brotpreis und setzten das Strom- und Wassernetz instand. »Was wollen die Leute schon?«, sagte Abdullah al-Amriki zu mir, einer der amerikanischen Kämpfer, die ich bei der Ausbildung in Raqqa kennenlernte. »Brot, Butter, Sicherheit und einen ordentlichen Lohn. Die Leute in Mossul haben dem IS für ein Stück Brot *bay'ah* geschworen.«

Aber es ging nicht nur um Brot. Damals hatten sich viele junge Leute dem IS angeschlossen. Das Kalifat versprach Schutz und wirtschaftliche Stabilität, aber auch die Chance, für eine große gemeinsame Sache zu kämpfen, die Einheit des Islam wiederherzustellen und die vom Kolonialismus geschaffenen Grenzen niederzureißen. Mehr als alles andere war der IS eine Bewegung der Jungen. Es waren auch viele Westler wie wir dabei, angezogen von der Vorstellung, sich als Teil einer Gemeinschaft zu fühlen, die sie in ihren Ursprungsländern nicht finden konnten. Franzosen, Bosniaken, Tschetschenen, Belgier, Kanadier, Australier, Skandinavier und US-Amerikaner. Irgendwann befanden sich in Raqqa mehr ausländische als einheimische Kämpfer. Wie Mohammad hatten auch sie die Videos des Kalifats auf YouTube gesehen, die Fotos auf Instagram, die Posts auf Facebook. Der IS wendet sich an die Ausgeschlossenen, Entfremdeten, an Muslime, die sich keinen Rat wissen, an die Verlorenen, vom Leben Überforderten wie wir. Die Nachrichten sind auf junge Leute zugeschnitten. Sie stellen die Dschihadisten als Superhelden dar und feiern das vergossene Blut, das Opfer, das Märtyrertum.

Die Ausbildung in Raqqa war eine der wichtigsten Erfahrungen meines Lebens. Ich habe mit eigenen Augen gesehen, wozu Menschen fähig sind. Wer Raqqa und Mossul nicht gesehen hat, der weiß noch nichts von der Menschheit. Dort war ich wirklich im Bauch des Wals. Nur wer dort gewesen ist, kann sagen, dass er wirklich gelebt hat.

»Wusstest du schon, dass auch al-Baghdadi im Gefängnis war? Dort hat er sich radikalisiert«, sagte Mohammad am Tag nach unserer Ankunft in Syrien aufgeregt. »Das Gefängnis wurde von den Amerikanern verwaltet.«

»Aus Gefängnissen kommt nur Böses, die sind Brutstätten des Hasses«, erwiderte ich fahl vor Wut.

Am Tag unserer Ankunft in Raqqa wurden wir aufgefordert, ein Formular auszufüllen, als wollten wir uns beim Arbeitsamt um eine Stelle bemühen. Wir mussten Alter und Geburtsort angeben, das Herkunftsland, das Bildungsniveau. Während der Unterredung wurden wir gefragt, wer uns in Amerika rekrutiert habe. Offenbar wollte man herausfinden, ob wir feindliche Agenten seien oder ob man sich auf uns verlassen konnte. Wir wurden gefragt, ob wir bereits Erfahrung als dschihadistische Kämpfer hätten und ob wir mit den Schlachten der Mudschahedin vertraut seien. Mohammad bejahte. »Ich kenne sie gut«, sagte er. »Ich habe mir die Videos im Internet genau angeschaut.« Der naive Optimismus seiner Antwort ging mir ziemlich auf die Nerven und löste bei den anderen Kämpfern schallendes Gelächter aus. Dann fragte man uns, welche Rolle wir im Islamischen Staat übernehmen wollten, ob wir eine Tätigkeit in der öffentlichen Verwaltung anstrebten oder der Hisbah, der Religionspolizei, beitreten wollten. Oder seien wir nach Syrien gekommen, um uns als Märtyrer zur Verfügung zu stellen, als Selbstmordattentäter, möglicherweise im Westen?

»Ich bin nicht hier, um den Schreibtischhengst oder den Polizisten zu spielen«, erwiderte Mohammad ärgerlich und versuchte, an Glaubwürdigkeit zu gewinnen: »Wir wollen nach Mossul an die Front, nur dafür sind wir gekommen.«

»Und du, Yunus?«

»Ich gehe, wohin er geht«, sagte ich entschlossen.

In den folgenden Wochen fand unsere militärische und religiöse Ausbildung statt. Als Erstes brachte man uns bei, mit Messern umzugehen. Wir übten an Puppen, Hühnern und Ziegen. Mohammad lernte schnell. Er schien sein Leben lang nichts anderes gemacht zu haben, als Körper zu zerteilen. Anschließend lernten wir mit einer AK-47 schießen. Man brachte uns bei, die Waffe zu laden, sie zu reinigen, sie zu lieben wie eine wunderschöne Frau. Wir lernten sie im Schlaf zwischen den Beinen halten wie nach der Liebe, bereit, jeden Moment wieder loszulegen. Wir lernten auch die Gebote der Scharia und die ideologischen Pfeiler des Islamischen Staats. Wenn du nicht nach der Scharia lebst, bist du ein Ungläubiger, wenn du die Götzenbilder nicht zerstörst, wie der Prophet es getan hat, stehst du außerhalb des Islams, wenn du nicht alles hasst, was dem Islam, der Scharia und dem IS widerspricht, dann glaubst du nicht wirklich an Gott. Mir wurde klar, dass auch der IS, um zu existieren, Feinde brauchte, echte oder imaginäre. Der Feind schafft Einheit. Aber das hatte ich schon in Amerika gelernt.

»Ist das der Islam?«, fragte ich Mohammad täglich mit den Augen, weil mir der Mut fehlte, es in Worte zu fassen. Er wandte den Blick ab und tat, als hätte er die Frage nicht verstanden. »Erinnerst du dich an den Song von Nas über die Gefangenen in den Ghettos?«, fragte ich ihn einmal. *»Who's to be praised? The mighty dollar or almighty Allah?«* Er antwortete nicht. Er schien sich an nichts von unserem Leben vor Raqqa zu erinnern, und von den Widersprüchen des neuen Lebens in Raqqa wollte er offenbar nichts wissen. Stattdessen riet er mir jedes Mal, die Pillen zu nehmen, die auch die anderen Kämpfer einwarfen, sie würden mir Mut geben und mich gegenüber dem Schrecken unempfindlich machen.

Manchmal hatte ich Angst, unsere Vorgesetzten könnten in meinem Blick die Abtrünnigkeit lesen. Doch meine Freundschaft mit Mohammad schien mich gegen alles zu schützen, wenn er mich mitgebracht hatte, dann konnte man mir vertrauen.

Abdullah al-Amriki, neunzehn Jahre alt, aus Oklahoma, gehörte der Religionspolizei an, der Hisbah. Er war genauso ein Junge wie wir. Er hatte an der Universität Chemie studiert, in seiner Freizeit Tennis gespielt. Er stammte aus einer normalen Familie, jedenfalls sagte er das, und vielleicht war genau das sein Problem. Er wollte ein anderes Leben, wollte sich nützlich machen, etwas bewirken. Er und Mohammad wurden sofort Freunde. Während der ersten Wochen unserer Ausbildung lud uns Abdullah mehrmals ein, ihm durch die Stadt zu folgen. Stolz zeigte er uns, wie die Hisbah dem koranischen Gesetz Respekt verschaffte. Beim ersten Mal wies er uns auf einen Mann hin, der auf dem Marktplatz in einen Käfig gesperrt war. Man hatte ihn bestraft, weil sein Bart kürzer war als gesetzlich festgelegt, weniger als eine Faust vom Kinn ab gemessen. Ein Schild hing ihm um den Hals, dazu eine Nummer, eine Art Code, der die Art der Sünde und die Strafe benannte. An den folgenden Tagen wohnten wir brutaleren Bestrafungen bei. Einem Mann wurden einhundertfünfzig Peitschenhiebe versetzt, weil er seine Frau nicht dazu gebracht hatte, den Nikab zu tragen. Dieben und Leuten, die aus der Stadt zu fliehen versuchten, wurden die Hände abgehackt. Wer mit Alkohol oder Drogen erwischt wurde, wurde ans Kreuz geschlagen, die Leichen hingen dann tagelang dort und rotteten vor sich hin. Das Leben in Raqqa war auf einmal ins 7. Jahrhundert zurückgefallen, in die Zeit, als der Prophet gelebt hatte.

Wenn ich von weitem die Kreuze sah, machte ich einen Umweg, ich konnte ihren Anblick nicht ertragen. Die Gekreuzigten erschienen mir nachts im Traum. Es waren alles Teenager. Sie hatten das Gesicht des Christus, den ich in der katholischen Schule erkennen gelernt hatte: blaue Augen, weiße Haut, eine schmale, perfekte Nase. War das die Abbildung von Gottes Sohn oder die eines Hollywoodschauspielers?

Als wir eines Abends zurück im Schlafraum waren, kam Abdullah uns holen. Er war gerannt und ganz außer Atem. »Kommt mit!«, keuchte er. »Diese Hinrichtung dürft ihr nicht verpassen!« Ein Mann war der *zina* angeklagt worden, des Ehebruchs, und sollte von der Religionspolizei öffentlich gefoltert und getötet werden. Abdullah persönlich rammte ihm das Messer in die Brust, und da der Mann einfach nicht sterben wollte und weinend um Erbarmen flehte, immer weiter Allah anrufend, musste er ihm mehrere Stiche versetzen. Am Ende lagen beide blutüberströmt am Boden, und ich konnte einen Moment lang nicht erkennen, wer das Opfer war und wer der Henker. An diesem Abend musste ich mich mehrmals übergeben.

Hinrichtungen fanden immer in Gruppen statt. Dadurch bekamen sie etwas Automatisches, Mechanisches, Aseptisches und deshalb Kathartisches. Als wäre niemand dafür verantwortlich, als hätten die zum Tode Verurteilten die alleinige Verantwortung für ihr Schicksal. »Wir tun das im Namen Allahs«, schärfte Abdullah seiner Schwadron ein. »Allah verlangt es von uns.« An dem Abend bevor wir nach Mossul aufbrachen, wohnte ich der Hinrichtung eines *murtadd* bei, eines Abtrünnigen. Der Mann kniete auf dem Boden und hatte die Hände mit Stacheldraht hinter den Rücken gebunden. Er war ein Sunnit wie wir, wahrscheinlich ein guter Muslim und Familienvater. Ich schätze, dass er um die vierzig war, an den Schläfen wurden seine Haare schon grau. Die Henker waren kaum halb so alt wie er. Der *murtadd* hatte sich gegen das Kalifat gewandt, hieß es, und musste deshalb sterben. Ich habe gesehen, wie die Kindersoldaten, die der IS aus Waisenhäusern entführte, das Hinrichtungskommando anfeuerten. Ich habe gesehen, wie der *murtadd* unter den Pistolenschüssen zusammenbrach, die Kinder jubelten, die Menge in Freudenschreie ausbrach. Ich habe gesehen, wie die Hisbah seine Leiche auf einen LKW warf, zusammen mit denen der Kriegsgefangenen, die am Vormittag umgebracht worden waren, die orangen Overalls noch triefend von Blut.

Warum müssen wir töten, um uns lebendig zu fühlen?

Manchmal tut man Böses nicht durch eigene Schuld. Das Leben selbst legt einem eine Kalaschnikow in die Hand und sagt: »Drück ab.«

Als ich zum ersten Mal einen Menschen tötete, fühlte ich mich so lebendig. Als ich einen zweiten tötete, wurde mir klar, dass auch ich gestorben war. Und an dem Tag, an dem ich einen dritten tötete, wünschte ich mir, nie geboren zu sein. Aber von diesen Dingen will ich dir lieber nichts erzählen.

***

»Nicht durch die Schuld der Sterne, lieber Brutus, durch eigne Schuld nur sind wir Schwächlinge.« Mit diesem Zitat aus Shakespeares *Julius Cäsar* beginnt ein Artikel von Amartya Sen, den du uns letztes Semester im Kurs vorgelesen hast. Oft wird auch der Kultur – genau wie den Sternen – vorgeworfen, sie bestimme unser Los. Als Mohammad und ich endlich nach Mossul kamen, machte unsere muslimische Kultur uns zu Terroristen. Als mein Vater in Rikers starb, machte ihn die Schuld seiner afroamerikanischen Kultur zum Verbrecher. Wenn die Länder in Afrika wirtschaftlich nicht vorwärtskommen, liegt das an ihrer Kultur, die sie zur Unterentwicklung verurteilt. Wenn die muslimischen Länder keine Demokratie kennen, dann wegen ihrer Religion, die antidemokratisch ist. Aber die Schuld der Kultur zuzuschieben ist irreführend. Es ist ein Vorwand, die wahren Probleme nicht zu lösen, eine Ausrede, um die historischen Ursachen nicht anerkennen zu müssen, die zu solchen Ergebnissen geführt haben. Nach Überzeugung vieler ist die Demokratie eine westliche Erfindung. Allein, dass von Exportieren die Rede ist, impliziert, der Westen beanspruche sie als sein intellektuelles Eigentum. Andeutungen in diese Richtung entspringen nicht nur unserer Arroganz, sondern auch der Tatsache, dass die Demokratie im antiken Griechenland ihren historischen Anfang nahm. Und doch, sagt Sen, haben die Griechen die Idee der Demokratie nicht allein entwickelt. Sie standen in Kontakt mit anderen Völkern und anderen Kulturen – in Ägypten, Persien oder Indien –, die entgegen gängigen Vorurteilen keineswegs verschlossen und rückständig waren, sondern im Lauf der Jahrhunderte Wissenschaft, Toleranz und interreligiösen Dialog kultiviert hatten. Im 16. Jahrhundert, als der »Ketzer« Giordano Bruno auf dem Campo de' Fiori in Rom verbrannt wurde, erließ der muslimische Großmogul Akbar Gesetze zur Religionsfreiheit und zu den Rechten von Minderheiten und nahm an seinem Hof Gelehrte aus diversen Kulturen auf. So weit Sen.

Der Westen hält sich für eine Bastion der Demokratie. In Wirklichkeit beansprucht er sie für sich, ist aber nicht bereit, sie mit anderen Völkern zu teilen. Er maßt sich das Recht an, über die Angelegenheiten der Welt allein zu entscheiden, ohne irgendwen zurate zu ziehen. Alle, die sich seinen Entscheidungen widersetzen, betrachtet er als Barbaren und Wilde. Er nennt seine Kriege gerecht und notwendig und die der anderen brutales Blutvergießen. Auch das haben wir von den alten Griechen geerbt. Schon vierhundert Jahre vor Christus, während des Peloponnesischen Kriegs, rief Perikles die Athener dazu auf, die Opfer des Kriegs nicht mit Schrecken zu sehen. Nur durch Krieg habe Athen ein

Vorbild für ganz Griechenland und für andere Völker werden können. Krieg sei unabdingbar, um die Demokratie zu stärken. Seit dem 5. Jahrhundert vor Christus stellen wir uns das so vor.

Vielleicht wäre es anders gelaufen, wenn Perikles seine Gefallenenrede nicht gehalten hätte, wenn er an jenem Tag etwas anderes getan hätte, als der Toten im Peloponnesischen Krieg zu gedenken. Wenn die Geschichte anders verlaufen wäre, dann wäre ich vielleicht nicht in den Irak gekommen, um für eine Sache zu sterben, an die ich nicht glaube, für einen Staat, den ich nicht anerkenne, und für einen Gott, dessen Name missbraucht wird, um zu unterdrücken und zu meucheln. Wenn Mohammad mich jetzt finden könnte, wenn er mich retten und von hier fortbringen könnte, wenn wir an einen anderen Ort ziehen und zusammen neu anfangen könnten, wenn ich wenigstens die Gewissheit hätte, ihn im Paradies wiederzusehen. Wenn *Allahu Akbar* noch ein Ausdruck von Glauben wäre und nicht von Tod. Wenn Colin Powell nie seine Rede über die Massenvernichtungswaffen gehalten hätte, wenn mein Land nie in den Irak einmarschiert wäre, wenn Präsident Bush nie erklärt hätte: *»mission accomplished«*, wenn die Schiiten nicht alle Macht erlangt hätten, wenn der Arabische Frühling nicht zum ewigen Winter geworden wäre, wenn al-Baghdadi nie im Gefängnis gewesen wäre, wenn das buckelige Minarett nie aufgehört hätte, den Adhān zu rezitieren, wenn das Grab des Propheten Yunus nicht zerstört worden wäre, wenn die Engländer den Kurden den Staat gegeben hätten, von dem sie träumten, wenn Sykes und Picot niemals ein Geheimabkommen unterzeichnet hätten, um den Nahen Osten unter sich aufzuteilen, wenn der Schwiegervater und der Schwager des Propheten sich nicht um seine Nachfolge gestritten hätten, wenn Noah seinen Sohn Ham nicht verflucht hätte. Wenn ich mich in jener Oktobernacht nicht dem Schicksal überantwortet hätte, wenn Mohammad sich nicht jedes Mal dafür hätte entschuldigen müssen, ein Muslim zu sein, wenn sein Vater nicht im Ramadan an Alkoholsucht gestorben wäre, wenn es Mohammad gelungen wäre, ihm zu verzeihen, wenn die Polizei uns nicht bis unter die Hell Gate Bridge verfolgt hätte, wenn mein Vater nie nach Rikers gekommen wäre, wenn der Leviathan uns nicht wie Verbrecher behandelt hätte, wenn wenigstens das Amerika von heute nicht immer noch so sehr dem Bild von Grant Wood ähneln würde, *American Gothic*, diese weißen Gesichter verängstigter alter Menschen, die glauben, sie könnten ihre Welt mit einer Mistgabel schützen, obwohl es ihre Welt schon gar nicht mehr gibt. Wenn meine Mutter gelebt hätte, um mich aufwachsen zu sehen. Wenn du, Bruna, mich ein bisschen mehr geliebt hättest. Wenn dein Mann dich und deine Kinder geliebt hätte. Wenn die 99. Straße nicht immer noch die Grenze zwischen Reich und Arm wäre, wenn der Kapitalismus wirklich eine Flut wäre, die alle Boote nach oben spült, wenn die Schwarzen wenigstens die Ghettos verlassen hätten, um nie mehr dorthin zurückzukehren, wenn wir nicht ständig dieses Bedürfnis hätten, uns Feinde zu erschaffen. Wenn ich den Tod betrügen könnte. Wenn die Splitter, die mir an diesem Tag ins Fleisch gedrungen sind, sich nicht sofort entzündet hätten, wenn das Paradies wirklich existierte, wenn es eine Möglichkeit gäbe, lebendig aus dem Bauch des Wals herauszukommen, in dem ich mein ganzes Leben verbracht habe. Wenn meine Mutter und mein Vater nicht schon auf mich warten würden, auf dem Hügel am anderen Ufer des Tigris, wenn die Inschrift auf meinem Grab nicht schon geschrieben wäre, wenn wenigstens meine Geschichte erzählt werden könnte, Bruna …

… *Inschallah.*

7.

Giona und der Wal

Tom geht endlich an Bord, nimmt seinen Fensterplatz in der ersten Reihe ein und bestellt sich ein Glas Whisky, auch wenn noch nicht einmal Mittag ist und er seit dem Vorabend nichts gegessen hat. Zwanzig Minuten später rollt das Flugzeug über die vereiste Startbahn des La-Guardia-Airports. In drei Stunden soll es auf dem Tampa International Airport landen. In Florida erwarten ihn dreißig Grad Celsius und eine Beerdigung. In den letzten Monaten sind unerwartete und schmerzhafte Dinge vorgefallen. Bruna ist von einem anderen Mann schwanger, er ist von zu Hause ausgezogen und hat seine Kinder schon länger nicht mehr besucht, und seine Mutter Amanda, die so innig geliebte Mamma, hatte einen Gehirnschlag und ist auf der Intensivstation des Tampa General Hospitals gestorben, ohne noch einmal das Bewusstsein zu erlangen. Bevor er nach Florida aufbrach, hat Tom Bruna angerufen und die Kinder gebeten, ihn zur Beerdigung ihrer Großmutter zu begleiten. Bruna hat ihm rasch kondoliert und dann Minerva geholt. Tom hätte lieber mit Mario geredet.

»Tom«, hat ihn Minerva gleich konfrontiert, »du warst seit fast zwei Monaten nicht mehr bei uns. Ich habe dir x Nachrichten auf die Mailbox gesprochen. Ich war auch bei dir in der Praxis, weil ich dich sehen wollte. Willa hat behauptet, du wärst im Krankenhaus, aber ich konnte ihr am Gesicht ablesen, dass du da bist, direkt im Nebenzimmer, du hattest sie bloß angewiesen, für dich zu lügen. Was für ein Spiel spielst du, Tom?«

»Ich weiß, Minnie, tut mir leid, ich war an dem Tag wirklich im Krankenhaus, oder vielleicht hat Willa sich getäuscht und gesagt, ich sei nicht da, obwohl ich doch da war, ich wusste jedenfalls nichts von deinem Besuch. Sicher ist es so gewesen. Jedenfalls rufe ich an, weil ich dich bitten wollte, mit nach Florida zu kommen, zur Beerdigung deiner Großmutter.« Er muss abbrechen, schon wenn er den Namen seiner Mutter ausspricht, schnürt es ihm die Kehle zu.

»Nenn mich nicht Minnie, du weißt, dass ich das ätzend finde. So hat mich Großmutter Amanda immer genannt. Als du noch bei uns gewohnt hast, hast du das nie gemacht. Und wie kannst du mich um so was bitten, nachdem du zwei Monate lang kein Lebenszeichen gegeben hast?«

»Ich weiß, Schatz, du wirst sehen, ich mache es wieder gut. Gib mir mal bitte Mario, ja?«

Mario braucht eine Weile, um ans Telefon zu kommen. Er hat seit einer Stunde im warmen Schaumbad gelegen und überhaupt keine Lust, sich dieses wohlige tägliche Ritual verderben zu lassen.

»Ja?«, meldet er sich schließlich träge.

»Mario, na, endlich, ich bin's, Papa. Wie geht es dir? Wie läuft's so?«

»Alles gut«, antwortet er und gähnt.

»Pass auf, Mario, ich weiß, ich habe mich lange nicht bei euch gemeldet, aber ich wollte dich um etwas bitten, nämlich dass du mit nach Florida kommst, zur Beerdigung deiner Großmutter Amanda.« Wieder bricht Toms Stimme, und seine Augen füllen sich mit Tränen. »Mama hat dir doch gesagt, dass deine Großmutter gestorben ist, nicht wahr?«

»Ja, Papa, ich meine, Tom, ich meine, Papa. Minerva sagt, wir sollen dich jetzt Tom nennen. Ja, sie haben's mir gesagt, tut mir leid wegen Großmutter und mehr noch wegen dir.«

»Wusste ich's doch, Mario, ich weiß, du bist ein guter Junge. Und, wie steht's, fliegst du mit mir nach Tampa?«

»Na, klar mache ich das. Ich habe nur eine kleine Bitte …«

»Kein Problem, sag einfach, was es ist.«

»Ich will mich so anziehen, wie es mir gefällt.«

Tom versucht gar nicht erst, darüber zu verhandeln. Er stellt sich vor, wie sein Vater in dem großen Saal im *funeral home* vor Amandas offenem Sarg steht. Sie selbst wunderschön, umgeben von Kerzen und Rosenkränzen, wie eine Heilige. Weiße Gerbera und rote Rosen säumen ihren Leichnam, genau wie sie es in ihrem Testament verfügt hat. Dann stellt er sich vor, wie Mario den Saal betritt, in einem Rock mit knalligen Rauten und rosa Stulpen, und damit den Zorn Sals und das Mitleid aller anderen auf sich zieht.

»Wenn ich's mir recht überlege, Mario – ich glaube, wir lassen das besser. Ich nehme dich ein andermal mit nach Florida. Du hättest sonst zwei Fehltage in der Schule, und du weißt ja, wie wichtig es ist, dass du keinen Unterricht verpasst.«

***

Als Tom den DNA-Test von Brunas Kind zurückbekam, sah er an Max' ausweichendem Blick, dass nichts zu machen war. Also öffnete er den gelben Umschlag mit den Testergebnissen erst gar nicht. Er ließ ihn auf dem Schreibtisch seines Freundes liegen, unangetastet, als enthielte der Umschlag das Schicksal eines Fremden. Dann fuhr er mit dem Taxi zurück in seine Praxis. Er schloss sich in seinem Büro ein und machte drei Anrufe. Als Erstes rief er seine Eltern in Florida an. Sein Vater ging ans Telefon. Zum ersten Mal seit langer Zeit tat Sal nicht so, als würde er ihn nicht erkennen.

»Ich komme zurück nach Hause«, sagte Tom mit Rührung in der Stimme.

»Endlich, mein Sohn, wir warten schon seit Jahren auf dich. Wir lieben dich, mein Sohn.«

»Ich euch auch, Papa, das hat sich nie geändert.«

Dann zog er eine Visitenkarte aus seiner Schreibtischschublade. Sie war von einem Scheidungsanwalt, den seine Eltern vor Jahren kontaktiert hatten, um zu erfahren, ob sich Tom im Fall einer Trennung das alleinige Sorgerecht verschaffen könne. Obwohl er damals klargestellt hatte, dass er von Scheidung nichts hören wollte, hatte er die Visitenkarte behalten. An diesem Nachmittag wählte er die Nummer und vereinbarte für den nächsten Morgen ein Treffen mit dem Anwalt, früh genug vor seinen eigenen Patienteterminen.

Schließlich griff er ein letztes Mal zum Hörer. Diese Nummer kannte er auswendig, seit vielen Jahren.

»Hallo«, antwortete eine müde Stimme, in der etwas von der zähen Süße von Likör mitschwang.

»Hallo, Lisa? Ich bin's, Tom.«

»Ja, ich weiß, ich habe deinen Namen auf dem Display gesehen. Hast eine Zeitlang nichts hören lassen.«

»Stimmt, ich war in letzter Zeit ziemlich beschäftigt. Kann ich heute Abend vorbeikommen?«

»Tut mir leid, Tom, heute geht's wirklich nicht, ich habe den letzten Kunden um halb zwölf, bis ich fertig bin, ist es weit nach Mitternacht. Ich arbeite zurzeit wahnsinnig viel, ich bin müde. Aber wenn du willst, wäre Bernadette verfügbar.«

»Wer?«

»Meine Kollegin Bernadette, vielleicht kannst du dich nicht erinnern, aber du warst schon mal bei ihr. Das passt bestimmt auch diesmal wieder.«

»Lisa, bitte, ich muss dich unbedingt heute Abend sehen. Bruna und ich sind dabei, uns zu trennen. Wir müssen ja nichts machen, wenn dir nicht danach ist. Ich brauche nur jemanden zum Reden.«

»Das sagst du immer, Tom, und am Ende habe ich das Reden und alles andere noch dazu.«

***

Tom hatte oft an den Abend zurückgedacht, als er Bruna geohrfeigt hatte und Mario in der Tür zum Schlafzimmer aufgetaucht war, vor allem daran, wie er ihn in sein Zimmer zurückbegleitet und sich neben ihm ausgestreckt hatte. Er war am Bettrand geblieben, die Beine angezogen, ohne ihm zu nahe zu kommen. Dreizehn endlose Jahre lang hatte er versucht, den Vater zu spielen, und jetzt sah er zum ersten Mal deutlich, dass er niemals fähig sein würde, die Elternrolle zu übernehmen. Seit er erfahren hatte, dass Bruna ein Kind erwartete, das nicht von ihm war, schaffte er es nicht einmal mehr, eine Anwesenheit an der Grenze zu sein, eine äußere Umrandung. Er war aus dem Leben seiner Kinder gefallen und hatte keine Lust mehr, dorthin zurückzukehren.

Es war ihm ein Leichtes gewesen, wieder in die Rolle des Sohns zu schlüpfen und sich in einen Winkel des Lebens zurückzuziehen, in dem er sich darauf beschränken konnte, den anderen angenehm zu sein, anstatt zu lieben, und wo Schmeicheleien Gefühle ersetzten, die schwierig gewesen wären.

Bruna hatte ihre Elternrolle immer besser auszufüllen gewusst. Für sie war es ganz natürlich, die Kinder zu lieben. Tom war es schwergefallen, neben ihr nicht zu verschwinden, ihr bei den wichtigen Entscheidungen, die sie stets allein traf, Paroli zu bieten und immer wieder aus ihrem Schatten zu treten, in dem man kaum noch merkte, dass man am Leben war. Für Tom war es mühselig gewesen, mit Bruna zusammenzuleben. Sie zog all die Liebe von Mario und Minerva auf sich und ließ ihm nichts als ein brennendes Gefühl von Zweitrangigkeit. Er war der Elternteil, auf den man verzichten konnte, derjenige, der distanziert blieb, eine blasse Gestalt im Hintergrund. Er war der Versorger, der angesehene Arzt, der immer nur arbeitete, auch spätabends und an Wochenenden, oder wenigstens erweckte er diesen Anschein.

Manchmal blieb Tom abends länger in der Praxis, auch wenn sie schon geschlossen hatten und nichts mehr zu erledigen war. Dann streckte er sich auf der Liege aus, auf der er seine Patienten untersuchte, und stellte sich vor, wie ein anderer Tom sich um ihn kümmerte. Der andere Tom zog ihm die Schuhe aus, löste seinen Krawattenknoten, nahm ihm den Gürtel ab, knöpfte ihm die Hose auf. Aber diese Fürsorge und diese Aufmerksamkeiten konnten ihn nie ganz befriedigen. Erst wenn der andere Tom die Gesichtszüge seiner Mutter annahm, war er endlich zufriedengestellt, fast glücklich. Aber die Fürsorge seiner Mutter hielt nie lange an. Amanda schweifte nach kurzer Zeit ab, sie gähnte, wirkte abwesend. Manchmal waren ihre Gesten mechanisch, oder sie machte zu schnell, als wollte sie hastig fertig werden und irgendwo anders hingehen, an einen unbekannten Ort. Dann stand Tom auf, zog die Hose wieder hoch, schlüpfte in seine Schuhe und rief Lisa an. Wenigstens für eine Stunde würde sie ihm die Aufmerksamkeit schenken, die er verdiente.

Auch Bruna hätte ihn versorgen können, und zumindest am Anfang ihres gemeinsamen Lebens hatte sie das auch geschafft, aber seit Jahren verlangte sie von ihm Beständigkeit, stetes Bemühen, emotionale Präsenz, und da er unfähig war oder vielleicht auch einfach keine Lust hatte, ihr all das zu geben, bat er sie lieber auch seinerseits um nichts. Bruna konnte unerbittlich sein, sie ließ keine Gelegenheit aus, ihn auf die Probe zu stellen, und wenn er versagte, was unvermeidlich war, machte sie ihn vor den Kindern herunter. »Weißt du nach drei Jahren wirklich immer noch nicht, wie Marios Förderlehrerin heißt?« »Wieso kommst du so spät zu Minervas Aufführung? Jetzt ist Mercutio schon tot!« Und doch, über die Jahre hatte er als Ehemann und als Vater Fortschritte gemacht. In letzter Zeit kam er tatsächlich immer rechtzeitig zum Abendessen heim. Als die Kinder noch klein waren, hatte er es nie vor Mitternacht geschafft. Damals erklärte er Bruna, er müsse wegen der vielen Fälle im Krankenhaus so lang arbeiten oder habe noch sein Seminar für Studienanfänger vorzubereiten. In Wirklichkeit streifte er nach sieben Uhr abends lieber durch die Straßen, führte laut Selbstgespräche, so wie es Jahre später auch Mario tun sollte. Doch während Mario mit Ellie redete, seiner imaginären Freundin, führte Tom lange Gespräche mit Bruna und seinen Eltern und stellte sich vor, er habe sie alle drei da, buchstäblich vor sich, und schaffe es endlich, ihnen zu sagen, was er wollte. Aber manchmal endeten auch diese imaginären Gespräche wie in der Wirklichkeit: Er nickte nur noch, und die drei zählten ihm seine Pflichten und ihre Erwartungen auf. An diesen langen, einsamen Abenden landete er am Ende immer in denselben Lapdance-Lokalen am Times Square, die plötzlich wie ein Trugbild vor einem erscheinen, wenn der weiße Rauch aus den U-Bahn-Schächten verfliegt. Und just in einem dieser Clubs, an einem Abend wie so vielen, hatte er Lisa kennengelernt, die sich in den Zimmern im Obergeschoss um die Bedürfnisse der Kunden kümmerte.

Lisa hörte schweigend zu, ohne über ihn zu urteilen. Nur bei ihr fühlte Tom sich frei, alles zu sagen, was er wollte, nur bei ihr kam er nie ins Stottern. Lisa gab ihm immer recht, da spielte es keine Rolle, dass ihn ihr zerstreutes Nicken jedes Mal Hunderte von Dollars kostete, letztlich war es das wert. Zu ihr war er auch während seiner jahrelangen Therapie bei Dr. McDowell gegangen, als er sich gegen seinen Willen darauf eingelassen hatte, die Rolle des Sohnes abzulegen und endlich zum Ehemann und Vater zu werden. Während er bei seiner Frau, bei den Kindern, den Eltern, dem Psychiater, den Kollegen und Patienten so tun musste, als sei er verantwortungsvoll, reif und gefestigt, konnte er sich bei Lisa erlauben, schwach, unsicher und unvernünftig zu sein. Bei Lisa wurde Tom zu dem Jungen, der er in der Kindheit nicht hatte sein dürfen. Seine Mutter hatte ihm früh zu verstehen gegeben, um sich ihre Liebe zu verdienen, müsse er ihr in allem angenehm sein, ihr die Wünsche von den Lippen ablesen und sie erfüllen. Jetzt, da er erwachsen war, wollte er eine Frau, die sich ihm unterordnete, die ihn ins Zentrum ihrer Aufmerksamkeit stellte, ihn mit Lust und Zuwendung überschüttete. Ihr dafür Geld geben zu müssen war eine Kleinigkeit im Vergleich zu dem, was ihn die Liebe seiner Mutter gekostet hatte.

Nach jenem ersten Abend war er häufig zu Lisa gegangen. In letzter Zeit sah er sie am späten Nachmittag nach der Arbeit, so dass er zum Abendessen zu Hause sein konnte. Für ihn war diese Umstellung seiner täglichen Routine eine freundliche Geste gegenüber den Kindern, die ja vielleicht zu Hause auf ihn warteten, um eine schwierige Matheaufgabe zu lösen oder zusammen auf dem Sofa die neueste Folge von *The Big Bang Theory* anzusehen. Doch jetzt, da Bruna ihn betrogen hatte, brauchte er nicht länger Theater zu spielen. Und daran änderte es nichts, dass er sie schon seit Jahren hinterging. Brunas Verrat wog viel schwerer. Von dort aus gab es kein Zurück. Jetzt, da Bruna die Familie nicht mehr beisammenhielt, hatte es keinen Sinn mehr, sich als der *family man* zu geben, den flüchtige Bekannte in ihm sahen, also alle mit Ausnahme von Max. Wenn Bruna aufgehört hatte, an ihre Beziehung zu glauben, warum sollte dann er das noch tun, der jahrelang auf jede erdenkliche Weise – nur nicht in Worten – versucht hatte, ihr begreiflich zu machen, dass er für ein Familienleben nicht geschaffen war?

Zunächst war das Ende ihres Zusammenlebens eine Befreiung. Keiner sagte ihm mehr, was er zu denken und zu sagen hatte, wann er nach Hause kommen, wie er sich verhalten, wie er empfinden sollte. Aber nach dem Tod seiner Mutter war Tom nur noch ein halber Sohn. Sein Leben lang hatte er nicht die Liebe seines Vaters gesucht, sondern die Amandas. In den Jahren seines Erwachsenenlebens hatte er sie fast aufgegeben. Da er seine Mutter für unerreichbar hielt, hatte er versucht, sie durch Bruna zu ersetzen, hatte seine Frau benutzt, um die Mutter zu bestrafen. Und in den Krisenmomenten mit Bruna hatte er die Mutter und die Geliebte zur Bestrafung seiner Frau benutzt.

Doch jetzt, da Amanda tot ist und Bruna das Kind eines anderen erwartet, büßt nur noch er für alle anderen.

***

Am Tag der Totenwache betritt Tom das *funeral home* in der 29. Straße, das beste der Stadt. Er ist spät dran. Er hat den Flug um 08.30 Uhr verpasst, musste also den darauffolgenden nehmen. Er war die ganze Nacht unterwegs gewesen und ist am Morgen, wie es ihm seit der Trennung oft passiert, in einem fremden Bett aufgewacht, in einer Wohnung, die er nicht kannte, und neben einer Frau, an die er sich nicht erinnerte. In den letzten zwei Monaten hat er die Wochenenden bei seinen Eltern in Florida verbracht und den Rest der Woche bei Max oder bei wem auch immer. An manchen Tagen ist er in einer unbekannten Wohnung aufgewacht, neben sich einen nackten Körper. Dann hat er, bevor er die Wohnung verließ und zur Arbeit ging, ein paar Hundert Dollar aufs Nachttischchen gelegt, einfach um die Gastgeberin für die Unannehmlichkeiten zu entschädigen.

Der Saal im *funeral home* ist voller Menschen, es riecht stark nach Blumen und Weihrauch, obwohl die Kälte der Klimaanlage den Geruchssinn dämpft. Der Priester spricht gerade zur Verwandtschaft. Er gibt bekannt, zu welcher Zeit die Totenwache abgehalten wird, ab wann am Morgen der Saal geöffnet ist und wann und wo die Trauerfeier stattfindet. Tom würde gerne an den Sarg seiner Mutter treten, wagt es aber nicht, den Priester zu unterbrechen. Die Verwandten sitzen in zwei Bankreihen, getrennt durch einen breiten Korridor. In der Mitte liegt Amanda aufgebahrt im Sarg aus Mahagoni und Gold. Tom erkennt sofort seinen Vater in der ersten Reihe, neben Floyd und dem kleinen Mark. Auf der anderen Seite sitzen Laura und Sean, Hand in Hand. Lauras Sohn weint, er hat es satt, dort herumzusitzen, klammert sich an den Hals seines Vaters, zerrt ihn am Hemd, tritt um sich. Seine Mutter ist zwar in Sichtweite, aber er sagt nicht, dass er zu ihr will, ruft sie nicht, streckt nicht die Arme nach ihr aus. Es ist, als hätten Laura und ihr Sohn einander vergessen, als wäre sie niemals seine Mutter gewesen und er nie ihr Sohn. Tom geht zu seinem Vater. Neben ihm ist ein Platz frei, vielleicht hat da am Anfang der Junge gesessen. Tom will sich schon setzen, aber Floyd kommt ihm zuvor. Anstatt die langen, schlaksigen Beine anzuziehen und ihn vorbeizulassen, hält er den Platz neben Sal besetzt und lässt Tom nur den Stuhl rechts neben sich. Tom ist irritiert, erhebt aber keine Einwände. Auch sein Vater sagt nichts dazu, er scheint nichts Seltsames daran zu finden, dass sein Schwiegersohn neben ihm sitzt und nicht sein Sohn. Wahrscheinlich nimmt Floyd schon seit langem den Platz zu seiner Rechten ein. In den Jahren, in denen Tom damit beschäftigt war, weit weg den Familienvater zu spielen, ist seine Stelle als Sohn von einem anderen besetzt worden. Jetzt ist Floyd der perfekte Sohn.

Tom hat sein Leben lang versucht, perfekt zu sein, und jedes Mal hatte er das Gefühl, versagt, nicht genug getan zu haben. Amanda gab ihm zu verstehen, dass alle genau das von ihm erwarteten, Vollkommenheit, und er versuchte jedes Mal, sie zufriedenzustellen. Aber sie war nie zufrieden. Perfektion, stellte Tom fest, war eine notwendige, aber keine hinreichende Bedingung dafür, geliebt zu werden.

Auch Amanda hatte auf ihre Weise perfekt sein müssen. Als Tochter eines kleinen Kaufmanns aus Williamsburg mit einer Wurstwarenhandlung in der Bedford Street hatte sie es zur Universitätsprofessorin gebracht. Vor ihr hatte niemand aus ihrer Familie je einen Fuß in einen Hörsaal gesetzt. Amandas Perfektion hatte Striktheit und Disziplin erfordert, blinden Respekt gegenüber Regeln, zuerst jenen der italoamerikanischen Community und dann denen der oberen Mittelschicht, der sie künftig angehören sollte. Und als sie das Gefühl hatte, dem Gipfel nahe zu sein, hatte sie versucht, die Spuren ihrer Herkunft zu löschen, weil sie sich dafür schämte. An dem Tag, an dem sie zum Promotionsstudium an der New York University angenommen worden war, hatte sie auch im Familienkreis aufgehört, Dialekt zu reden. Italienisch hatte sie nie gelernt, und dieser körperbetonte, wilde Dialekt erschien ihr als schrecklicher Affront gegen die Person, die sie werden wollte. Nicht mehr die Tochter eines eingewanderten, ungebildeten Krämers, sondern Teil der Elite des Landes, in dem sie geboren war und in dem es für Träume, wie alle sagten, die passenden Chancen gibt, sie zu verwirklichen.

Der amerikanische Traum der Benes hatte Opfer und vielfachen Verzicht erfordert. Wie wird man wirklich Bürger der Neuen Welt? Arbeite doppelt so hart wie die anderen und erwarte im Gegenzug die Hälfte von dem, was die bekommen, die sich nicht mehr beweisen, die nicht mehr gegen Vorurteile ankämpfen müssen. In den USA erreicht man Perfektion nur durch gesellschaftliche Anerkennung. Geld und Erfolg waschen alles fort, was gewesen ist. Die Benes hatten von Anfang an daran geglaubt. Es war, als hätten sie in der Neuen Welt Vollkommenheit gesucht, um die bittere Unvollkommenheit der alten auszulöschen. Und hätten damit auch einen Teil ihrer Menschlichkeit verloren.

Die Geschichte der Familie Bene in Amerika war eine lange Kette von Perfektionsanforderungen, in der Tom das Gefühl hatte, das schwächste Glied zu sein. Er war unvermeidlich unvollkommen geworden, aus Schuld und aus Liebe zu seiner Frau – Schande über sie –, die ihrerseits andere nicht zu verwirklichende Vollkommenheiten von ihm verlangt hatte. Der Preis, den er hatte bezahlen müssen, um perfekt zu sein, war äußerst hoch ausgefallen. Der Versuch hatte in ihm eine psychische Dissoziation ausgelöst. Wenn ein Teil immer erleuchtet sein muss, bleibt ein anderer immer im Dunkeln. Dort ist es dann erlaubt zu lügen, zu betrügen, andere auszunutzen, alle Schandtaten zu vollbringen, die der vollkommene Teil nicht einmal in Erwägung ziehen könnte. In dieser Dunkelheit gibt man sich der Illusion hin, frei zu sein. Und dort schmiedet man auch seine Rachepläne.

***

Tom sieht sich um, auf der Suche nach Ablenkung, erkennt die gealterten Gesichter aus seiner Kindheit, Leute, über die sich seine Eltern noch in der Vorwoche abfällig geäußert haben. Und gerade während er darüber nachdenkt, sieht er ihn kommen. Er wirkt viel kleiner, als er ihn in der Kindheit wahrgenommen hat. Die roten Haare sind inzwischen fast ganz weiß, die blauen Augen noch durchsichtig und kalt wie Glas. Er geht geradewegs auf Amandas Sarg zu. Die Verwandten starren ihn an, keiner macht einen Mucks. Tom hat den Eindruck, dass alle auf ihn gewartet haben. Laura läuft ihm entgegen. Er umarmt sie, nimmt ihre Hände, führt sie an die Lippen. Sie bricht in Tränen aus und drückt sich an seine Brust. Dann tritt er an den Sarg. Amanda liegt umgeben von Blumen, Kerzen und Rosenkränzen. Geschmückt wie eine Madonna, geschminkt, als wäre sie zwanzig Jahre jünger, frivol bis in den Tod. Er geht auf die Knie, dann richtet er sich auf, küsst sie auf die Stirn, ergreift ihre starre, kalte Hand, weint und schluchzt. Da kann Tom nicht mehr an sich halten, das, denkt er, überschreitet jede Grenze. Er will aufstehen, da muss man doch etwas unternehmen, die Familienehre der Benes verteidigen, aber Floyd packt ihn am Arm und zieht ihn zurück auf den Sitz. »Ganz ruhig«, sagt er mit Roboterstimme. »Es ist alles in Ordnung.« In diesem Moment beruhigt sich auch Lauras Sohn, schaut neugierig zu diesem Onkel, den er nicht kennt, lächelt ihm zu. Tom kommt es so vor, als mache er sich über ihn lustig. Er sieht seinem Vater ins Gesicht, hofft, irgendein Signal aufzufangen. Doch Sal sitzt ungerührt da, den Blick beschirmt von derselben dunklen Tropfenbrille, die er seit den frühen achtziger Jahren trägt.

Ein Leben lang war Tom Eagan der Liebhaber seiner Mutter. Weder er noch seine Schwester oder sein Vater konnten etwas dagegen tun. Auch Eagan hatte Frau und Kinder, und wie die Benes konnten auch sie nichts daran ändern. Seit seiner Kindheit will Tom dem Liebhaber seiner Mutter aufs Maul hauen, seit ihn Amanda allein im Auto sitzen ließ, auf Supermarktparkplätzen oder unter der Autobahnbrücke, im eisigen Winter und in der Sommerhitze mit heruntergelassenen Fenstern, während das Auto sich mit Mücken füllte. Oft hat Laura mit ihm gewartet. Meist verschlang sie die zwei Packungen Käsechips, die ihre Mutter ihnen dagelassen hatte, und schlief dann ein, das Gesicht gegen den Ledersitz gepresst, den Mund mit orangem Staub bedeckt wie ein zur Hälfte geschminkter Clown. Dann war Tom der einzige Zuschauer.

An Winternachmittagen, wenn die Scheinwerfer der anderen Autos den Wagen erleuchteten, in den seine Mutter gestiegen war, kam es Tom so vor, als wohnte er einem Schattenspiel bei. Er sah die Gestalten länger und wieder kürzer werden, sie kamen näher und entfernten sich, hoben und senkten sich rhythmisch und verschmolzen am Ende, und er hoffte nur, dass bald ein neues Au-pair-Mädchen aus Europa käme und er nicht mehr dort warten müsste. Wenn seine Mutter zum Auto zurückkam, war sie kurzatmig, ihr Haar durcheinander, der Lippenstift verschmiert, die Bluse falsch zugeknöpft, einige Knopflöcher noch offen wie ungläubige Münder. »Wir fahren nach Hause«, sagte sie fast verärgert, ihn noch dort vorzufinden. »Und denk immer daran, kein Wort zu deinem Vater.« Selbst wenn er mit seinem Vater hätte reden wollen, Sal kam abends sehr spät aus dem Krankenhaus, oft vergingen Wochen, ohne dass der Sohn ihn zu Gesicht bekam. Tom nahm sich häufig vor, wach zu bleiben, bis er da wäre, und ihm alles zu erzählen, doch mit der Zeit begriff er: Wenn er sich seinem Vater anvertraut hätte, wäre seine Mutter ein letztes Mal in Tom Eagans Wagen gestiegen und nie mehr zurückgekehrt.

***

An dem Tag, an dem ihr Vater von zu Hause wegging, waren Mario und Minerva lange vor dem Klingeln des Weckers aufgestanden. Vor dem Zimmer war Lärm zu hören, Gegenstände wurden hastig zusammengesucht, verschoben, durch den Flur geschleift, und dann hallten giftige Sätze wie eine Druckwelle durch die Luft und zerschmetterten ihren Schlaf. Mario wachte als Erster auf.

Seit Tagen spürte er, dass etwas Schreckliches passieren würde. Er hätte gerne mit Ellie darüber geredet, eher noch als mit Minerva, aber seine Freundin ließ sich seit einigen Tagen nicht blicken. Er hatte in der Kantine auf sie gewartet, in der Mittagspause, hatte vergeblich mit dem Rucksack den Platz neben sich besetzt gehalten. Er hatte im Unterricht auf sie gewartet, in Mathe, um seinen Ellbogen gegen den ihren zu schieben und einen spitzen Winkel zu bilden. Doch Ellie war nicht gekommen. Als er an diesem Morgen den Krach aus dem Korridor hörte, weckte Mario Minerva, und sie traten zusammen aus dem Zimmer. Ihr Vater stand auf dem Klavierhocker und versuchte, einen Koffer vom obersten Schrankbord zu holen. Tom zerrte nervös daran herum, aber der Koffer steckte fest und ließ sich nicht herausziehen. Mario fiel auf, dass sein Vater dieselbe Kleidung trug wie am Vortag. Das Hemd hatte vorne gelbe Flecken, es war nur halb zugeknöpft und hing ihm aus dem Hosenbund. Beim x-ten Zerren löste sich der Koffer ruckartig, so dass Tom aus dem Gleichgewicht geriet und fast vom Hocker gefallen wäre. Tom fluchte mehrmals. Als er ihn so schimpfen hörte, ging Mario durch den Sinn, dass die Stimme seines Vaters auf einmal genauso klang wie die von Großvater Sal, als er ihn vor Jahren *faggot* genannt hatte.

»Papa, was machst du da?«, fragte Minerva in einem gedämpften Ton, den Mario noch nie von ihr gehört hatte.

»Frag deine Mutter, was ich mache«, antwortete Tom mit müdem Blick. Erst jetzt bemerkte Minerva Bruna, die im sanften Morgenlicht am Ende des Korridors auf einem Stuhl saß, den Kopf zwischen den Händen. Bruna blieb reglos sitzen und sagte kein Wort, während Tom damit beschäftigt war, den Koffer mit T-Shirts und Shorts zu füllen, auch einen Tennisschläger legte er quer hinein.

»Wo gehst du hin, Papa?«, fragte Mario.

Keine Antwort.

Dann strich Tom beiden über den Kopf, eine leichte, schnelle, distanzierte Berührung, und versprach, während er schon die Wohnungstür hinter sich zuzog, sie bald anzurufen.

In diesem Moment erschien Ellie. Sie nahm Mario bei der Hand, wischte ihm die Tränen ab, die seine Wangen hinunterliefen und ihm die Nase verstopften, und führte ihn zu seiner Mutter.

»Es tut mir leid«, sagte Bruna mit schwacher Stimme. »Das ist alles meine Schuld.«

Mario umarmte sie und legte ihr dann den Kopf auf die Beine, das Gesicht in ihren Schoß vergraben. Ellie kniete sich daneben, aber sie war schon dabei zu verschwimmen, fast ein Schatten, ein wenig würde sie noch bleiben. Bruna begann, ihrem Sohn über den lockigen, zerzausten Kopf zu streicheln. So vergingen lange Minuten der Stille, hingen schwerelos in der Luft. In all dieser Zeit betrachtete Minerva die Hände ihrer Mutter, die langsam über den Kopf ihres Bruders strichen. Es waren große Hände mit sehr langen, schmalen Fingern. Dicke blaue Adern verliefen über den Handrücken wie unterirdische Flüsse. Dann kamen sie wieder an die Oberfläche und liefen an den dürren Knochen entlang wie kräftige, knorrige Wurzeln. Da kam Minerva in den Sinn, wenn sie sich mit den Jahren immer weiter an diese Wurzeln klammerte, wenn sie immer wieder zu diesen Wurzeln zurückkehrte, sooft ihr das Leben einen Stoß versetzte, dann könnte ihr nichts Schlimmes geschehen.

***

Als Tom zu Bruna kommt, ist es spät am Abend. Sie steht verschlafen in der Tür, reibt sich die Augen. Sie ist auf dem Sofa eingeschlafen, während sie sich einen Film anschaute, *Das Abenteuer* von Michelangelo Antonioni. Sie muss schon früh eingenickt sein, womöglich nach ihrer Lieblingsszene, in der Anna und Claudia – wunderschön, halbnackt, sinnlich – die Kleidung tauschen und damit auch ihr Schicksal. Seit Bruna schwanger ist, schafft sie es nicht mehr, einen Film zu Ende zu sehen.

»Was machst du hier?«, fragt sie Tom, der stocksteif vor ihr steht, durchgefroren, in nichts als einem Hawaiihemd und rosa Bermudas, die Temperatur liegt draußen deutlich unter null.

»Ich bin gerade erst gelandet. Ich war bis heute in Tampa.«

»Verstehe, aber die Kinder sind nicht da. Hast du meine Mail nicht bekommen? Ich hab's dir doch geschrieben, sie sind übers Wochenende nach Vermont gefahren, zum Skifahren mit Rebeccas Familie. Sie kommen morgen Vormittag zurück, da hat Rebeccas Mutter ein Meeting.«

Tom tut, als fiele es ihm jetzt wieder ein, tatsächlich hat er in den letzten Tagen gar nicht in seine Mails geschaut.

»Darf ich trotzdem kurz reinkommen und meine Winterjacke holen? Mir ist eiskalt.«

Bruna tritt wortlos beiseite, um ihn vorbeizulassen. Tom stellt den Koffer am Eingang ab und lässt sich aufs Sofa fallen, anstatt seine Jacke aus dem Schrank zu holen, benommen, fix und fertig. Bruna betrachtet ihn mit einem gewissen Verdruss. Seine Anwesenheit in der Wohnung fühlt sich verkehrt an, wie ein grober Fehler. Die Familie, das sind sie, Minerva und Mario. Tom war immer nur da, weil er musste, nur halb anwesend. Sie hat fast zwanzig Jahre ihres Lebens mit ihm verbracht, doch in den zwei Monaten seit der Trennung hat sich die Erinnerung an ihn schnell verflüchtigt, als wäre ihr Mann über die Jahre zunehmend vor ihren Augen verblasst, um am Tag seines Fortgangs schließlich völlig zu verschwinden: ein Abdruck im Erdreich, den schon wenige

Regentropfen auslöschen, oder wenigstens versucht Bruna, sich das einzureden.

»Alles wird mit der Zeit verdammt leicht«, sagt Claudia in Antonionis Film. »Sogar, etwas loszuwerden, das weh tut.«

»Wie geht es dir, Tom? Was gibt's Neues?«, fragt sie ihn schließlich.

Da beschließt Tom, Bruna von seiner Mutter und Tom Eagan zu erzählen, vom Schattenspiel, von Laura und Sean, von Floyd, der jetzt neben seinem Vater sitzt, von seinem Enkel Mark, der die eigene Mutter nicht mehr erkennt, und am Ende auch von Lisas Körper, der ihn abends in einem der Zimmer des Lokals am Times Square erwartet. Davon, wie er und Laura über die Jahre vergeblich versucht haben, die Liebe, die sie von ihrer Mutter nicht bekommen hatten, zu ersetzen: sie durch Essen, er durch Sex.

»Es tut mir leid, Bruna«, sagt er mit tränenerstickter Stimme. »Ich bin ein schwacher Mann.«

»Ich weiß. Mir tut es auch leid, ich wollte dich stark machen, aber letztlich habe ich dich nur geschwächt.« Jetzt weint auch sie, sie nimmt ihn in den Arm, zieht ihn an sich und wiegt ihn, seinen Kopf auf ihrem gewölbten Bauch. In all den Jahren ist sie für ihn mehr Mutter gewesen als Amanda. Sie hat ihn als jungen Burschen kennengelernt, hat ihn gesehen, wie er größer wurde, ein Mann, und dann für immer ein Kind. Auch er ist im Grunde ihr Sohn.

***

Als Tom aus der gemeinsamen Wohnung ausgezogen war, hatte Bruna ihre Eltern angerufen. Ihre Mutter war beim Einkaufen, und so ging ihr Vater an den Apparat. Da erzählte ihm Bruna von Yunus, von Tom, von dem Kind. Alles sprudelte geradezu aus ihr heraus. Dann wurde sie ruhiger und ging auf einige Punkte ein, die sie sogar sich selbst gegenüber nur schwer in Worte fassen konnte: die Schwangerschaft mit zweiundvierzig und ohne Partner, Yunus' Weg in den Dschihad, den sie nicht im Geringsten vorausgeahnt hatte, Toms Parallelleben. Mit ihrem Vater sprach sie vor allem über Yunus. Sie hatte keine Sekunde lang geglaubt, dass er ein islamischer Fundamentalist sein könnte. Sie kannte den Jungen. Er war nicht das Ungeheuer, für das ihn alle halten wollten. In ihm war kein Trug, keine Lüge. Er trug keine Kalaschnikow unter der Kleidung, um die Welt mit Kugeln zu durchsieben. Warum er nach Syrien aufgebrochen war, wusste sie nicht, aber Yunus war ein guter Mensch, da war sie ganz sicher. Sie hatte das schon am ersten Tag erkannt, als sie sich geliebt hatten und er gesagt hatte, während er sie umarmte, mit ihr fühle er sich eins, angenommen. Auch deshalb wollte sie dieses Kind. Inzwischen träumte sie fast jede Nacht davon. Ein wunderschöner Junge, in allem dem Vater gleich. Mit dieser Schwangerschaft war es, als wäre Yunus für immer aus dem Bauch des Wals entkommen und in ihrem geborgen.

Bei ihrer letzten Begegnung hatte sie ihm von dem Kind erzählen wollen, doch dann hatte sie sich zurückgehalten. Sie brachte es nicht über sich, ihm diese Verantwortung aufzubürden. Wenn Tom, der mit ihr verheiratet war und ein erwachsener Mann, es nicht vermocht hatte, ihren Kindern ein Vater zu werden, wie sollte es dann ein junger Bursche schaffen? Welches Recht hatte sie, ihn um Hilfe zu bitten, ihn zur Erfüllung seiner Pflichten zu mahnen? Und doch, wenn sie gewusst hätte, dass Yunus fortgehen wollte, hätte sie das Kind dazu benutzt, ihn aufzuhalten. Aber an diesem Tag hatte keiner von beiden den Mut gehabt zu sprechen. Das Schweigen hatte alle Worte verschluckt, vielleicht weil nichts von dem, was sie einander hätten sagen wollen, stark genug war, den Lauf ihres Lebens zu verändern.

Während des Telefonats mit ihrem Vater musste Bruna mehrmals innehalten, um durchzuatmen, etwas Wasser zu trinken, sich die Nase zu putzen. Einiges war ihr auch unangenehm. Sie fürchtete sein Urteil und war erleichtert, auf dem Handy nicht seinem Blick standhalten zu müssen. Sie war die Tochter, die er vor fast zwanzig Jahren hatte gehen lassen, die, von der er seinen Tramfahrerkollegen immer erzählte. Bruna war immer so tüchtig, die Tüchtigste von allen, die beste Tochter, die ein Vater sich wünschen konnte.

Gino hörte ihr schweigend zu, ohne sie zu unterbrechen, dann sagte er schließlich: »Weißt du, Bruna, ich …« »Was, Papa?« Er holte tief Luft und sagte mit brüchiger Stimme: »Entschuldige, ich kann jetzt nicht sprechen … oder dir etwas sagen, was dir Trost bringt.« Und sie: »Hast du aber gerade.«

Nach dem Gespräch dachte Bruna an die Männer in ihrem Leben. An ihren Vater, ihren Mann, ihren Geliebten und ihren Sohn, die alle vier auf so unterschiedliche Weisen in der Welt waren und sich als Menschen zeigten. Ihr Vater ein Fixpunkt. Ihr Mann ein Schwachpunkt. Ihr Geliebter ein tiefes Rätsel. Ihr Sohn eine ständige Offenbarung. Bruna hatte sie alle geliebt, aber vielleicht keinen von ihnen so richtig verstanden. Aber das war in Ordnung, denn Lieben hat mit Verstehen so wenig zu tun.

***

Nachdem Tom von zu Hause fortgegangen war, wurde Mario Maria. Alles ging ganz natürlich vonstatten. Maria war schon immer da gewesen, hinter Mario versteckt wie die Sonne hinter den Wolken. Jetzt war sie wieder zum Vorschein gekommen. Mehr als um ein Werden handelte es sich um eine Rückkehr, eine Bestätigung der Wahrheit. Maria war nun wieder das, was sie immer gewesen war – weiblich. Sie trug jetzt nur noch Mädchenkleidung und ließ sich auch in der Schule ausschließlich mit dem Namen ansprechen, den sie gewählt hatte. Und wenn einer der Klassenkameraden wagte, etwas zu sagen oder auch nur verstohlen zu grinsen, dann bot ihm Joe Carnesecca eine ordentliche Tracht Prügel an.

Zu Hause ging Brunas Schwangerschaft auf ihr Ende zu. Maria war vom Bauch ihrer Mutter sehr fasziniert. Manchmal schob sie sich ein Kissen unter das T-Shirt und betrachtete sich im Spiegel. Minerva dagegen wurde, je näher die Geburt rückte, immer gereizter. »Hättest du nicht aufpassen können?«, fragte sie eines Tages. »Kondome gibt es seit dem 19. Jahrhundert! Also, ich mache das sicher nicht so wie du.« Bruna ließ sie reden, ohne darauf einzusteigen. Die Auseinandersetzungen mit Minerva würden in den kommenden Jahren hitziger werden, aber jetzt war für Bruna nicht der Zeitpunkt für Streitigkeiten. Als Giona schließlich da war, schien Minerva das alles vergessen zu haben, ihr neuer Bruder war für sie wie ein Wunder, ein riesengroßes, rätselhaftes Geschenk.

***

Giona Brown Bianchi kam am 7. Juli 2017 zur Welt, zwei Wochen vor der Eroberung von Mossul. 3,8 Kilogramm schwer und 51 Zentimeter groß. Er ist ein gesunder, kräftiger, munterer Junge. Er hat die lockigen, drahtigen Haare seines Vaters und den Mund der Großmutter väterlicherseits, der Königin von Timbuktu, mit seiner vollen, leicht vorgeschobenen Unterlippe.

Brunas Fruchtblase ist mitten in der Nacht geplatzt. Im Traum war auch sie im Sturm auf dem Boot, eingehüllt von drei Schichten von Dunkelheit, und der Wal zerpflügte die Wasser mit aufgerissenem Maul. Die Würfel hatten bereits über ihr Schicksal bestimmt, sie war der Ballast, der ins Meer geworfen werden musste, um Gottes Zorn zu besänftigen. Dann schreckte sie plötzlich aus dem Schlaf, als wäre sie auf ihrem Bett gelandet, die Laken von Fruchtwasser durchnässt, und spürte sofort starke Wehen. Zwei Stunden später kam Giona zur Welt, schlitterte geradezu aus ihr heraus, ohne dass sie zu pressen brauchte. Sofort fing er an, gierig und entschlossen an ihrer Brust zu saugen, und sie begriff, dass ihr Sohn sie in diesen Jahren der Reife vorantreiben, den Rhythmus ihrer Tage und Gedanken prägen würde.

»Weißt du, warum sich das Laub der Bäume im Herbst rot färbt?«, hatte Yunus sie vor seiner Abreise gefragt. »Weil sie all ihre Nährstoffe an den Baum abgeben, bevor sie sich fallen lassen.«

***

In den Wochen, die auf Gionas Geburt folgten, entdeckte Bruna in sich eine Kraft, die sie nicht kannte. Giona war nicht anders als andere Neugeborene. Er verlangte zu jeder Tages- und Nachtzeit nach Nahrung, machte mindestens acht Windeln pro Tag nass, erbrach sich ausgerechnet nach dem Bad, wenn sie ihn gerade erst sauber hatte, wand sich, wenn ihn der Bauch zwickte, und hielt sie die ganze Nacht wach. Doch Bruna geriet nicht aus der Fassung und war von nichts überrascht. Sie blieb ruhig, entschlossen, von einer Ruhe durchdrungen, von der sie nicht gewusst hatte, dass sie sie besaß. Oft dachte sie an ihr Leben zurück, an den Schmerz über die unverwirklichten Träume, ans Ende ihrer Ehe, doch mit der Zeit wuchsen auch die Sicherheit und jene Überzeugungen, die manchmal erst mit den Jahren und der Erfahrung kommen und dann helfen, allem das richtige Gewicht zuzumessen. Ohne die Fehlschläge wäre sie nicht zu der Frau geworden, die sie nun war.

Tom ließ sich immer noch selten sehen, und Maria und Minerva fragten fast nie nach ihm. Da waren die Schule, der Sport, das Theater, der Schinkenbrötchen-Imbiss, den Maria zusammen mit Joe Carnesecca aufzumachen träumte, der erste Kuss, den Minerva Jack dei Brughi geben würde, und dann war da ja auch noch Giona, der das Leben der beiden mit Entzücken und Staunen füllte. Einige Male tauchte Tom unangekündigt zu Hause auf, wenn er wusste, dass die Kinder in der Schule waren. Er wollte mit Bruna sprechen, ihr weiter von Tom Eagan erzählen, von seiner Mutter und davon, wie Sal die Nachricht aufgenommen hatte, dass Mario Maria geworden war. Gionas Anwesenheit irritierte ihn, nicht weil der Junge das Kind eines anderen war, sondern weil er mit dem Stillen, der Heulerei und dem ständigen Wickeln immer wieder seine Erzählung unterbrach, so dass er den Faden verlor. Bruna hörte ihm zu, so gut sie konnte. Sie nickte, gab keine Kommentare ab, stellte ihm keine Fragen. Hin und wieder, wenn sie ihn niedergeschlagen sah, nahm sie seine Hand und sagte, eines Tages werde das alles mehr Sinn ergeben. Er glaubte ihr.

Nach einiger Zeit begann Tom, sich an den Jungen zu gewöhnen.

»La li lo, la li la, wer hält das Kind, wenn ich gleich fahr'? Ich gebe es dem schwarzen Mann, der wiegt es dann ein ganzes Jahr«, sang er, wenn er sie besuchen kam und Bruna ihm das Kind überließ, um sich einen Moment lang auszuruhen. Giona lächelte ihn selig an.

***

An einem Nachmittag Anfang September hatte Bruna Lust, mit Giona hinunter zum Fluss zu gehen. Frank sah sie aus dem Aufzug kommen und lief ihr entgegen: »Signora Bene, ich meine,

Professor Bianchi, entschuldigen Sie, Bruna – ein junger Mann hat gerade einen Umschlag für Sie abgegeben.«

»Was für ein junger Mann?«, fragte sie, packte den Umschlag und schob ihn in die Kinderwagentasche.

»Er ist gerade erst gegangen«, sagte Frank. »Vielleicht holen Sie ihn noch ein.«

Bruna stürzt aus dem Haus und erkennt ihn sofort, wie er mit raschen Schritten in Richtung Fluss geht. Er kommt ihr plötzlich älter vor. »Wart' mal!«, ruft sie ihm hinterher, aber er geht weiter, rennt jetzt fast, ohne sich nach ihr umzudrehen. Sie weiß, dass er Angst hat. Bruna schiebt den Kinderwagen die Rampe zur Promenade hinunter, bleibt irgendwo hängen, verliert einen Schuh. Der glühend heiße Asphalt versengt ihr die Fußsohle. Sie kriegt keine Luft, hat Angst, dass sie hinfallen, dass Giona etwas passieren könnte. Ein Passant hört sie schreien, bleibt stehen und bietet ihr Hilfe an. Jemand will wissen, ob sie ausgeraubt worden sei. »Ja, genau, genau das«, sagt sie, merkt es vielleicht zum ersten Mal überhaupt. Sie gibt nicht auf, folgt Mohammad noch zwei Häuserblöcke lang, doch er biegt in das Wäldchen ab, das zu der Freifläche mit den Kirschbäumen abfällt, und verschwindet im Schutz der Baumkronen. Bruna sinkt erschöpft auf eine Bank. Ihr Herzschlag beruhigt sich allmählich. Giona schläft selig, ohne von alledem etwas mitzubekommen, die Brise, die vom Fluss herweht, streicht ihm über den Kopf. Es ist der Moment der *slack waters*, der Fluss blickt zu ihnen herüber und hält den Atem an. Bruna nimmt den gelben Umschlag aus der Tasche, macht ihn vorsichtig auf. *American Gothic*, lautet der Titel des Manuskripts. Auf der ersten Seite steht in Schrägschrift eine Widmung:

Für Bruna, die nicht wusste, warum, nur wie.

New York, August 2018

Nachbemerkung der Autorin

Die Idee für dieses Buch wurde im Sommer 2016 geboren. Ich hatte in der *New York Times* von einem jungen Amerikaner gelesen, der nach einer schwierigen Jugend in den USA Leute für den IS rekrutierte. 2016 beherrschte der sogenannte Islamische Staat noch einen Teil des Iraks und Syriens und zog Tausende junger Kämpfer aus aller Welt an. Damals keimte in mir die Frage auf, welche biographischen Erfahrungen und welche Gründe junge Menschen aus dem Westen dazu treiben könnten, sich dem Dschihad anzuschließen. Das Buch ist wenigstens zum Teil aus dem Wunsch entstanden, diese erste Frage zu beantworten. 2016 war außerdem ein Jahr, das in der Welt tiefe Spuren hinterlassen hat: Bürgerkrieg in Syrien, Terroranschläge, Rassengewalt, das Referendum zum Brexit, die Präsidentschaftswahlen in den USA und wenige Monate später der Einreisestopp gegen Muslime. Ich wusste damals noch nicht, wie sich die Geschichte entwickeln würde, die ich zu schreiben beabsichtigte, aber mein Entschluss stand fest, etwas über die Zeiten zu erzählen, in denen ich lebte. Gegen Ende des Sommers 2017 begann ich, die Geschichte von Yunus und Bruna aufzuschreiben. Ich arbeitete daran in der begrenzten Zeit, die mir zwischen der Lehre an der Universität und dem familiären Alltag blieb. Einige der Themen des Romans – überfüllte Gefängnisse, Rassismus, Minderheitenrechte, Nationalismus, Islamophobie, Demokratie und Krieg, Terrorismus, das Konzept von Identität und Feindschaft – sind integraler Bestandteil der Kurse, die ich gebe. Ich habe diese Themen vor allem dank der Studenten zu lieben gelernt, denen ich über die Jahre begegnet bin, jungen Männern und Frauen, die das alles häufig am eigenen Leib erfahren haben. Einige ihrer Geschichten und einige meiner persönlichen Erlebnisse sind in dieses Buch eingeflossen.

Mancher wird in diesem Roman eine harte Kritik an der aktuellen Gesellschaft und Politik der USA sehen. »Ich liebe Amerika mehr als jedes andere Land der Welt, und aus eben diesem Grunde bestehe ich auf dem Recht, es unablässig zu kritisieren«, schrieb James Baldwin im Jahr 1955. Amerika ist gemeinsam mit Italien das Land, das ich auf der Welt am meisten liebe, und aufgrund dieser Liebe bestehe ich auf demselben Recht. Meine Kritik speist sich aus der Überzeugung, dass die Reise zur Demokratie nie wirklich zu Ende ist. Die Demokratie kann immer weiter vervollkommnet, sie kann ständig verbessert werden. Jeder von uns steht in der Verantwortung, sie zu verbessern, damit niemand ausgeschlossen oder zurückgelassen wird. Im Buch zitiert Yunus einen der Sätze Baldwins, der mir am meisten am Herzen liegt: »Wir können erst frei sein, wenn sie frei sind.« In den Monaten, in denen ich an dem Roman arbeitete, hat mich dieser Satz fast jede Nacht heimgesucht, so dass das Kopfteil meines Betts durchgeschüttelt wurde und mein Kissen schweißnass war. In all den Jahren meines Lebens in Amerika habe ich gelernt, dass meine Freiheit nicht einfach dort aufhört, wo die eines anderen beginnt. Meine Freiheit kann noch nicht einmal beginnen, solange die Menschen um mich herum nicht frei sind. Daher ist die Freiheit der anderen auch meine Verantwortung.

Wer bin ich? Zu welcher Gruppe gehöre ich? Wer ist wie ich? Wer ist anders als ich? Wer ist mein Feind? Viele Figuren aus der Geschichte, die ich erzähle, stellen sich diese Fragen. Sie alle sind auf der Suche nach ihrer Identität. Samuel Huntington zufolge sind diese Fragen die wichtigsten, die ein Mensch sich stellen kann, und die Identität einer Person ist vor allem verbunden mit

Kultur und Religion. Aber die religiöse Identität, die nationale, die politische und auch die Klassenidentität, die im abgelaufenen Jahrhundert so wichtig waren, sind nur einige der Kategorien, über die sich ein Mensch definieren kann. Den genannten Identitäten müssen noch viele andere hinzugefügt werden: zum Beispiel die Geschlechtsidentität, diejenige, die mit der sexuellen Orientierung zusammenhängt, oder die Zugehörigkeit zu einer Generation oder zu dem Beruf, den ein Mensch ausübt. Ich glaube, dass wir jenseits von nationalen Grenzen und ethnischen, kulturellen und religiösen Differenzen, die uns unterscheiden und häufig trennen, vor allem Weltenbürger sind, und wünsche mir, dass wir eines Tages auch Bürger derselben kosmopolitischen Demokratie sein werden. Ich bin überhaupt nicht der Ansicht, dass wir kulturell inkompatible Kulturen seien und deshalb zum Kämpfen verurteilt, wie uns seit einiger Zeit immer wieder erzählt wird. Ich habe aus der Lektüre von David Held und Daniele Archibugi gelernt, dass wir schlichtweg Gemeinschaften sind, deren Grenzen sich überschneiden, menschliche Wesen, zusammengeführt durch dasselbe Schicksal.

Uns heute durch die Identifikation eines Feindes zu definieren würde deshalb bedeuten, uns der Selbstzerstörung anheimzugeben. Es ist nicht möglich, eine Trennlinie zwischen uns und ihnen zu ziehen. Wir sind sie, und sie sind wir. Und zwar deshalb, weil alle Menschen über dieselben unveräußerlichen Rechte verfügen: das Recht auf Leben, das Recht auf Freiheit und das Streben nach Glück, genau wie es in der Unabhängigkeitserklärung der Vereinigten Staaten von Amerika geschrieben steht. Vor allem, um ihr Glück zu suchen, sind Millionen von Menschen in dieses Land gekommen. So war es auch bei mir. Und gerade dank dieser Suche und den Menschen, die sie betrieben haben, ist das Land zu dem geworden, was es heute ist.

Zu den zahlreichen Migrationsströmen, die das wirtschaftliche, gesellschaftliche und kulturelle Wachstum der USA getragen haben, zählt auch die Einwanderung aus Italien. Zwischen 1880 und Mitte der 1970er Jahre kamen über fünf Millionen Italiener in die USA. Und für viele Jahrzehnte wurden, wie im Roman geschildert, auch wir Italiener diskriminiert. Zu einem gewissen Zeitpunkt in unserer amerikanischen Geschichte waren wir das, was die Einwanderer heute in Italien sind: die Unerwünschten, die Feinde. Leider scheinen wir das manchmal vergessen zu haben oder wollen uns einfach nicht daran erinnern.

Sich nicht zu erinnern ist ein Verbrechen, zuallererst gegen uns selbst, da auch wir *Einwanderer auf der Suche nach Glück* gewesen sind und bleiben.

Ich möchte mit einem Satz aus einem Lied schließen, das die schwarzen Sklaven in den USA gesungen haben, während sie auf den Plantagen schufteten. *Didn't my Lord deliver Daniel and then why not every man?* Warum rettet Gott, der den Propheten Daniel aus der Löwengrube und den Propheten Yunus aus dem Bauch des Wals gerettet hat, nicht jeden Menschen? Viele Jahre lang habe ich mich gefragt: Wenn sogar Gott, der Gott ist, nicht jeden Menschen rettet oder möglicherweise nur die Gerechten, die an ihn glauben, wer hat dann die Aufgabe, alle anderen zu retten? Ich habe die Antwort darauf gefunden, indem ich diesen Roman schrieb. Wir und nur wir haben diese Aufgabe.

Bibliographische Angaben

Die Geschichte des Propheten Jona im Bauch des Wals hat mir vor vielen Jahren meine Urgroßmutter erzählt, die zwar nicht einmal die Grundschule abgeschlossen hatte, aber eine wahre Priesterin der Märchen und Geschichten war. Als ich älter wurde, las ich viele weitere Fassungen, auch aus der koranischen Tradition und insbesondere jene von Ibn Kathir aus dem 14. Jahrhundert. Darüber hinaus zitiere ich in meinem Roman aus Songs, Gedichten und Büchern, die mich inspiriert haben: Tracy Chapmans »Subcity«, Walt Whitmans »Mannahatta«, *The New Colossus* von Emma Lazarus, das am Fuß der Freiheitsstatue eingraviert ist, *All That Is Solid Melts Into Air* von meinem Lehrer Marshall Berman sowie »Love Poem on a Theme by Whitman« von Allen Ginsberg.

Die Überlegungen zu 1968 wurden inspiriert von Louis Menads Artikel »Lessons from the Elections of 1968«, den ich 2018 in einer Ausgabe des *New Yorker* las.

Die Betrachtungen zu den Italoamerikanern in Harlem wurden durch Robert Orsis Buch *The Madonna of 115th Street* angeregt. Die in der einschlägigen Passage zitierten vier Regeln der Italoamerikaner stammen aus Leonard Covellos Buch *Some Basic Mores in Family Life*, das Orsi seinerseits zitiert.

Brunas Gedanken über CNN sind inspiriert von einem Artikel von Jonathan Mahler in der *New York Times* aus dem Jahr 2017, »CNN Had a Problem. Donald Trump Solved It«. Für die Ausführungen zu den Italoamerikanern und ihrer Rasse stütze ich mich auf das Buch von Guglielmo und Salerno, *Are Italians White?* Das Bild der Afroamerikaner, die unentschuldigt fehlen, bezieht sich auf den Artikel von Wolfers, Leonhardt und Quealy, »1.5 Million Missing Black Men«, *The New York Times*, 2015. Die Erwägungen zu Reparationen für die Afroamerikaner und den Staat Israel stammen aus Ta-Nehisi Coates, »The Case for Reparations«, *The Atlantic*, 2014.

Der Titel von Kapitel 4 ist einem Satz von Toni Morrison in *Sehr blaue Augen* (aus dem Amerikanischen von Susanna Rademacher, Hamburg 1979) entnommen. Brunas Vortrag über die Integration der Muslime in Europa wurde inspiriert von einem Artikel von Jonathan Laurence, »How to Integrate Europe's Muslims«, *The New York Times*, 2012.

Der Satz über den Hass, der nicht durch Hass besiegt werden kann, stammt von Reverend Martin Luther King. Toms nächtliche Gedanken über die amerikanische Politik basieren auf Francis Fukuyamas Theorie vom *Ende der Geschichte* und Samuel Huntingtons Theorie vom *Kampf der Kulturen*. Die Beschreibung von Joe Carnesecca ist eine Hommage an Italo Calvinos Roman *Wo Spinnen ihre Nester bauen* (aus dem Italienischen von Thomas Kolberger, München 1992). Meine Informationen über das Darknet verdanke ich Circe, die über das amerikanische Rechtssystem dem Rechtsanwalt Bert Oberlander. Yunus' Überlegungen zum amerikanischen Gefängnissystem wurden inspiriert von Michelle Alexanders Buch *The New Jim Crow*.

Yunus' Adoptivmutter Venida ist nach der Mutter von Kalief Browder benannt, der im Alter von sechzehn Jahren nach Rikers kam und drei Jahre lang auf seine Gerichtsverhandlung warten musste, zwei davon in Isolationshaft im Bing. Er war angeklagt worden, einen Rucksack gestohlen zu haben. Mit zweiundzwanzig Jahren nahm er sich schließlich das Leben. Vieles verdanke ich dem Dokumentarfilm *Time: The Kalief Browder Story* aus dem Jahr 2017, durch den ich von seiner Geschichte erfuhr. Die Figur

Venida im Roman wurde inspiriert durch Mrs. Venida Browder, eine großartige Mutter und großartige Frau, und ist ihr gewidmet.

Mohammads Ausführungen über den Dschihad sind meine freie Übersetzung einer Rede von al-Baghdadi, die in dem Buch *ISIS. A History* von Fawaz A. Gerges abgedruckt ist.

Die Beschreibung des IS als Organisation verdankt viele Informationen Fawaz A. Gerges' *ISIS. A History* und Joby Warricks *Black Flags* (dt. *Schwarze Flaggen. Der Aufstieg des IS und die USA*, aus dem Amerikanischen von Cornelius Hartz, Darmstadt 2017). Die Beschreibung von Mohammads und Yunus' Ausbildung in Raqqa wurde inspiriert von Rukmini Callimachis Serie *Caliphate*, die 2018 als Podcast in der *New York Times* erschien.

Der Satz über die Schuld der Sterne stammt aus William Shakespeares *Julius Cäsar* und wird von Amartya Sen in seinem Aufsatz »Democracy Isn't ›Western‹« zitiert, der 2006 in *The Wall Street Journal* erschien. Yunus' Gedanken über die Demokratie wurden inspiriert von Daniele Archibugis Essay *The Global Commonwealth of Citizens*. Die hypothetische Form, die Yunus am Schluss von Kapitel 6 verwendet, ist eine Hommage an den Roman *Der Sympathisant* von Viet Thanh Nguyen (aus dem Amerikanischen von Wolfgang Müller, München 2017).

Schließlich habe ich eine immense Dankesschuld gegenüber James Baldwin. Ich spüre, dass ich die USA erst durch seine Schriften wirklich verstanden habe. Im Speziellen stammt der Satz auf S. 17 des ersten Kapitels über »die schrecklichen menschlichen Verstrickungen« aus *Giovannis Zimmer* (dem ich auch in Toms Beschreibung von Brunas Gesicht in Kapitel 5 ein Denkmal setze). Aus *Nach der Flut das Feuer* habe ich die Sätze entnommen, die Jerome seinem Sohn auf S. 232 vorliest, sowie Yunus' Aussagen über Ketten und Kerker auf S. 253 und über unsere Freiheit und die der anderen. Aus *Beale Street Blues* schließlich habe ich den auf

S. 253 zitierten Satz über die Entdeckung Amerikas entnommen sowie den über Gott, der nicht jeden Menschen rettet (ebenda), einen Satz, der ursprünglich von den schwarzen Sklaven in Amerika gesungen wurde.

New York, Juni 2019

A. d. Ü.: James Baldwin zitiert nach:
James Baldwin, *Beale Street Blues*, aus dem Englischen von Miriam Mandelkow, München 2018

James Baldwin, *Nach der Flut das Feuer*, aus dem Englischen von Miriam Mandelkow, München 2019

James Baldwin, *Giovannis Zimmer*, aus dem Englischen von Miriam Mandelkow, München 2020

Danksagungen

Ich könnte ein ganzes Buch mit Dank an diejenigen füllen, die mir geholfen haben, dieses hier zu schreiben. Als Maya Angelou *I Know Why the Caged Bird Sings* (dt. *Ich weiß, warum der gefangene Vogel singt*, aus dem Amerikanischen von Harry Oberländer, Berlin 2018) schrieb, bedankte sie sich besonders bei zwei Personen. Bei der ersten, weil sie ihr gesagt habe, sie könne schreiben, und bei der zweiten, weil sie ihr gesagt habe, sie müsse schreiben. Für mich waren diese zwei Menschen Roberto Saviano und Giulia Ichino. Des Weiteren danke ich meinem Verlag und insbesondere Antonio Franchini und Beatrice Masini. Ich danke meinem Agenten, Morton Janklow, der mich mit der Zuneigung eines Vaters geleitet hat. Ich danke Alessandra Maffiolini für ihre wertvollen Ratschläge. Ich danke Leila El Houssi, die an der Universität Florenz Geschichte des Nahen Ostens unterrichtet. Ich danke Raffaello Matarazzo: Ohne unsere Unterhaltung in der Bar Necci im Pigneto-Viertel im Sommer 2016 würde es dieses Buch wahrscheinlich nicht geben. Pasolini hat uns ganz offenbar zugehört. Und ich danke allen für die guten Ratschläge der letzten zwanzig Jahre, Ratschläge, wie nur wahre Freunde sie zu geben vermögen (auch spät in der Nacht und bei Videoanrufen aus Westafrika). Ich danke Stefano Buono, der meinen Roman als Erster gelesen hat, in vier Stunden beim Durchfahren der Eismassen am Nordpol. Ich danke David Getz, durch den ich die afroamerikanische Literatur kennen- und lieben gelernt habe. Ich danke meinen Studentinnen und Studenten, von denen ich mehr gelernt habe, als ich sie lehren konnte, insbesondere Eleonora

Innocenti Sedili. Ich danke meinen New Yorker Freundinnen für ihre tägliche Zuneigung und Zuwendung, die langen Spaziergänge am Fluss und den Lesezirkel. Sie sind meine Familie in dieser Stadt, in der fast niemand Familie hat. Ich danke meiner Freundin Isabel Goldman, die mehr Frau ist als manch eine, die als Frau zur Welt gekommen ist. Ich danke Barbara Riccardi für die Kraft, die sie mich jeden Tag lehrt. Ich danke meinen Eltern, meinen Geschwistern, Valentina, Sylvia und der kleinen Emma für ihre stets vorbehaltlose Liebe. Ich danke Andrew, weil wir nach zwanzig Jahren immer noch da sind. Schließlich danke ich der Liebe meines Lebens, meinen Kindern: Vor allem für sie wurden diese Worte geschrieben.

Inhaltsverzeichnis